टेलीविज़न पत्रकारिता

स्क्रिप्टिंग, रिपोर्टिंग और एंकरिंग

टेलीविज़न पत्रकारिता

स्क्रिप्टिंग, रिपोर्टिंग और एंकरिंग

लेखक
देवव्रत सिंह
कीर्ति सिंह

प्रलेक प्रकाशन

प्रलेक प्रकाशन

PRALEK PRAKASHAN

(an Imprint of "PRALEK PUBLISHING HOUSE PVT. LTD.")

मुख्य कार्यालय : 702, जे-50, ग्लोबल सिटी, विरार (वेस्ट), मुंबई-401303 (महाराष्ट्र)

दिल्ली-एनसीआर कार्यालय : 03/सी, ज्ञान खण्ड़-4, इंदिरापुरम, गाजियाबाद-201014 (उ.प्र.)

E-mail : pralek.prakashan@gmail.com

Website : www.pralekprakashan.com

दूरभाष : 7021263557

टेलीविज़न पत्रकारिता : स्क्रिप्टिंग, रिपोर्टिंग और एंकरिंग : देवव्रत सिंह / कीर्ति सिंह

Television Patrakarita : Scripting, Reporting Aur Anchoring

by Dev Vrat Singh / Kirti Singh

ISBN : 978-93-5825-32-76

प्रथम पेपरबैक संस्करण (पेपरबैक) : 2025

आवरण एवं पुस्तक सज्जा : प्रलेक स्टूडियो

प्रलेक का लोगो : मिक्की पटेल

अपनी बात

पिछले दो दशकों के दौरान भारत में टेलीविज़न पत्रकारिता में जबरदस्त विस्तार हुआ है। राष्ट्रीय समाचार चैनलों के बाद क्षेत्रीय स्तर पर भी चैनलों का राज्यवार एवं भाषावार विस्तार हुआ है। ये विस्तार केवल समाचार चैनलों की संख्या में ही नहीं बल्कि उनके निरंतर बदलते स्वरूप, प्रस्तुति के अंदाज एवं पहुंच के नये आयाम में भी हुआ है। क्षेत्रीय भाषाओं में समाचार चैनलों के आने के बाद ग्रामीण और कस्बाई क्षेत्रों की छोटी-छोटी घटनाएँ भी अब टेलीविज़न पर कवर की जाने लगी हैं। इस विस्तार में बड़ा योगदान डिजीटल तकनीक का भी रहा है। जिस कारण अब समाचार चैनल चलाना पहले की तुलना में काफी आसान और सस्ता बन गया है।

परिणामस्वरूप देश में टेलीविज़न पत्रकारिता शिक्षण में भी विस्तार हुआ। अब प्रत्येक केन्द्रीय, राज्य एवं निजी विश्वविद्यालय में मीडिया संबंधी पाठ्यक्रम चलाये जा रहे हैं। इन पाठ्यक्रमों में टेलीविज़न और डिजिटल मीडिया पर विशेष जोर रहता है। डिजीटल प्रसार के साथ-साथ भारत स्मार्टफोन क्रांति का साक्षी भी बना है। डेटा दरें सस्ती होने के कारण अब आम दर्शक ढेर सारा कंटेंट यूट्यूब व अन्य डिजीटल मंचों पर देख रहे हैं। लगभग सभी टेलीविज़न समाचार चैनल भी अपना कंटेंट यूट्यूब पर स्ट्रीम कर रहे हैं। यही नहीं, फेसबुक, एक्स व इंस्टाग्राम जैसे लोकप्रिय सोशल मीडिया प्लेटफोर्म पर भी उनकी मौजूदगी है। नयी पीढ़ी के मन के किसी कोने में टेलीविज़न एंकर या रिपोर्टर बनने का सपना विद्यमान है। यही कारण है कि अपने स्मार्टफोन की मदद से युवा अपने आसपास के वीडियो बनाकर यदा-कदा सोशल मीडिया पर भी साझा करते हैं। अपने यूट्यूब चैनल चलाकर अनेक दर्शकों ने तो आसपास के इलाके में काफी लोकप्रियता भी अर्जित कर ली है और अब वे इस माध्यम से अपनी आजीविका कमा रहे हैं।

भारतीय भाषाओं में मीडिया संबंधी स्तरीय पुस्तकों का अभाव आरंभ से रहा है। कुछ अरसे पहले तक बाज़ार में टेलीविज़न पर केवल अंग्रेजी में पुस्तकें उपलब्ध थीं। लेकिन अब हिंदी में आकर्षक कवर और शीर्षक वाली ढेर सारी पुस्तकें बाज़ार में उपलब्ध हैं। इसके बावजूद, इन पुस्तकों को खरीदने और पढ़ने के बाद मीडिया छात्रों को निराशा ही हाथ लगती है। दरअसल, टेलीविज़न पत्रकारिता की पेशेगत बारीकियों से परिचित करवाने वाली पाठ्यक्रम आधारित हिन्दी पुस्तक की आज भी बाज़ार में कमी है।

पिछले ढाई दशकों में टेलीविज़न पत्रकारिता के पेशे और शिक्षण के अनुभव के आधार पर हम ये कह सकते हैं कि पत्रकारिता के पेशे और इसके शिक्षण के बीच एक लंबा फासला आज भी निरंतर बना हुआ है। टेलीविज़न चैनलों और शिक्षण संस्थानों के बीच जीवंत आदान-प्रदान के लिए एक सेतु बनाने की आवश्यकता आज पहले से कहीं अधिक महसूस की जा रही है। अधिकांश टेलीविज़न पत्रकार अपने पेशे में इतने व्यस्त हैं कि अनुभवों को पुस्तक का रूप देने की उनसे उम्मीद करना बेमानी है और वहीं अधिकांश शिक्षक एवं पेशेवर लेखक ऐसे हैं जिन्होंने टेलीविज़न में या तो कभी काम ही नहीं किया है। या फिर टेलीविज़न समाचार चैनलों की कार्यप्रणाली को सीधा देखने का उनका अनुभव ना के बराबर है। नतीजा ये निकलता है कि टेलीविज़न पत्रकारिता पर लिखी अधिकांश पुस्तकें बेजान और नीरस-सी लगती हैं।

टेलीविज़न पत्रकारिता-स्क्रिप्टिंग, रिपोर्टिंग और एंकरिंग नामक ये पुस्तक छात्रों को पाठ्यक्रम के अनुरूप सटीक सामग्री उपलब्ध कराने का हमारा एक विनम्र प्रयास है। पुस्तक में समाचार की मूल अवधारणाओं पर विस्तार से चर्चा के अलावा उनकी समकालीन भाषा पर विशेष बल दिया गया है। टेलीविज़न समाचारों की भाषा पर केंद्रित दो अध्याय शोध आधारित हैं। जिसमें टेलीविज़न पत्रकारों द्वारा उपयोग में लायी जाने वाली शब्दावलियों, अभिव्यक्तियों, तुकबंदियों, मुहावरों और लोकोक्तियों का सिलसिलेवार ढंग से विश्लेषण किया गया है।

प्रत्येक अध्याय के अंत में अभ्यास कार्य के रूप में एक सूची दी गयी है जिसे विद्यार्थी गंभीरतापूर्वक करें तो उन्हें यह विषय सीखने में मदद मिलेगी। अभ्यास कार्य की ये सूची शिक्षण के लंबे अनुभव का परिणाम है। उम्मीद है ये मीडिया शिक्षकों के लिए भी उपयोगी साबित होगी। पुस्तक में टेलीविज़न समाचारों के तकनीकी पक्ष और मोबाइल पत्रकारिता के नवीनतम पहलुओं से पाठकों को अवगत करने के लिए अलग से अध्याय दिये गये हैं। हम प्रलेक प्रकाशन के प्रबंधक श्री जितेन्द्र पात्रो के विशेष रूप से आभारी हैं जिन्होंने पुस्तक

प्रकाशित करने के लिए तुरंत सहमति दी और निरंतर अपने सुझावों से इसे बेहतर बनाया। पुस्तक को समृद्ध बनाने के लिए पाठकों से सुझाव आमंत्रित हैं।

डॉ. देवव्रत सिंह एवं डॉ. कीर्ति सिंह
devvrat.singh@cuj.ac.in, kirtidsingh@gmail.com

अनुक्रम

अध्याय-एक

भारत में टेलीविज़न पत्रकारिता का विकास

देश में टेलीविज़न प्रसारण की शुरूआत 15 सितम्बर 1959 को दिल्ली में हुई। इसी दिन आकाशवाणी समाचार सेवा की मदद से भारत का पहला टेलीविज़न समाचार बुलेटिन भी प्रसारित किया गया। ये बुलेटिन एक प्रकार से रेडियो समाचार का टेलीविज़न रूप था। इसमें दर्शकों को घटना का ब्यौरा देने के लिए कुछ स्थिर चित्र भी दिखाए गए। टेलीविज़न समाचार की नियमित सेवा 15 अगस्त 1965 में शुरू हुई। ये भारतीय पत्रकारिता का प्रयोगवादी दौर था। इस समय दूरदर्शन समाचारों के मामले में पूरी तरह आकाशवाणी पर निर्भर था क्योंकि अपना अलग वजूद ना होने के कारण दूरदर्शन आकाशवाणी के ही एक हिस्से के रूप में कार्य करता था। दूरदर्शन के पास सीमित कैमरा टीम होने के कारण सभी समाचार लायक घटनाओं की शूटिंग संभव नहीं थी। इसीलिए अधिकतर समाचार बिना विजुअल के ड्राई न्यूज़ के रूप में ही पढ़कर सुनाए जाते थे।

आरंभिक काल

धीरे-धीरे टेलीविज़न, समाचारों का विस्तार हुआ और अन्य भाषाओं में भी समाचार बुलेटिनों की शुरूआत हुई। हिन्दी के बाद 3 दिसम्बर 1971 को अंग्रेजी बुलेटिन आरंभ हुआ। सन 1971 में भारत-पाकिस्तान युद्ध के बाद पाकिस्तानी प्रचार तंत्र का जवाब देने के लिए भारत ने लाहौर और इस्लामाबाद के पाकिस्तानी टेलीविज़न स्टेशनों के जवाब में अमृतसर और श्रीनगर में टेलीविज़न स्टेशन स्थापित कर दिये। एक जनवरी 1973 को दूरदर्शन पर ऊर्दू और कश्मीरी भाषा में भी समाचार बुलेटिन आरंभ किये गए। उधर, पश्चिम बंगाल में भी 8 अगस्त 1975 को कोलकाता टेलीविज़न स्टेशन की शुरूआत से ही बांग्ला में भी समाचार शुरू हो गए। इन दिनों दूरदर्शन में पर्याप्त दृश्यों और व्यावसायिक परिपक्वता की कमी साफ देखी जा सकती थी। चार साल बाद जालंधर दूरदर्शन

केन्द्र से पंजाबी बुलेटिन चालू किया गया। टेलीविज़न समाचार की तकनीकी समझ की कमी के कारण समाचार शाब्दिक अधिक विजुअल कम होते थे।

सन् 1975 में आपातकाल के दौरान दूरदर्शन सरकार का भोपू बन गया। ये काल भारतीय टेलीविज़न पत्रकारिता के लिए ही नहीं सारे मीडिया के लिए काला अध्याय साबित हुआ। तत्कालीन प्रधानमंत्री इंदिरा गांधी ने दूरदर्शन के समाचार संपादकों की संपादकीय आज़ादी का पूरा हनन किया और मनचाहे तरीके से संपादकीय टीम में फेरबदल करके आदेशों की अवहेलना करने वालों की सजा दी। आपातकाल के दौरान टेलीविज़न के दुरूपयोग के कारण दूरदर्शन को स्वायत्ता एक राजनैतिक मुद्दा बन गयी और जनता पार्टी ने अपने घोषणा-पत्र में दूरदर्शन को स्वायत्ता देने का वादा किया। आपातकाल के बाद जनता पार्टी की सरकार बनी और वरिष्ठ पत्रकार बी.जी. वर्गीज की अध्यक्षता में एक समिति का गठन किया गया। इस समिति ने अपनी रिपोर्ट में दूरदर्शन की स्वायत्तता के लिए राष्ट्रीय न्यास बनाने का सुझाव दिया। दूरदर्शन के समाचार सदा से ही राजनैतिक विवाद का कारण बनते रहे हैं। सत्ताधारी पार्टी अक्सर इसका उपयोग अपनी सरकार और पार्टी के पक्ष में करती है।

अस्सी का दशक

एशियाई खेलों के समय भारत में रंगीन टेलीविज़न आया। बड़े पैमाने पर आयोजित किये गए एशियाई भारतीय टेलीविज़न पत्रकारों के लिए किसी चुनौती से कम नहीं थे। लेकिन फिर भी दूरदर्शन की तकनीकी टीम ने पूरे आयोजन की जी-जान लगाकर रिपोर्टिंग की। हालांकि अब भी आधा घंटे के भारतीय टेलीविज़न समाचारों में रोचकता का ज्यादा समावेश नहीं हुआ था। अस्सी के दशक की शुरूआत में दूरदर्शन ने खूब विस्तार किया और इसकी पहुँच शहरों से निकल कर गाँवों तक हो गयी। सन् 1984 में पहले धारावाहिक **'हम लोग'** की शुरूआत हुई और दूरदर्शन पहले से अधिक मनोरंजक बनने लगा। बाद में **'रामायण'** और **'महाभारत'** की लोकप्रियता ने पिछले सारे रिकॉर्ड तोड़ दिये।

लोगों को आज भी दूरदर्शन समाचारों का वो मोंटाज और सिगनेचर ट्यून याद है, जो उन्हें अपने टीवी सेटों के नज़दीक खिंचे चले आने को मज़बूर कर देता था। राष्ट्र की विविधता को दर्शाता दूरदर्शन समाचारों का मोंटाज राष्ट्रीय एकता का संदेश देता था। जे.वी. रमण, सलमा सुलतान गीतांजली और रिनी खन्ना अविनाश सरीन और शम्मी नारंग जैसे समाचारवाचकों के नाम लोगों की जुबान पर थे। समाचार प्रस्तुति का तरीका हालांकि काफी परंपरागत था और साल-दर-साल कुछ ही समाचारवाचकों को देखते हुए लोग उनके विशेष स्टाईल

को भी पहचानने लगे थे। अगर विश्वसनीयता की बात करें तो उस समय अखबारों की तुलना में समाचार कम विश्वसनीय माने जाते थे।

समाचार अधिकतर सरकारी कार्यक्रमों की कवरेज होती थी। कुछ समाचार सरकारी घोषणाओं और यात्राओं के बारे में होते थे। लेकिन इस सब के बावजूद आम लोग दूरदर्शन समाचारों के प्रति काफी उत्साहित रहते थे। सरकारी समाचारों और प्रधानमंत्री को अत्यधिक समाचार बनाए जाने के कारण मीडिया ने दूरदर्शन को **राजीव दर्शन** का नाम दे दिया। समाचार का फॉर्मेट अब भी ड्राई एंकर रीड और एंकर ऑन विजुअल ही था। पूरी तरह संपादित न्यूज़ पैकेज इस समय कभी-कभार ही विशेष ख़बरों के रूप में दिखाए जाते थे।

निजी निर्माताओं की पहल

अस्सी के दशक के अंत में टेलीविज़न में कुछ निजी निर्माता भी अपने हाथ आजमाने लगे। 1988 में इंडिया टुडे ग्रुप ने देश की पहली खोज़ी पत्रकारिता मैगज़ीन **न्यूज़ ट्रैक** शुरू की। हर हफ्ते निकलने वाली ये वीडियो मैगज़ीन शहरों में काफी चर्चित रही। हालांकि ये ज्यादा दिन नहीं चल पायी, लेकिन इसने एक बात तो साबित कर दी थी कि निजी निर्माता भी अब टेलीविज़न प्रॉडक्शन कर सकते हैं। इसके साथ ही एक और स्थापित समूह हिंदुस्तान टाइम्स ने भी एच टीवी शुरू कर दिया। इसकी कमान प्रसिद्ध पत्रकार करण थापर के हाथ में थी। उन्होंने **आईविटनेस** नामक टेलीविज़न समाचार मैगज़ीन शुरू की।

सन् 1988 में ही प्रणय राय ने अपना प्रॉडक्शन हाउस न्यू दिल्ली टेलीविज़न (एनडीटीवी) स्थापित किया। एनडीटीवी निर्मित **'द वर्ल्ड दिस वीक'** टेलीविज़न समसामयिक कार्यक्रमों के इतिहास में एक मील का पत्थर साबित

हुआ। ये दुनिया भर की ख़बरों को प्रस्तुत करने वाला एक साप्ताहिक कार्यक्रम था। हालांकि ये एक अंग्रेजी कार्यक्रम था लेकिन पढ़े-लिखे शहरी मध्यम तबके ने इसे खूब पसन्द किया। प्रणय राय की शानदार प्रस्तुति ने लोगों के दिलों पर एक अमिट छाप छोड़ी थी। इस तरह टेलीविज़न समाचार कार्यक्रमों के निर्माण पर दूरदर्शन का एकाधिकार समाप्त हो गया। सन् 1989 के संसदीय चुनावों में दूरदर्शन पर एनडीटीवी ने घंटों चुनाव की मतगणना का सीधा प्रसारण किया। माना जाता है कि भारत में टेलीविज़न पर समाचार विश्लेषण की शुरूआत चुनावी प्रसारण से हुई है और इसका प्रारंभ 1989 के चुनावी विश्लेषण हुआ।

चैनलों की प्रतिस्पर्धा

पिछली सदी का नवां दशक भारत में टेलीविज़न के इतिहास में विकास और विस्तार के लिए याद किया जाएगा। इसकी शुरूआत खाड़ी युद्ध से हुई। जब अमेरिकी चैनल सीएनएन खाड़ी युद्ध का सीधा प्रसारण करके दुनियाभर में चर्चित बन गया था। खाड़ी युद्ध ने भारत में केबल टेलीविज़न और सैटेलाइट प्रसारण की संभावनाओं को विस्तार दिया और इसी के साथ देश में निजी चैनलों की शुरूआत हुई। दूरदर्शन को पहली बार प्रतियोगिता का सामना करना पड़ा। उत्तर भारत में सुभाष गोयल और दक्षिण भारत में कलानिधि मारन ने सबसे पहले निजी टेलीविज़न चैनल शुरू करने की पहल की। ये पहल अभी मनोरंजनात्मक कार्यक्रमों और चैनलों तक ही सीमित थी।

सन् 1995 में दूरदर्शन के चैनल पर एनडीटीवी निर्मित **द न्यूज़ टूनाइट** और इंडिया टुडे निर्मित आधे घंटे का **आजतक** कार्यक्रम शुरू हुआ। दोनों ही समाचार कार्यक्रमों ने दर्शकों में अच्छी पहचान बनायी। दूरदर्शन मेट्रो के **आजतक** कार्यक्रम को गाँव और छोटे कस्बों में खूब सराहा गया। इसी के साथ ही टेलीविज़न समाचार चैनलों का चेहरा निरंतर बदलने लगा।

द न्यूज़ टूनाइट की रोचक और स्टाइलदार

प्रस्तुति ने दर्शकों को उसे नियमित देखने के लिए मजबूर कर दिया। वहीं **आजतक** के एंकर सुरेन्द्र प्रताप सिंह अपने ठसकदार लहजे और आम जुमलों के प्रयोग से रातों-रात लोगों के चहेते बन गए। उनकी टीम के युवा रिपोर्टर रोचक अंदाज में ख़बरों को देसी मुहावरों और लोकोक्तियों में लपेटकर परोसते तो ख़बरों के साथ-साथ पत्रकार भी चर्चा के विषय बन गए। **आजतक** और **द न्यूज़ टूनाइट** ने पहली बार भारतीय दर्शकों के सामने विकल्प प्रस्तुत कर दिया। अब दूरदर्शन के अधिकारी भी ख़बरों की भाषा और प्रस्तुति में परिवर्तन करने को मजबूर हुए। पहले केवल एंकर रीड और विजुअल ऑन एंकर की मदद से काम चला लिया जाता था। लेकिन अब दूरदर्शन के रिपोर्टर भी न्यूज़ पैकेज बनाने लगे। भाषा को पहले से अधिक बोलचाल का बनाया गया। साथ ही साथ ख़बरों पर निष्पक्ष होने का दबाव भी बढ़ा। हालांकि ये सब करना दूरदर्शन के सरकारी ढ़ांचे के कारण इतना आसान नहीं था।

समाचार चौबीस घंटे

सन् 1998 में पहले **स्टार न्यूज़** और बाद में **ज़ी न्यूज़** चैनल शुरू हुए और भारतीय दर्शकों को आधे घंटे के स्थान पर चौबीस घंटे समाचार उपलब्ध होने लगे। हालांकि अन्य कई समूह भी अपने समाचार चैनल शुरू करना चाहते थे लेकिन विज्ञापन के अभाव में किसी की हिम्मत नहीं हो पा रही थी। चौबीस घंटे के चैनलों ने टेलीविज़न समाचारों का चेहरा एकदम बदल दिया। इस दौर में **ज़ी न्यूज़** चैनल आम मध्यम वर्ग का चहेता बन गया क्योंकि **स्टार न्यूज़** के लिए एनडीटीवी समाचारों का निर्माण कर रहा था और उसके समाचार हिन्दी और अंग्रेजी में थे। अपनी अंग्रेज़दां टीम के कारण प्रणय राय कभी भी हिन्दी पट्टी के आम आदमी में अपनी जगह नहीं बना पाये। लिहाजा शहरी उच्च मध्यम वर्ग में उन्हें खूब सराहा गया। इस दौर में ज़ी न्यूज़ ने भाषा में हिंग्लिश का प्रयोग किया। सन् 1999 में ज़ी न्यूज़ चैनल ने संसदीय चुनावों का बहत्तर घंटे का सीधा प्रसारण करके एक रिकॉर्ड कायम किया। इसी साल कारगिल युद्ध की ऐतिहासिक टेलीविज़न कवरेज की। एक तरफ भारतीय सैनिक युद्ध लड़ रहे थे तो दूसरी तरह बरखा दत्त जैसे अनेक टेलीविज़न रिपोर्टर भी उस युद्ध की कवरेज के लिए मोर्चे पर डंटे हुए थे।

इसी साल टेलीविज़न पत्रकारिता में ख़बरों की परिभाषा ही बदलती नज़र आयी। एक समय माना जाता था कि ख़बर घटित हो चुकी घटना है लेकिन टेलीविज़न की तत्कालीन रिपोर्टिंग ने इस विचार को बदल डालने की कोशिश

की और बदले रूप में ख़बर वो घटना है जो घटित हो रही है। कांधार में विमान अपहरण हो या फिर मैच फिक्सिंग की घटना, टेलीविज़न के लाइव प्रसारण और ऑन द स्पॉट फोनो रिपोर्टिंग ने दर्शकों को हर पल ये महसूस कराया मानों वे घटनास्थल पर खुद मौजूद हैं। टेलीविज़न पत्रकारों ने अपनी भूमिका को सिकोड़ते हुए दर्शकों पर छोड़ दिया कि वे घटना को किस रूप में लेते हैं।

टेलीविज़न चैनलों में बढ़ती प्रतिस्पर्द्धा के कारण अब तिल का ताड़ बना देना न्यूज़ चैनलों के लिए आम बात हो गयी। प्रधानमंत्री अटल बिहारी वाजपेयी के घुटने के ऑपरेशन के दौरान लगभग सभी चैनलों ने महत्वपूर्ण घटनाओं को दरकिनार करके एक सामान्य से ऑपरेशन को देश का एकमात्र मुद्दा बनाने की बेवजह कोशिश की। वहीं अमेरिकी राष्ट्रपति की भारत यात्रा की कवरेज के दौरान भारतीय समाचार चैनल उनके स्वागत में बिछ गए। कवरेज में आत्म-सम्मान और हौंसले के स्थान पर गरीब देशों की दरिद्रता दिखी।

"आजतक का कवरेज एग्रेसिव होगा। भाषा और अधिक सरल करेंगे तथा उच्चतम तकनीक का लाभ दर्शकों को देंगे। ख़बरें ब्रेक करना प्राथमिकता होगी। इसी के साथ ग्राफिक्स और अन्य इनपुट्स भी सबसे पहले उपलब्ध कराएँगे। डिजिटल तकनीक से प्रसारण ज्यादा बेहतर होगा।" जी कृष्णन, सीईओ, आजतक (दैनिक भास्कर, रसरंग, 07 जनवरी 2001)

31 दिसम्बर 2000 को इंडिया टुडे ग्रुप ने आजतक कार्यक्रम को दूरदर्शन से हटाकर इसी नाम से चौबीस घंटे का समाचार चैनल शुरू कर दिया। आज तक ने अपनी ब्रांड छवि सबसे तेज़ के रूप में विकसित की, यानी सबसे पहले ख़बरें दर्शकों के सामने परोसने की होड़ शुरू हो गयी। आजतक अन्य चैनलों के सामने सबसे बड़ी चुनौती बन कर सामने आया। छह महीने में ही लोकप्रियता के मामले में आजतक नम्बर एक चैनल बन गया। अपनी देशज शब्दावली और ठेठ मुहावरों के बल पर आजतक ने दर्शकों में अपनी पैठ रातों-रात बना ली। उसे अपनी पिछली साख और अनुभव का फायदा मिला। आजतक ने लाल रंग को अपना प्रतीक बनाया और हिन्दी पट्टी के युवा दर्शकों को अपना निशाना बनाया। भाषा, प्रस्तुति और ग्राफिक्स के नये अंदाज से आज तक टीआरपी के मामले में सबसे आगे निकल गया। साल के अंत में टेलीविज़न अकादमी ने आजतक को नम्बर एक के पुरस्कार से नवाजा।

सन् 2001 से गुजरात भूकम्प, नेपाल में शाही परिवार का नरसंहार, मुशर्रफ की भारत यात्रा, अमेरिकी ट्रेड सेंटर की तबाही और 13 दिसम्बर को भारतीय संसद पर आतंकवादी आक्रमण की घटनाओं की तेज़ रिपोर्टिंग ने आज तक को नम्बर एक पर बने रहने में मदद की। आजतक ने साबित कर दिया कि समाचार चैनल चलाना भी मुनाफे का सौदा हो सकता है।

विस्तार का साल 2003

सन् 2003 भारतीय टेलीविज़न पत्रकारिता के इतिहास में अनेक कारणों से याद किया जाएगा। ये वर्ष टेलीविज़न समाचार चैनलों के लिए काफी उठापठक भरा रहा और यदि ये कहा जाए कि इस अवधि ने टेलीविज़न पत्रकारिता की दिशा ही बदल दी तो कोई अतिश्योक्ति नहीं होगी। इन बदलावों से टेलीविज़न समाचार जगत का कोई भी पहलू अछूता नहीं रहा। समाचार बोध, भाषा, कार्यशैली, तकनीक, प्रस्तुति, समाचार बाज़ार आदि सभी कुछ इस परिवर्तन से प्रभावित हुआ।

स्टार इंडिया और एनडीटीवी के कंटेंट का करार अप्रैल में खत्म होने से पहले ही दोनों पक्षों ने अलग-अलग चैनल शुरू करने की ज़ोरदार तैयारी शुरू कर दी थी। मार्च के अंत में ही संजय पुगलिया की संपादकीय देखरेख में स्टार न्यूज़ आरंभ हुआ तो दूसरी तरफ प्रणव राय ने भी एक साथ अंग्रेज़ी-हिन्दी में दो चैनल **एनडीटीवी इंडिया** और **एनडीटीवी 24X7** शुरू किया। एनडीटीवी के हिन्दी चैनल की कमान संभाली अनेक सहयोगियों के साथ आजतक छोड़कर आये दिबांग ने। इसी के साथ ही देश में टेलीविज़न चैनलों के बीच टीआरपी की जंग छिड़ गयी। टीवी टुडे ग्रुप ने एनडीटीवी के अंग्रेजी चैनल को टक्कर देने के लिए **हेडलाइंस टुडे** शुरू किया।

ज़ी न्यूज़ ने बदलते परिवेश में खुद को बनाए रखने के लिए कमर कसी और सुभाष गोयल के भाई लक्ष्मी गोयल ने ज़ी न्यूज़ का पूरा चेहरा ही बदल डाला। यही नहीं सहारा ग्रुप भी इस दौड़ में पीछे नहीं रहा और चौबीस घंटे का

राष्ट्रीय समाचार चैनल शुरू करने के बाद विधानसभा चुनावों से ठीक पहले उसने मध्यप्रदेश और छत्तीसगढ़ को केन्द्र कर अलग क्षेत्रीय समाचार चैनल भी चालू कर दिया। इसी दौरान विवादों के बावजूद 3 नवम्बर को दूरदर्शन ने अपने मैट्रो चैनल को चौबीस घंटे के समाचार चैनल में बदल दिये और इस तरह एक साल में चौबीस घंटे समाचार प्रसारित करने वाले चैनलों की संख्या बढ़कर सात हो गयी।

टेलीविज़न समाचार चैनलों के बीच गलाकाट प्रतियोगिता ने सबसे पहले असर डाला समाचार बोध पर। कुछ समय पहले तक आरोप लगाया जाता था कि चैनल राजनीतिक ख़बरें अधिक प्रसारित करते हैं और इनके अधिकांश समाचार चंद बड़े शहरों से संबंधित होते हैं। लेकिन प्रतिस्पर्धा ने ख़बरों के मायने ही बदलने शुरू कर दिये। दिनभर ताज़ा और नये समाचार पेश करने की होड़ में चैनलों ने ऐसी घटनाओं को भी राष्ट्रीय समाचार बनाना शुरू किया जिन्हें पहले केवल अखबार ही कवर करते थे। जनसमस्याएँ बड़ी ख़बर बनने लगी। इस साल स्कूल, कॉलेजों और विश्वविद्यालयों में छात्रों के परिणाम और फिर नयी कक्षाओं में दाखिले भी बड़ी ख़बर बने। एक समय केवल सीबीएसई के परिणाम ही टेलीविज़न समाचार होते थे। लेकिन इस बार मेट्रो शहरों के दाखिलों की पहली, दूसरी और तीसरी सूची को भी ख़बर बनाया गया। टेलीविज़न पत्रकार बाकायदा दाखिले की प्रक्रिया, समस्याएँ और फीस वृद्धि के दौरान छात्रों के दुःख में भागीदार बने।

धार्मिक आयोजन और अन्य पर्व इस वर्ष टेलीविज़न के लिए एक महत्वपूर्ण समाचार रहे। अलग-अलग एंगल से इन आयोजनों की विस्तृत लाइव कवरेज की गयी। वैसे भी पर्व रंगीन, रोचक विजुअलों से भरपूर रहते हैं। इसलिए टेलीविज़न की विस्तृत कवरेज स्वाभाविक ही कहीं जाएगी। नागपुर का कुंभ, महाराष्ट्र की गणेश पूजा, गुजरात का गरबा और डांडिया, कोलकाता की काली पूजा, हिमाचल और मैसूर का दशहरा, देशभर की दीवाली, ईद और रमजान, क्रिसमस सभी कुछ दर्शकों के सामने लाइव उपलब्ध था। मानों पूरा टेलीविज़न बाजार भी उत्सव मना रहा हो। पहली बार राजनीति किनारे कर दी गयी। ख़बरें संसद के गलियारों के स्थान पर गली-मोहल्लों से रूप ले रही थी। अब इसके चरित्र राजनेता और फिल्मी हस्तियाँ नहीं बल्कि आम चेहरे थे। ये विशुद्ध जन समाचार थे।

टेलीविज़न समाचारों में इस समय सबसे बड़ी समाचार वैल्यू बिकना बन गया है। यानी समाचार, वो सूचना-जो बाजार में टेलीविज़न माध्यम से बेची जा सकता है। बिकने के दबाव में ख़बरें तेज़ी से मनोरंजक या सनसनीखेज होने लगी

हैं। राजनीति को भी मनोरंजक ढ़ंग से परोसा जाने लगा है, तो खेल को युद्ध के रूप में पेश किया गया है। ख़बरों के मानवीय पहलू बड़ी ख़बर बन गए। घोटाले या पर्दाफाश अधिक सनसनी फैलाने वाले साबित हुए। सभी चैनलों ने अपराध समाचारों के लिए अलग से कार्यक्रम शुरू कर दिये। आज तक के **जुर्म**, एनडीटीवी के **डायल 100**, जी के **क्राइम फाईल**, स्टार के **रेड अलर्ट**, को दर्शकों ने खूब देखा। इन कार्यक्रमों की प्रस्तुति काफी सनसनीखेज़ ढंग से की जाती। ये न्यूज़टेंमेट का दौर रहा और टीआरपी के दबाव में ख़बरों में रोचकता को जबरदस्ती घुसेड़ा गया जिससे समाचारों की गंभीरता भी कम होती गयी। ख़बरें यानी हल्की-फुल्की, मनोरंजक, रोचक, दृश्यात्मक जानकारी। गंभीर मुद्दों की तुलना में फिल्म, फैशन और संगीतमय सांस्कृतिक घटनाओं से जुड़ी ख़बरों को अधिक फुटेज दिया गया, ये टेलीविज़न की कमज़ोरी भी है और मज़बूरी भी। इन सब के अलावा ख़बरें विचारों और व्यापक मुद्दों से छिटक कर दिनोंदिन व्यक्ति आधारित होती हैं।

इस साल टेलीविज़न पहले से अधिक रंग-बिरंगा हो गया। टेलीविज़न समाचारों में लम्बे समय तक गहरे नीले, हरे और काले रंग को प्राथमिकता दी जाती थी। लेकिन आजतक ने पहली बार लाल रंग की गर्मी को अपने हित में प्रयोग किया और इस साल तो टेलीविज़न चैनलों ने सारी गंभीरता लबादा उतार फेंक चटक रंगों को धडल्ले से अपना लिया। स्टार न्यूज़ का नया चेहरा चटक लाल, पीले, हरे और नीले रंग से बनाया गया। अधिकतर स्टूडियो चमकदार और एमटीवी मार्का हो गए, तो एंकर फिल्म स्टार जैसे। ज़ी ने भी अपने को लाल गेटअप में ढ़ाल लिया। इन सब के बीच एनडीटीवी और दूरदर्शन फिर भी कुछ सादे बने रहे हैं। नये चटक रंग बाजार की नयी मांग के अनुरूप थे।

समाचार चैनल शुरू करने के दौरान एकाएक सभी चैनलों ने अपने एंकरों को ब्रांड के रूप में ज़ोर-शोर से प्रचारित-प्रसारित करना शुरू कर दिया। न केवल टेलीविज़न चैनलों पर बल्कि सड़कों के किनारे बड़े-बड़े होर्डिंग भी लगवाये गए। शायद भारत में टेलीविज़न समाचारों के इतिहास में पहली बार समाचार एंकरों को इतनी प्रमुखता मिली।

चैनलों की संख्या के साथ-साथ टेलीविज़न समाचारों के बारे में दर्शकों की समझ भी बढ़ी। दर्शक चैनलों की आपस में तुलना भी करने लगे। इसके अलावा पढ़ा-लिखा मध्यम वर्ग अब इस बात को भी समझने लगा कि इन चैनलों के पीछे एक बड़ा विज्ञापन बाज़ार और औद्योगिक समूह मौजूद है। सबसे तेज़ ख़बरों को परोसने की होड़ में समाचार चैनल एक-पर-एक गलतियाँ करने लगे और

समाचार चैनलों के सामने सबसे बड़ा संकट उनकी घटती साख के रूप में पैदा हो गया।

विचारणीय सवाल है कि क्या समाचारों की विश्वसनीयता अधिक महत्वपूर्ण है या ख़बरों को सबसे पहले प्रस्तुत करना। कच्ची-पक्की ख़बरों के सहारे कोई चैनल बहुत लंबा सफर तय नहीं कर पाएगा। प्रत्येक चैनल सच का दावा करता है। ज़ी-हकीकत जैसी ख़बर वैसी, आजतक-सबसे तेज़, स्टार न्यूज़-ख़बरें, जिनका हो असर देश पर, ख़बरें जो आपकों रखें आगे, एनडीटीवी-ख़बर वही जो सच दिखाये, सच दिखाने के इस कारोबार में सच के साथ खिलवाड़ भी खूब होने लगा। सच के कई ब्रांड बाज़ार में उपलब्ध हो गए। दर्शक जो चाहे देखें।

सन् 2003 में जितने भी समाचार चैनल शुरू हुए वे तकनीकी तौर पर पूरी तरह से डिजीटल थे। परिणामस्वरूप बहुत कम लोगों की मदद से बहुत कम स्थान में ही पूरा चैनल चला पाना संभव हो पाया। ये साल तकनीकी तौर पर भी टेलीविज़न समाचार जगत में एक नये युग की शुरूआत था। हालांकि आजतक ने अपनी स्थापना से ही डिजीटल तकनीक को अपना लिया था। लेकिन सन् 2003 में इस क्रांति का विस्तार सभी चैनलों में हो गया। अब लाइव रिपोर्टिंग करना काफी आसान बन गया। डिजीटल कैमरों, नॉन लीनियर एडिटिंग और शानदार एनीमेटिड ग्राफिक्स की मदद से भारतीय समाचार चैनल निर्माण की गुणवत्ता के मामले में अंतरराष्ट्रीय स्तर के बन गए। महत्वपूर्ण बात यह है कि ये सब अविश्वसनीय रूप से बहुत ही कम समय में घटित हो गया।

अफगानिस्तान पर अमेरिकी आक्रमण की तरह इस साल भारतीय चैनल **अल जजीरा** जैसे चैनल पर निर्भर नहीं रहे और इराक़ युद्ध को कवर करने के

लिए लगभग हर चैनल ने अपने रिपोर्टरों को मोर्चे पर भेजा। भारतीय पत्रकारों ने परदेसी ज़मीन पर जान जोखिम में डालते हुए बहादुरी से ख़बरें भेजी। युद्ध के दौरान दोनों पक्षों की ख़बरें इसी वजह से उपलब्ध हो पायी। क्रिकेट वर्ल्ड कप भी इस साल की बड़ी घटना रही। एक महीने पहले ही सभी चैनल इस आयोजन की विस्तार से कवरेज में जुट गए थे।

करगिल युद्ध की धुआंधार टेलीविज़न कवरेज के कारण उसे देश का पहला मीडियावार कहा गया। ठीक उसी तरह नवम्बर-दिसम्बर 2003 के पांच राज्यों के विधानसभा चुनाव देश के पहले मीडिया चुनाव के रूप में याद किये जाएँगे। चुनाव से ठीक पहले दूरदर्शन ने अपने मैट्रो चैनल को चौबीस घंटे के समाचार चैनल में बदल दिया। चैनलों द्वारा इस चुनाव की अभूतपूर्व कवरेज अपने आप में इस वर्ष की एक महत्वपूर्ण घटना थी। इस बार के चुनाव मीडिया के सहारे लड़े गए। पहली बार मुख्यमंत्री के दो प्रतिद्वंद्वियों, शीला दीक्षित और मदनलाल खुराना की एक मंच पर बहस करवाकर ज़ी टीवी और हिन्दुस्तान टाइम्स ने बिलकुल नई पहल की। विनोद दुआ की स्टार न्यूज़ पर ऑटो यात्रा तो ज़ी की डबल डेकर चुनाव एक्सप्रेस भी थोड़ा हट के थी। एनडीटीवी के पत्रकार चिरपरिचित अंदाज में दूरदराज में जाकर लोगों और नेताओं से रूबरू होते रहे।

टेलीविज़न निर्माताओं और दर्शकों के बीच पहले काफी दूरियाँ बनी रहती थी। ख़ासकर जब फीडबैक की बात हो, लेकिन मोबाईल फोन क्रांति ने इस फासले को पाट दिया। आजतक ने जब अपने दर्शकों से भारतीय क्रिकेट टीम को संदेश देने के लिए आमंत्रित किया तो कई लाख दर्शकों ने एसएमएस के जरिये अपनी भावनाओं से अवगत कराया। बदले में आजतक ने लगातार कई हफ्तों तक उन संदेशों को अपने स्क्रीन पर दिखाया। दहेज लोभियों की बारात लौटा देने वाली दिल्ली की निशा जिस तरह रातों रात देश की चहेती बन गयी और दहेज का मुद्दा एक बार फिर राष्ट्रीय चर्चा में छा गया उसमें टेलीविज़न पर प्रसारित होने वाले मोबाइल संदेशों का भी बड़ा योगदान रहा। टेलीविज़न स्क्रीन के नीचे रेंगने वाली पतली पट्टी (क्रॉलर) देश की भावनाओं को व्यक्त करने का एक खुला मंच बन गयी। बाद में सारे चैनल इस राह पर चल पड़े। ज्वलंत मुद्दों पर जनता की राय इकट्ठा करने का ये एक आसान जरिया बन गया।

संसदीय चुनाव 2004

टेलीविज़न चैनलों ने देश के सबसे बड़े चुनावों में अभूतपूर्व भूमिका निभाई। ख़ास बात ये रही कि इस बार आम जनता को टेलीविज़न पर अपनी बात कहने का काफी मौका मिला। प्रतियोगिता के कारण लगभग सभी चैनलों ने कार्यक्रमों

के फार्मेट में काफी प्रयोग किये। एंकर अपने स्टूडियो से निकलकर राज्य की राजधानियों में आम जनता से रूबरू हुए। एनडीटीवी में विनोद दुआ ने **टिकट इंडिया** का में रेल यात्रा करके आम लोगों की राय जानने की कोशिश की, तो आजतक के राजेश बादल और रविन्द्र बावा ने भी **हमराही** नामक कार्यक्रम में देशभर की यात्रा करके जन समस्याओं को उजागर किया। **चुनावी चौपाल** (ज़ी न्यूज़), **हम से अच्छा कौन** (स्टार न्यूज़), **क्यों सुनें आपकी** (आजतक), **लोक अदालत** (ईटीवी), जैसे कार्यक्रमों के जरिये राज्य की राजधानियों में जाकर एंकरों ने नेताओं और जनता के बीच चुनावी मुद्दों पर चर्चा की। पहली बार चुनावी कवरेज में हल्के-फुल्के अंदाज़ में कार्यक्रम बनाए गए। चुनावी भट्टी (ज़ी न्यूज़), चुनावी कव्वाली (आजतक), गुस्ताखी माफ़ (एनडीटीवी), हैरी वोटर (आजतक), पोल खोल (स्टार न्यूज़) जैसे कार्यक्रमों में नेताओं की जमकर खिंचाई की गयी।

इसी साल गुड़िया प्रकरण में जी न्यूज़ चैनल की काफी आलोचना हुई। पाकिस्तानी जेल से लौटे भारतीय जवान आरिफ की पत्नी गुड़िया की दूसरी शादी कर चुकी थी और गर्भवती थी। झगड़ा यह था कि आरिफ के लौटने के बाद गुड़िया अपने दोनों पतियों में से किसके पास रहे। इस पारिवारिक मसले को समाचार चैनलों ने खूब उछाला और जी न्यूज़ ने अपने स्टूडियो में लाइव पंचायत का आयोजन किया। पंचायत ने फैसला सुनाया कि गुड़िया आरिफ के साथ रहेगी, लेकिन इस घटना का दुखद पहलू यह था कि चैनल ने आरिफ और गुड़िया के परिवार वालों को कई घंटों तक इसलिए अपने गेस्ट हाउस में रोककर रखा ताकि अन्य चैनल उनसे बातचीत न कर सकें और ये सारी ख़बर पूरी तरह से जी न्यूज़ के पास एक्सक्लूसिव बनी रहे। इस घटना के कुछ वर्षों बाद जब गुड़िया ने दिल्ली के एक अस्पताल में गंभीर बीमारी के चलते दम तोड़ दिया तो चैनलों ने उसकी ख़बर बनाना उचित नहीं समझा। सन 2004 में ही दिल्ली के एक प्रतिष्ठित स्कूल के छात्र द्वारा अपनी छात्रा दोस्त का अश्लील एमएमएस बनाकर उसे दूसरे लोगों के पास भेजने की ख़बर भी मीडिया में खूब उछली। चैनलों ने स्कूल, लड़की और एमएमएस बनाने वाले किशोरों के नाम और पहचान को धड़ल्ले से सार्वजनिक किया और अश्लील एमएमएस को भी प्रसारित किया। चैनलों की इस हरकत के लिए भी उनकी काफी आलोचना की गई।

सनसनी का दौर

दिनोंदिन तीखी होती प्रतिस्पर्द्धा के कारण अब चैनल टीआरपी हासिल करने के नित नये नुस्खे खोजने लगे। इस दौरान सन 2005 में एकाएक चैनलों ने

अपराध समाचारों को प्राथमिकता देना शुरू कर दिया। एक के बाद एक सभी चैनलों में अपने क्राइम शो शुरू किये। आज तक का **'जुर्म'**, स्टार का **'सनसनी'**, एनडीटीवी इंडिया का **'डायल 100'**, जी न्यूज़ का **'क्राइम वाच'** इत्यादि एक दर्जन के करीब ऐसे कार्यक्रम शुरू हो गए जो दूरदराज के इलाकों में घटित होने वाली आपराधिक घटनाओं को भी मसालेदार तरीके से दर्शकों के सामने परोसने लगे। टीआरपी के मामले में भी अपराध समाचारों ने अन्य कार्यक्रमों को पीछे छोड़ दिया। पत्रकारिता का ये बदलता स्वरूप पहले से अधिक सनसनीखेज और रोंगटे खड़े कर देने वाला था। इन कार्यक्रमों को पेश करने वाले एंकर भी अपराधी, पुलिस अधिकारी की तरह दिखाई देने लगे। अपराधों का नाट्य रूपान्तरण दिखाकर समाचार चैनलों ने भरपूर कमाई की। इन कार्यक्रमों का बच्चों पर पड़ने वाले बुरे असर को लेकर संसद तक में आवाज उठी, लेकिन चैनलों द्वारा ये कार्यक्रम निर्बाध रूप से दिखाये जाते रहे। निर्माताओं का तर्क था कि वे वही सब दिखा रहे हैं जो समाज में घटित होता है। इसके अलावा इन कार्यक्रमों से समाज में अपराध के प्रति जागरूकता भी आती है। जबकि समाज विज्ञानियों और मनोवैज्ञानिकों के मुताबिक इससे समाज में दहशत और खौफ के माहौल को हवा मिलती है और किशोर अपराध करने के नये तरीके सीखते हैं। इस आलोचना के बाद सन 2006 में एनडीटीवी इंडिया ने अपने सभी अपराध कार्यक्रम बन्द करने का फैसला लिया।

यह साल भारतीय टेलीविज़न पत्रकारिता में स्टिंग ऑपरेशन के लिए भी याद किया जायेगा। वैसे तो देश का पहला स्टिंग ऑपरेशन सन् 2001 में तरुण तेजपाल की कंपनी तहलका डॉट काम द्वारा किया गया था, लेकिन इस साल इंडिया टीवी ने फिल्म अभिनेता शक्ति कपूर और टीवी कलाकार अमन वर्मा पर स्टिंग ऑपरेशन करके कास्टिंग काऊच की हकीकत सामने लाने की कोशिश की। इसके जरिए 14 मार्च से एक हफ्ते तक इंडिया टीवी देश में सबसे अधिक देखा जाने वाला चैनल बन गया। लेकिन साथ ही स्टिंग ऑपरेशन की नैतिकता को लेकर भी एक बहस छिड़ गई। किसी के निजी जीवन में खुफिया कैमरों के उपयोग को लेकर रजत शर्मा अधिक लोगों का समर्थन नहीं जुटा पाये। लेकिन इस घटना के बाद देश में पत्रकारों ने खुफिया कैमरे को अपना अमोघ अस्त्र बना लिया। एक के बाद एक अनेक स्टिंग ऑपरेशन सामने आने लगे। आज तक ने दिल्ली के बिक्री कर विभाग और तिहाड़ जेल में घूसखोरी का पर्दाफाश किया।

12 दिसम्बर 2005 को आज तक ने ऑपरेशन दुर्योधन के तहत सांसदों को

संसद में सवाल पूछने के लिए रिश्वत लेते हुए दिखाया। कोबरा पोस्ट डाट काम के अनिरुद्ध बहल और सुहासिनी राज ने इस ऐतिहासिक स्टिंग ऑपरेशन को अंजाम दिया। इसके परिणामस्वरूप संसदीय जांच कमेटी ने 11 सांसदों को निलम्बित कर दिया। इसके कुछ ही दिन बाद स्टार न्यूज़ ने ऑपरेशन चक्रव्यूह का प्रसारण किया जिसमें सांसदों को सांसद निधि का दुरूपयोग करते हुए दिखाया गया। इसी दौरान अनेक चैनलों ने भ्रष्टाचार उजागर करते हुए अनेक सीडी भी प्रसारित कीं।

बदलते समाचार मूल्य

सन 2006 तक आते-आते भारतीय दर्शक अपराध समाचारों से ऊबने लगे। नतीजतन समाचार चैनल नये फार्मूले तलाशने लगे। इस बार राजनैतिक समाचारों के स्थान पर चैनलों में मानवीय संवेदनाओं को अपील करने वाले समाचारों को प्राथमिकता देना शुरू कर दिया। परम्परागत राजनैतिक समाचारों की तुलना में नयी ख़बरें जनसमस्याओं और आम लोगों की दुख तकलीफों, उत्पीड़न, शोषण, प्रशासनिक बेरुखी और लापरवाही, भ्रष्टाचार, देह व्यापार, अंधविश्वास से लबरेज सामाजिक ताने-बाने के इर्द-गिर्द बुनी जाने लगी। अब भारतीय चैनल नित नए और ठेठ देशज प्रयोग करने लगे। कुछ चैनलों ने भूत-प्रेत, पिशाच, जिन्न और आत्माओं की अंधविश्वास भरी घटनाओं को दिखाने वाले विशेष कार्यक्रम शुरू कर दिये। वहीं ऐसी ख़बरों की तरफ रूझान बढ़ा जो भारतीय दर्शकों को झटका देने वाली साबित हों। इसी के तहत करीना कपूर और शाहिद कपूर की चुम्बनरत तस्वीरें, राधा बने उत्तरप्रदेश के पूर्व आईजी पंड्या, फिल्म अभिनेत्री राखी सावंत और गायक मीका विवाद, प्रोफेसर बटुकनाथ का अपनी छात्रा के साथ प्रेम प्रसंग, मशहूर गायक उदित नारायण की दूसरी पत्नी के विवाद को समाचार चैनलों ने खूब तूल दिया।

इसके अलावा, यह साल भारत में नागरिक पत्रकारिता की शुरूआत भी माना जाएगा। जब अंग्रेजी चैनल सीएनएन-आईबीएन आरंभ हुआ जिसने अपने विज्ञापनों में भी नागरिक पत्रकारिता को एक मुद्दा बनाया और आम दर्शकों को नागरिक पत्रकार बनने का आह्वान किया। चैनल ने दर्शकों से वीडियो क्लिप आमंत्रित किए जिसके काफी उत्साहवर्धक परिणाम आए। इसी प्रकार इंडिया टीवी के अलावा बाकी चैनल भी दर्शकों को समाचार निर्माण प्रक्रिया में शामिल करने के लिए विज्ञापन दिये।

जुलाई महीने में कुरुक्षेत्र के एक गाँव में प्रिंस नामक एक बालक को संकरे गड्ढे से निकालने की घटना का 48 घंटे तक सभी चैनलों ने सीधा प्रसारण

किया। गाँव के ही एक सामान्य व्यक्ति द्वारा गड्ढ़े में लटकाये गए क्लोज सर्किट कैमरे से जो तस्वीरें प्रिंस की उपलब्ध हो पाई उसने इस ख़बर को चैनलों के लिए सर्वथा प्रसारण योग्य बना दिया। सारा देश दो दिन तक प्रिंस के भविष्य को लेकर टेलीविज़न से चिपका रहा। उसके लिए प्रार्थनाएँ आयोजित की गईं। टेलीविज़न पर सीधे प्रसारण के बाद ही प्रशासन हरकत में आया। सेना को बचाव कार्य का जिम्मा सौंपा गया और मुख्यमंत्री ने घटना स्थल का दौरा किया। प्रिंस को बचाने के बाद उस गाँव के हालात में भी सरकारी मदद से काफी सुधार हुये।

टेलीविज़न समाचारों में नये चलन

पिछले कुछ वर्षों के दौरान भारत में टेलीविज़न समाचारों के क्षेत्र में कई महत्वपूर्ण बदलाव और नए प्रयोग हुए हैं। इस अवधि में देश में अनेक नये समाचार चैनल शुरू किये गये। राष्ट्रीय स्तर पर तो चैनलों की कुल संख्या लगभग एक हज़ार हो गयी है साथ ही, क्षेत्रीय भाषाओं में भी समाचार चैनलों की संख्या निरंतर बढ़ती जा रही है। यही नहीं, स्थानीय स्तर पर भी एक समय केबल के जरिये आरंभ किये गये चैनल अब उपग्रह की मदद से डिज़ीटल प्रसारण कर रहे हैं।

सन् 2016 में सीएनएन-न्यूज़-18 को रिब्रांड किया गया और अगले ही साल 2017 में, रिपब्लिक टीवी आरंभ किया गया। इसके बाद, भारतीय समाचार चैनलों के बीच प्रतिस्पर्धा एकाएक बढ़ गयी। अन्य चैनलों को कंटेंट में कुछ नया करने और उसमें विविधता लाने के लिए मज़बूर होना पड़ा। इस दौरान, क्षेत्रीय समाचार नेटवर्क का महत्व भी पहले से बढ़ गया, जो भारत की भाषाई और सांस्कृतिक विविधता को दर्शाता है। TV9 भारतवर्ष, न्यूज़18 के क्षेत्रीय नेटवर्क और अन्य चैनलों ने क्षेत्रीय भाषाओं में सामग्री प्रदान की। क्षेत्रीय सामग्री पर इस फोकस ने स्थानीय पत्रकारिता को सशक्त बनाया है और क्षेत्रीय मुद्दों को एक मंच प्रदान किया।

देश में डिजीटल क्रांति ने समाचार चैनलों के पूरे कारोबार मॉडल को रूपांतरित कर दिया है। समाचार संग्रहण, समाचार निर्माण, समाचार प्रसारण एवं समाचार वितरण प्रत्येक तल पर ये परिवर्तन दिखायी देते हैं। टेलीविज़न समाचार चैनलों ने व्यापक दर्शकों तक पहुंचने के लिए डिजिटल प्लेटफार्मों को तेजी से अपनाया है। ऑनलाइन मीडिया के साथ टेलीविज़न पत्रकारिता के एकीकरण से लाइव स्ट्रीमिंग, सोशल मीडिया एंगेजमेंट और मोबाइल ऐप का उदय हुआ है। एनडीटीवी, टाइम्स नाउ और इंडिया टुडे जैसे चैनलों की मजबूत ऑनलाइन

उपस्थिति है, जो लाइव समाचार, ब्रेकिंग अपडेट और इंटरैक्टिव सामग्री प्रदान करते हैं। इस डिजिटल बदलाव ने समाचारों को अधिक सुलभ और तत्काल बना दिया है।

दूसरी तरफ, संवर्धित वास्तविकता (एआर), आभासी वास्तविकता (वीआर), और कृत्रिम बुद्धिमत्ता (एआई) जैसी तकनीकी प्रगति को टेलीविज़न पत्रकारिता में एकीकृत किया गया है। इन तकनीकों ने समाचार प्रस्तुति को सुंदर और प्रभावी बनाया है, जिससे यह अधिक आकर्षक और इंटरैक्टिव हो गयी है। उदाहरण के लिए, एआर का उपयोग मौसम के पूर्वानुमान और चुनाव कवरेज के लिए इमर्सिव विजुअल बनाने के लिए किया जाता है, जबकि आर्टिफीशियल इंटेलीजेंस रीयल-टाइम डेटा विश्लेषण और तथ्य-जांच में मदद करती है। वहीं, एनालॉग से डिजिटल प्रसारण में रूपांतरण भारत में टेलीविज़न पत्रकारिता के लिए एक गेम-चेंजर रहा है। डायरेक्ट-टू-होम (डीटीएच) सेवाओं की शुरूआत और बाद में हाई-डेफिनिशन (एचडी) चैनलों के विकास ने समाचार प्रसारण की गुणवत्ता में सुधार किया है। इस परिवर्तन ने दर्शकों को बेहतर तस्वीर और ध्वनि का अनुभव उपलब्ध कराया है।

अब ट्विटर, फेसबुक और यूट्यूब जैसे सोशल मीडिया प्लेटफॉर्म टेलीविज़न पत्रकारिता के अभिन्न अंग बन गए हैं। पत्रकार और समाचार चैनल इन प्लेटफार्मों का उपयोग समाचारों का प्रसार करने, दर्शकों के साथ बातचीत करने और जनता की राय जानने के लिए करते हैं। नागरिक पत्रकारिता का उदय, जहां सामान्य व्यक्ति अपने स्मार्टफोन का उपयोग करके समाचार घटनाओं की रिपोर्ट करते हैं, भी एक उल्लेखनीय प्रवृत्ति है। समाचार एकत्र करने के इस लोकतंत्रीकरण ने पारंपरिक पत्रकारिता को एक ओर समृद्ध बनाया है तो दूसरी तरफ उसे चुनौती भी दी है।

इंटरनेट और स्मार्टफोन की बढ़ती पहुंच ने समाचार उपभोग के तरीके को बदल दिया है। टेलीविज़न समाचार चैनलों ने डिजीटल प्लेटफोर्म जैसे विभिन्न सोशल मीडिया पर अपनी उपस्थिति बढ़ाई है। दर्शक अब लाइव स्ट्रीमिंग और ऑन-डिमांड कंटेंट देख रहे हैं। युवा दर्शकों के लिए समाचारों का पहला स्रोत-यूट्यूब, इंस्टाग्राम, फेसबुक (मेटा) और ट्वीटर बन गये हैं। वे केवल दर्शक या पाठक ही नहीं बल्कि वे एग्रीगेटर की भूमिका में भी हैं। वे अपने पसंदीदा समाचारों को लाइक करते हैं, कमेंट करते हैं और उनके लिंक अन्य लोगों के साथ शेयर भी करते हैं।

सोशल मीडिया के दौर में फ़ेक सूचनाएँ भी समाचारों के लिए एक बड़ी

चुनौती बनकर सामने आयी हैं। जल्दबाज़ी में प्रसारण करने के कारण अनेक टेलीविज़न समाचार चैनल भी फ़ेक सूचनाओं के शिकार बन रहे हैं। तथ्यों की पड़ताल करना और प्रतिस्पर्धा में तुरंत समाचार प्रसारित करना दोनों ही चैनलों की विश्वसनीयता के लिए आवश्यक है। इस चुनौती से निपटने के लिए अधिकांश बड़े समाचार चैनलों ने अलग से एक फैक्ट चौकिंग टीम का गठन कर दिया है।

पिछले एक दशक के दौरान देश में विचारधारा के तल पर राजनैतिक ध्रुवीकरण तेज़ हुआ है। इसका सीधा असर समाचार चैनलों पर भी पड़ा है। अनेक चैनलों के समाचार चयन एवं उनकी प्रस्तुति पर राजनैतिक विचारधारा का प्रभाव साफ देखा जा सकता है। परिणामस्वरूप, अनेक चैनलों की निष्पक्षता पर सवाल उठने लगे हैं। रिपब्लिक समेत अनेक चैनलों का राष्ट्रवादी विचारधारा की तरफ स्पष्ट झुकाव दिखायी देता है, तो वहीं, एनडीटीवी जैसे चैनल इसके विपरीत धारा में बहते दिखायी देते हैं।

सन् 2020-21 में कोविड महामारी ने टेलीविज़न समाचार उद्योग गहराई से प्रभावित किया है। लॉकडाउन के दौरान जब सारी दुनिया अपने घरों में कैद हो गयी तो स्वाभाविक रूप से टेलीविज़न समाचारों के दर्शक में भी अभूतपूर्व वृद्धि हुई। हालांकि इसी अनुपात में चैनलों को विज्ञापन नहीं मिले। इस दौरान, कोविड से जुड़ी खबरों को अत्यधिक मात्रा में प्रसारित किया गया। सुरक्षा एवं स्वास्थ्य संबंधी समाचारों की मांग इस दौरान बढ़ गयी थी।

कोविड महामारी के दौरान निडर होकर कवरेज़ करते हुए बड़ी संख्या में टेलीविज़न पत्रकार कोविड की चपेट में आये और दर्जनों ने अपनी जान गंवाई। कोविड काल में, अपनी नौकरी गवांने वाले टेलीविज़न पत्रकारों की सूची भी लंबी है। जबकि आंकड़े बता रहे थे कि कोविड काल में चैनलों की आय बढ़ी है। कोविड महामारी ने देश में ओटीटी प्लेटफोर्म को विस्तार देने में मदद की। इस दौरान अमेज़न प्राइम, नेटफ्लिक्स, हॉटस्टार, सोनी लाइव, ज़ी इत्यादि ओटीटी प्लेटफोर्म की सदस्यता में सौ प्रतिशत से भी अधिक बढ़ौतरी देखी गयी।

कोविड महामारी के बाद टेलीविज़न समाचार चैनलों ने स्वास्थ्य और पर्यावरण के मसलों पर खबरों की मात्रा बढ़ा दी है। चैनलों ने स्वास्थ्य सलाह, विशेषज्ञों की राय और पर्यावरणीय मुद्दों के कवरेज के लिए अधिक समय देना शुरू कर दिया है, निसंदेह, यह उनके दर्शकों की बदलती प्राथमिकताओं को दर्शाता है।

पिछले एक दशक में टेलीविज़न पत्रकारिता को पूर्वाग्रह, सनसनीखेज और

फेक समाचारों का प्रसार करने का आरोप लगा है। जनमत को आकार देने और राजनीतिक विचारधारा को प्रभावित करने में टेलीविज़न पत्रकारिता की भूमिका जांच के दायरे में आ गई है। सुशांत सिंह राजपूत मामले की कवरेज और कोविड-19 महामारी के दौरान रिपोर्टिंग जैसे हाई-प्रोफाइल विवादों ने पत्रकारिता की नैतिकता और जिम्मेदारियों के बारे में बहस छेड़ दी है.

इस बीच, सरकारी नीतियों और नियमों में परिवर्तन ने भी भारत में टेलीविज़न पत्रकारिता को काफी प्रभावित किया है। भारतीय दूरसंचार नियामक प्राधिकरण यानी ट्राई द्वारा वर्ष 2019 में नए टैरिफ आदेश के कार्यान्वयन का उद्देश्य केबल टीवी को अधिक किफायती और पारदर्शी बनाना था। हालांकि, इसने राजस्व और चैनल पैकेजिंग के मामले में समाचार चैनलों के लिए चुनौतियां भी पैदा की।

प्रमुख घटनाओं की समाचार कवरेज

पिछला एक दशक, भारत के लिए राजनीतिक, आर्थिक, सामाजिक और सांस्कृतिक परिवर्तनों का दौर रहा है। टेलीविज़न समाचार चैनलों ने इस दौरान अपनी व्यापक पहुंच बनायी और परिवर्तनों को आकार देने में महत्वपूर्ण भूमिका निभाई है। कुछ प्रमुख घटनाओं की समाचार कवरेज का वर्णन इस प्रकार है।

1. निर्भया केस (2012-2013)

निर्भया केस के नाम से चर्चित दिल्ली में एक युवती के नृशंस सामूहिक बलात्कार और हत्या ने देश को हिलाकर रख दिया था। टेलीविज़न समाचार चैनलों ने महिलाओं की सुरक्षा और लिंग आधारित हिंसा के मुद्दे को सामने लाते हुए व्यापक कवरेज प्रदान की। इस रिपोर्टिंग ने विरोध प्रदर्शनों को प्रेरित किया, कानूनी सुधारों की जमीन तैयार की और महिलाओं के अधिकारों व सुरक्षा के बारे में सामाजिक जागरूकता में वृद्धि की।

2. संसदीय चुनाव (2014)

सन् 2014 के आम चुनाव भारतीय राजनीति में एक ऐतिहासिक क्षण थे, जिससे नरेंद्र मोदी का प्रधानमंत्री के रूप में उदय हुआ। टेलीविज़न समाचार चैनलों ने जनता की राय बनाने में महत्वपूर्ण भूमिका निभाई, राजनीतिक रैलियों, बहसों और विश्लेषणों का व्यापक कवरेज किया गया। चैनलों ने एग्जिट पोल, लाइव अपडेट और चर्चा-विमर्श के जरिये देश के राजनीतिक माहौल को नया रूप दिया।

3. व्यापम घोटाला (2014-15)

मध्यप्रदेश में व्यापम घोटाले के रूप में भर्तियों से जुड़ा हुआ एक सनसनीखेज़ भ्रष्टाचार का मामला उजागर हुआ। मध्यप्रदेश व्यावसायिक परीक्षा मंडल यानी व्यापम राज्य में अनेक प्रवेश परीक्षाओं का संचालन करता है। भ्रष्टाचार और मिलीभगत के जरिये अपात्र परीक्षार्थियों को नौकरी देने के बड़े खुलासे में दर्जनों नेताओं, अधिकारियों एवं कर्मचारियों की गिरफ्तारी हुई। राष्ट्रीय टेलीविज़न चैनलों ने इस पूरे मामले की जबरदस्त कवरेज़ की।

4. विमुद्रीकरण (2016)

प्रधानमंत्री नरेंद्र मोदी ने 8 नवंबर 2016 को काले धन और जाली मुद्रा पर अंकुश लगाने के लिए 500 और 1,000 रुपये के नोटों के विमुद्रीकरण की घोषणा की थी। टेलीविज़न समाचार चैनलों ने इसके सामाजिक-आर्थिक प्रभावों एवं आमजन की प्रतिक्रियाओं की व्यापक कवरेज की।

5. नीरव मोदी केस (2018-20)

भारतीय हीरा व्यापारी नीरव मोदी द्वारा पंजाब नैशनल बैंक के साथ 18000 करोड़ रूपये की धोखाधड़ी का मामला जब प्रकाश में आया तो पूरे देश में हड़कंप मच गया। केन्द्र सरकार ने इस मामले की सीबीआई से जांच करने का आदेश दिया। इसके बाद, नीरव मोदी देश छोड़ कर फरार हो गया। ब्रिटेन में उसने शरण ली तो उस पर वहीं केस चलाया गया और सजा दी गयी। इस समय, ब्रिटेन की जेल में नीरव मोदी सजा काट रहा है। इस सनसनीखेज मामले के उजागर होने के बाद देश के नागरिकों को लगने लगा कि अमीर लोग बैंकों में रखे धन का दुरूपयोग आसानी से कर सकते हैं। टेलीविज़न चैनलों ने इस पूरे मामले को ग्राफिक्स और विशेषज्ञों से बातचीत करके आसानी से समझाने में कोई कसर नहीं छोड़ी।

6. पुलवामा हमला और बालाकोट एयरस्ट्राइक (2019)

पुलवामा आतंकवादी हमला में सीआरपीएफ के 40 जवान मारे गए थे। फिर भारतीय वायुसेना ने बालाकोट में हवाई आक्रमण किया। परिणामस्वरूप, भारत और पाकिस्तान के संबंधों पर गंभीर संकट छा गये थे। टेलीविज़न समाचार चैनलों ने सैन्य विशेषज्ञों के विश्लेषण और ऑन-ग्राउंड रिपोर्टिंग के साथ इस घटना को गहन कवरेज प्रदान की। इस तनावपूर्ण समय में दर्शकों में राष्ट्रीय भावना भरने और देश में राजनीतिक नैरेटिव को आकार देने में टेलीविज़न समाचार चैनलों की महत्वपूर्ण भूमिका रही।

7. संसदीय चुनाव (2019)

सन् 2019 के आम चुनावों में प्रधानमंत्री नरेंद्र मोदी फिर से चुने गए। टेलीविज़न समाचार चैनलों ने महत्वपूर्ण भूमिका निभाई, जिसमें चुनाव अभियानों, कार्यक्रमों, मतदान इत्यादि की व्यापक कवरेज हुई। टेलीविज़न प्रसारण के साथ-साथ इस चुनाव में डिजिटल प्लेटफार्मों का भी समाचारों के प्रचार-प्रसार के लिये खूब उपयोग किया गया।

8. कश्मीर में अनुच्छेद 370 को हटाना (2019)

जम्मू-कश्मीर को विशेष दर्जा देने वाले अनुच्छेद 370 को निरस्त करने का भारत सरकार का निर्णय एक ऐतिहासिक कदम था। टेलीविज़न समाचार चैनलों ने इसकी घटना की व्यापक कवरेज की। इस मसले के ऐतिहासिक संदर्भ, संवैधानिक पहलू, राजनीतिक निहितार्थ पर भरपूर चर्चा-विमर्श के अलावा, कश्मीर से जमीनी रिपोर्ट और विभिन्न राजनैतिक दलों, संगठनों एवं बुद्धिजीवियों की प्रतिक्रियाएँ इसमें शामिल थीं। टेलीविज़न कवरेज ने इस मुद्दे की जटिलता और संवेदनशीलता को दर्शकों तक पहुंचाया।

9. सुशांत सिंह राजपूत केस (2020)

बॉलीवुड अभिनेता सुशांत सिंह राजपूत की मौत ने एक किस्म के मीडिया उन्माद को जन्म दिया। टेलीविज़न समाचार चैनलों ने बड़े पैमाने पर इस मामले और उसकी जांच को कवर किया। परिणाम यह निकला कि देश के कुछ हिस्सों में सुशांत सिंह के पक्ष में आंदोलन शुरू हो गये और सोशल मीडिया पर सुशांत की दोस्त रिया चक्रवर्ती को उसकी मौत का जिम्मेदार ठहराया जाने लगा। रिया का चरित्र हनन करते हुए उसे दुष्प्रचारा का निशाना बनाया जाने लगा। अत्यधिक सनसनीखेज रिपोर्टिंग के कारण पत्रकारिता की नैतिकता, और गोपनीयता के हनन को लेकर सवाल उठने लगे। इस मामले ने आम लोगों की राय पर मीडिया के प्रभाव और जिम्मेदार रिपोर्टिंग पर बहस को जन्म दिया।

10. कोविड-19 महामारी (2020-21)

कोविड महामारी दुनियाभर में समाचार कवरेज पर हावी थी, और भारत इसका कोई अपवाद नहीं था। टेलीविज़न समाचार चैनलों ने समय पर जानकारी, स्वास्थ्य सलाह और महामारी पर अपडेट प्रदान करने में महत्वपूर्ण भूमिका निभाई। लॉकडाउन उपायों, प्रवासी श्रमिक संकट, टीकाकरण अभियान और सरकारी नीतियों की निरंतर कवरेज ने सार्वजनिक स्वास्थ्य संचार में मीडिया की महत्पूर्ण भूमिका को साबित कर दिया।

11. किसान आंदोलन (2020-2021)

केन्द्र सरकार के नए कृषि कानूनों के खिलाफ आंदोलन में हजारों किसान दिल्ली की सीमाओं पर आ डटे। टेलीविज़न समाचार चैनलों ने विरोध प्रदर्शनों को बड़े पैमाने पर कवर किया, लाइव रिपोर्ट, किसानों और विशेषज्ञों के साथ साक्षात्कार, और कानूनों के निहितार्थ पर बहस और निरंतर कवरेज ने किसानों की मांगों और सरकार की प्रतिक्रिया पर राष्ट्रीय और अंतर्राष्ट्रीय ध्यान आकर्षित करने में मदद की।

12. चक्रवात और प्राकृतिक आपदाएँ

भारत ने पिछले एक दशक में कई विनाशकारी चक्रवातों और प्राकृतिक आपदाओं का सामना किया, जिनमें चक्रवात फैलिन (2013), चक्रवात फानी (2019) और चक्रवात अम्फान (2020) शामिल हैं। टेलीविज़न समाचार चैनलों ने इस दौरान आपदा प्रबंधन और राहत प्रयासों में अभूतपूर्व मदद की। नवीनतम जानकारियों के साथ दर्शकों को बचने के लिए सुरक्षा सलाह देते हुए चैनलों ने इस दौरान महत्वपूर्ण कवरेज की।

अभ्यास कार्य

- भाषा, प्रस्तुति, विषय वस्तु आदि विभिन्न आधारों पर समाचार चैनलों का एक चार्ट बनाएँ जिसमें प्रत्येक चैनल के बारे में तुलनात्मक जानकारियाँ दी गयी हों।
- भारतीय टेलीविज़न में आ रहे समकालीन बदलावों की सूची तैयार करें और सामाजिक परिप्रेक्ष्य में उनकी उपयोगिता की जांच-पड़ताल करें।

अध्याय दो

टेलीविज़न माध्यम एवं भाषा

टेलीविज़न तकनीक के विकास में अनेक वैज्ञानिक खोजों का योगदान रहा है। वैसे भी टेलीविज़न संचार के कई माध्यमों से मिलकर बना है। इसमें जहाँ रेडियो तकनीक के जरिये आवाज़ का प्रयोग किया जाता है, वहीं रंगीन तस्वीरों को भी प्रसारित किया जाता है। गतिमान तस्वीरों को कैमरे में कैद कर लेना और फिर उसको अपने अनुसार संपादित करने की तकनीक भी टेलीविज़न के निर्माण में काफी उपयोगी रही। एक दृष्टिकोण से तो टेलीविज़न मल्टीमीडिया की तरह काम करता है क्योंकि हम इसमें एक साथ देखते, सुनते और पढ़ते हैं। अनेक तकनीकों को समेटे होने के बावजूद ये सवाल भी बार-बार उठता है कि टेलीविज़न की अपनी ऐसी क्या विशेषताएँ हैं जो इसे दूसरे माध्यमों-रेडियो, सिनेमा और प्रिंट मीडिया से अलग पहचान देती हैं।

टेलीविज़न एक माध्यम के रूप में

टेलीविज़न मूलतः एक दृश्य माध्यम है। यही दृश्य इसे रेडियो से अलग करते हैं। इसमें आवाज़ के रूप में बोले गए शब्द और संगीत दृश्यों के सहयोगी का काम करते हैं। उनका अलग से कोई वजूद अक्सर नहीं होता। जैसे समाचारों में अगर किसी ख़बर के दृश्य नहीं हैं तो दर्शकों के लिए वो लगभग रेडियो पर समाचार सुनने जैसा ही होगा। लेकिन अगर दृश्य हमारे पास मौजूद हैं और नैरेशन नहीं है तो भी दर्शक उस कहानी को समझ पाने में समर्थ होंगे। शब्दों का महत्व दृश्यों को विशेष अर्थ देने में हैं। टेलीविज़न में दृश्यों का होना ही उसकी सबसे बड़ी खासियत और ताकत है। इसी कारण टेलीविज़न अन्य संचार माध्यमों पर भारी पड़ता है। आज भी लोग सुनी-सुनाई बातों की अपेक्षा आँखों देखी बातों पर ज्यादा भरोसा करते हैं।

एक चीनी कहावत है कि एक तस्वीर हज़ार शब्दों को बयाँ करती है। टेलीविज़न पर दिखाए जाने वाले कितने ही दृश्य इसी तरह कुछ न कुछ कहकर

बहुत कुछ कह जाते हैं और इसका सबसे ज्यादा फायदा उस वक्त होता है जब समाचारों में घटना के दृश्यों से तो रूबरू करवाया जा सकता है परन्तु उस घटना के बारे में तथ्यात्मक एवं विस्तृत जानकारी उपलब्ध नहीं है। अगर ये कहा जाए कि शब्द और दृश्य मिलकर ही टेलीविज़न की भाषा बनते हैं तो यह भी गलत नहीं होगा।

एक दृश्य माध्यम के रूप में टेलीविज़न की भाषा की व्याख्या करें तो यह लगभग व्याकरण के नियमों से ही मेल खाती है। जिस तरह शाब्दिक भाषा में तैंतीस अक्षर और तेरह व्यंजन हैं जिनको व्याकरण के नियम से जोड़कर हम अलग-अलग शब्द बनाते हैं और शब्दों से वाक्य बनते हैं जो एक ख़ास अर्थ देते हैं। ठीक इसी तरह छोटे विजुअलों को एक विशेष क्रम में जोड़कर एक ख़ास मतलब दिया जा सकता है।

दृश्य माध्यम : टेलीविज़न मूलतः एक दृश्य माध्यम है। यही दृश्य इसे रेडियो से अलग करते हैं। आवाज के रूप में बोले हुए शब्द और संगीत-दृश्यों के सहयोगी के रूप में काम करते हैं। उनका अलग से कोई वजूद नहीं होता है। जैसे समाचारों में अगर किसी ख़बर के विजुअल नहीं है तो दर्शकों के लिए वो लगभग रेडियो पर समाचार सुनने जैसा ही होगा। इसी प्रकार हम टेलीविज़न का इस्तेमाल केवल संगीत सुनने के लिए नहीं करते बल्कि गानों को सुनने के साथ-साथ उनका फिल्मांकन देखने के लिए करते हैं और जब-जब हमारी आँखे रोचक दृश्यों में खो जाती हैं वहीं हमारे कान संगीत को उतनी तन्मयता और ध्यान से नहीं सुन पाते जितना कि म्यूजिक सिस्टम में। साथ ही ज्यादातर टेलीविज़न सेटों में स्पीकर छोटे और साधारण ही होते हैं जिनका मुख्य उद्देश्य संगीत की बारीकियाँ सुनना नहीं होता। ये भी उतना ही सही है कि टेलीविज़न बनाने वाली कंपनियाँ दिनोंदिन आवाज पर भी पहले से अधिक ध्यान दे रही हैं।

सिनेमा की तुलना में टेलीविज़न का पिक्चर रिजोल्यूशन कम होता है। फिल्म का पर्दा बड़ा है और उसे वास्तविक जीवन से बड़ा कहा जाता है और टेलीविज़न के विजुअल छोटे और वास्तविक जीवन से छोटे होते हैं। टेलीविज़न की इसी मज़बूरी के चलते इसमें क्लोज अप शोट्स का भरपूर इस्तेमाल किया जाता है इस कारण इसे 'क्लोजअप मीडियम' कहा जाता है। बोलते व्यक्तियों के क्लोज अप शोट्स यानी 'टॉकिंग हेड्स' की मदद से ही ढेर सारे धारावाहिक और समाचार कार्यक्रम बनाए जाते हैं। जबकि बड़ा पर्दा होने के कारण सिनेमा में लॉग शोट्स अधिक प्रयोग किये जा सकते हैं। टेलीविज़न के छोटे पर्दे पर लाँग शोट्स में डिटेल खो जाती हैं। उदाहरण के लिए संजय लीला भंसाली की

फिल्म देवदास में सेट्स की भव्यता, इसे टेलीविज़न पर देखने के दौरान मर जाती है।

टेलीविज़न की ताकत इसके विजुअल इसलिए भी हैं क्योंकि मनुष्य के मस्तिष्क में पढ़े और सुने हुए शब्दों की तुलना में देखे गए दृश्य अधिक समय तक बने रहते हैं। कई बार तो ये दृश्य हमारी याददाश्त में ताउम्र बने रहते हैं। इसी शक्ति को पहचानते हुए समाचारपत्र भी आजकल अधिकाधिक विजुअल होते जा रहे हैं। बड़े-बड़े रंगीन फोटो आजकल अखबारों में सामान्य हो गए हैं। इसे अखबारों पर टेलीविज़न का दबाव भी कहा जा सकता है। लेकिन विजुअल के इतने अधिक महत्व के बावजूद हम टेलीविज़न में नैरेशन यानी वायस ऑवर को भी कम करके नहीं आंक सकते क्योंकि शाब्दिक भाषा की तुलना में दृश्यों की भाषा उतनी सधी हुई नहीं होती। एक ही मूक टेलीविज़न दृश्य के अनेक व्यक्ति अलग-अलग अर्थ निकाल सकते हैं। दृश्यों के अर्थ बांधने के लिए भी नैरेशन का उपयोग किया जाता है। इसके अलावा टेलीविज़न दृश्यों की अपनी सीमा भी है, जिन्हें पूरा करने के लिए शब्दों की आवश्यकता पड़ती है। जैसे केबिनेट की बैठक के दृश्य ये बताते हैं कि कौन-कौन लोग उपस्थित हैं लेकिन बैठक कहां, कब और क्यों हो रही है ये नहीं बताते। बैठक में लिए गए फैसलों को विस्तार से बताने के लिए भी नैरेशन का ही सहारा लेना पड़ता है, लेकिन इस सबके बावजूद विजुअल्स शब्दों पर भारी पड़ते हैं।

भावनात्मक माध्यम : किसी घटना या व्यक्ति से हम सबसे ज़्यादा तब प्रभावित होते हैं जब या तो हम घटनास्थल पर मौजूद हों या फिर किसी माध्यम ने घटना का ब्यौरा ज्यों का त्यौं पेश कर दिया हो। वाचिक परंपरा के समय किस्सागो घटना का ब्यौरा गाँव-गाँव जाकर सुनाते थे और हर बार उसके विवरण में कुछ जोड़-घटा हो जाता था और फिर एक मुँह से दूसरे मुँह जाते-जाते कई बार तो तथ्यों के साथ अच्छा खासा खिलवाड़ भी हो जाता था। प्रिंट माध्यम आने के बाद मानकीकरण की संभावना बनी, अब समाचार एक ही रूप में हजारों लोगों के पास पहुँचने लगे। यही काम रेडियो से भी संभव हुआ। लेकिन इन माध्यमों की भी एक सीमा थी, तथ्यों को तो इनके द्वारा अच्छी तरह प्रसारित किया जा सकता था लेकिन जहाँ एक भावनात्मक संचार की बात है, उसमें कहीं-ना-कहीं कोई कमी अखरती थी। मुद्रित माध्यम में शब्द चित्रों की मदद ली जाती है तो रेडियो में स्वर में बदलाव और पृष्ठभूमि संगीत आदि की मदद ली जाती है।

टेलीविज़न ने अपने रंगीन, गतिमान और रोचक विजुअल्स की मदद से

भावनाओं के संप्रेषण में रेडियो और प्रिंट माध्यमों को पीछे छोड़ दिया। भूकंप के बाद बांटे जाने वाले खाने के दौरान लोगों का भोजन पर बुरी तरह टूट पड़ना अगर टेलीविज़न पर दिखा दिया जाए, तो सारे शब्द धरे-के-धरे रह जाते हैं या फिर युद्ध के दौरान बिलखती मां और बच्चे के क्लोजअप किसी भी दर्शक को उद्वेलित करने के लिए पर्याप्त हैं। इसी प्रकार ग्यारह सितम्बर के अमेरिकी विश्व व्यापार केन्द्र के दो टावरों के टकराने के विजुअल सालों तक दर्शकों के जहन में ताज़ा रहेंगे। भारत में करगिल युद्ध और भुज का भूकंप ऐसी घटनाएँ हैं जिनके दौरान पहली बार टेलीविज़न की ताकत को इस रूप में पहचाना गया। धुंआधार लाइव कवरेज के कारण ही पूरे देश ने मानसिक तौर पर करगिल युद्ध लड़ा और खूब आर्थिक मदद दी। यही नज़ारा भूकंप के बाद राहत कार्यों में मदद के दौरान भी रहा।

वास्तविकता का माध्यम : दृश्यों की संचार प्रक्रिया भी शब्दों की संचार प्रक्रिया से काफी भिन्न है। जब हम सेब शब्द समाचारपत्र में पढ़ते हैं तो हमारे मन में सेब के फल का ख्याल तुरंत ही आ जाता है। यहाँ सेब शब्द और वास्तविक फल में कोई तार्किक सम्बन्ध नहीं है लेकिन संचार की सुविधा के लिए सभ्यता के विकास के दौरान मनुष्य ने वस्तुओं को अलग-अलग पहचान देने के लिए उन्हें अलग-अलग ध्वनि और लिखित संकेत दे दिये हैं। लेकिन यहाँ एक बात गौर करने लायक है कि सुने और पढ़े हुए सेब शब्द से हमारे मन में वही सेब आएगा जो हमने इससे पहले देखा होगा और अगर किसी ने सेब देखा ही नहीं है तो उसके लिए कल्पना करना काफी मुश्किल होगा। यानी इस प्रकार के सिग्नीफाइर और सिग्नीफाइड में काफी अन्तर होने की वजह से संचार में काफी मुश्किलें आती हैं। शाब्दिक भाषा की एक मुश्किल ये है कि इसको समझने के लिए उस भाषा की एक न्यूनतम समझ होना आवश्यक है, जबकि दृश्यों की भाषा सार्वभौमिक है जो किसी ट्रेनिंग की मांग नहीं करती। दृश्य संचार से ये प्रक्रिया अलग है क्योंकि वास्तविक चीज या तो छपी हुई दिखा दी जाती हैं या फिर उसका मूविंग विजुअल टेलीविज़न पर दिखा दिया जाता है। टेलीविज़न की इस विशेषता के कारण हम इसे वास्तविकता के करीब मीडियम मानते हैं। यानी इसमें सिग्नीफायर वास्तविक सिग्नीफाइड के पूरी तरह ना भी कहें तो काफी करीब होता है। हालांकि पूरी वास्तविकता दिखाने का दावा तो टेलीविज़न नहीं कर सकता फिर भी ये सिनेमा को छोड़कर वर्तमान दूसरे माध्यमों की तुलना में काफी असली है।

टेलीविज़न में हम कैमरे की आँख से देखते हैं। ये देखना अपनी आँखों से

देखने से अनेक अर्थों में भिन्न है। आँखों की तुलना में कैमरे के पास कई सुविधाएँ है तो वहीं कुछ सीमाएँ भी हैं। जिस गति से हम आँखों से ऊपर नीचे, दाये-बांये देख पाते हैं या फिर अंधेरे-उजाले में देख पाते हैं। उतने मुक्त रूप में कैमरा घटनाओं को रिकोर्ड नहीं कर पाता। कैमरे से धीरे-धीरे पैन और टिल्ट शोट्स बनाने पड़ते हैं। वहीं, चीजों पर ज़ूम करके क्लोज अप में देखने की कैमरे की विशेषता हमारी आँख में नहीं होती। विभिन्न प्रकार के रिकोर्डिड विज़ुअल को एक खास क्रम में हम टेलीविज़न पर देखते हैं और उस क्रम को रखने का भी अपना एक विशेष व्याकरण है। इसलिए टेलीविज़न-रिलायटी का अपना एक मिथक गढ़ता है, जो वास्तविक दुनिया से अलग होता है। समाचारों में लाइव प्रसारणों की बढ़ती संख्या ने इस विचार को बल दिया है कि टेलीविज़न घटनाओं का अधिक सच्चा चित्रण करता है।

क्लोज अप माध्यम : टेलीविज़न ने विजुअल के माध्यम से संचार करने का सारा विज्ञान सिनेमा से सीखा है। लेकिन समयांतर में टेलीविज़न ने इस कला में अपना योगदान भी किया और इसे अधिक समृद्ध बनाया। छोटे स्क्रीन की अपनी कमजोरी को छुपाने के लिए टेलीविज़न ने अपने विजुअल का साइज बड़ा कर दिया और क्लोज अप शोट्स की संख्या बढ़ा दी। वहीं सिनेमा की तुलना में टेलीविज़न ने बोलते हुए शब्दों का अधिक प्रयोग करना उचित समझा। इसके अलावा सिनेमाई एडिटिंग के नियमों को थोड़ा ढ़ीला करते हुए उन्हें ज्यादा आसान बनाया। टेलीविज़न में क्लोज अप शोट्स की बहुलता के कारण कई बार इसे क्लोज अप मीडियम भी कहा जाता हैं।

सभी तरह के शोट्स का अपना औचित्य होता है। इसी प्रकार क्लोज अप शोट्स भी हम तभी दिखाते हैं जब हम किसी बात पर अधिक बल देना चाहते हैं या फिर दर्शक का ध्यान वस्तु-विशेष की ओर आकर्षित करना चाहते हैं। क्लोजअप शोट्स टेलीविज़न की जरूरत है। अत्यधिक क्लोज अप शोट्स के कारण टेलीविज़न अनेक बार घटनाओं को व्यापक संदर्भ में ना दिखा कर सच्चाई का एक पहलू ही दिखा पाता है या कई बार क्लोज अप में चीजों को दिखाकर उन्हें जरूरत से ज्यादा बड़ा करके दिखाता है। ख़बरों में इसका बुरा परिणाम निकलकर सामने आता है। जैसे झगड़े की रिपोर्टिंग में अगर एक व्यक्ति की छोटी-सी चोट से निकलते खून का क्लोज अप बार-बार या अधिक समय तक दिखाया जाए तो दर्शकों के मन में एक छाप ये पड़ती है कि बड़े पैमाने पर खून खराबा हुआ है। इसी तरह समाज में बुरी घटनाओं के क्लोजअप अधिक दिखाने से ये भाव उभरता है कि सारा समाज खराब हो गया है जो कि आधा

सच है पूरा नहीं।

टेलीविज़न की सीमाएँ

समय गुजरने के साथ-साथ अब टेलीविज़न की सीमाएँ भी सामने आने लगी हैं। विजुअल टेलीविज़न की सबसे बड़ी ताकत होने के साथ-साथ इसकी सबसे बड़ी कमजोरी भी है क्योंकि अनेक ऐसी घटनाएँ हैं जिनको हम दृश्यों की मदद से नहीं दिखा सकते जैसे अगर किसी संगठन ने शहर में लड़कियों के पैंट पहनने पर रोक लगाने की घोषणा कर दी है तो इस घटना के दृश्य उस संगठन के नेता के केवल बयान ही हो सकते हैं। अनेक ऐसे मसले भी हैं जिनके विजुअल उपलब्ध होना मुश्किल हैं ऐसे में हम उनके स्थान पर कामचलाऊ दृश्य दिखाकर ख़बर को पूरा कर देते हैं। भारत में ये बात इसलिए भी महत्वपूर्ण है क्योंकि यहाँ अभी चैनलों के पास सीमित कैमरा टीम ही हैं और हर तरह के विजुअल इकट्ठा कर पाना काफी मंहगा होने के साथ-साथ मुश्किल भी है। यही कारण है कि दूरदराज की घटनाओं या ग्रामीण अंचलों के विजुअल टेलीविज़न समाचारों में कम ही दिखाई देते हैं और टेलीविज़न पर घूम-फिरकर चंद बड़े शहरों की ख़बरें छायी रहती हैं। विजुअल की इसी सीमा के चलते ही हमें आकस्मिक घटनाओं के विजुअल भी नहीं मिल पाते और ज्यादातर विजुअल घटना घट जाने के बाद के ही होते हैं। इसका एक कारण ये भी है कि भारत में विदेशों की तरह शौकिया कैमरा रखने वालों की संख्या भी ना के बराबर है। हालांकि आम लोगों के पास स्मार्टफोन उपलब्ध होने के कारण अब अनेक घटनाओं की तस्वीरें सोशल मीडिया के माध्यम से भी मिल जातीं हैं।

विजुअल मीडियम होने के कारण टेलीविज़न हमेशा नये-नये रोचक फुटेज की मांग करता है और टेलीविज़न पर जाने-अनजाने जिस समाचार में सनसनीखेज और रोचक विजुअल होते हैं उसे अधिक महत्व मिलता है और विजुअल के मामले में कमज़ोर घटना महत्वपूर्ण होते हुए भी कम समय शामिल की जाती है। परिणामस्वरूप फिल्म और फैशन जैसे मुद्दे टेलीविज़न पर छाये रहते हैं। इस संदर्भ में भारतीय विमान के कंधार अपहरण कांड का उदाहरण गौर करने लायक है। इस घटना के विजुअल उपलब्ध नहीं थे और घटना काफी महत्वपूर्ण थी। ऐसे में टेलीविज़न चैनल खासकर उस समय मुश्किल में पड़ गए जब उन्होंने सारी ख़बर रोककर केवल कंधार मामले को दिखाना शुरू कर दिया। इस घटना के जो दो-तीन मिनट के जो विजुअल थे वो एक विदेशी कैमरापर्सन ने कंधार एयरपोर्ट पर लिये थे। ये भारतीय विमान और उससे उतरते एक आतंकवादी के शोट्स थे। केवल इन्हीं दो-तीन दृश्यों को कितनी बार दोहराया

जाता। बदले में ज्यादातर चैनलों ने स्टूडियो में मेहमान बुलाकर इस मुद्दे पर चर्चा शुरू कर दी, जबकि दर्शक घटना देखना चाहते थे। इसके अलावा अपहृत विमान यात्रियों के रिश्तेदारों द्वारा किए गए प्रदर्शनों को भी अत्यधिक फुटेज दिया गया। जिस कारण सरकार भी दबाव में आ गयी और यात्रियों को छुड़ाने के लिए दुर्दांत आतंकवादियों को छोड़ दिया गया। इस घटना की टेलीविज़न कवरेज की बाद में काफी आलोचना की गयी।

ठीक इसी प्रकार उल्काओं के पृथ्वी के पास से गुजरने की घटना को लाइव प्रसारित करने का फैसला किया गया तो चैनल दर्शकों को आधा घंटे भी नहीं बांध सके क्योंकि अंधेरे आसमान के लाइव प्रसारण को दर्शक कितना झेल पाते। बाद में टेलीविज़न पत्रकारों को अपनी गलती का अहसास हुआ कि इस प्रकार की घटना का प्रसारण लाइव करने का कोई ख़ास औचित्य नहीं है। पाकिस्तानी राष्ट्रपति परवेज मुशर्रफ की भारत यात्रा के दौरान भी इसी प्रकार की घटना घटी। लाइव प्रसारणों के दौरान जब विजुअल की कमी पड़नी शुरू हुई तो एंकरों और विशेषज्ञों ने दोनों नेताओं की भावभंगिमाओं का विश्लेषण करके कयास लगाने शुरू कर दिये।

टेलीविज़न समाचारों के लिए लिखना दृश्यों के लिए लेखन है। जहाँ भी दृश्य और नैरेशन में सामंजस्य नहीं होगा वहीं सम्प्रेषण की दृष्टि से वह माध्यम विफल हो जाएगा। अधिकतर टेलीविज़न समाचारों में ऐसे उदाहरण मिल जाएँगे, जब स्क्रिप्ट का मुख्य आधार ख़बर के दृश्य ही होते हैं। उदाहरण–

आँखें हैं तो जहान है, लेकिन अगर इन आँखों से आप अपने जहान को इतना ही देख पाएँ तो आपको कैसा लगेगा। आज देश में हज़ारों की संख्या में लोग दृष्टिदोष के शिकार हैं और मोतियाबिंद से पीड़ित हैं। (डी डी न्यूज़, 1 अप्रैल)

इन पंक्तियों को यदि दृश्यों के साथ जोड़ कर सुना जाए तो शायद कोई कमी महसूस नहीं होगी। परन्तु दृश्यों को ओझल कर दिया जाए तो स्क्रिप्ट में **इतना ही देख पाएँ .....** को समझना मुश्किल होगा। दरअसल, दृश्य में कैमरे ने डिफोकस रूप में विजुअल रिकोर्ड किये थे जो मोतियाबिंद के धुंधलेपन को दिखा रहे थे। ऐसे ही अनेक उदाहरणों से रेडियो और समाचारपत्र से टेलीविज़न स्क्रिप्ट की भिन्नता को दर्शाया जा सकता है। टेलीविज़न में अख़बार की तरह शब्द की स्वतंत्र सत्ता नहीं होती बल्कि उसे दृश्यों के साथ मिलकर चलना पड़ता है। दोनों के बीच तालमेल ही एक न्यूज़ स्टोरी को यादगार बनाने में सहायक होते हैं। दृश्य जहाँ भावनात्मक स्तर पर काम करते हैं वहीं शब्द तथ्यों को उजागर करते हैं।

जनसंचार लेखन

टेलीविज़न एक जनसंचार माध्यम है और इसे व्यापक स्तर पर आम लोगों द्वारा देखा जाता है। दर्शकों में विभिन्न पृष्ठभूमि के लोग शामिल हैं। अनपढ़ और पढ़े-लिखे दोनों प्रकार के लोग टेलीविज़न देखते हैं। इसीलिए टेलीविज़न के लिए लिखना सामान्य लेखन से कठिन माना जाता है। जनसंचार की दृष्टि से भाषा के दो रूप होते हैं– मुद्रित और श्रव्य। मुद्रित भाषा के लिए पढ़ा लिखा होना जरूरी है। जबकि श्रव्य भाषा के लिए ये जरूरी नहीं कि व्यक्ति साक्षर हो, क्योंकि टेलीविज़न रेडियो की तरह एक श्रव्य माध्यम है इसलिए इसकी कुछ विशेषताएँ समाचार लेखन के संदर्भ में रेडियो से भी मेल खाती हैं। इसमें भी रेडियो की तरह बोलचाल की भाषा का इस्तेमाल किया जाता है। लिखित और बोलचाल की भाषा में अंतर को देखे तो पता चलता है कि बोलचाल की भाषा में सरल शब्दों और वाक्यों का प्रयोग अधिक होता है। बोलचाल की भाषा में तद्भव और देसज शब्दों का प्रयोग अधिक किया जाता है वहीं लिखित भाषा के दौरान तत्सम शब्दों का प्रयोग होता है। वैसे लेखन में लालित्य और स्वाभिवकता लाने में तद्भव शब्द काफी सहायक होते हैं।

मनुष्य का स्वभाव है कि वह कम मेहनत में अधिकाधिक संचार करना चाहता है। बोलचाल की भाषा में असंख्य उदाहरण ऐसे हैं जब हम बहुत ही कम शब्दों का इस्तेमाल करते हुए अपनी बात दूसरों को समझा जाते हैं। जैसे किसी व्यक्ति के नाम के संदर्भ में बात करें तो ग्रामीण इलाकों में ये ख़ास आदत होती हैं कि वे किसी भी बड़े नाम को अपनी सुविधानुसार छोटे रूप में पुकारने लगते हैं। बतौर उदाहरण लक्ष्मण नाम को लच्छु कह कर पुकारना। इसी तरह जो शब्द बोलने में अधिक कठिनाई हाती है, उन्हें भी लोग आसान रूप में बोलते हैं जैसे सारी हिन्दी पट्टी की बोलियों में श के स्थान पर स का उच्चारण किया जाता है और प्रकार की परकार, स्कूल को सकूल या इस्कूल, गर्म को गरम आदि बोला जाता है।

टेलीविज़न समाचार चैनलों का एक दिलचस्प उदाहरण इस संदर्भ में प्रस्तुत है– ट्रक चालकों ने अपनी मांगों के समर्थन में हड़ताल की थी, लगभग सभी न्यूज़ चैनलों ने इस ख़बर में **ट्रक ऑपरेटरों, ट्रक चालकों, ट्रक मालिकों** ने हड़ताल कर दी..... इन शब्दों का प्रयोग किया लेकिन एक चैनल ने बहुत ही साधारण लहज़े में कहा कि **ट्रक वालों** ने हड़ताल कर दी। भरतमुनि ने भी अपने नाट्य शास्त्र में नाटकों की लोकप्रियता को बरकरार रखने के संदर्भ में कहा है– **मृदुललित पदाढ्यं गूढ़शब्दार्थहीनं जनपद सुख बोध्यम**-यानी भाषा ऐसी हो

जिसमें मृदु ललित शब्दों के समूह हों,..... गूढ़ता अर्थ में ना हो व जनपद को आसानी से समझ में आ जाए। ठीक यही बात संचार की दृष्टि से टेलीविज़न समाचारों पर भी लागू होती है। कहना चाहिए समाचारों की शब्दावली अगर साहित्यिक, अलंकरित या गूढ़ होगी तो उसका पूरा लाभ जन सामान्य नहीं उठा पाएँगे। बेहतर हो अगर टेलीविज़न लेखक वही भाषा प्रयोग में लाये जो उसके बहुसंख्यक दर्शक बोलते और जानते हों और वो है बोलचाल की भाषा-हिन्दुस्तानी।

बोलचाल की भाषा

अक्सर लोग सोचते हैं कि जो लोग लिखने और बोलने के दौरान मुश्किल शब्दों का इस्तेमाल करते हैं उन लोगों को भाषा की अच्छी समझ होती है। इसमें कुछ सच हो सकता है लेकिन अगर हम जनसंचार माध्यमों के लिए लेखन की बात करें तो हमें दूसरे कोण से सोचना होगा। साधारण-सा तर्क ये है कि बेहतर संचार के लिए हमें उसी भाषा का प्रयोग करना पड़ेगा जिसको हमारी लक्षांक जनता यानी दर्शक, पाठक और श्रोता भलीभांति और सहजता से समझ सकें और इसी कारण बोलचाल की भाषा का महत्व बढ़ जाता है।

बचपन से ही हमें स्कूल में भाषा का लिखित रूप ही अधिक सिखाया जाता है। जो छात्र अच्छा लिखना जानते हैं वही अच्छे अंक प्राप्त करते हैं। परीक्षा और मूल्यांकन का सारा ढांचा ही लिखित भाषा पर आधारित है। ये एक विचारणीय पहलू है कि हिन्दी में बोलचाल की भाषा को कभी भी गंभीर अध्ययन का विषय नहीं बनाया गया। जबकि अंग्रेजी में **स्पोकन इंग्लिश** पर काफी कम हुआ है। शायद इसका कारण कुछ विद्वानों का आम जनता की बोली और भाषा को गंवार समझना भी रहा है। भाषा का इतिहास बताता है कि सामान्य जन ने ही समय-समय पर अपनी जरूरत के हिसाब से भाषा को बदला है और उसे समृद्ध किया है। भाषाविद् तो शब्दकोष में उस बदलाव को दर्ज करने का काम करते हैं।

जब भी हम भाषा का प्रयोग लिखने में करते हैं जाने-अनजाने हमारा **शब्द चयन** और **वाक्य विन्यास** लिखित भाषा के ढांचे की झलक देता है। ये एक मजेदार तथ्य है कि मनुष्य ने संचार के लिए पहले ध्वनियों को ईजाद किया और हजारों साल बाद ही उनको लिपि का रूप दिया गया। आज भी बच्चा बोलना पहले सीखता है और स्कूल जाकर ही उसे लिखना सिखाया जाता है। कहावत है काला अक्षर भैंस बराबर। भारत जैसे देश में जहाँ आज भी आबादी का एक बड़ा हिस्सा पढ़ा लिखा नहीं है बोलचाल की भाषा के महत्व को नकारा नहीं जा सकता।

अब सवाल ये उठता है कि टेलीविज़न पत्रकारिता के संदर्भ में बोलचाल

की भाषा की चर्चा क्यों महत्वपूर्ण बन जाती है। टेलीविज़न एक जनसंचार माध्यम है जिसके श्रोता ना केवल सामान्य जन हैं बल्कि वे अलग-अलग सामाजिक सांस्कृतिक पृष्ठभूमि के हैं और टेलीविज़न पत्रकारिता का मूल उद्देश्य भाषा की विद्वता बघारना नहीं बल्कि ख़बरों को लोगों तक पहुँचाना है। हालांकि हरेक व्यक्ति तक पूर्ण संचार करना असंभव है, लेकिन हमारी कोशिश रहती है कि कैसे अधिक से अधिक स्पष्टता से समाचारों को लोगों तक पहुँचाया जाए और ये केवल तभी संभव हो सकता है जब हम अपने संदेश के लिए उन्हीं प्रतीकों और शब्दों का प्रयोग करें जिनसे श्रोता भी वाकिफ हों। कहावत ये भी है कि ***कोस कोस पै बदलै पाणी, पांच कोस पै बदली वाणी।*** जब स्थानीय भाषाओं की इतनी विविधता हो तो बोलचाल की भाषा का मानक तय कर पाना सच में काफी मुश्किल काम है। लेकिन टेलीविज़न पत्रकारों को यही काम करना पड़ता है। आज के बोलचाल को समझाने के लिए हमें इसके अतीत पर एक नजर डाली पड़ेगी।

बोलचाल की भाषा निरंतर बदलती रहती है। समय और जरूरत के मुताबिक विकसित और समृद्ध होती रहती है। नये शब्द जुड़ते जाते हैं और कुछ शब्दों का प्रयोग छूटता जाता है या कम हो जाता है। किसी भी भाषा के विकास की ये एक सहज प्रक्रिया है। हरेक भाषा को बदलते वक्त के साथ खुद की उपयोगिता को साबित करते रहना पड़ता है। बोलचाल की भाषा को हमें इसके इसी बदलते स्वरूप में समझना और स्वीकारना होगा। जन संचारक होने के नाते एक पत्रकार को **पोपुलर भाषा** की नब्ज पर हाथ रखना सीखना पड़ेगा।

इतिहास भी बताता है कि जितने भी बड़े-बड़े संत और नेता हुए हैं वे अपने काल के अच्छे संचारक थे। महात्मा बुद्ध ने अपने विचार फैलाने के लिए संस्कृत की बजाए आम लोगों की पाली और प्रकृत को अपनाया। कबीर ने अवधी और ब्रज के घोलमेल को ही अपने दोहों का माध्यम बनाया। सूरदास ने ब्रज चुनी। आधुनिक युग में विवेकानंद, गांधी, और रजनीश अपने समय के अच्छे संचारक रहे और उन्होंने अपने समय की सरल और बोलचाल की भाषा में दर्शन की गूढ़ बातों पर चर्चा की है।

बोलचाल की भाषा का एक और पहलू जिस पर अक्सर कम ध्यान दिया जाता है वो है लिखित भाषा के शब्दकोश में लाखों शब्द हो सकते हैं, लेकिन हम सारे शब्दों का इस्तेमाल बोलचाल के दौरान नहीं करते। अमूमन एक सामान्य व्यक्ति अपने दिनभर के सारे बोलचाल में केवल 2000 शब्दों से ही काम चला लेता है।

टेलीविज़न समाचारों की भाषा

हिन्दी भाषा के प्रचार-प्रसार में जितना योगदान हिन्दी फिल्मों और टेलीविज़न कार्यक्रमों का रहा है उतना देश के हिन्दी विद्वानों का नहीं रहा। यही कारण है कि जो काम केन्द्रीय सरकार कानून बनाकर नहीं कर पायी वो काम बहुत ही सहज तरीके से पूरा होने की तरफ बढ़ रहा है। ये काम है हिन्दी का एक राष्ट्रीय भाषा के रूप में बनकर उभरना। आज देश के दक्षिणी प्रांत हों या पूर्वोत्तर सब जगह ना केवल हिन्दी समझी जाती है बल्कि हिन्दी टेलीविज़न कार्यक्रम चाव देखे जाते हैं हिन्दी फिल्मों द्वारा शुरू किये गए इस अभियान को अब टेलीविज़न आगे बढ़ा रहा है।

टेलीविज़न चैनलों के बीच प्रतिस्पर्धा के दौर में हिन्दी का स्वरूप भी निरंतर बदल रहा है। निरंतर बदलती आवश्यकताओं के अनुरूप हिन्दी में नये प्रयोग किये जा रहे हैं कई मायने में ये प्रयोग शुभ हैं तो कई अर्थों में ये काफी चिंताजनक और विचारणीय भी। स्पष्ट है कि भारत में सबसे अधिक हिंदी भाषी होने के कारण अब बाज़ार ने हिन्दी के महत्व को स्वीकार कर लिया है। पहली बार बाज़ार हिंदीमय हो रहा है। विज्ञापन हो या ग्रीटिंग कार्ड सभी कुछ हिंदी में पहले से ज्यादा सहज लग रहे हैं। अधिकांश टेलीविज़न चैनल एक के बाद एक हिंदी की शरण में चले गए हैं। ये हिंदी का जमाना है। पोपूलर हिंदी का। टेलीविज़न की पोपूलर हिंदी का विकास चैनलों के विकास से सीधा जुड़ा हुआ है।

'हिन्दुस्तानी' का चलन–लम्बे समय तक दूरदर्शन की सरकारी हिंदी और शुरूआती दिनों में ज़ी न्यूज़ की हिंग्लिश के बाद अब लगभग सभी टेलीविज़न पत्रकारों ने ये स्वीकार कर लिया है कि अधिकतर दर्शकों के चहेते बनना है तो हिन्दुस्तानी भाषा को अपनाना होगा। हिंदुस्तानी यानी विशुद्ध हिन्दी के स्थान पर हिन्दी, ऊर्दू, संस्कृत, अंग्रेजी और बोलियों का व्यवहारिक मिश्रण। आज तक ने ठेठ मुहावरों और देसज शब्दों का प्रयोग करके टेलीविज़न समाचारों की भाषा को और अधिक सरल और ग्रहणीय बनाया। हिंदी अब टेलीविज़न समाचारों में पूरी तरह स्थापित हो चुकी है और अपना मुहावरा स्वयं गढ़ रही है। चैनल आम लोगों से ठेठ देहाती जुमलों और अभिव्यक्तियों को ले रहे हैं तो साथ ही उन्हें अनेक नये शब्द भी सिखा रहे हैं।

देश में टेलीविज़न चैनल तेज़ी से पोपूलर हिंदी का विकास कर रहे हैं। पोपूलर यानी लोगों की लोकप्रिय जुबान-जो ना तो उनकी अपनी पुरानी बोली जैसी है और ना ही शुद्ध हिंदी। ये किताबों में जड़ कर दी गयी भाषा ना होकर

निरंतर बहने वाला दरिया है। हर पल मीडिया और आम आदमी इसमें नये प्रयोग कर रहे हैं। कोई सख्त बंधन नहीं बस अभिव्यक्ति ही मूल मंत्र है। कभी आम आदमी मीडिया को नये जुमले और अभिव्यक्ति देता है तो कभी मीडिया किसी शब्द को एकाएक लोकप्रिय बना देता है। शब्द भी एक फैशन बन गया है। नित नये शब्द फैशन में आते हैं तो पुराने शब्दों के अर्थ बदलते रहते हैं। भाषा पर दबाव है कम शब्दों में अधिक बात कहने का। सरल बिना कठिनाई के बोले जाने वाले शब्द अधिक लोकप्रिय हो जाते हैं तो कठिन लेकिन ताकतवर शब्द मात खा जाते हैं।

प्रतिस्पर्धा के दबाव में टेलीविज़न समाचारों की भाषा में जो नये प्रचलन सामने आये हैं वो ना केवल चिंताजनक है बल्कि हिन्दी पर इनके दूरगामी असर पड़ने वाले हैं। अकादमिक हलकों में मीडिया भाषा का गंभीर और गहरा अध्ययन समय की मांग है। समाचारों को सनसनीखेज बनाने की कोशिश में पत्रकार अधिकाधिक हिंसात्मक शब्दों का प्रयोग करने लगे हैं। जैसे खेल में भारत ने पाकिस्तान को सात एक से रोंदा। पेट में चाकू घूसेड़ा। गोलियों से भून दिया आदि। शब्द यदि मन में विजुअल पैदा करते हों तो और भी अच्छा। टेलीविज़न भावनात्मक माध्यम भी है। भाव और विजुअल पैदा करने वाले शब्दों का इस्तेमाल अधिक हो रहा है। बजट की हैडलाइन देखिये-चाशनी से सराबोर जसवंती बजट (आम बजट), चुनावी पटरी पर नीतीश की रेल (रेल बजट)। भाव उत्पन्न करता ये शीर्षक-तपने लगा है सूरज-जलाने लगी है बिजली (बिजली संकट), पानी के बीच प्यासा गाँव (केरल), दिल्ली दहली (बम धमाके)।

भाषा में सामंती झलक-विकास प्रक्रिया में मनुष्य ने हर युग में भाषा को अलग अंदाज में विकसित किया है। प्रत्येक राजनैतिक व्यवस्था ने अपने लिए अलग शब्दावली गढ़ी है। ऐतिहासिक तौर पर भारत में लोकतांत्रिक व्यवस्था सामंतवाद के विरूद्ध अभियान छेड़ कर नहीं बल्कि समझौते से स्थापित हुई है। यही कारण है कि आज़ादी के इतने साल बाद भी हम सामाजिक जीवन के हर क्षेत्र में सामंती युग के अवशेष साफ तौर पर देख सकते हैं। मीडिया और इसकी भाषा भी कोई अपवाद नहीं हैं। पत्रकारों की भाषा में हम इसकी छाप आसानी से देख सकते हैं।

टेलीविज़न कवरेज के दौरान चुनाव एक लोकतात्रिक प्रक्रिया ना होकर महासमर, महासंग्राम, जंग या युद्ध बन गया है। राजनैतिक नेता लोकतंत्र में जनता के प्रतिनिधि होने के बजाए सामंतवादी लहजे में महारथी, बाहुबली, मराठा

लोबी, राजा, राजमाता, संन्यासिन या महारानी के रूप में पुकारे जा रहे है। राजनैतिक गतिविधियों को रणभेरी या बिगुल बजाने, रणनीति तैयार करने, धावा बोलने, हमला बोलने, आड़े हाथों लेने, धूल चटाने, बिसात बिछाने, दांव पेंच आदि के रूप में अभिव्यक्त किया जाता है। लगभग यही स्थिति खेल समाचारों की भी है। खेल समाचारों को सनसनीखेज बनाने के लिए उसे एक युद्ध के रूप में दिखाया जाता है। क्रिकेट विश्व कप के दौरान इराक युद्ध चल रहा था। दोनों ही घटनाओं के समाचारों की भाषा लगभग एक जैसी थी।

ज्यादातर मीडियाकर्मी इस प्रकार की भाषा को जाने अनजाने प्रयोग कर रहे हैं। ऐसा करने में उनकी मंशा भाषा को अधिक रोचक बनाने की रहती है। उन्हें मालूम ही नहीं है कि शब्दों के चयन में दरअसल वे एक विचार को प्रसारित कर रहे हैं। फिर भी इसके लिए केवल मीडिया जिम्मेदार हो ऐसा भी नहीं है क्योंकि मीडियाकर्मी भी कहीं न कहीं समाज को ही प्रतिबिंबित कर रहे हैं। समाज में अनेक जगह राजाओं के पूर्वज आज भी राजा की तरह पूजे जाते हैं। अनपढ़ जनता सामंती मूल्यबोधों को ढ़ोने को मज़बूर है। नागरिक चेतना और साक्षरता के अभाव में लोकतांत्रिक आत्मबोध सिरे से गायब है। ऐसे में जागरूक मीडियाकर्मी की ये जिम्मेदारी बनती है कि वो जनता को लोकतांत्रिक जिम्मेदारियों और मूल्यों का बोध कराये। भाजपा की मध्यप्रदेश चुनाव में जीत पर एक लोकप्रिय अखबार ने शीर्षक बनाया–**संन्यासिन को ताज, राजा को वनवास**। एक दिन पहले ही एक प्रेस कॉंफ्रेंस में जब एक पत्रकार ने इसी भाषा में सवाल पूछा तो उमा भारती ने साफ कहा कि मैं अब संन्यासिन नहीं जनता की सेवक हूँ और ये ताज नहीं जिम्मेदारी है जिसे मुझे निभाना है।

भाषा का खेल–चुनावों की ज़ोरदार कवरेज के दौरान भाषा का दूसरा पहलू नज़र आता है। राजनीति को मनोरंजक बनाने के लिए इसमें खेल के शब्दों का भरपूर इस्तेमाल किया जाता है। मानो चुनाव एक रोचक तमाशा हो और मदारी की भूमिका दर्शकों के सामने एंकर निभा रहे हों। **किस्सा कुर्सी का, कुर्सी की दौड़, सिंहासन का सेमीफाइनल, सिंहासन डोलना** ये सब ऐसे उदाहरण हैं जो कुछ नया करने की कोशिश में जाने अनजाने समाचारों की गंभीरता कम करने वाला साबित हो रहा है। इस जुमलेबाज़ी में मूल कथ्य कहीं गुम हो जाता है। कहा जाता है टेलीविज़न स्टाईल का माध्यम है और इसमें भाषा भी लच्छेदार होनी चाहिए इसीलिए कॉपी राइटर का ध्यान मूल कथावस्तु से हटकर उसकी भाषाई प्रस्तुति पर अधिक रहता है।

इसके अलावा भाषा को अत्याधिक हल्का और मनोरंजक बनाने के चक्कर

में अनेक बार टेलीविज़न कॉपी राइटर बहुत ही चलताऊ ढंग से जुमलों या मुहावरों का प्रयोग करने लगे हैं। ख़ासकर ख़बरों के दौरान स्क्रीन के सुपर या एस्टन पर नज़रों को बांधे रखने के लिए चार-पांच शब्दों का सहारा लिया जाता है। उदाहरण के लिए पंजाबी पॉप गायक दलेर मंहदी की गिरफ्तारी की ख़बरों में उसके शॉट्स दिखाने की बजाए बार-बार उसके गानों के लंबे टुकड़े ही दिखाये गए। उसके गानों की शब्दावली को भी मजाकिया रूप में प्रयोग किया गया। जब दलेर ने जमानत के लिए अर्जी दी तो सुपर बनाया गया ना ना ना ना ना रे। कौन बनेगा करोड़पति के बाद इसी अंदाज में शीर्षक बनाए गए-**कौन बनेगा इराकपति, कौन बनेगा मुख्यमंत्री** आदि। आज तक ने चुनाव में नारा, नखरा, नाटक नाम से कार्यक्रम बनाया। वोटों की बंदरबांट, एम एल ए की क्लास, वोट एक्सप्रेस आदि अन्य रोचक उदाहरण हैं।

तुकबंदी की भाषा-टेलीविज़न मूलतः एक विजुअल माध्यम है। शब्द भी विजुअल का सहयोग करते हैं। शब्द सुनने के लिये लिखे जाते हैं। इसीलिए शब्द सुनने में भी रोचक लगे इस बात का पूरा ध्यान रखा जाता है। तुकबंदी की कविता सुनने में मधुर लगती है। ठीक इसी प्रकार दर्शकों को लुभाने के लिए टेलीविज़न चैनल तुकबंदी वाली हेडलाइन का अधिकाधिक प्रयोग करने लगे हैं। उदाहरण के लिए-**ट्रक हड़ताल से सड़कें सूनसान-जयपुर से चैन्नई तक भारी नुकसान।** तुकबंदी में कई बार तो अर्थ को भी उतना महत्व नहीं दिया जाता जितना उसके रोचक और कर्णप्रिय होने को दिया जाता है। तुकबंदी ना बन पाये तो अलंकारों का इस्तेमाल किया जाता है। एक उदाहरण देखिये-राम के दल में दलदल (भाजपा में भ्रष्टाचार), अंगूठे ने दिखाया अंगूठा (सचिन की चोट), अमन पर फिर पड़ा कफन (कश्मीर मुद्दा)। इसी प्रकार उत्तरप्रदेश में मायावती और मुलायम के बीच रस्साकसी के खेल पर टेलीविज़न चैनलों और समाचार पत्रों ने काफी रोचक शीर्षक बनाए-माया का मायाजाल, मायाजाल में फंसे मुलायम, मुलायम पर माया ने फेंका जाल, माया मेमसाहब का जन्मदिन, मायावती की माया, पर मुलायम बने कठोर आदि।

टेलीविज़न हिन्दी का भविष्य-मीडियाकर्मियों ने हिन्दुस्तानी भाषा में पिछले दस साल में अनेक प्रयोग कर लिये हैं ये प्रयोग खुले आम सबके सामने हुए हैं। सामान्य लोगों ने इसे पसंद किया है। आम पत्रकार इस प्रयोग के कर्ता बने हैं। पूरी दुनिया में अंग्रेजी के साथ इस समय इंटरनेट (ई मेल और चैटिंग) और एस एम एस के जरिये इसी प्रकार का प्रयोग चल रहा है। भाषा को छोटा और सरल बनाया जा रहा है। हिन्दी पहली बार इतने बड़े पैमाने पर प्रयोगशाला

बनी है। कई मायने में ये प्रयोग नये नहीं हैं। हिन्दी के कवि एवं साहित्यकार इस प्रकार के प्रयोग करते रहे हैं। बस फर्क ये है कि इस बार ये सब बड़े पैमाने पर जनसंचार माध्यमों की मदद से हो रहा है।

चुनावी आंगन में तुलसी (तुलसी का चुनाव प्रचार), त्रिशूल की नोंक पर फंसे तोगड़िया (तोगड़िया पर रोक), पंजे की पौ बारह-कमल मुरझाया (हिमाचल चुनाव परिणाम), सर्द सुबह, ठिठुरता दिन और कोहरे में लिपटी रात (सर्दी) जैसे शीर्षक पत्रकारों के मन में छुपा कवि ही लिख सकता है। लेकिन ये साहित्य काफी जल्दबाज़ी में लिखा हुआ है। मीडिया अब हिन्दी को अपना बना चुका है। हिन्दी के लिए ये परीक्षा की घड़ी है। उम्मीद करें कि वो तेज़ी से जनमाध्यमों पर सवार होकर सर्वजन की चहेती बन जग में छा जाएगी।

टेलीविज़न समाचारों की शब्दावली

रोजमर्रा में एक व्यक्ति बोलचाल में जिन शब्दों का प्रयोग करता है शायद वह स्वयं भी नहीं जानता कि उन शब्दों का मूल क्या है। कैसे उन शब्दों ने उनके बोलचाल में स्थान बनाया। किस प्रकार वे शब्द इतने करीबी हो गए कि अब उन्हें अपनी बोलचाल की भाषा से हटाना मुश्किल है। असल में इस बोलचाल की हिन्दी को हिन्दुस्तानी कहना बेहतर होगा।

हिन्दुस्तानी भाषा के विकास की कहानी को चंद शब्दों में समेट देने से इसके स्वरूप को समझना कठिन है। इसलिए हिन्दुस्तानी भाषा के विस्तृत परिचय के लिए इसकी ऐतिहासिक आधारशिला को टटोलना आवश्यक है। भारत का एक बहुधर्मी, बहुसंस्कृति, बहुभाषी देश है जिसका कारण है यहाँ समय-समय पर विदेशियों का आगमन, आक्रमण और फिर भारत में उनका शासन कायम होना। इस प्रकार यहाँ विभिन्न जाति, धर्म और समुदाय के लोगों के रहन-सहन, खान-पान और उनकी भाषा ने मिलकर एक मिश्रित संस्कृति को जन्म दिया। इसका काफी प्रभाव यहाँ की भाषा पर भी पड़ा।

भारत की सबसे प्राचीन और मूल भाषा संस्कृत है। हालांकि कुछ विद्वानों के मुताबिक संस्कृत और वैदिक दोनों भाषाएँ भारत की प्राचीनतम भाषाएँ हैं। समय-समय पर इन भाषाओं में भी काफी परिवर्तन हुए हैं, चूंकि संस्कृत भाषा को जानने का अधिकार कुछेक लोगों को ही था। अत: सामान्य जन ने अपनी बोलियों को विकसित किया। बौद्ध काल में इस प्रकार पाली, प्राकृत और अपभ्रंश का जन्म हुआ। इसी श्रृंखला में मध्यकाल में मुगल शासक अपने साथ फारसी और अरबी लाये। लंबे समय तक इन दोनों भाषाओं में ही मुगल दरबारों का कामकाज होता रहा। स्थानीय भाषाओं के साथ इन विदेशी भाषाओं के मेल

के फलस्वरूप एक नयी भाषा उर्दू का जन्म हुआ। मूलत: तुर्की भाषा के शब्द उर्दू का शाब्दिक अर्थ बाज़ार होता है। दरअसल बाजार में खरीद-फरोख्त के दौरान इस मिश्रित भाषा का जन्म हुआ।

इसी तरह सोलहवीं शताब्दी में अंग्रेज अपने साथ अंग्रेजी भाषा लेकर आये और भारतीयों ने अनेक अंग्रेजी शब्द अपने बोलचाल में शामिल कर लिए। बीसवीं सदी की शुरूआत में देश में नगरीकरण की प्रक्रिया शुरू हुई। ग्रामीण लोग काम की तलाश में शहरों की ओर प्रस्थान करने लगे तो वे भी अपने साथ अनेक ठेठ देशज शब्द ले आये। ये प्रक्रिया बड़े ही व्यापक स्तर पर भाषाओं और बोलियों का मेलजोल था जो आज भी थमा नहीं है। सार रूप में कहा जाए तो आज खड़ी बोली का रूप उत्तर भारत के लोग प्रयोग करते हैं। उसका विकास सैकड़ों सालों के मेलजोल के बाद हुआ है।

रोचक तथ्य ये भी है कि हिन्दू और हिन्दी शब्द भी मुगलों द्वारा दिया गया शब्द है। इसी प्रकार हिन्दी भाषा के प्रयोग होने वाले शब्दों को परखें तो वे भी काफी संख्या में आयातित हैं। हिन्दी और हिन्दुस्तानी में एक सबसे बड़ा फर्क ये ही है कि हिन्दी में संस्कृतनिष्ठ शब्दों की प्रधानता है जबकि हिन्दुस्तानी भाषा अरबी, फारसी, पुर्तगाली, तुर्की, डच, पश्तो और अंग्रेजी शब्दों का सम्मिश्रण है। भाषा विकास की इस प्रक्रिया में जनसंचार माध्यम भी अपनी भूमिका निभा रहे हैं। फिल्म, रेडियो, टेलीविज़न और समाचारपत्र अब लोगों में एक लोकप्रिय भाषा को विकसित करने में लगे हुए हैं।

हिन्दी के स्वरूप की इस बहस में आज भी विरोधाभास कायम हैं। साहित्यिक वर्ग का एक हिस्सा आज भी हिन्दुस्तानी को स्वीकारने को तैयार नहीं है, अगर हम साहित्यिक रचनाओं को उठाकर देखें तो ऐसे गूढ़ शब्दों का प्रयोग किया जाता है जिनको समझ पाना आम आदमी के लिए कठिन है। जैसे लम्बे समय तक संस्कृत को पढ़ने, लिखने और समझने की अनुमति कुछ लोगों को थी और ज्ञान कुछ लोगों तक ही सिमट कर रह गया था। आज भी कहीं न कहीं ये संकुचित भावना कुछ विद्वानों में मौजूद है। वे इस बात को मानने को तैयार नहीं है कि जटिल होना भाषा की प्रकृति नहीं बल्कि उसकी विकृति है ऐसा नहीं है कि साहित्यिक भाषा में कोई दोष है। साहित्य में प्रयुक्त भाषा की अपनी गरिमा है परन्तु जनसंचार माध्यमों में भी उन्हीं गूढ़ अर्थों वाले साहित्यिक शब्दों का प्रयोग किया जाता है तो श्रोता या दर्शक सूचना प्राप्त करने के बजाए शब्दों का अभिप्राय ही ढूंढता रहेगा।

सुखद बात ये है कि अब जनसंचार माध्यम आम लोगों के बोलचाल की

भाषा को बहुत महत्व दे रहे हैं। शायद ये उनकी मज़बूरी भी है। समाचार चैनलों में पत्रकार ख़बरों को सरलतम तरीके से प्रस्तुत करने के लिए लोगों की जुबान का प्रयोग कर रहे हैं। वो आम लोगों के मुहावरों और कहावतों का सहारा ले रहे हैं। मोटे तोर पर शब्दों के मूल आधार पर हम समाचारों में प्रयुक्त होने वाले शब्दों को चार हिस्सों में बांट सकते हैं– तत्सम, तद्‌भव, देसज, विदेशज।

तत्सम शब्द : तत्सम शब्द वे हैं जो संस्कृत से आये हैं और जिन्हें बिना किसी परिवर्तन के स्वीकार कर लिया गया टेलीविज़न समाचारों में प्रयोग होने वाले तत्सम शब्द इस प्रकार हैं–

अंकुश, इच्छा, इतिहास, उग्र, उचित, उच्चारण, उत्सव, उत्साह, उदय, उदाहरण, उद्देश्य, उपराष्ट्रपति, उपलब्धि, उपहार, उल्लेख, ऋग्वेद, औद्योगिक, कठिनाई, कमल, कलह, कल, कार्यवाही, कारण, काया–पलट, कार्य, कुलाधिपति, केन्द्र, क्षेत्र, क्षण, खेद, गठबंधन, गठजोड़, गंभीर, गणना, गायक, गुप्त, गोपनीय, घटना, चयन, चरण, चर्चित, चिंतनीय, चिन्ह, छद्‌म, जड़, जन्म, जागरुक, जाति, जाल, टिप्पणी, तत्कालीन, तथ्य, तान, तिथि, तिरस्कार, दण्ड, दम्पत्ति, दया, दर्शन, दल, दशमलव, दाह–संस्कार, दिग्गज, दुख, दुर्घटना, दुर्दशा, दुष्कर्म, दूत, दूर, दैनिक, दोषी, द्वारा, धन, धर्म, धारणा, धूप, धूम, धुरंधर, ध्यान, ध्वज, नक्षत्र, नागरिक, स्त्री, नामांकन, नाश, निंदा, निःसंदेह, निधन, नियति, नियम, नियुक्ति, निरंकुश, निराशा, निर्णायक, निर्देश, निर्भर, निर्माण, निर्गुट, निर्यात, निर्वाचन, निश्चय, निश्चित, निष्कासित, नीति, नृत्य, नृशंस, नेता, नेतृत्व, नेत्र, न्याय, न्यायालय, न्यायालयीन, न्यूनतम, पक्ष, पटाक्षेप, पद, पदक, पति, पद्धति, परस्पर, पत्रकारिता, पराजय, परामर्श, परिभाषा, परियोजना, परिवर्तन, परिवार, परिषद, परीक्षक, परीक्षा, परिसर, पर्यटक, पवित्र, पलायन, पर्व, पीड़ित, पुरस्कार, पुस्तक, पुष्टि, अहम्, अप्रत्याशित, प्रकाश, प्रगति, प्रतिक्रिया, प्रतिद्वन्द्वी, प्रतिबन्ध, प्रतियोगिता, प्रतिष्ठा, प्रदर्शन, प्रदेश, प्रथम, प्रबंध, प्रभाव, प्रमुख, प्रयत्न, प्रयुक्त, प्रयोग, प्रशंसा, प्रशिक्षण, प्रवेश, प्रसन्न, प्रसव, प्रसार, प्रस्ताव, प्रस्तुत, प्रायश्चित, प्राप्त, प्रारंभ, बंधक, बल, बलात्कार, भक्ति, भय, भविष्य, भाग, भाग्य, भाव, भारत, भाषण, भावुक, भूमिका, भ्रष्टाचार, मंत्रोच्चारण, मध्यावधि, मनोविज्ञान, मानसिक, महिला, महान्, माया, मुद्रा, मुख्यालय, मूर्ति, मूल्य, मूल्यांकन, मृत्यु, मंत्री, मौन, यज्ञ, यात्री, युग, युवती, योग्य, रंग, रक्षा, रचना, रहस्य, राज्य, राष्ट्र, लाभ, वंचित, वक्तव्य, वर्जित, विजय, विज्ञापन, वित्तमंत्रालय, विदाई, विधायक, विधानसभा, विधेयक, विरोधाभास, विवादास्पद, विवरण, विश्वसनीय, विस्तार, वेतन, व्यक्तित्व, व्यर्थ, व्यवसाय, व्यस्त, शंका,

शव, शरीर, शांति, शिखर, शोषण, श्रीगणेश, श्रेय, संकट, संकल्प, संकेत, संख्या, संगम, संगीत, संधि, संग्राम, संचालन, संदेह, संदेश, संपत्ति, संपर्क, सम्पादक, संबंध, सम्प्रदाय, संभावना, संवाददाता, संविधान, संशोधन, संस्कृति, सक्रिय, सतर्क, सत्ता, सत्र, समय, समझौता, समस्या, समाचार, समर्थक, समर्पण, समाज, सम्मान, सम्मेलन, सहायक, साक्षात्कार, सांसद, सामान्य, सार्वजनिक, सावधान, सिंहासन, सिद्ध, सीमा, आतंकवाद, सुनिश्चित, सुरक्षा, सुविधा, सूचकांक, सूचना, स्थिति, स्नान, स्पष्ट, स्वागत, स्वस्थ, स्वायत्ता, हताशा, हत्या, हतोत्साहित, हस्ताक्षर, हिंसा।

तद्भव शब्द : इसमें वे शब्द आते हैं जिनका उद्गम तो संस्कृत है किन्तु उनका मूल रूप अब सुरक्षित नहीं रहा है और उनमें ध्वनि या रूप सम्बन्धी परिवर्तन हो गया है। आम जन ने प्रयोग के दौरान उन्हें सरल बना दिया है।

काम, नाच, गहरा, छाता, काजल, कोठरी, चांद, भीख, भूख, भात, दुबला, माथा, लाठी, आंधी, सांप, पान, गधा, आदि।

विदेशज शब्द : समाचारों की भाषा में मूलतः दो तरह के विदेशज शब्दों का प्रयोग अधिक देखने में आता है–

- **मुस्लिम प्रभावयुक्त शब्द (अरबी, फारसी, तुर्की और पश्तो)**
- **यूरोपीय प्रभावयुक्त शब्द (पुर्तगाली, फ्रांसिसी, डच और अंग्रेजी)**

अरबी शब्द : अचानक, अदालत, अपील, अलविदा, अलावा, अहमियत, आखिर, आम, आलम, आसार, इंतजार, इज़ाफा, इंसान, इश्तहार, इस्तीफा, इस्तेमाल, उम्र, एहसान, एहसास, एहतियाती, ऐतिहासिक, ऐन, ओहदा, औरत, कतई, क़त्ल, क़दम, क़ुबूल, क़ब्जा, कभी, कमाल, कयास, क़रार, क़रीब, कर्ज़, कलई, कवायद, कसीदा, कसर, क़सम, क़ानून, क़ानूनन, क़ाबिज़, क़ायदा, क़ायम, क़िस्म, क़िस्मत, क़िस्सा, क़ुदरत, क़ुव्वत, कोहराम, ख़तरनाक, ख़तरा, ख़ता, ख़त्म, ख़बर, ख़्याल, ख़राब, ख़र्च, ख़रीद, ख़लल, ख़ारिज, ख़ास, ख़ासियत, ख़ासा, ख़िताब, ख़ुमार, ख़ुलासा, ख़ैर, ग़रीब, ग़रीबी, ग़ायब, ग़ुस्सा, ग़ैरकानूनी, ग़ैर जिम्मेदार, ग़ौर करना, ग़ौरतलब, ज़खीरा, जज़्बात, जमानत, ज़रा, ज़रूरत, जरूरी, जल्द, जवाब, जायज़, जायज़ा, ज़ाहिर, ज़िम्मा, जिला, ज़िम्मेदार, जुर्म, जेहाद, ज़्यादा, तक़दीर, तक़रीबन, तक़लीफ, तनातनी, तफ्तीश, तबादला, तबीयत, तमाम, तमाशा, तरक़ीब, तरक्की, तरजीह, तरफ, तरीका, तसल्ली, तस्वीर, ताक़, तहसील, ताक़त, ताज्जुब, तारीख़, तारीफ़, तालीम, तुरूप, तूफान,

तैनात, तैयार, तौबा, तोहफ़ा, दक़ियानूसी, दख़लअंदाजी, दख़ल, दफ़्तर, दबदबा, दर्ज़, दहशत, दाख़िल, दायर, दावा, दावेदार, दिक्कत, दिमाग़, दौरा, नक़द, नज़र, नज़ारा, नफ़रत, नक़शा, नारा, नौबत, फ़ज़ीहत, फ़िज़ूल, फटकार, फतह, फ़रार, फर्ज़, फसल, फासला, फिलहाल, फितरत, फौज, फैसला, बदला, बदलना, बयान, बहस, बाक़ी, बाग़ी, बलिग, बिल्कुल, बिसात, बुख़ार, मंज़िल, मकान, मजबूर, मज़हब, मज़ाक, मतलब, मदद, मरीज़, मर्ज़ी, मशक्कत, मशगूल, मशविरा, मशहूर, मसला, मसविदा, मसौदा, महज़, महफिल, महफूज़, महसूस, मार्फ़त, माल, मालिक, मासूम, माहौल, मिज़ाज़, मिन्नत, मियाद, मिसाल, मुकदमा, मुआवजा, मुआयना, मुआफी, मुकरना, मुक्कमल, मुकर्रर, मुक़ाबला, मुक़ाम, मुख़बिर, मुज़रिम, मुनाफा, मुनासिब, मुताबिक, मुलायम, मुलाक़ात, मुलाज़िम, मुश्किल, मुस्लिम, मुसाफ़िर, मुसीबत, मुस्तैद, मुहब्बत, मौक़ा, मौत, मौसम, यकीन, यानी, रद्द, रद्दोबदल, राज़ी, रास्ता, राह, राहत, रिश्वत, रवायत (रिवाज़), लग़ातार, लाज़िमी, लापता, लापरवाह, लायक, वक़्त, वज़ह, वजूद, वाकई, वाजिब, वायदा, शक़, शक़ल, शराब, शर्त, शानदार, शामिल, शिकवा, शिद्दत, शुक्रिया, शुरूआत, शौक, सचमुच, सफ़र, सफ़ाई, सफ़ाया, सबक, सलाह, सलीक़ा, सलाम, सवाल, सियासत, सिर्फ़, सिलसिला, सुबह, सेहत, सेहरा, सैलाब, हक़ीकत, हुजूम, हद, हफ्ता, हरक़त, हल्का, हालात, हावी, हासिल, हिम्मत, हिसाब, हिस्सा, हुकूमत, हुक्म, हौसला।

फ़ारसी शब्द : कम, कमर, कमोवेश, काग़ज़, कार्रवाई, कारोबार, किराया, कोताही, ख़ामी, ख़्वाहिश, खुद, खुदरा, खुश, खुशामद, ख़ून, ख़ूब, ख़ोजा, ख़्वाब, ग़रम, ग़रमाना, ग़श्त, गाहे-बगाहे, गिरफ्त, गिरफ्तारी, गुंजाईश, गुज़ारा, गुनाह, गुम, चहलकदमी, चापलूसी, चुनिंदा, चेहरा, जंग (लड़ाई), जंज़ीर, ज़ख्म, जगह, ज़बान, जादू, ज़िंदा, जिंदगी, ज़ोर, तख़्ता, तपिश, ताक़, तल्ख़, ताज, ताज़ा, तादाद, तेज़, दंगल, दग़ा, दम-ख़म, दरवाज़ा, दस्तख़्त, दस्तक, दस्तावेज़, दहलीज़, दिल, दीग़र, दीदार, दुश्मन, दोस्ती, नज़दीकी, नमाज़, नाक़ाम, नाक़ाबिल, नाक़ामयाबी, नाखुश, नागवार, नाजायज़, नाज़ुक, नामज़द, नायाब, नमोनिशान, नुक़सान, नुमाइंदा, नेस्तनाबूत, नौकरी, पर्दा, परहेज़, परेशान, पर्चा, पसंद, पसोपेश, पहलवान, पहलू, पाबंदी, पापा, पुल, पैरवी, पैमाना, पैग़ाम, फ़रियाद, बंदोबस्त, बख़िया, बराबर, बरामद, बर्फीला, बशर्ते, बहाल, बाज़ार, बिस्तर, बीमा, बुज़ुर्ग़, बुलंद, मग़र, मज़ा, मज़दूर, मुसलमान, मोहर, मेहरबान, मैदान, याद, रक़म, रंजिश, रिश्ता, रूख़, रोज़, रोज़ग़ार, बेरोज़ग़ार, लगाम, लेकिन, वरना, शगूफा, शर्मिन्दा, शर्म, शहर, शाम, शायद, शिकंजा, शिकार,

शिनाख्त, शुमार, सकते में आना, सख़्त, सज़ा, सब्ज़बाग, सरकार, सरोकार, सर्दी, सरासर, सराहना, साल, सिफ़ारिश, सिपाही, सुर्खियां, सुस्त, हमेशा, हिन्दुस्तान, हिन्दी, होश, होशियारी।

तुर्की शब्द–उर्दू, सुराग़, सौग़ात, बेग़म, चेचक, तमगा, चोगा, तलाश।

पश्तो शब्द–गुण्डा, गड़बड़, लताड़ना, अटकल, भड़ास।

पुर्तगाली शब्द–नीलाम, पादरी, लबाता, पिस्तौल

फ्रांसीसी शब्द–अंग्रेज़, कूपन, कारतूस।

डच शब्द–तुरूप, बम।

अंग्रेजी शब्द : एजेंसी, कंपनी, कमीशन, कॉलेज, स्टेशन, कांग्रेस, फिल्म, ऑपरेशन, टेलीफोन, फ्लैट, प्रेस, कांफ्रेंस, पर्चा लीक, मीडिया, बॉलीबुड, स्टोरी, सर्वे, थर्ड इयर, पेपर, रेडियो, आईआईएम, पेरामीटर, नोबेल, सीबीआई, म्युजियम, टी.वी. चैनल, रिसपोन्स, ट्रेनिंग, डिटेल्स, ब्रेकिंग न्यूज़, प्रेक्टिस, एयरफोर्स, अटैन्ड, हेलीकॉप्टर, बेस कैंप, फायरिंग, ब्रेक, फ्लाइट, मिनट, हीरोईन, फाइव स्टार होटल, करियर, स्कोप, वेकआउट, ड्रीमगर्ल, हीमेन, दर्जन, एक्शन, कमेटी, शूटर, इंक्वारी, क्रेश, अंडरवर्ल्ड, ब्रांच, ब्रांड, फैशन, शोरूम, कॉसमेटिक्स, साइनबोर्ड, ग्रनेड, बोफोर्स, पोटा, रिव्यु कमेटी, बस, फ्लाईओवर, बैंक, बर्थ-डे-गर्ल, केक, स्टेशन, मॉडल, कॉर्पोरेशन, यूनिवर्सिटी, कंपनी, फोन, फीस, रजिस्टर्ड, नेच्युरल, टेलेंट, स्कूल, एके-47 रायफल, बैरियर, स्टैण्ड, प्रोफेशनल्स, नेटवर्क, नोर्थ मुम्बई, सर्वे, लंच, डाऊट, क्लीन चिट, आर्गेनाइज़ेशन, बुलेटिन, प्रापर्टी, डीलर, स्टांप, सेक्स वर्कर, फोटो, ओवरटेक, फ्लाइट, डाटा रिकोर्डर, एफ.आई.आर., पार्लियामेंट, लाइन, वेबसाइट, पार्टिशन, बोर्डर क्रास, डाइरेक्शन, डिफलेक्शन, टाई, पेंशन, एक्सकल्युसिव रिपोर्ट, डिस्पेच, क्लास, एक्जाम, सीरियल नंबर, कोडिंग, इंग्लिश मीडियम स्कूल, आन्सर, शीट्स, एन्ट्री, लिव-इन-रिलेशन, किलोमीटर, फॉर्मूला, कम्युनिकेशन, सैक्टर, एरिया, ऑथोरिटी, कंडीशन, रेडियो, डुप्लीकेट, बोर्ड ऑफ डायरेक्टर्स, प्रियोरिटी, ट्रैक, पिन प्वाइंट, डिवाइसिस, लोफ्लाई, ट्रांसफार्मर, ट्रस्ट, क्विक, विज़िट।

खेल के शब्द–टेस्ट मैच, फिटनेस सर्टीफिकेट, स्कोर, एप्लीकेशन, टॉप आर्डर, लैंड अप, टीम, मीटिंग, बोलिंग, टीम एफर्ट, कोच, डिपार्टमेंट, विकेट,

फुटबॉल, एथेलेटिक्स, टेबल टेनिस, चैंपियनशिप, क्वालीफाई, क्रिकेट, डिप्लोमेसी, बॉलीबॉल, बेडमिंटन, क्रिकेट, फालोआन, ड्रॉ, आल आउट, मैन आफ दि मैच, रन, बाउंडरी, पिच, मेनेजमेंट, वॉक, डिक्लेयर, कन्फ्यूज़न, पारी, डबल सेंचुरी, पवेलियन, फील्डिंग, ओवर, सिच्युएशन, रिएक्ट, रिसपोन्स, फिट, इंडिया, फरदर ट्रीटमेंट, फर्स्ट क्लास विकेट, सुपरहिट, लाइन अप, हाफ सेंचरी, कप्तान, डीफेंस, ड्रेसिंग रूम, ओवर, मास्टर ब्लास्टर, वर्ल्ड कप, सीरीज, फेवरेट, विकेट-कीपर, रिपोर्ट, फाइनल, रिकोर्ड, बेटिंग, जिम्नेज़ियम हॉल, राऊंड, एक्सप्रेस, शॉट फाइन लैग।

राजनीतिक शब्दावली-लिस्ट, ज्वाइन, इलैक्शन, कमीशन, टिकट, सीटें, पार्टी, रेस, एन्टी इनकम्बेन्सी, फैक्टर, वोटिंग, कांस्टीट्यूएन्सी, एजेंडा, मेनीफेस्टो, फीलगुड फैक्टर, फ्लॉप शो, आऊटसोर्सिंग, कैप्टन, एक्सिट पोल, नोटिस, रोड शो, विज़न, डॉक्युमेंट, इंडिया शाइनिंग, डाइल्यूट, हाइपर रिएक्ट, सोर्स, कमेंट्स, चांस, पॉवर सेक्टर, सेक्युलर, पोल, नंबर वन, फेल, पास, रिपोर्ट कार्ड, हाइटेक प्रचार, हाई प्रोफाइल, इमेज, स्टार, कम्पेनर, हीरो से ज़ीरो, हाईकमान, टेप कांड, ओपिनियन पोल।

कानूनी शब्द-सुप्रीम कोर्ट, अपील, हाईकोर्ट, कोड आफ कंडक्ट, एडवोकेट, रिट, केस, बेंच, जज़, मैजिस्ट्रेट।

पदनाम-क्लर्क, डॉक्टर, साइकोथेरेपिस्ट, कमांडर, मेजिस्ट्रेट, पी.एम.ओ., डी.जी.पी., फ्लाइट लेफ्टिनेंट, आई.बी. मिनिस्टर, सी.ई.ओ., कमिश्नर, इंस्पैक्टर, कलैक्टर, इंजनियर, अफसर, ड्राइवर, पुलिस, पॉयलट, वाइस चांसलर, एम.पी. , चेयरमैन, फैकल्टी, प्रोफेसर

आर्थिक शब्दावली-बजट, शेयर, रूपया, सेंसक्स, स्टॉक, डॉलर, ओल्ड इकोनोमी, आईसीआईसीआई इश्यू, सब्सक्राइब, डील, पैसा।

मौसम समाचार-डिग्री, सेल्सियस, माइक्रोग्राम, माइनस चार डिग्री टेम्परेचर

देशज शब्द

हेकड़ी दिखाना, पलड़ा भार, धत्ता बताना, ढिंढोरा पीटना, तड़के ही, बूंदा-बांदी, थमना, पर्दाफ़ाश, खिलवाड़, इंतज़ाम धरे के धरे रह जाएँगे, सवालों की झड़ी, पचड़ा, बेसब्री गाना-बजाना, बौछार, बरसना, लपकना, पटखना, सूना, जुगलबंदी, घेरना, चुप्पी साधना, गढ़, धक्का पहुँचना, पलटवार, छींटाकशी, घमासान, पिटना, समेटना, नतीजे, अंधाधुंध, लुभाना, झोला टांग, झोला छाप अखाड़ा फक्कड़, चप्पा-चप्पा छानना, लाव-लश्कर, गाजे-बाजे, भीड़ जुटी, ठहाका, रंग चढ़ा, परहेज़ नब्ज़ पकड़ना, पल्लू, बारिश, ठन गई, ठान लेना, टांग

अड़ाना, झुंझलाना, बखिया उधेड़ी, कगार, टिकना, पुच्छल्ले, दबदबा, धांधली, भंडाफोड़, ठुकराना, खाता खोलना, झोली, जुझारू, झोला छाप, भद्दे, फूहड़, बोली लगाना, कब्ज़ा, धरपकड़, घर दबोचना, कन्नी काटना, दामन थामना, साफ-सुथरा, कसर ना छोड़ना, लताड़ना, लतियाना, बतियाना, टोना-टोटका, कहर ढहाना, पर्चा, होड़, दूभर, झेलना, रसम अदायगी, खिल्ली उड़ाना, हथकंड़ा, दबंग, भौच्चके, घपला, हरकत, घुलाई कर दी, तेवर, डटे रहना, शामत आना, भिड़े, अड़े, गाढे, नाश, सेंध लगाना, जमावड़ा, पल्ला झाड़ना, तामझाम, पटाना, ब्याहना, दबोचना, ताबड़तोड़, छौंक लगाना, छुरा घौंपना, डेरा डालना, दहलीज़, शतक ठोंके, चिक-चिक, खींचतान, खिंचखिच, माथा-पच्ची।

मुहावरों एवं अलंकारों का उपयोग : लोकोक्तियाँ एवं मुहावरे भाषा को पुष्ट करने का एक महत्वपूर्ण साधन हैं। इनके प्रयोग से भाषा चुस्त एवं जीवंत हो जाती है। लोकोक्ति और वाग्धाराएँ वाक्य या वाक्यांश का वह सुगठित एवं परिष्कृरित रूप हैं जिसमें किसी भी प्रकार का फेरबदल संभव नहीं है। वह जिस रूप में चल पड़ता है। उसी रूप में प्रभावी होता है। अक्सर मुहावरे और कहावत को पहचानने में भ्रम की स्थिति बनी रहती है। इसके लिए दोनों में अंतर समझना अतिआवश्यक है। कहावत एक पूरे वाक्य के रूप में होती है जिसका आधार कोई कहानी या घटना विशेष होती है। किसी भी विषय को स्पष्ट करने के लिए कहावतों का प्रयोग होता है। साथ ही खास बात ये है कि कहावतों का प्रयोग बिलकुल स्वतंत्र रूप में होता है जबकि मुहावरों का प्रयोग वाक्यों के अंतर्गत ही संभव है। मुहावरा एक प्रकार से वाक्य का अंश होता है जिसका अपना स्वतंत्र अस्तित्व नहीं होता।

मुहावरे : हिन्दी का मुहावरा शब्द अरबी भाषा के मुहावरे शब्द का परिवर्तित रूप है। मुहावरा शब्द का वास्तविक अर्थ है अभ्यास या बातचीत। मुहावरा एक ऐसा वाक्यांश है जो सामान्य अर्थ का बोध ना करा कर किसी विलक्षण अर्थ का बोध कराता है। मुहावरे का शब्दार्थ नहीं अपितु उसका भावार्थ ही ग्रहण किया जाता है।

अलंकार : अलंकार दो शब्दों से मिलकर बना है– अलम् और कार। अलम् का अर्थ है भूषण, सजावट अर्थात् जो अलंकरित या भूषित करे वह अलंकार है। कहना चाहिए अलंकार भाषा का श्रृंगार है इनके द्वारा अभिव्यक्ति में स्पष्टता, प्रभावोत्पादकता और चमत्कार आ जाता है। अलंकार मौटे तौर पर दो तरह के होते हैं– शब्दालंकार और अर्थालंकार।

शब्दालंकार के अंतर्गत अनुप्रास यमक और श्लेष अलंकार आते हैं। और

अर्थालंकार में मुख्यतः उपमा, रूपक, उत्प्रेक्षा, अतिशियोक्ति और अन्योक्ति अलंकारों को शामिल किया जाता है।

1. **अनुप्रास**-वाक्य में जहाँ व्यंजनों की बार-बार आवृति हो वहाँ अनुप्रास अलंकार होता है।

जैसे-पवार बिना प्रचार

2. **यमक**-जब एक ही शब्द दो या दो से अधिक बार वाक्य में आये और उसका अर्थ हर बार भिन्न हो तो वे यमक अलंकार होता है। जैसे-कमाल ने खेली कमाल की पारी।

3. **श्लेष**-इसका शाब्दिक अर्थ है चिपकना। जहां एक शब्द एक ह बार प्रयोग होने पर दो अर्थ दे वहां श्लेष अलंकार होता है। जैसे-कमाल की पारी।

4. **उपमा**-अत्यंत समानता के कारण पूरी तरह भिन्न होते हुए भी जहाँ एक वस्तु या प्राणी की तुलना दूसरी प्रसिद्ध वस्तु या प्राणी से की जाती है वहाँ उपमा अलंकार होता है। जैसे-असम में हालात गृहयुद्ध की तरह हो गए हैं।

5. **रूपक**-जहाँ गुण की अत्यंत समानता के कारण उपमेय में ही उपमान का अभेद आरोप कर दिया गया हो, वहाँ रूपक अलंकार होता है। जैसे-बोफोर्स का भूत कांग्रेस का पीछा नहीं छोड़ रहा।

6. **उत्प्रेक्षा**-जहाँ उपमेय में उपमान की संभावना अथवा कल्पना कर ली गयी हो, वहाँ उत्प्रेक्षा अलंकार होता है। इसके बोधक शब्द हैं– मानों, ज्यों।

7. **अतिशयोक्ति**-जहाँ किसी वस्तु, पदार्थ अथवा कथन का वर्णन लोक-सीमा से बढ़ाकर प्रस्तुत किया जाए, वहाँ अतिश्योक्ति अलंकार होता है। जैसे-भारत का पहाड़-सा स्कोर

टेलीविज़न समाचारों में प्रयुक्त मुहावरे

1. चुनावों की उल्टी गिनती शुरू हो गयी है।
2. मध्यप्रदेश में बीजेपी का पलड़ा भारी है।
3. राहुल के अमेठी दौरे में लोगों ने उन्हें सर आँखों पर बैठाया।
4. सारे कानूनों को धता बताते हुए....
5. चुनावी आचार संहिता को ताक पर रखकर .....
6. तेंदुलकर ने आखिरकर भारत का खाता खोला।
7. सुप्रीम कोर्ट ने मोदी सरकार को कड़ी फटकार लगायी।
8. चुनाव आयोग ने राजनैतिक दलों की लगाम कसी।
9. आया राम-गया राम की राजनीति...
10. बीजेपी ने धारा 370 का मुद्दा ठंडे बस्ते में डाल दिया।

11. पाकिस्तान पर हार का खतरा मंडराने लगा।
12. मुशर्रफ ने भारतीय टीम की तारीफ के पुल बांधे।
13. भारतीय खिलाड़ियों ने मैच में एड़ी चोटी का जोर लगा दिया।
14. हार के बाद कई नेताओं ने राजनीति से किनारा कर लिया।
15. जॉर्ज फर्नांडिस ने भी आडवाणी के सुर में सुर मिला दिया।
16. सहयोगियों ने बीजेपी को बीच मझधार में छोड़ दिया।
17. मुशर्रफ ने कश्मीर मसले पर एक बार फिर तेवर कड़े किये।
18. मुशर्रफ ने कश्मीर का राग अलापा।
19. कांग्रेस ने इस पर चुटकी लेते हुए कहा .....
20. कांग्रेस की धज्जियाँ उड़ाने वाली बीजेपी को भी ......
21. सेक्यूलरिज्म को तार-तार करने वालों की खैर नहीं।
22. मुम्बई धमाकों के लिए जिम्मेदार लोगों को ढूंढने के लिए पुलिस ने खूब सिर खपाया।
23. वोटरों पर डोरे डालने के लिए राजनैतिक दलों को अपने सिद्धान्तों से तौबा करते देर नहीं लगती।
24. ढेंकनाल में राजा के पी सिंह देव की पौ बारह, जीतेंगे दोबारा।
25. बीजेपी को सत्ता से दूर रखने के लिए सभी दलों ने सुर से सुर मिला दिया।
26. सोनिया ने मोदी पर पलटवार करते हुए कहा ....।
27. पी. चिदम्बरम ने इस मुद्दे पर नपा तुला जवाब दिया।
28. इरफान पठान ने कहर ढहाया।
29. शीला के घर के बाहर तांता लग गया।
30. सभी नेता शीला को मक्खन लगाने में जुटे थे।
31. पार्टी कार्यकर्त्ता जोश में होश ना खो बैठें .....
32. कुंबले के आगे पाकिस्तान रेत के महल की तरह ढहने लगा।
33. पाकिस्तानी बल्लेबाज़ ताश के पत्तों की तरह बिखरने लगे।
34. शोएब अख्तार के भी हाथ-पांव फूलने लगे।
35. पारी की हार ने मेज़बान टीम की कलई खोल दी।
36. गेंदबाजों के लिए विकेट हासिल करना टेढी खीर साबित हो रहा था।
37. शोएब क्रीज पर खूंटा गाढ कर खड़े रहे।
38. मिस इंडिया को आखिरकार खिताब से हाथ धोना पड़ा।
39. मिस इंडिया के खिताब का विवाद अब तूल पकड़ता जा रहा है।

40. मुशर्रफ बयानबाज़ी के पचड़ों में पड़ने से परहेज कर रहे हैं।
41. चुनाव आयोग ने टीवी पर राजनैतिक विज्ञापनों को हरी झंडी दे दी।
42. इरफान पठान ने इकतीस रनों में ही युहाना की जमकर धुलाई कर दी।
43. जीतने के बाद भारतीय टीम का हौंसला सातवें आसमान पर होगा।
44. लोकसभा चुनाव में कांग्रेस की लुटिया डूबती नज़र आ रही है।
45. अन्तरराष्ट्रीय ब्रांड भारत में अपना सिक्का जमाने की ताक में हैं।
46. विमान हादसे में पांच लोगों को जान से हाथ धोना पड़ा।
47. अन्तरराष्ट्रीय कंपनियाँ भारत में पैर जमाने की कोशिश में जुटी हैं।
48. टिकट के लिए बॉलीबुड़ सितारों में होड़ मच गई।
49. वाजपेयी और सोनिया ने साधा एक दूसरे पर निशाना।
50. चुनावी मैदान में भी चूहे बिल्ली का खेल जारी है।
51. हेमा गमांग पति के बारे में सवाल करने पर चुप्पी साध जाती हैं।
52. नोबेल चोरी होने से देश की प्रतिष्ठा को धक्का पहुँचा है।
53. सुप्रीम कोर्ट ने राजनैतिक दलों को एक-दूसरे पर कीचड़ ना उछालने के लिए आगाह किया है।
54. आतंकी हमलों ने सुरक्षा ऐजेंसियों के होश उड़ा दिये।
55. जवानों ने मलबा ढूंढने के लिए पहाड़ों का चप्पा-चप्पा छान मारा।
56. भारतीय टीम गेंदबाज़ी में पाकिस्तान से इक्कीस ही साबित हुई।
57. मोदी ने बिहार में आर जे डी सरकार की बखिया उधेंड़ी।
58. महबूबा मुफ्ती ग्रेनेड हमले में बाल-बाल बचीं।
59. जैश-ए-कमांडर वहीं ढेर हो गए।
60. अमित शाह ने गुवाहाटी के लोगों की नब्ज़ पकड़ते हुए कहा......।
61. मोदी ने अपने भाषण में विपक्ष की जमकर खिल्ली उड़ाई।
62. भारतीय टीम ने पाकिस्तानी टीम के छक्के छुडा दिये।
63. बैटिंग और बोलिंग दोनों में पटखनी दी।
64. राहुल द्रविड़ युवराज की तारीफ करते नहीं थके।
65. मायावती ने अमेठी में सेंध लगायी।
66. रावलपिंड़ी में भारतीय गेंदबाजों की तूती बोली।
67. चुनाव में नेता एक-दूसरे के खिलाफ आग उगल रहे हैं।
68. बीजेपी ने कांग्रेस को कठघरे में खड़ा किया।
69. सभी आरोपी पुलिस को चकमा देकर रफूचक्कर हो गए।
70. सरकार ने पदोन्नति के मामले में वायुसेनाध्यक्षों के पर कतरे।

71. आंध्रप्रदेश में करारी हार के बाद बीजेपी नेता सकते में आ गए।
72. बैठक में पार्टी के दोनों गुटों के बीच तीखी नौंक-झोंक हुई।
73. अयोध्या का मुद्दा बीजेपी के गले की हढी बन गया है।
74. सियासी ऊंट किस करवट बैठेगा ये तो चुनावी नतीजे ही बताएँगे।
75. हवा का रुख पहचान पार्टियों ने सोनिया को अपना समर्थन दे दिया।
76. दिल्ली में सियासी पारा गर्म हो रहा है।
77. सरकार के अनेक विकास के फैसले तुगलकी फरमान साबित हुए।
78. राजनैतिक के भाषणों ने दंगों की आग में घी का काम किया।
79. सुप्रीम कोर्ट ने सरकार पर शिकंजा कस दिया है।
80. संसद पर हमले से सुरक्षा ऐजेंसियों की नींद उड़ गयी है।
81. दस लाख रूपये शिक्षा सुधार के लिए ऊंट के मुँह में जीरे के समान हैं।
82. क्षेत्रीय दल अपनी जीत के लिए रात-दिन एक किये हुए हैं।
83. भारतीय खिलाड़ियों को लाहौर की पिच खूब रास आ रही है।
84. अंगप्रदर्शन जारी-बिपासा की तरह मल्लिका ने भी दिखाये जलवे।
85. घूस कांड चुनाव में बीजेपी के लिए परेशानी का सबब बन सकता है।
86. प्रियंका गांधी का जादू लोगों के सिर चढ़कर बोला।
87. सड़क हादसे पर राजनैतिक दल अपनी रोटियाँ सेंकने में जुट गए हैं।
88. अपने समर्थकों को संभालने में नेताओं के पसीने निकल रहे हैं।
89. भारत ने पाकिस्तानी बैटिंग का काम तमाम कर दिया।
90. राजनैतिक सामग्री के कारण सोनिया का दौरा खटाई में पड़ गया।
91. बीजेपी ने कहा कांग्रेस तिल का ताड़ बना रही है।
92. चुनाव परिणामों ने एनडीए की उम्मीदों पर पानी फेर दिया।
93. बम की अफवाह के बाद अफरा-तफरी मच गयी।
94. निष्कासन रद्द होने के बाद जोगी के सितारे बुलंद हुए।
95. भीड़ बेकाबू होने के बाद सारे इंतजाम धरे-के-धरे रह गए।
96. पाकिस्तान में जीत के झंडे गाड़ने के बाद लोगों ने खिलाड़ियों को सिर आँखों पर बैठा लिया।
97. चुनावी दंगल में नेता दो-दो हाथ करने को तैयार हैं।
98. विमान हादसे के बाद वायुसेना ने चुप्पी साधी।
99. दूसरे दौर में बातचीत पटरी से उतर गयी।
100. पाकिस्तान को हराने का बीड़ा उठाया अनिल कुंबले ने।

101. आरोपियों की तलाश में पुलिस जंगलों की खाक छान रही है।
102. पाकिस्तानी बल्लेबाज़ों को रनों के लाले पड़ गए।
103. अन्तिम मैच में भारत के लिए करो या मरो के हालात थे।
104. वरूण गांधी शब्दों के तीर चलाने से बाज नहीं आये।
105. नीति तो है लेकिन कार्रवाई के नाम पर वही ढाक के तीन पात।
106. वरूण गांधी को प्रचार में उतार कर गोयल ने दूर की कोड़ी फैंकी।
107. दिल्ली कांग्रेस में सिर-फुटव्वल जारी है।
108. अपराधी पुलिस के साथ आँख-मिचैनी का खेल खेल रहे हैं।

अभ्यास कार्य

- कठिन भाषा में लिखे गए पैरा को आसान और बोलचाल की भाषा में तब्दील करें। पैरा में प्रयुक्त किए गए कठिन शब्दों के आसान विकल्पों की सूची तैयार करें।
- बच्चों से बातचीत करके ये जानने का प्रयास करें कि टेलीविज़न कार्यक्रमों के बारे में उनका क्या सोचना है। विशेषकर उनके छवि संसार में टेलीविज़न का क्या योगदान है।
- आम लोगों की बातचीत को रिकॉर्ड करके उसे कागज पर ज्यों-का-त्यों उतार लें और ये मूल्यांकन करें कि बोलचाल के दौरान आम लोगों का शब्द चयन और वाक्य विन्यास क्या रहता है।
- अपने पसंदीदा चैनल की शब्दावलियों की एक सूची तैयार करें। ये खोजने की कोशिश करें कि क्या मीडिया आम जीवन में भाषा पर प्रभाव डालता है?
- टेलीविज़न पत्रकारों द्वारा प्रयोग किए जाने वाले मुहावरों की सूची तैयार करें और ये जानने का प्रयास करें कि चैनल भाषा को रोचक, लच्छेदार और प्रभावशाली बनाने के दौरान उसके अर्थों के साथ किस हद तक खिलवाड़ करते हैं?
- चैनलों द्वारा प्रयोग की जाने वाली भाषा में किन शब्दों का बहुतायत है। इसका एक तुलनात्मक अध्ययन करें। हिन्दी शब्दकोश की मदद से ये भी जाने कि कौन-सा शब्द किस भाषा से लिया गया है और वर्तमान हिन्दुस्तानी भाषा का स्वरूप क्या है?

अध्याय तीन

टेलीविज़न समाचारों की भाषायी प्रकृति

यह अध्याय इस पुस्तक की सहलेखिका कीर्ति सिंह द्वारा किए गए एक शोध पर आधारित है। **'राष्ट्रीय टेलीविज़न समाचार चैनलों का विश्लेषणात्मक अध्ययन'** विषय के इस शोध में सन् 2004-05 के दौरान प्रमुख समाचार चैनलों की भाषा का अध्ययन किया गया। शोध का प्रमुख उद्देश्य समाचारों में प्रयुक्त होने वाली भाषा की प्रकृति एवं विशेषताओं का अध्ययन करना था। शोध के लिए प्राईम टाइम टेलीविज़न बुलेटिनों के प्रतिनिधि सेंपल को पहले रिकॉर्ड किया गया और फिर उन्हें बार-बार देख-सुनकर भाषा की बारीकियों की जांच-पड़ताल की गई। सेम्पल अवधि के दौरान संसदीय चुनाव, पाकिस्तान में खेली गई भारत-पाक क्रिकेट सीरिज, उज्जैन में सिंहस्थ कुंभ मेला आदि अनेक ऐसी महत्वपूर्ण घटनाएँ हुईं जिनकी चैनलों ने विशेष कवरेज की।

राजनैतिक समाचारों की भाषा

शोध बताते हैं कि टेलीविज़न समाचारों में दो ही विषयों की ख़बरें अधिक रहती हैं। पहली राजनैतिक और दूसरी खेल से जुड़ी ख़बरें। चुनाव को भी राजनीति से अलग करके नहीं देखा जा सकता। कहना चाहिए कि चुनाव ही सबसे बड़ी राजनीति है, जिसमें हमेशा पक्ष-विपक्ष एक दूसरे को मात देने के लिए जाल बुनते रहते हैं। राजनैतिक नेता लगातार परस्पर बयानबाजी और छींटाकशी करते रहते हैं। पत्रकार भी इस तरह की ख़बरों को मसालेदार लहजे में जनता के समक्ष परोसते हैं।

शब्दावली एवं अभिव्यक्ति : चैनलों में चुनावी ख़बरों को खास रोचक शीर्षक भी दिया जाता है। उदाहरण के लिए सिंहासन का फाइनल (ज़ी न्यूज़), कांटे की टक्कर (डीडी न्यूज़)। सिंहासन शब्द राजशाही का प्रतीक है। जैसे सामंतशाही के दौरान राजा-महाराजाओं की लड़ाई में जो जीत कर आता था, राज्याभिषेक करके उसे मुकुट पहनाया जाता था लगभग वैसा ही दृश्य समाचारों

की भाषा भी प्रस्तुत करती है। उल्लेखनीय ये भी है कि ज़ी न्यूज़ ने अपने मोन्टाज में सिंहासन शब्द के ऊपर एक स्वर्णिम मुकुट भी बनाया है। इसी प्रकार **कांटे की टक्कर** यानी कड़ा मुकाबला-ये एक मुहावरा है और चुनावी ख़बरों में इसका भरपूर इस्तेमाल किया जाता है। इस मुहावरे में भी एक आक्रामता का अहसास होता है।

राजनैतिक ख़बरों में एक विशिष्ट शब्दावली का प्रयोग किया जाता है टेलीविज़न समाचारों मे चुनाव एक लोकतांत्रिक प्रक्रिया ना होकर महासमर, महासंग्राम, जग या युद्ध बन गया है। राजनैतिक नेता लोकतंत्र में जनता के प्रतिनिधि होने के बजाय सामंतवादी लहजे में महारथी, बाहुबली, राजा, राजमाता, संन्यांसिन, दिग्गज, वीरांगना या महारानी के रूप में पुकारे जा रहे हैं। राजनैतिक गतिविधियों को रणभेरी या बिगुल बजाने, रणनीति तैयार करने, धावा बोलने, हमला बोलने, पलटवार करने, आड़े हाथों लेने, बिसात बिछाने, दांव-पेंच, चुनावी अखाड़ा, निशाना साधने, सेंध लगाना आदि के रूप में अभिव्यक्त किया गया है। इसी प्रकार चुनावी क्षेत्र को गढ़ या किले के रूप में बोला जाता है।

उदाहरण : बीजेपी के **चुनावी हमलों** को लेकर कांग्रेस ने **अपनी रणनीति** बदल ली है। अब कांग्रेस अटल बिहारी वाजपेयी को भी **निशाना बनाएगी**। हालांकि कांग्रेस अब तक वाजपेयी पर **सीधा हमला** करने से बचती रही है। (एनडीटीवी इंडिया 2 अप्रैल 2004)

सोनिया गांधी ने आज मोदी को **निशाना बनाते** हुए कहा कि वे तीखी टिप्पणी करने से बाज नहीं आते।............इससे नाराज़ सोनिया गांधी ने आज जैसे ही **पलटवार किया**, आडवाणी मोदी के **बचाव में उतर आये**। (आजतक 2 अप्रैल 2004)

अब **चुनावी महासमर** में आपको ले चलते हैं ऐसे चुनाव क्षेत्र में जहाँ **वीरांगनाएँ मैदान में जंग** की तैयारी में है। रेणुका चौधरी का नाम किसी से छिपा नहीं हैं और उनका **सामना करेंगी**-स्वर्णकुमारी। (डीडी न्यूज़ 2 अप्रैल 2004) डीडी न्यूज़ के वीरांगना शब्द सुनते ही रानी झांसी का ध्यान जहन में आता है जो शत्रुओं से लड़ते-लड़ते वीरगति को प्राप्त हो गयी थी। जब कि चुनाव लड़ना इस प्रकार का काम नहीं है। चुनाव महज मतों से हार और जीत का मसला है।

दक्षिण गुजरात के आदिवासियों को लुभाने के लिए कांग्रेस के बाद अब बीजेपी की कोशिश। बीजेपी ने सोनिया गांधी का **मुकाबला करने** के लिए वरूण गांधी को मैदान में प्रचार के लिए उतार दिया।.....इसी मंसूबे के साथ

मुख्यमंत्री नरेंद्र मोदी ने उनकी ताई पर **सीधा हमला** किया है। बीजेपी ने वरूण की **तैनाती** वहाँ भी की है जहाँ उनकी ताई रोड़ शो कर रही हैं। **राजनीति के अखाड़े** में रिश्तों के इस्तेमाल का ये **बीजेपी स्टाइल** है। (ज़ीन्यूज़ 4 अप्रैल 2004)

राजनैतिक समाचारों को प्रस्तुत करते समय पत्रकार खूब व्यंगात्मक शब्दों का इस्तेमाल करते हैं।

उदाहरण : आज दिल्ली की मुख्यमंत्री शीला दीक्षित का 66वां जन्मदिन है। बर्थ डे गर्ल शीला दीक्षित के घर पर सुबह से ही शुरू हो गया नेताओं का तांता। **छुटभैये नेताओं** में तो होड़ थी **बर्थ डे गर्ल** से केक कटवाने की। हर वो नेता जिसे शीला जरा भी जानती हैं– वो केक ले कर पहुँच गया और बर्थ डे गर्ल को वो केक काटने भी पड़े। **केक भी ऐसे वैसे नहीं** किसी पर वी यानी जीत लिखा था-तो कोई दस **फुट लंबा केक** ले आया। इस बेचारे के केक पर तो **मक्खियाँ मंडरा रही** हैं क्योंकि शीला **कुछ ज़्यादा ही व्यस्त** थीं। लेकिन ये जनाब हार मानने वाले नहीं। मेहनत-**मशक्कत करके आखिर केक कटवा ही** लिया। और इस केक के जरिये **शीला को मस्का लगाने** से लेकर लोकसभा टिकट तक की मांग हो रही थी।

PTC : तो देखा आपने कि आखिर मुख्यमंत्री का जन्मदिन कैसे मनाया जाता है। कुछ लोग दिल से बधाईयाँ देते हैं, कुछ **मक्खन लगाते** हैं और अगर चुनाव पास हो तो टिकट की दावेदारी भी करते हैं। लेकिन मुख्यमंत्री क्या करें, अगर दिल्ली की **सत्ता पर काबिज रहना है तो ये सब करना ही है।** (एनडीटीवी इंडिया 31 मार्च 2004)

समाचार की पहली पंक्ति को देखें तो ऐसा लगता है कि शीला दीक्षित का 66वां जन्मदिन एक बड़ी ख़बर है परंतु ये बात बाकी की ख़बर में गौण हो गयी और समाचार का मुख्य पहलू ये था कि उनके जन्मदिन का राजनैतिक जन्मदिन में परिवर्तित हो जाना। इस ख़बर के जरिये भारतीय राजनीति की प्रकृति पर तीखा कटाक्ष भी किया गया है। साथ ही ख़बर में प्रयुक्त मुहावरे जैसे मक्खन और मस्का लगाना सत्ता के प्रति नेताओं की भूख और लालची प्रवृति को बयाँ कर रहे हैं। शीला को बार-बार बर्थ डे गर्ल कह कर उन्हें एक मजबूर मुख्यमंत्री के रूप में चित्रित करने की कोशिश की गयी है।

Anchor intro गुजरात के चुनाव प्रचार में **एक और अब्दुल कलाम** दिख रहे हैं। लेकिन पुलिस ने उन्हें गिरफ्तार कर लिया है। उन पर आरोप है कि वे बिना इज़ाजत के कांग्रेस के लिए प्रचार कर रहे हैं।

VO- राष्ट्रपति अब्दुल कलाम और इन साहब में दो बातें एक जैसी हैं कुछ-कुछ कलाम जैसे दिखते हैं और ये भी दक्षिण भारत के हैं। **ये जनाब भी** पार्टी प्रचारकों की तरह **फक्कड़, झोला-टांग** कांग्रेसी गाना गाते हैं। पंजे के लिए दम लगा रहे हैं असली कलाम से भी मिलने की हसरत है। डुपलीकेट कलाम अब कांग्रेस के हर काम में दिखते हैं। आज यहाँ धरना देने आये हैं। नारे लगा ही रहे थे कि पुलिस ने **कलाम साहब** को दबोच लिया। कानून तो आखिर कानून है- **डुपलीकेट पर भी लागू** होगा। धरने वाले बैठ गए और **पुलिस कलाम साहब को** अपने साथ हवालात ले गयी। (ज़ी न्यूज़, 5 अप्रैल 2004)

उपरोक्त ख़बर की भूमिका को देखा जाए तो दर्शक आश्चर्य में पड़ सकता है। कि देश का राष्ट्रपति कैसे किसी राजनैतिक दल के लिए प्रचार कर सकता है। यहाँ सिर्फ हैरानगी ही नहीं ख़बर को रोचक तरीके से मज़ाकिया लहजे में भी प्रस्तुत किया गया है। शुरूआत में एक सस्पेंस का पुट भी दिया गया है। नकली कलाम को कलाम साहब कह कर रिपोर्टर उस पर व्यंग्य के बाण चला रहा है। वाक्य छोटे-छोटे हैं लेकिन इसमें प्रवाह है। असली कलाम से मिलने की **हसरत** है। ये कहकर रिपोर्टर डुप्लीकेट की एक सामान्य व्यक्ति होकर भी इतनी बड़ी इच्छा रखने का मज़ाक उड़ा रहा है।

बीएसपी के टोटके

बीएसपी की बुनियाद ब्रहामणवाद के विरोध पर टिकी है। चुनाव जीतने के लिए उसे पंडितो की मदद से कोई परहेज नहीं। पार्टी का एक ब्राहमण उम्मीदवार लोकसभा चुनाव के लिए पर्चा भरने पहुँचा तो उसके साथ मंत्रोच्चारण करने वाले **पंडितों की पूरी टोली** मौजूद थी।

PTC. *कभी मनुवाद को दुश्मन नम्बर वन मानने वाली बीएसपी ने अब चुनाव जीतने के लिए* ***मनुवाद के ही लटके-झटके*** *इस्तेमाल करने शुरू कर दिये हैं। मतलब बिलकुल साफ है कि किसी भी तरह* ***घी निकलना चाहिए।*** *चाहे उंगली टेढ़ी करनी पड़े या फिर* ***हाथ में चम्चम पकड़नी पड़े।*** *(आजतक, 1 अप्रैल, 2004)*

मंत्रोच्चारण को मनुवादी टोटके और लटके-झटके कह कर एक तरफ ब्राह्मणवादी विचारधारा पर कटाक्ष किया गया है तो दूसरी तरफ राजनेताओं पर भी व्यंग्य कसा गया है कि वे सत्ता के लिए किसी भी प्रकार की मौकापरस्ती से बाज़ नहीं आते। घी निकलना चाहिए चाहे चम्मच पकड़नी पड़े। ये ख़बर सुनकर एक आलोचनात्मक दृष्टि का आभास होता है जो दर्शकों को भी प्रभावित

करती हैं।

उपरोक्त उदाहरणों से स्पष्ट है कि किसी भी पार्टी का ऐसा क़दम जिसमें उसकी विचारधारा और गतिविधियों में विरोधाभास दिखाई देता है उसी के अनुरूप भाषा में भी तीखी शब्दावली का प्रयोग पत्रकारों द्वारा किया जाता है। विश्लेषण के आधार पर एक मुख्य बात जो उभर कर सामने आयी है वो ये है कि डीडी न्यूज़ राजनैतिक ख़बरों को अधिक चटपटे और व्यंग्यात्मक लहजे में प्रस्तुत करने से बचता है।

भाषा में काव्यात्मकता : काव्यात्मकता भाषा को ताज़गी और लीक से हटकर एक नया जीवन प्रदान करती है। आजकल अधिकतर समाचार चैनल ख़बरों को अधिक रोचक बनाने के लिए अपनी स्क्रिप्ट में नये-नये प्रयोग कर रहे हैं। एक तरफ वे फिल्मों की शब्दावली का प्रयोग कर रहे हैं तो दूसरी तरफ तुकबंदी और अलंकारों का भी भरपूर प्रयोग किया जा रहा है। इन्हीं सब बातों को ध्यान में रखते हुए भाषा में काव्यात्मकता को मुख्यत: अलंकार, तुकबंदी और फिल्मों के नाम या फिल्म संगीत के आधार पर बांटा गया है।

तुकबंदी का उपयोग : चुनावी कवायद ज़ोरों पर है, लेकिन चुनावों में कौन देखेगा द्वार और कौन बनाएगा सरकार आइये देखते हैं- जनादेश दो हज़ार चार। **(डीडी न्यूज़)**

आजतक के कार्यक्रम-**आपके एमपी का रिपोर्ट कार्ड**-की भाषा की झलक

बाढ़ में नितीश कुमार दमदार,
लोकसभा पहुँचने के पूरे आसार, **(बिहार)**
बैंगलौर दक्षिण में अनंत कुमार का फीलगुड,
पैंसठ फीसदी वोटरों ने कहा बहुत खूब, **(कर्नाटक)**
ढेंकनाल में राजा के पी सिंह देव की पौ बारह,
सर्वे का नतीजा-जीतेंगे दोबारा, **(उड़ीसा)**
बस्तर में बंध सकता है बलीराम का बोरिया बिस्तर,
वोटरों की राय-एम पी के तौर पर बेहतर **(छत्तीसगढ़)**
प्रचार से दूर पवार,
पवार बिना प्रचार, **(एनडीटीवी इंडिया)**

टेलीविज़न समाचारों में शब्द सुनने के लिए लिखे जाते हैं ना कि पढ़ने के लिए। इसलिए शब्द सुनने में भी रोचक लगे इस बात का पूरा ध्यान रखा जाता है। तुकबंदी की कविता सुनने में मधुर लगती है। ठीक इसी प्रकार दर्शकों को

लुभाने के लिए टेलीविज़न चैनल भी तुकबंदी का अधिकाधिक प्रयोग करने लगे हैं। इस तुकबंदी में कई बार तो अर्थ को भी उतना महत्व नहीं दिया जाता जितना उसका रोचक और कर्णप्रिय होना देखा जाता है।

फिल्मी शब्दावली

आजतक से कुछ उदाहरण

तेरा मेरा साथ रहे (सोनिया और शरद पवार के बीच राजनैतिक गठबंधन)
ये रास्ते हैं वोट के (नेताओं द्वारा वोटरों को लुभाने के तरीके)
चुनाव के हमराही (कार्यक्रम का नाम)
जुबान संभाल के (सोनिया के खिलाफ मोदी के बयान पर)

एनडीटीवी इंडिया से उदाहरण

अब जुबान संभाल के (चुनाव आयोग द्वारा चेतावनी पर)
हीरो नम्बर वन (गोविंदा की उम्मीदवारी)
बात निकलेगी तो दूर तलक जाएगी

जी न्यूज़ से उदाहरण

मोहब्बत और जंग में सब जायज़ है (गिरिधर और उनकी पत्नी हेमा गंमांग दो अलगं पार्टियों से एक दूसरे के खिलाफ लड़ने के बारे में)

अलंकारों का प्रयोग

टेलीविज़न समाचारों में मनोरंजकता, रोचकता, मधुरता और प्रभावोत्पादकता उत्पन्न करने के लिए पत्रकार अलंकारों का भी काफी प्रयोग करते हैं। कुछ उदाहरण इस प्रकार हैं।

डीडी न्यूज़ से कुछ नमूने-

- प्रधानमंत्री अटलबिहारी वाजपेयी ने व्यक्तिगत आरोप की राजनीति पर कड़ा एतराज जताते हुए **राजनीति में राजनीति की मर्यादा (यमक)** पर ज़ोर दिया। (5 अप्रैल)
- ये तो वक्त ही बताएगा कि हंस राज अहीर 1999 की **कांटे की टक्कर में से इस बार हार का कांटा (यमक)** निकाल पाते हैं या इस बार भी जीत का सेहरा फिर बंधेगा कांग्रेस के पुगलिया या किसी और के सिर। (5 अप्रैल)
- कहीं इस बार **कांटे की टक्कर में किस्मत का कांटा (अनुप्रास**

और यमक) नाग नागेश्वर के हक़ में ना झुक जाये। (6 अप्रैल)

- चुनाव क्षेत्र में **वीरांगनाएँ (उपमा)** मैदान में **जंग (उपमा)** की तैयारी में हैं। (6 अप्रैल)
- चुनावी लड़ाई के **तराज़ू के कांटे (उपमा)** को बिलकुल करीब कर दिया। (5 अप्रैल)

आज तक के शीर्षकों में **अनुप्रास अलंकार** के कुछ उदाहरण-

- वाजपेयी ही वाजपेयी (30 मार्च)
- बयान पर बवाल (1 अप्रैल)
- कोर्ट का बड़ा रूख़ (2 अप्रैल)
- सितारों का साथ (4 अप्रैल)
- सितारों की सियासत (4 अप्रैल)
- एनडीए का ऐजेंडा (8 अप्रैल)
- बोफोर्स का जिन्न (उपमा) (8 अप्रैल)

आजतक के समाचार से कुछ उदाहरण-

- सोनिया गांधी और शरद पवार की बरसों पुरानी **दुश्मनी दोस्ती (अनुप्रास)** में बदल गयी।
- **बीएसपी की बुनियाद ब्राह्मणवाद के विरोध (अनुप्रास)** पर टिकी है।
- वित्तमंत्री जसवंत सिंह ने कहा कि गृहणियों का बजट अगर सुधरा तो पूरे देश का **बजट बेहतर (अनुप्रास)** हो सकता है।
- तमाम प्रचार कार्यक्रमों का एक ही मक़सद है कि **भारत उदय के गुब्बारे (उपमा)** में ज़्यादा से ज़्यादा हवा भरी जाये और चुनाव में ऐसी लहर चलायी जाए की **ये गुब्बारा** उन्हीं की सोची समझी और तय की गयी दिशा में आगे बढ़े।
- **बोफोर्स का भूत तो मानो (उत्प्रेक्षा)** कांग्रेस का पीछा ही नहीं छोड़ रहा है। हालांकि इस भूत को जिन्दा रखने के लिए जरूरत पड़ती है– कभी **राजनैतिक छौंक** की तो कभी **पत्रकारिता के तड़के** की।

एनडीटीवी इंडिया के शीर्षकों में **अनुप्रास अलंकार** के कुछ उदाहरण-

- प्रचार से दूर पवार (2 अप्रैल)
- पवार बिना प्रचार (4 अप्रैल)
- अटल का अभियान (5 अप्रैल)
- चौटाला और चुनाव आयोग में ठनी (8 अप्रैल)

- अटल-आडवाणी एक मंच पर (5 अप्रैल)

एनडीटीवी की ख़बरों से कुछ उदाहरण-

माया चांदी है, माया सोना है– ये कहने वाले कलाकार अगली ही लाईन में कहते हैं– **माया जादू है माया टोना है।** और ये **मायावती** पर हमला करने का उनका एक तरीका है। अब समाजवादी पार्टी के लिए ये तरीका कितने वोट खींच पायेगा ये तो कहा नहीं जा सकता लेकिन इससे जनता का मनोरंजन जरूर होगा।

सोनिया-पवार एक ही मंच पर (1 अप्रैल) यहाँ मंच शब्द के दो अर्थ हैं। पहले सोनिया और शरद पवार की पार्टी गठबंधन का प्रतीक है और दूसरा शोलापुर में एक साथ दोनों द्वारा चुनावी रैली को संबोधित करना है। इसमें यमक अलंकार का प्रयोग किया गया है।

ज़ी न्यूज़ के कुछ उदाहरण

- चौबीस बरस की बीजेपी (अनुप्रास) (6 अप्रैल)
- मंच पर खड़ी सोनिया को ज़मीन पर खड़े प्यादों से वफा की उम्मीद है।
- (अनुप्रास और उपमा) (6 अप्रैल)

हमेशा की तरह **बोफोर्स के गोलों के धूंए (उपमा)** में बुनियादी मुद्दे एकबार ढंक जाएँगे। (8 अप्रैल)

भारतीय राजनीति में एक बार फिर **बोफोर्स का जिन्न (उपमा)** बोतल से बाहर निकल कर आ गया है। लोकसभा चुनाव की राजनीतिक मारामारी के बीच **बोफोर्स का नया धमाका** जहाँ बीजेपी के लिए **दीवाली की आतिशबाज़ी** जैसा है वहीं कांग्रेस इस **धमाके से उठे धुंए को छांटने** में जुट गयी है। **(अतिशियोक्ति अलंकार)**

टेलीविज़न समाचारों में राजनैतिक ख़बरों की भाषा में आक्रामकता बढ़ती जा रही है। टेलीविज़न समाचार देखते वक्त ऐसा लगता है कि समाचार स्क्रिप्ट राजनैतिक पार्टियों को ध्यान में रखकर नहीं बल्कि योद्धाओं और उनकी सेना के बीच लड़ाई को ध्यान में रखकर लिखी गयी है। प्रधानमंत्री के पद को एक राजा का सिंहासन बना दिया गया है। सन् 2004 के लोकसभा चुनाव को प्रत्येक समाचार चैनल ने विभिन्न दलों के बीच जंग के रूप में प्रस्तुत किया। और इस जंग का मैदान है भारतभूमि। जो पार्टी इस युद्ध को जीतेगी उसे ही **सत्ता का सिंहासन** मिल जाएगा। इस प्रकार चुनावों की तुलना युद्ध से बार-बार करके चैनल समाचारों में अतिरंजना का भाव उत्पन्न करते हैं। राजनैतिक समाचारों को प्रस्तुत करते समय पत्रकार खूब व्यंग्यात्मक शब्दों का इस्तेमाल करते हैं। और

कई बार तो ऐसा लगता है मानों वो राजनेताओं, समूची राजनैतिक प्रक्रिया व्यवस्था और का पूरी तरह मखौल उड़ा रहे हों। राजनैतिक समाचारों में मुख्यत: अनुप्रास, यमक और उपमा अलंकारों की अधिकता पायी जाती है।

आर्थिक समाचारों की भाषा

राजनीति, खेल और अन्य ख़बरों की बजाए आर्थिक ख़बरों को टेलीविज़न समाचारों में बहुत कम स्थान दिया जाता है। कुछ न्यूज़ चैनल तो अपने बुलेटिन में आर्थिक ख़बरों या शेयर बाज़ार की ख़बरों को शामिल ही नहीं करते हैं। लेकिन इसकी कमी को पूरा करने के लिए आर्थिक ख़बरों से संबंधित विशेष समाचार बुलेटिन प्रसारित करते हैं।

शब्दावली एवं अभिव्यक्ति : आर्थिक समाचारों में बाज़ार की स्थिति को बताने के लिए पिटी-पिटाई शब्दावली को बार-बार उपयोग में लाया जाता है। जैसे-तेज़ी कायम रही, भारी गिरावट आयी, सेंसेक्स फिसला, बिकवाली का ज़ोर रहा, सेंसेक्स लुढका, शेयर बाज़ार में उछाल आया, सेंसेक्स मनोवैज्ञानिक आंकड़े को पार कर गया, शेयर में मज़बूती आयी, बाजार में उतार-चढ़ाव रहा, बाज़ार तेज़ी से खुले। ये शब्दावली अर्थों की दृष्टि से काफी सटीक भी हैं। जैसे शेयर मज़बूत रहे-यहाँ मज़बूत रहने से अभिप्राय है कि शेयर बाज़ार में स्थिरता से है। इसी प्रकार बाज़ार में काफी उतार-चढ़ाव रहा यानी काफी संख्या में शेयरों के भाव गिर भी तो शेयर मंहगे भी हुए।

उदाहरण : शेयर बज़ार की शुरूआत तो अच्छी रही लेकिन शाम के **कारोबार में बिकवाली** का ज़ोर रहा। HLL में **भारी गिरावट** से BSE के सेंसेक्स पर दबाव पड़ा। हालांकि आईटी कंपनियों में रुचि बनी रही लेकिन इनमें कोई **ख़ास तेज़ी नहीं आयी**। कुल मिलाकर सेंसेक्स **सात अंकों की गिरावट** के साथ पांच हज़ार आठ सौ पंद्रह पर **बंद हुआ**। जबकि NSE का निफ्टी तीन अंक **नीचे गिर कर** एक हज़ार आठ सौ उनचास पर आ गया। (एनडीटीवी 7 अप्रैल, 2004)

शेयर बाज़ार में आज लगातार चौथे दिन भी **तेज़ी कायम रही**। IT और बिजली कंपनियों के **शेयर मज़बूत रहे**, हालांकि शाम को **बाज़ार कुछ फिसला** लेकिन कुछ मिलाकर BSE का सेंसेक्स हाफ सेंचुरी लगाने में कामयाब रहा। तीन हफ्तों के बाद पहली बार सेंसेक्स पांच हज़ार आठ सौ के **ऊपर बंद**

हुआ। (एनडीटीवी, 5 अप्रैल 2004)

आर्थिक ख़बरों की भी अन्य ख़बरों की तरह विशेष, सीमित और स्थापित शब्दावली है। रह-रह कर कुछ शब्दों का ही प्रयोग करते हुए भाषा को प्रभावी बनाने का प्रयास किया गया है। आर्थिक समाचारों में मुहावरे, लोकोक्तियों और अलंकारों का प्रयोग नगण्य रूप में होता है। विशेषकर बाज़ार की ख़बरों में तथ्यात्मकता अधिक पायी जाती है। अतः इसमें अन्य प्रकार के समाचारों की अपेक्षा मुहावरों, लोकोक्तियों और अलंकारों के प्रयोग की अधिक गुंजाइश रहती है। उसके बावजूद आर्थिक समाचारों की भाषा अभिव्यक्ति की दृष्टि से सार्थक प्रतीत होती है। खेल की ख़बरों की तरह आर्थिक ख़बरों की अपनी ख़ास तकनीकी शब्दावलियाँ हैं। जैसे शेयर होल्डर, कंपनी, बजट, सेंसेक्स इत्यादि। अंग्रेजी शब्दों के अधिक प्रयोग का एक कारण ये भी है कि ये ख़बरें सीधी महानगरों में स्थित बड़ी-बड़ी कंपंनियों एवं कोर्पोरेट हाउसों से जुड़ी होती हैं। अतः इन ख़बरों का लक्ष्यांक समूह भी साधारण व्यक्ति ना होकर इन कंपंनियों के निवेशक और शेयरधारक हैं। जिन्हें इस प्रकार की भाषा या शब्दों को समझने में कोई दिक्कत नहीं होती। दूसरा कारण ये है कि इन अंग्रेजी शब्दों का हिन्दी अनुवाद अप्रचलित हैं। जिन्हें समझने में कठिनाई होती है। जैसे शेयर को हिन्दी में हिस्सा कहा जाता है लेकिन शेयर बाज़ार में ये शब्द अधिक प्रचलित नहीं हो पाया।

खेल समाचारों की भाषा

समाचार चैनलों में खेल की ख़बरों की जब भी बात करते हैं कि मुख्यतः क्रिकेट की ख़बरें ही हमारे जहन में उभरकर आती हैं। वो शायद इसलिए भी कि मीडिया खेल की ख़बरों को ज्यादा अहमियत देता है और इसीलिए क्रिकेट की ख़बरों का प्रतिशत भी ज्यादा रहता है। चाहे अखबारों की बात हो, रेडियो हो या फिर न्यूज़ चैनल-क्रिकेट मैच के दिनों में एकमात्र क्रिकेट की ख़बरें ही मीडिया में छायी रहती हैं। इसका एक कारण ये भी है कि भारत में अन्य खेलों की तुलना में क्रिकेट प्रेमियों की संख्या भी अधिक है।

सन् 2004 में भारत और पाकिस्तान के बीच लम्बे अरसे के बाद काफी महत्वपूर्ण और ऐतिहासिक क्रिकेट सीरीज खेली गयी थी और मीडिया ने इसकी जोरदार ढ़ंग से कवरेज भी की। क्रिकेट मैच के लाइव प्रसारण की वजह से मीडिया के लिए आँखों देखा हाल बयाँ करना बहुत सरल हो गया है और पूरे दिन की खेल की स्थिति जानने के बाद जब ख़बर के रूप में चैनल क्रिकेट को परोसते हैं, तो समाचारों की भाषा में भी ऐसा प्रतीत होता है मानो उसमें

प्रयुक्त शब्दों के बीच रोचक खेल खेला जा रहा हो।

शब्दावली एवं अभिव्यक्ति : ज़ी न्यूज़ चैनल ने भारत-पाक सीरीज के लिए अपने मोंटाज का शीर्षक **सीमा पार घमासान** बनाया। घमासान शब्द युद्ध का प्रतीक है और उस पर सीमा पार शब्द से भाषा में अतिरंजना का भाव दिखाई देता है। इस शब्दावली से ऐसा लगता है कि ये खेल दो टीमों के बीच ना होकर भारत और पाकिस्तान नामक दो शत्रुओं के बीच लड़ी जा रही जंग है और इसी फॉर्मूले को आगे बढ़ाते हुए मुलतान में भारत की जीत को ज़ी न्यूज़ ने-**जीता मुलतान रचा इतिहास-भारत बना मुलतान का सुल्तान** (1 अप्रैल)-समाचार शीर्षक

भारत के लिए ये तो गौरव का विषय है कि उसने लम्बे अर्से के बाद पहली बार पाकिस्तान को उसी की जमीन पर क्रिकेट में मात देकर रिकॉर्ड बनाया है परन्तु इस जीत में भारत को **मुल्तान का सुल्तान** कहना कहीं ना कहीं अपने ही मुँह मियाँ मिट्ठू के भाव को दर्शाता है। जबकि **आजतक** के खेल की ख़बरों के मोंटाज का शीर्षक बिलकुल सटीक प्रतीत होता है। शीर्षक था **सुपरहिट मुकाबला।** जिसका अभिप्राय है कि मुकाबले पहले भी हुए, हिट भी हुए परन्तु इस बार का मुकाबला पहले की बजाए अधिक रोमांचक होगा। आज तक के द्वारा प्रयुक्त ये शीर्षक दोनों पक्षों को समान तरजीह देता प्रतीत होता है अर्थात **बारह साल बाद जहाँ भारतीय क्रिकेटरों में पाकिस्तान जाकर क्रिकेट खेलने का उत्साह है वहीं पाकिस्तानी खिलाड़ियों के लिए भी ये किसी बड़ी परीक्षा से कम नहीं।** जबकि एनडीटीवी ने मुलतान में भारत की जीत को और भी सरल शब्दों में कहा है।

- मुलतान में भारत की ऐतिहासिक जीत,
- पारी और बावन रन से जीता भारत
- पाकिस्तान में पहली बार जीता,

लेकिन इस बात को भी नकारा नहीं जा सकता कि प्रत्येक समाचार चैनल का बात कहने का अंदाज अलग-अलग होता है। जैसा कि एनडीटीवी इंडिया ने उपरोक्त उदाहरण में बहुत ही सरल और संतुलित शब्दों में कहा है कि **बावन रनों से जीता भारत** लेकिन इसी ख़बर को ज़ी न्यूज़ ने-भारत ने पाकिस्तान को एक पारी और **बावन रनों से पीटा**-कहा। इसी तरह डीडी न्यूज़ चैनल ने भी अति आक्रामक शब्दों का इस्तेमाल तो खेल की ख़बरों में नहीं किया है लेकिन राजनैतिक समाचारों से तुलना करें तो डीडी न्यूज़ भी निजी चैनलों की तुलना में पीछे नहीं है।

इसके अतिरिक्त खेल की वास्तविक स्थिति का इजहार करने के लिए न्यूज़ चैनलों ने कभी झटका, मायूसी, छक्के छुड़ा दिये, तो कभी शिकार बनाया आदि शब्दों का इस्तेमाल किया है जो दर्शकों को ना केवल आनंदित करता है बल्कि उन्हें स्टेडियम में चल रही खेल की स्थिति की कल्पना करने को प्रेरित करता है।

भाषा में व्यंग्यात्मकता : डी.डी न्यूज़ एक अप्रैल का एक उदाहरण-

भारत ने पाकिस्तान को उसी की ज़मीं पर पहली बार टेस्ट मैच में हरा कर एक नया इतिहास रच दिया है सिर्फ दो ऑवर में पाकिस्तान को हरा कर शानदार जीत हासिल कर भारत ने इस मैच को हमेशा के लिए यादगार बना दिया है। टेस्ट मैच के आखिरी दिन भारतीय गेंदबाज़ों के सामने पाकिस्तानी बल्लेबाज़ ज़्यादा देर टिक नहीं सके। **तेंदूलकर ने भी अपने बल्ले का जादू बरकरार** रखा। और शोएब अख्तर को **ख़ाता नहीं खोलने दिया। भारत के पहाड़ जैसे स्कोर** पर पहुँचना तो दूर **पाकिस्तान को अब फालोऑन बचाने के भी लाले पड़ते नज़र आये।** पाकिस्तान के प्रमुख बल्लेबाज़ तो पवेलियन में **आराम फरमा रहे थे।** लेकिन कुछ अन्य बल्लेबाज़ जूझ रहे थे। तभी भारत का इंतज़ार ख़त्म हुआ और कुंबले की घूमती हुई गेंद ने सामी के विकेट बिखेर दिये।

पाकिस्तान की दूसरी पारी आयाराम-गयाराम की तर्ज़ पर शुरू हुई। जल्दी ही कुंबले ने तोफीक़ उमर और इमरान फरहत को **पवेलियन की राह बतला दी।** अगले ही ऑवर में युवराज के सटीक थ्रो पर **इंजमाम भी चलते बने।** यासिर हमीद जमने की कोशिश कर ही रहे थे कि युवराज ने अपने टेस्ट करियर का खाता खोलते हुए उन्हें सहवाग के हाथों कैच करवा दिया। अब पाकिस्तान पर हार का ख़तरा साफ-साफ मंडराने लगा। इसी बीच रज्ज़ाक को कुंबले की गेंद पर आकाश चोपड़ा ने लपक लिया।

मोइन खान भी **पठान का शिकार बने।** हार धीरे-धीरे पाकिस्तान के करीब आती जा रही थी। तभी मुहम्मद सामी और एक अन्य खिलाड़ी टीम को मझधार में छोड़कर पवेलियन वापस लौट गए। लेकिन युहाना ने ज़बरदस्त जुझारूपन दिखाया और अपना सैंकड़ा पूरा कर लिया। और तभी कुंबले ने **शोएब को भी चलता किया** और दिन का खेल समाप्त होने तक भारत की जीत केवल एक विकेट दूर रह गयी।

उपरोक्त स्क्रिप्ट में गौर करने पर पता चलता है कि भारत की श्रेष्ठता साबित करने वाले वाक्यों और शब्दावली की संख्या अधिक है। दूसरी तरफ **चलता किया**, पवेलियन की **राह बतला दी, आराम फरमा रहे थे** जैसे शब्दों के प्रयोग द्वारा पाकिस्तानी खिलाड़ियों की भारतीय क्रिकेटरों से तुलना करते हुए

ना केवल उनका मज़ाक उड़ाया गया है बल्कि खेल रिपोर्टिंग की निष्पक्षता और संतुलन के साथ भी खिलवाड़ किया गया है।

उदाहरण

एनडीटीवी इंडिया : भाषा में नये-नये प्रयोगों के मद्देनजर खेल समाचारों में वर्णनात्मक शैली का भी खूब प्रयोग किया जाता है। सबसे दिलचस्प बात ये है कि इस शैली में बहुत ही सहज तरीके से विपक्षी टीम के लिए चालू शब्दों का प्रयोग किया गया है। ऐसा केवल खेल की ख़बरों को अधिक रोचक बनाने के लिए किया गया है।

उदाहरण

Anchor intro

करीब पचास साल के इंतजार के बाद आज भारत ने पाकिस्तान को उसी की जमीं पर टेस्ट मैच में हराने का कारनामा किया है। इरफान पठान ने जैसे ही यूसुफ युहाना का विकेट लिया। भारतीय टीम और उसके प्रशंसक खुशी से झूम उठे।

Voice Over

गुरुवार, एक अप्रैल दो हज़ार चार। दिन के दस बजकर छत्तीस मिनट-इरफान पठान के हाथ से छूटती गेंद और यूसुफ युहाना का .....। हवा में लहरा कर कप्तान द्रविड़ के हाथ ठहरती गेंद और यूसुफ युहाना की मायूसी भरी वॉक। भारतीय खेमे में जश्न। ये लम्हा क्रिकेट के इतिहास में हमेशा के लिए ठहर-सा गया है। इस जीत के लिए लगभग पचास साल इंतज़ार किया गया। ये जीत हासिल हुई मुलतान की बेजान पिच पर।

रविवार को जब ये मुकाबला शुरू हुआ तो किसी को उम्मीद नहीं थी कि भारतीय टीम जीत की इबारत लिख देगी। लेकिन राहुल द्रविड के टोस जीतने के बाद वीरेन्द्र सहवाग के तिहरे शतक और तेंदुलकर के नाबाद एक सौ चौरानवे रनों ने भारत के लिए जीत की जमीन तैयार की। इस बेजान विकट पर रनों के मनोवैज्ञानिक दबाव के सामने इंजमाम और उनके साथी एक-एक करके ऐसे हिले कि आखिरी दिन मुकाबला भारतीय जीत की सिर्फ रस्म अदायगी में बदल गया। पहली पारी में जावेद मियादांद की गिल्ली उड़ाते हुए इरफान पठान ने पाकिस्तानी बल्लेबाजी की रीढ़ पर ऐसी चोट की कि मेज़बान टीम फोलोऑन से बच नहीं पायी।

अगर रनों का अंबार सामने हो और दूसरी टीम इसके मनोवैज्ञानिक दबाव

में दिख रही हो तो कुंबले के लिए इससे बेहतर मंच नहीं हो सकता। ठीक ऐसा ही हुआ और हर बार की तरह कुंबले ने विपक्षी टीम को देखते ही देखते समेट दिया। (एनडीटीवी इंडिया, 1 अप्रैल 2004)

Anchor intro

लाहौर टेस्ट मैच में हार की वजहें तलाशती भारतीय टीम खराब एम्पायरिंग को जरूर कोस रही होगी। पाकिस्तान की पहली पारी में एम्पायर टीम पर कुछ ज्यादा ही मेहरबान दिखे। खासतौर पर स्टीम बकनर की एम्पायरिंग ने भारतीय खेमे को कई बार मायूस किया।

Voice Over

तेज़ गर्मी, चिलचिलाते सूरज और बिजली की तेज़ी से निकलने वाली किरणों पर कभी-कभी एकाध फैसले तो गलत हो ही जाते हैं। लेकिन लाहौर टेस्ट में एम्पायरों ने कई विवादास्पद फैसले लिये। ये फैसले भारत के हक में नहीं थे। मैच में हार हुई है। जाहिर है इन फैसलों पर उंगलियाँ उठेंगीं ही। लेकिन अंपायर बकनर का लंबा अनुभव कई बार उनकी ज़िद जैसा लगा। मानो कह रहे हों कि आऊट नहीं हुआ। एंपायरों के साथ दिक्कत ये भी है कि नोट आऊट जैसी तकनीक उनके फैसले को बखूबी परखती है, खिलाड़ियों के साथ-साथ दर्शक भी सब कुछ जानते हैं समझते हैं। बकनर ने आस्ट्रेलिया सीरीज के दौरान भारतीयों को चौंकाने वाले कुछ फैसले दिये थे। किसी भी एक गलत फैसले का शायद ही उनके ऊपर असर पड़े, लेकिन मैदान पर पसीना बहाने वाले खिलाड़ियों पर काफी असर पड़ता है। ये बात अंपायरों को समझनी होगी। (एनडीटीवी इंडिया, 8 अप्रैल 2004)

उपरोक्त उदाहरण से एक बार ये उभरकर आया है कि न्यूज़ चैनल अक्सर भारतीय टीम के प्रति पूर्वाग्रह से ग्रसित होकर ही उसके पक्ष में ख़बर की भाषा गढ़ता है और इस पूर्वाग्रह में वे एक हद भी पार करके एंपायर की निष्पक्षता पर चोट करने से नहीं चूकते। जो कि खेल भावना के बिलकुल विपरीत है क्योंकि अगर भारत के स्थान पर पाकिस्तान इस मैच में हारता तो शायद वहाँ के टेलीविज़न चैनल भी इसी प्रकार का चुटीलापन प्रदर्शित करते।

भाषा में काव्यात्मकता : वर्तमान में ख़बरों की रोचक भाषा ही मानो किसी समाचार चैनल की लोकप्रियता का मूल मंत्र बन गया है। इस फार्मूले को लगभग सभी चैनलों ने आत्मसात कर लिया है। यहाँ एक बार फिर दोहरा देना आवश्यक है कि अलंकार, तुकबंदी और फिल्म संगीत या नाम पर आधारित ख़बरों के शीर्षक देना भाषा को काव्यात्मक एवं मनोरंजनात्मक स्वरूप प्रदान करते हैं।

अलंकार के उदाहरण

- **भारत के पहाड़ जैसे स्कोर (उपमा)** तक पहुँचना तो दूर पाकिस्तान को अब फालोऑन बचाने के भी लाले पड़ते नज़र आये। (डीडी न्यूज़, 1 अप्रैल)
- **जबड़े में जीत (अनुप्रास)** (भारत का पाकिस्तान को उसी की जमीं पर हराना।)
- **कुंबले का कहर (अनुप्रास)**
- **सस्ते में सिमटे (अनुप्रास)**
- मुलतान टेस्ट के तीसरे दिन छह सौ पचहत्तर रनों के **पहाड़ जैसे स्कोर (उपमा)** के जवाब में मेज़बान पाकिस्तान को सबसे ज्यादा उम्मीदें बेज़ान पिच से ही रही होंगी। (आजतक, 30 मार्च)
- **कमाल की पारी (यमक)** इस शीर्षक में कमाल शब्द दो अर्थ लिये हुये है। पहला तो पाकिस्तानी खिलाड़ी आसिफ कमाल और दूसरा उसके मैच में अच्छे प्रदर्शन के प्रतीक के रूप में ये शब्द इस्तेमाल किया गया। एक और उदाहरण इस प्रकार है।
- कमाल ने मैच में अच्छा प्रदर्शन करते हुए तिहत्तर उन प्राप्त कर कमाल की पारी साबित की। (आजतक, 7 अप्रैल 2004)
- फरहत और इंजमाम उल हक़ ने शतक ठोके तो यूहाना और आसिम कमाल ने भी बल्ले से अपने **कमाल** दिखाये। (यमक अलंकार, जी न्यूज़, 8 अप्रैल 2004)
- इसी बीच भारतीय क्रिकेटरों की विकेट गिरने की झुंझलाहट टकराहट के रूप में सामने आयी। (अनुप्रास अलंकार, जी न्यूज़, 8 अप्रैल 2004)

तुकबंदी

- चोट के बाद लौटे कुंबले ने फूंकी मुलतान की पिच में जान
- दूसरी पारी में छह विकेट लेकर पाकिस्तानी बैटिंग का काम किया तमाम (एनडीटीवी इंडिया, 31 मार्च 2004)
- हार की कगार पर (आजतक, 7 अप्रैल 2004)
- भारत में मुलतान का सुल्तान (ज़ी न्यूज़, 1 अप्रैल 2004)

फिल्मी शब्दावली

बात निकली है तो दूर तलक जाएगी (आजतक, 30 मार्च 2004)

ये पंक्ति जगजीत सिंह द्वारा गायी एक ग़ज़ल की है।

थोड़ी खुशी थोड़ा गम (ज़ी न्यूज़, 1 अप्रैल)

ये शीर्षक एक फिल्म के नाम पर दिया गया है।

कप्तान गांगुली पर भी चढ़ा जीत का खुमार लेकिन ऐतिहासिक जीत में नहीं खेलने का गम भी।

मैं तो पापा बन गया (ज़ी न्यूज़, 2 अप्रैल)

फिल्म राजा हिन्दुस्तानी के एक गीत **साला मैं तो साहब बन गया** पर आधारित अनिल कुंबले के पिता बनने पर

समाचारों में खेल की भाषा के संदर्भ में कुल मिलाकर ये कहा जा सकता है कि ये राजनैतिक समाचारों की भाषा शैली से मेल खाती है। इसका एक कारण शायद ये भी है कि दोनों ही ऐसे क्षेत्र हैं जिसमें दो प्रतिद्वंद्वी होते हैं। फर्क सिर्फ इतना है कि राजनीति में सत्ता को हथियाने के लिए पक्ष-विपक्ष संघर्षरत रहते हैं और खेल में दोनों टीमें जीतने के लिए मैदान में उतरती हैं। दोनों ही विषयों की ख़बरों में युद्ध और लड़ाई में इस्तेमाल होने वाले आक्रामक शब्दों का धड़ल्ले से प्रयोग किया गया है। खेल समाचारों की शब्दावली न केवल राजनीतिक समाचारों की शब्दावली से मेल खाती है, बल्कि कहना चाहिए कि राजनीति से भी अधिक खेल समाचारों की भाषा को आक्रामक, काव्यात्मक और वर्णनात्मक रूप में प्रस्तुत किया गया है। लगभग सभी चैनलों की खेल की ख़बरों की भाषा काफी व्यंग्यात्मक, कटाक्ष से परिपूर्ण और अहंकार का भाव लिये हुए है।

मौसम समाचारों की भाषा

मौसम की ख़बरें एक समाचार बुलेटिन का बहुत ही छोटा हिस्सा होती हैं। इसके बावजूद मौसम समाचारों की भाषा में भी उतनी ही रचनात्मकता है जितनी की दूसरी ख़बरों में। यदि टेलीविज़न समाचारों के अतीत में जाएँ तो देखते हैं कि शुरूआती दौर में दूरदर्शन पर मौसम समाचारों की भाषा शुष्क और काफी औपचारिक रही है। मौसम की ख़बरों का अभिप्राय बस न्यूनतम और अधिकतम तापमान बताने तक ही सीमित था। परन्तु निजी चैनलों के आगमन के बाद समाचारों की भाषा पूर्ण रूपेण परिवर्तित हो गयी है।

वैसे तो मौसम की ख़बरों को रोचक बनाने में अधिक गुंजाइश नहीं दिखती, लेकिन निजी चैनलों में बहुत ही सामान्य एवं बोलचाल के शब्दों के जरिये मौसम की भाषा में भी जीवंतता पैदा कर दी है। साथ ही एक नया प्रयोग देखने में आया है कि अलग-अलग इलाकों के मौसम की ख़बर बताते वक्त उस क्षेत्र की ख़बरों को भी बताया जाने लगा है। मौसम और राजनीति को जोड़कर पत्रकार

अक्सर चटकारेदार भाषा का इस्तेमाल करते हैं। उदाहरण के लिए-**सूरज की बढ़ती तपिश के साथ-साथ राजधानी दिल्ली में सियासी पारा भी चढ़ता जा रहा है।**

एनडीटीवी इंडिया : अपनी शुरूआात से ही एनडीटीवी इंडिया मौसम की भाषा में नये-नये प्रयोग करता आया है। सबसे दिलचस्प बात तो ये है कि अन्य चैनलों की तुलना में इसकी शब्दावली बिलकुल भिन्न रही है जैसे किसी क्षेत्र में बारिश की संभावना को व्यक्त करने के लिए कहना-**उत्तरी भारत में छाते खुल सकते हैं। सूरज की आँख-मिचैनी जारी है।**

उदाहरण : शुरूआत कुछ अच्छी और कुछ बुरी ख़बर से। सबसे पहले अच्छी ख़बर-अच्छी ख़बर ये है कि पूरे उत्तरी भारत में कल तक कुछ घने बादल छाए थे लेकिन अब बादल फैल चुके हैं। फिलहाल **बादलों की हलचल की संभावना कम** है। लेकिन चंडीगढ़ में बारिश की संभावना बरकरार है और तापमान में भी कुछ कमी हुई है। केवल श्रीनगर के इलाकों की तरफ आज कुछ घने बादल हैं। **यहाँ अभी कुछ बूंदे नहीं पड़ पायी हैं।** लेकिन संभावना है।

आने वाले अड़तालीस घंटों में पश्चिमी हवाएँ तेज़ होंगी। ये **पश्चिमी हवाएँ कम से कम आपके रविवार की छुट्टी में बेहतर मौसम जरूर लेकर आएँगी।** आज बूंदे मेहरबान रही। पश्चिम भारत की ओर मौसम में खासा बदलाव नहीं। यहाँ के अधिकतर इलाके काफी नर्म रहे। (एनडीटीवी, 2 अप्रैल 2004)

इस स्क्रिप्ट में बारिश की संभावना बतलाने के लिए-केवल श्रीनगर के इलाकों की तरफ कुछ घने बादल हैं जिनकी फिलहाल कुछ बूंदे नहीं पड़ पायी हैं लेकिन संभावना है।-का प्रयोग किया गया है। बूँदें नहीं पड़ पायी हैं– इन पंक्तियों में बहुत अनौपचारिक शब्दों का इस्तेमाल किया गया है। दूसरा भावनात्मक तरीके से भी मौसम को प्रस्तुत किया गया है। जैसे पश्चिमी हवाएँ, ...बेहतर मौसम जरूर लेकर आएँगी।

डीडी न्यूज़ : रोचकता की दृष्टि से डीडी न्यूज़ आज भी निजी चैनलों के मुकाबले कुछ पीछे ही ठहरता है। और इसका एक बड़ा कारण इसमें बोलचाल के शब्दों के स्थान पर तत्सम शब्दावली का प्रयोग है।

उदाहरण : आज एक उत्तर-दक्षिणी **ट्रफ** यानी **विंड डिस्कंटीन्यूटी लाइन** प्राय द्विपीय भारत से पश्चिमी मध्यप्रदेश तक देखी जा सकती है। कुछ क्षेत्र ऐसे हैं जहाँ बादल छाये हुए हैं। भारत के **मानचित्र** को देखा जाये तो **पूर्वी मध्य प्राय द्विपीय भारत के** आसपास घने बादल **स्पष्ट रूप से** छाये हुए हैं। अब कल शाम तक का मौसम-उत्तर भारत में **वर्षा के कोई आसार** नहीं बने हुए हैं। वहीं

पूर्वी भारत में एक दो स्थानों पर वर्षा हो सकती है। कहीं-कहीं गरज के साथ छीटें पड़ सकते हैं– दक्षिणी भारत में **वर्षा का आनंद** लिया जा सकता है। एक दो स्थानों पर **बूंदा-बांदी पड़** सकती है। पश्चिमी इलाकों में वर्षा के कोई आसार नहीं बने हुए हैं। अब चलते-चलते एक झलक-**विश्व भर के तापमान की।** (31 मार्च 2004)

उपरोक्त उदाहरण से साफ जाहिर है कि डीडी न्यूज़ चैनल कठिनतम एवं तकनीकी शब्दावलियों का बहुतायत में प्रयोग कर रहा है। ख़बर में जैसा कि डीडी न्यूज़ ने बारिश या बरसात शब्दों के स्थान पर बार-बार वर्षा शब्द का प्रयोग किया है जो ना केवल संस्कृतनिष्ठ है बल्कि सामान्य बोलचाल की भाषा से भी हटकर है। इसी प्रकार **ट्रफ** यानी **विंड डिसकंटीन्यूटी लाईन** जैसे तकनीकी शब्द का प्रयोग आम लोगों की समझ से परे है। दूरदर्शन की भाषा का सरल होना इसलिए भी जरूरी है क्योंकि डीडी न्यूज़ ही ग्रामीण और आंचलिक क्षेत्रों में अधिक देखा जाता है। क्योंकि वहाँ सैटेलाइट चैनल अभी तक नहीं पहुँच पाये हैं। फिर भी पहले की तुलना में अब डीडी न्यूज़ में भाषा को लेकर नये सकारात्मक प्रयोग शुरू हुए हैं।

ज़ी न्यूज़ : उत्तरी भारत के अधिकतर शहरों में **आसमान तो साफ ही रहा** लेकिन **तेज़ धूप ने लोगों को परेशान किया।** तापमान में कमी आयी। मौसम **मिला-जुला रहा। बादलों की आवाजाही** के कारण गर्मी से लोगों को **कुछ राहत मिली।** कई इलाकों में **धूल भरी आंधी** चलती रही। आसमान साफ रहा। वहीं दक्षिण भारत का मौसम अन्य क्षेत्रों के मुकाबले सुहावना रहा। यहाँ कुछ इलाकों में **हल्की बूंदाबांदी** हुई। इसलिए उमस का स्तर बढ़ा रहा। अब कल का तापमान-भारत के महानगरों में कल भी मौसम आज जैसा ही रहेगा। दिल्ली में बूंदाबांदी हो सकती है। हैदराबाद में **छाये बादल बरसेंगे।** मुंबई के तापमान में **कुछ ख़ास बदलाव नहीं आयेगा।** (31 मार्च)

आजतक ने इसी ख़बर को कुछ इस तरह अभिव्यक्त किया-

आसामान में **बादल उमड़-घुमड़** रहे हैं। **बादलों की आवाजाही** जारी है। हैदराबाद में भी **बादलों का जमावड़ा** है। दिल्ली में **पारा ऊपर चढ़ा** है। कोलकाता में आसमान में **बादलों का डेरा** है। (31 मार्च)

यदि अधिकांश समाचार चैनलों के मौसम समाचारों की स्क्रिप्ट को ध्यान से देखें तो सभी ने एक ही बात को अलग-अलग अंदाज में कहा है। परंतु शब्दावली समान है। जैसे बादलों की आवाजाही रहेगी, मौसम सुहावना या खुशगवार रहेगा, गरज के साथ छींटे पड़ सकते हैं, आसमान में बादल छाये हुए

हैं या बादलों का डेरा है या जमावड़ा है, हल्की बूंदाबांदी हो सकती है इत्यादि।

उदाहरण

- सोनिया गांधी आज नरेंद्र मोदी पर **जमकर बरसीं।**
- अटल सोनिया एक दूसरे पर **बरसे।**
- कांग्रेस ने बीजेपी की बयानबाज़ी को लेकर **सवालों की झड़ी लगा दी।**

यहाँ प्रयुक्त बरसे, बरसीं और झड़ी-तीनों बरसात से जुड़े हैं। मौसम की ख़बरों में सुनते हैं तो सामान्य अर्थ में ही इनका प्रयोग किया जाता है। परंतु विशेष अभिव्यक्ति के रूप में दूसरी ख़बरों में इनका प्रयोग करने पर इनका अर्थ बदल जाता है।

मौसम समाचारों में अभिव्यक्ति के रूप में मुहावरों, लोकोक्तियों और अलंकारों का प्रयोग कहीं भी देखने में नहीं आया जबकि मौसम समाचारों की कुछ शब्दावलियों का प्रयोग मुहावरों के रूप में अन्य समाचारों में बखूबी किया जा रहा है।

धार्मिक समाचारों की भाषा

सन् 2004 में उज्जैन में सिंहस्थ कुंभ का आयोजन हुआ था। इसी से संबंधित समाचार टेलीविज़न चैनलों ने इस दौरान दिखाये। भाषा विश्लेषण की दृष्टि से देखें तो धार्मिक समाचारों में अधिकतर शब्दावली संस्कृतनिष्ठ है। इसका कारण ये है कि हिन्दू धर्म की अधिकांश अवधारणाएँ और पुस्तकें संस्कृत में हैं। संस्कृत के इन शब्दों का अन्य कोई विकल्प भी नहीं है। इसके साथ ही ये भी लगता है कि पत्रकार परिवेश के मुताबिक भी शब्दावली का चयन करते हैं। जैसे कुंभ की रिपोर्ट में शाही स्नान के पावन अवसर पर, भव्य मंदिर, महाकालेश्वर के दर्शन, पावन नक्षत्र योग, परंपरा का निर्वाह, शुभ मुहूर्त, श्रद्धालु, पुण्य की प्राप्ति, आस्था का सैलाब, महंत और संत आदि शब्दावली का उपयोग किया गया है।

उदाहरण : शाही स्नान की ये परंपरा अनादिकाल से चली आ रही है। उज्जैन नगरी प्राचीन काल से ही भारत की संस्कृति और कालगणना का केन्द्र बिन्दू रही है।

वहीं दूसरी तरफ जब ऐसा ही कोई आयोजन मुस्लिम धर्म का हो तो भाषा पूरी तरह ऊर्दू लिये होती है। कुंभ के दौरान धार्मिक सद्भाव की एक मिसाल की ख़बर प्रसारित की गयी। जो इस प्रकार है–

या ररूल अल्लाह लिखा हुआ बाबा साहेब का ये झंडा और दूसरी तरफ

हर-हर महादेव की गूंज-ये अनूठा मंजर है क्षिप्रा के घाट पर जहाँ शेख और ब्राह्मण मिलकर **इबादत करते हैं............नफरतों की दीवार में मुहब्बतों की सेंध लगाएँ** आओ एक बार फिर इस **विरान को गुलिस्तां** बनाए। ये कहना **ग़लत** ना होगा कि ये शायद एक **ऐसी ही कोशिश** है। शायद ये लोग नेता नहीं हैं इसलिए आज भी इनके लिए **इन्सानियत** हम से बड़ी चीज है। (एनडीटीवी इंडिया 8 अप्रैल 2004)

उदाहरण

Anchor Link

लखनऊ में प्रशासन ने आज बंद के लिए कड़े इंतजाम किये है। लखनऊ में कल हुए दंगों में चार लोगों की मौत हो गई।

लखनऊ में तनाव (super)

V.O.-एक दूसरे के खून के प्यासे नजर आ रहे ये लोग कुछ दोस्त हैं, कुछ पड़ोसी हैं, कुछ का आपस में शहर का रिश्ता है। सब के सब हमवतन हैं। कुछ देर पहले यह आम इंसानों जैसे थे। बुश के विरोध में जुलूस निकल रहा है। कुछ लोगों ने दुकानें बंद करने की कोशिश की और नतीजा ये रहा। झगड़ा जार्ज बुश से था शिकायत ये थी कि बुश ईरान-इराक और अफगानिस्तान के दुश्मन हैं लेकिन दंगा अपने वतन में हुआ और लहू उनका बहा जो वर्षो से एक-दूसरे के पड़ोसी थे।

क्योंकि जुलूस निकालने वाले एक मजहब के थे। दुकाने न बंद करने वाले दूसरे मजहब के, लिहाजा कौमे आमने-सामने आ गईं। लाठिंया चलने लगी, हर हाथ में बोतल थी। पड़ोसी के सिर निशाने पर थे। थोड़ी देर में लगने लगा कि सड़के शीशे की बनी हैं। पुलिस राष्ट्रपति की आमद में मशरूफ थी। लिहाजा आने में देर लगी।

P.T.C.-लखनऊ के लिए किसी ने लिखा था कि इसके दामन में मोहब्बत के फूल खिलते हैं इसकी गलियों में फरिश्तों के पते मिलते हैं, लेकिन आज इसकी गलियों में फरिश्तों के पते हम ढूंढते रह गए। लखनऊ से कमाल खान एनडीटीवी इंडिया के लिए। (04 मार्च 2006)

अपराध समाचारों की भाषा

अपराध समाचारों को टेलीविज़न में अक्सर काफी भावनात्मक तरीके से पेश किया जाता है। अपराध की भयानकता और गंभीरता को शब्दों और दृश्यों के जरिये बेचने की पूरी कोशिश की जाती है। दर्शकों को ख़बर के प्रति भावुक

बनाने के लिए ख़ास शब्दों का प्रयोग किया जाता है।

शीर्षक-रिश्तों का खून

मासूमियत भरे ये चेहरे किसी को भी धोखा दे सकते हैं। **हथकड़ियों में जकड़े** इन दोनों लड़कों ने **दरिंदगी की हदें** पार करते हुए अपनी पैंतीस साल की भाभी के साथ बलात्कार किया और फिर उसे **छुरा घोंपकर मार डाला।** ....गाज़ियाबाद के इलाके में इस हत्या के बाद **सनसनी फैल गयी** है। पुलिस ने दोनों **दरिंदों को गिरफ्तार** तो कर लिया है। लेकिन पुलिस खुद भी उनकी **हैवानियत से हैरान** है। **मौका-ए-वारदात** से पुलिस ने **हत्या में इस्तेमाल** किया गया छुरा और कुछ जेवरात बरामद किये हैं। (आजतक, 8 अप्रैल 2004)

मानवीय रुचि के समाचारों की भाषा

विषय के मुताबिक टेलीविज़न समाचारों में शब्द चयन बदल जाता है। जैसे मानवीय रुचि की ख़बरों के विषय मनभावन होते हैं। ये समाचार आम जीवन से जुड़े होते हैं लेकिन इनमें कुछ रोचक और ख़ास तत्व होते हैं। इसीलिए इनकी शब्दावली भी रुचिकर, कई बार मजाकिया, रसदार, लुभावनी और आकर्षक होती है। इन ख़बरों की भाषा भी दर्शकों को ये अहसास कराती है कि ख़बर पूरी तरह से उन्हीं के बारे में है या उनसे जुड़ी हुई हैं। दर्शक ऐसी ख़बरों का लुत्फ उठाते हैं। ऐसी ख़बरों की भाषा राजनीति और खेल की तरह आक्रामक नहीं होती। व्यंग्यात्मकता का पुट हालांकि कुछ देखने को मिलता है। लेकिन अक्सर पाया गया है कि इनका भाव रूखा-सूखा न होकर रसदार और मुहावरेदार होता है।

उदाहरण

शीर्षक-कमाल के कुत्ते

भारतीय सेना के कुत्ते भी **लाजवाब** हैं। ख़ासकर बर्फीले इलाकों में चीजों को खोजने के उनके **हुनर की जितनी भी तारीफ की जाए** काफी कम है। छह साल के बिड़ला के काम इतने बड़े-बड़े हैं कि **सेना भी उसे सलाम करती है।** बिड़ला को बर्फीले इलाके में दबी चीजों का पता लगाने में **महारत हासिल है।** सेना के जवान भी इन्हें बेइन्तहा प्यार करते हैं। क्योंकि उन्हें मालूम है कि **खुदा ना खास्ता** अगर वे बर्फ में फंस गए तो यही उन्हें निकालने वाले हैं। (एनडीटीवी, 4 अप्रैल 2004)

पुरुषों के व्यक्तित्व में चार चांद लगाने वाली टाई आजकल हर **ख़ास और आम की ख़ास पहचान** बन गयी है लेकिन आपको ये जानकर **बेहद**

हैरानी होगी कि जिस टाई को पहनकर आप **इतराते हैं** और **रोब जमाते हैं** वही टाई आपकी आँखों के लिए **घातक सिद्ध हो सकती है।**

Anchore Tag *(एंकर का कथन ख़बर दिखाने के बाद) ये थी **दिलचस्प जानकारी टाई पहनने वालों के लिए** (डीडी न्यूज़, 5 अप्रैल)*

हमेशा मानवीय ख़बरें हल्की फुल्की जानकारी लिये हुए ही नहीं होती हैं कई बार ये गंभीरता, तथ्यात्मकता और भावनात्मकता का भी पुट लिये होती हैं। जो समाज को काफी सार्थक संदेश देती हैं।

उदाहरण : दुनियाभर में चार से साढ़े चार करोड़ नेत्रहीन हैं। और सन् दो हज़ार बीस तक इनकी संख्या साढ़े चार करोड़ से ज्यादा होने की आशंका है। अधंता को रोकने का संदेश घर-घर पहुँचाने के लिए एक सप्ताह तक विश्व में अंधता निवारण सप्ताह मनाया जा रहा है। आँखें हैं तो जहान है– लेकिन अगर आप अपने जहान को इतना ही देख पायें तो–................(डीडी न्यूज़, 1 अप्रैल 2004)

उदाहरण

Anchor Link

दिल्ली में अब मुहर लगे मुर्गे बिकेंगे, बर्ड फ्लू को देखते हुए सरकार ने बिना टैस्ट किए मुर्गे की बिक्री पर रोक लगा दी है। उधर बर्ड फ्लू के नाम से मुर्गे के दाम आधे और मछलियों की कीमत दोगुनी हो गई है।

मुहर लगेगी मुर्गों पर (super)

V.O.-कैसे हो मुर्गे भाई ये सवाल लेकर दिल्ली के पशुपालन मंत्री मंडी पहुँचे। मंत्री जी ने घूम-घूम कर मुर्गों की ख़बर ली। अचानक, मंत्री जी को देखकर मुर्गों ने लंबी बातचीत शुरू कर दी। चुनाव के वक्त नारा देते थे मोहर लगेगी हाथ पर, अब मोहर गर्दन पर यानी ये लम्बी गर्दन तभी कटेगी जब इस पर डाक्टर मोहर लगा देगें। मुर्गों से मिलकर मंत्री जी ने भरोसा दिया कि उनके राज में सभी मुर्गे सेहतमंद हैं। मंत्री जी से हौसला मिलते ही मुर्गे ने भी अपनी तन्दरुस्ती के मामले में दुकानदारों के सुर में सुर मिलाया। इतना भरोसा देने के बावजूद मुर्गों की गर्दन छूरी से दूर रही। मुर्गों की वजह से आफत मछलियों पर आ गई।

PTC–एक पुरानी कहावत है गर्दन छुरी पर हो या छुरी गर्दन पर कटना मुर्गे को ही है और यह कहावत आजकल इन मुर्गों पर पूरी तरह फिट बैठ रही है।

जो सेहतमंद हैं उनके लिए ये छुरी तैयार है और जो बर्ड फ्लू से ग्रसित हैं उसे सरकारी छूरी ढूंढ रही है। (राहुल सक्सेना जी न्यूज़ के लिए)

निष्कर्ष

टेलीविज़न समाचार चैनलों का अध्ययन करने के बाद हमें पता चलता है कि कुल मिला कर किसी भी न्यूज़ चैनल की अपनी कोई विशिष्ट शब्दावली या शैली नहीं है। बल्कि शब्दों एवं अभिव्यक्तियों के चयन के संदर्भ में न्यूज़ चैनल भेड़चाल अपना रहे हैं। अनेक बार एक ही ख़बर के लिये प्रयुक्त होने वाली ना केवल शब्दावली समान है बल्कि ख़बरों के शीर्षक और भूमिका बांधने वाली पंक्तियाँ भी समान होती हैं।

समाचार चैनलों में तत्सम, तद्‌भव, देसज और विदेशज सभी प्रकार के शब्दों का विषयानुरूप प्रयोग किया जाता है। फिर भी डीडी न्यूज़ को छोड़कर बाकी चैनल अरबी-फारसी मूल के शब्दों का प्रयोग अधिक करते हैं। खेल, विज्ञान, शेयर बाज़ार के समाचारों में अंग्रेजी शब्दों का उपयोग धड़ल्ले से किया जाता है।

अन्य समाचारों की अपेक्षा राजनीति और खेल की ख़बरें चैनल अधिक रोचक और चटपटे अंदाज़ में प्रस्तुत करते हैं। और इनके लिए ही अधिक मुहावरों, लोकोक्तियों और अलंकारों का प्रयोग किया जाता है। टेलीविज़न समाचारों में अनुप्रास और उपमा अलंकारों का अन्य अलंकारों की अपेक्षा अधिक इस्तेमाल किया जाता है। समाचारों के शीर्षक में इन अलंकारों का प्रयोग अधिक किया जाता है। तुकबंदी, फिल्मी शब्दावली और गानों की पंक्तियाँ मुख्यत: समाचार शीर्षकों में प्रयोग की जाती हैं। टेलीविज़न समाचारों में लोकोक्तियों की तुलना में मुहावरों का प्रयोग ज्यादा किया जाता है।

अभ्यास कार्य

- टेलीविज़न समाचारों को नियमित रूप से देखते हुए ऐसे शब्दों की सूची बनाएँ जो आपके लिए नए हों। ऐसे शब्दों का अर्थ एवं प्रयोग की संबंधित कोश में तलाश करें।
- टेलीविज़न पत्रकारों द्वारा प्रयोग की जाने वाली शब्दावलियों एवं अभिव्यक्तियों के नये चलन को पहचानने की कोशिश करें। इसके लिए विभिन्न हेडलाइन और सुपर पर दिए जाने वाले स्लग को ध्यानपूर्वक देखें।
- टेलीविज़न समाचारों को देखते समय ये जानने की कोशिश करें कि

चैनल राजनैतिक, आर्थिक, खेल, अपराध, मनोरंजन और मौसम समाचारों के लिए किन विशेष शब्दावलियों एवं अभिव्यक्तियों का प्रयोग करते हैं।

- विभिन्न समाचार चैनलों की भाषा का तुलनात्मक विश्लेषण और ये पता लगाने की भी कोशिश करें कि कौन से चैनल में किस प्रकार की भाषा का प्रयोग होता है।
- टेलीविज़न चैनलों में प्रयोग की जाने वाली भाषा पर एक परिचर्चा/बहस आयोजित किया जाए जिसमें इसके पक्ष एवं विपक्ष के वक्ताओं को आमंत्रित किया जाए।

अध्याय चार

टेलीविज़न समाचार लेखन

टेलीविज़न मूलतः एक विजुअल मीडियम है और यही विजुअल इसे अन्य जन संचार माध्यमों खासकर रेडियो से अलग करते हैं। विजुअल ही इसकी सबसे बड़ी ताकत हैं अक्सर लोग चीनी उक्ति दोहराते हैं कि एक तस्वीर हज़ार शब्दों के बराबर होती है। ये कहावत काफी पुरानी है जब इलेक्ट्रानिक माध्यमों का विकास भी नहीं हुआ था। यही तस्वीर आज मूविंग हो गयी है और संगीत व बोले जाने वाले शब्द इसकी मदद में मौजूद हैं। हम इसकी बढ़ी हुई संचार क्षमता का आसानी से अंदाज़ा लगा सकते हैं।

विजुअल यानी दृश्य-इसका अर्थ कई मायनों में काफी व्यापक है। हम जो कुछ भी देखते हैं वो सब कहीं ना कहीं दृश्य ही है। वैज्ञानिक भी अब इस बात से सहमत हैं कि मनुष्य के मन-मस्तिष्क पर दृश्यों की छाप पढ़े या सुने हुए शब्दों की तुलना में अधिक दिनों तक बची रहती है। प्रिंट मीडिया भी अपना प्रभाव बढ़ाने के लिए शुरूआत से ही विजुअल की मदद लेता आया है। वो चाहे स्टिल पिक्चर के रूप में हो या फिर कार्टून या ग्राफिक्स के रूप में। आजकल तो टेलीविज़न के बढ़ते दबाव में अखबार अधिकाधिक विजुअल होते जा रहे हैं। शब्द चित्रों की मदद से रेडियो भी कहीं न कहीं श्रोताओं के मन में दृश्य रचने की कोशिश करता है।

टेलीविज़न के विजुअल कागज पर छपे या फिर आँख से देखे गए दृश्यों से अलग हैं। पहले तो ये मूविंग हैं और दूसरे ये एक छोटे से स्क्रीन पर काफी सिलसिलेवार तरीके से दिखते हैं या कहना चाहिए कि हम टेलीविज़न पर केवल वही दृश्य देख पाते हैं जो हमें कैमरा अपनी आँख से दिखाता है। विजुअलों का क्रम भी दर्शक तय नहीं करता। साथ ही इनके साथ बैक ग्राउन्ड साउन्ड के साथ-साथ वायस ऑवर या कभी-कभी संगीत भी रिकॉर्ड कर दिया जाता है।

विज़ुअल की भाषा

दृश्य संचार मूलतः विजुअल की मदद से संचार करना है। जिस तरह शाब्दिक भाषा में तैंतीस अक्षर और तेरह व्यंजन हैं जिनको जोड़ कर हम अलग-अलग शब्द बनाते हैं और फिर उन शब्दों को व्याकरण के नियमों से क्रमवार ज़ोड़ कर एक ख़ास अर्थ को दूसरों तक पहुँचाते हैं। एक मायने में दृश्यों के ज़रिये संचार करना भी लगभग ऐसा ही काम है। फर्क केवल इतना है कि टेलीविज़न में अक्षर और शब्द की भूमिका कैमरे द्वारा रिकॉर्ड किए गए विजुअल निभाते हैं। जिस तरह हर एक शब्द का एक विशेष अर्थ होता है उसी प्रकार ख़ास विजुअल का ख़ास मतलब होता है। और उन विजुअलों को क्रमवार एडिट करने का भी एक व्याकरण होता है जिसे विजुअल ग्रैमर कहते हैं। टीवी के दृश्य अलग-अलग तरह के हो सकते हैं। एक्सट्रीम क्लोज अप, क्लोज अप, मिड शोट, टाइट मिड, लाँग शोट और वैरी लाँग शॉट। इसी प्रकार कैमरा एंगल के आधार पर भी विजुअल अनेक प्रकार के हो सकते हैं जैसे-हाई ऐंगल या लो ऐंगल शॉट, ऑवर द शोल्डर शॉट, कैमरा के मूवमेंट के आधार पर पैन और टिल्ट शॉट और वहीं ज़ूम इन और ज़ूम आऊट शॉट भी होते हैं।

कैमरा पर्सन जब फील्ड में जाता है तो उसकी भरपूर कोशिश रहती है कि ज्यादा से ज्यादा अच्छे शॉट्स अलग-अलग एंगल से रिकॉर्ड करके लाए जाएँ। बाद में इन विजुअल में से एडिटिंग के दौरान जरूरत के मुताबिक शॉट्स का चयन कर लेते हैं। दृश्य संपादन यदि सही तरीके से किया जाए तो बिना शब्दों के ही कहानी का संचार किया जा सकता है। उदाहरण के तौर पर पॉप एल्बम के वीडियो, जिनमें गाने और संगीत का कहानी कहने में कोई योगदान नहीं होता है और फिर भी हम कहानी को आसानी से समझ लेते हैं। फाल्गुनी पाठक समेत ज़्यादातर हिन्दुस्तानी पॉप गायकों के ज्यादातर वीडियो एल्बमों की दृश्य कहानी इतनी रोचक होती है कि दर्शक उस गाने को सुनने से अधिक देखने में रुचि दिखाते हैं। कई बार तो होता ये है कि कोई गाना अच्छे फिल्मांकन की वजह से अधिक दिनों तक याद रखा जाता है और इसमें मनोरम और यादगार विजुअल का विशेष योगदान होता है। हालांकि टेलीविज़न समाचार की कहानी हूबहू एक गाने की दृश्य कहानी की तरह नहीं होती लेकिन फिर भी विजुअल में एक तारतम्यता और क्रम को तो बनाना पड़ता ही है। उदाहरण के लिए प्रेस कांफ्रेंस की ख़बर के संपादन के दौरान कार से उतर कर कांफ्रेंस में भाग लेने आते हुए नेता के शॉट्स को हम सबसे अंत में नहीं लगा सकते। उसे लगाना है तो क्रम में पहले ही लगाना पड़ेगा और जाते हुए नेता के शॉट्स को अंत में लगाएँगे।

टेलीविज़न समाचार लेखन

सरल शब्दावली : सरल और जाने-पहचाने शब्दों का चयन टेलीविज़न समाचार लेखन में सबसे जरूरी है। क्योंकि अखबार की तरह टेलीविज़न में मुश्किल शब्दों के अर्थ ढूंढने के लिए शब्दकोश देखने का मौका नहीं रहता और एक बार दर्शक किसी शब्द पर अटक गया तो बाकी जानकारियों पर भी वो ठीक प्रकार ध्यान नहीं दे पाता। अखबार की तरह टेलीविज़न समाचारों को मनचाहे समय पर दोबारा देखने की सुविधा भी नहीं रहती।

सरल शब्दों के चयन के पीछे एक तर्क ये भी है कि कठिन शब्द उच्चारण के लिहाज से दिक्कत करते हैं। ये मानवीय स्वभाव है कि उच्चारण और समझने में आसान शब्दों की ओर उसका झुकाव रहता है। सरल शब्द एंकर की दृष्टि से भी उपयोगी रहते हैं। कई बार एंकर सुविधानुसार शब्दों को बदल देते हैं।

सरल वाक्य विन्यास : अगर हम अपने बोलचाल को हूबहू नोट करके उसे पढ़ें तो बहुत ही आश्चर्यजनक तथ्य सामने आयेगा। ज्यादातर लोग अपनी बात बहुत ही छोटे-छोटे वाक्यों में कहते हैं। हम चाह कर भी बहुत जटिल वाक्यों को बोलचाल में इस्तेमाल नहीं कर पाते। कारण स्वाभाविक है बोलते समय हमें एक साथ विचारना, शब्द चयन करना और वाक्य निर्माण करना तीनों करने पड़ते हैं और ये सब एक साथ इतनी गति से होता है कि मानवीय मस्तिष्क ही ये कर पाने में सक्षम है। इस जटिल प्रक्रिया के दौरान हम एक वाक्य में एक ही सूचना देते हैं और फिर दूसरा वाक्य बनाते हैं। अक्सर हम मिश्रित और संयुक्त वाक्यों का कम इस्तेमाल करते हैं।

शब्दों एवं दृश्यों के बीच संबंध : टेलीविज़न लेखन दृश्यों के लिए लेखन है। यहाँ अखबार की तरह शब्द की स्वतंत्र सत्ता नहीं है बल्कि उसे दृश्यों के साथ मिल कर चलना पड़ता है। दोनों के बीच बेहतर तालमेल ही एक न्यूज़ स्टोरी को यादगार बनाता है। विजुअल जहाँ भावनात्मक स्तर पर काम करते हैं तो शब्द तथ्यों को उजागर करते हैं। दृश्यों के पास संचार की जबरदस्त ताकत होने के बावजूद उसकी कुछ सीमाएँ भी हैं। यहीं से शब्द की भूमिका शुरू होती है। शब्द दृश्यों के व्यापक और अस्पष्ट अर्थों को विशेष बना देते हैं। उदाहरण के लिए दृश्य ये तो बता सकते हैं कि कैबिनेट की बैठक में कौन-कौन उपस्थित हैं लेकिन ये बैठक किस संदर्भ में हुई या बैठक में कौन-कौन से फैसले लिये गए ये बताने के लिए शब्दों का सहारा लेना पड़ेगा।

शब्दों और दृश्यों के बीच अच्छे तालमेल का मतलब ये नहीं है कि शब्द दृश्य को ही बताने लगे। शब्दों में वो सब कहने की जरूरत नहीं है जो दृश्य

कह चुके हैं। शब्दों से तो हम अतिरिक्त जानकारी या ऐसे तथ्य जो छूट गए हैं, बता सकते हैं।

तिथियाँ : बोलचाल की भाषा की तरह ही टेलीविज़न समाचारों में दिनों या तारीखों के स्थान पर आज, कल, परसों आदि का प्रयोग किया जाता है। इसी प्रकार पिछले हफ्ते, अगले महीने, पिछले साल या इस महीने के जरिए हम समय को आसानी से समझा सकते हैं। अगर सही तारीख या साल बोला जाए तो दर्शक को समझने के लिए दिमाग पर जोर डालना पड़ेगा। उदाहरण के लिए दर्शकों को समझाने के लिए यह बोलना अधिक सहज होगा कि पिछले साल जनवरी माह की बीस तारीख को अमुक कानून लागू किया गया।

संख्याएँ : संख्या को बताने में हम अक्सर करीब या लगभग का प्रयोग करते हैं। अनुमानित संख्या से दर्शक आसानी से समझ सकता है। उदाहरण के तौर पर 49850 रूपये की आय को लगभग पचास हज़ार कहा जा सकता है। कोशिश की जाती है कि दर्शक को गणित की उलझन से बचाया जा सके और संख्याओं को सरल तरीके से पेश किया जाए। लेकिन अनेक मौके ऐसे भी आते हैं जब हम अनुमानित संख्या का प्रयोग नहीं कर सकते हैं। जैसे रनों की संख्या मृतकों की संख्या, शेयर बाज़ार सूचकांक और तापमान की जानकारी सही-सही देनी होगी। भले ही वह दर्शकों को जटिल लगे।

टेलीविज़न की स्क्रिप्ट क्योंकि एंकर द्वारा पढ़ी जानी है इसलिए उसकी सुविधा को ध्यान में रखते हुए संख्या को शब्दों में लिखा जाता है। जैसे–10432 के स्थान पर **दस हज़ार चार सौ बत्तीस** लिखना बेहतर होगा।

कथात्मकता : बोलचाल की भाषा की तर्ज पर टेलीविज़न समाचार भी कथा सुनाने जैसे ही लिखने चाहिए। दरअसल समाचार भी एक कहानी (स्टोरी) ही होते हैं। पत्रकार उसे दर्शकों को सुनाता है। ये पुराने ज़माने के किस्सागो जैसा ही काम है लेकिन काफी जिम्मेदारी भरा।

शब्दों का दोहराव : हम सब शब्दों के दोहराव से बोरियत महसूस करने लगते हैं। मनुष्य हर पल विविधता चाहता है। बोलचाल में भी अगर एक ही शब्द का बार-बार प्रयोग हो तो वो अखरने लगता है। श्रोता उसे पकड़ लेते हैं। इसीलिए लिखते समय इस बात का पूरा ध्यान रखा जाना चाहिए कि शब्दों का दोहराव जहाँ तक हो सके टाला जाए। इसके लिए पत्रकार कई लेखन तकनीक अपनाते हैं। सबसे जरूरी है पर्यायवाची शब्दों का खजाना। इसके अलावा हम प्रधानमंत्री वाजपेयी, अटल बिहारी वाजपेयी, श्री वाजपेयी आदि का विविध पूर्ण प्रयोग कर सकते हैं।

संक्षिप्त शब्दावली : अनेक बार संस्थानों और संगठनों के नामों के छोटे रूप अधिक प्रचलित होते हैं। लेकिन ये मान कर नहीं चलना चाहिए कि सभी दर्शक उसके पूरे नाम को जानते हैं। इसलिए एक बार उसका पूरा नाम लिख कर फिर छोटा रूप प्रयोग किया जाना चाहिए। उदाहरण के रूप में पहली बार जवाहरलाल नेहरू विश्वविद्यालय प्रयोग करने के बाद जेएनयू का इस्तेमाल किया जा सकता है।

सर्वनाम का प्रयोग : टेलीविज़न में जहाँ तक हो सके सर्वनाम जैसे ये, वे, इसने, उसने, हमने, तुमने, उन्होंने, इन्होंने, उसी ने आदि से बचना चाहिए। सर्वनाम किसी भी संज्ञा के स्थान पर प्रयोग होता है लेकिन टेलीविज़न में उनके प्रयोग से एक समस्या उत्पन्न हो जाती है कि यदि दर्शक ने बाद में टेलीविज़न खोला है तो वह सर्वनाम की मदद से यह नहीं जान पाता कि किस बारे में बातचीत चल रही है। इसलिए स्क्रिप्ट लेखन के दौरान बार-बार सर्वनाम के उपयोग की बजाय विभिन्न रूपों में संज्ञा का ही उपयोग करना उचित रहता है।

प्रत्यक्ष भाषा का उपयोग : टेलीविज़न में स्क्रिप्ट लिखने के दौरान इनडायरेक्ट स्पीच का प्रयोग कम से कम किया जाता है, किन्तु सामान्य बोलचाल के दौरान हम बातों को डायरेक्ट स्पीच में भी बोल सकते हैं। ये समझने और बोलने दोनों में आसान होते हैं। उदाहरण के लिए-**कल दिल्ली पुलिस द्वारा यमुना विहार इलाके में एक घर पर छापा मारकर दो आतंकवादियों को पकड़ा गया**। इसके स्थान पर यह सीधे-सीधे यह कहना अधिक सरल होगा कि दिल्ली पुलिस ने **कल यमुना बिहार इलाके में एक घर पर छापा मारकर दो आतंकवादियों को गिरफ्तार कर लिया**।

समाचार लेखन के फोर्मेट

अलग-अलग माध्यमों के लिए समाचार लिखने के दौरान ना केवल भाषा में परिवर्तन आ जाता है बल्कि उसके प्रारूप में भी खासा बदलाव लाना पड़ता है। एक समय था जब अनेक समाचार पत्रों के पत्रकार अच्छे वेतन पर टेलीविज़न चैनलों में आ गए थे। उनके लेखन में अखबारों की छाप स्पष्ट देखी जा सकती थी। उन पत्रकारों के लेखन में शब्दों का चयन और वाक्य विन्यास सभी कुछ समाचार पत्रों की ही तरह होता था। सबसे बड़ी दिक्कत उन्हें टेलीविज़न के समाचार फॉर्मेट को अपनाने में हुई। एक तरफ टेलीविज़न में विजुअल के लिए लिखना था दूसरी तरफ ये लेखन पढ़ने के लिए नहीं सुनने के लिए लिखा जाना था। साथ ही टेलीविज़न समाचार का वायस ऑवर, बाईट और फिर वायस ऑवर के ढांचे में बंधा होना उसकी सबसे बड़ी खासियत थी

जो शुरूआत में बड़ी समस्या के रूप में सामने आती है।

टेलीविज़न समाचारों के ज्यादातर फॉर्मेट टेलीविज़न की जरूरतों के मुताबिक विकसित हुए हैं। अमेरिका और ब्रिटेन में विकसित हुए ये फॉर्मेट आज पूरी दुनिया में स्वीकार्य हो गए हैं। रात-दिन चलने वाले चैनलों के पास हर पल अपने स्रोतों से समाचार आते रहते हैं। समाचारों को सबसे पहले दर्शकों तक पहुँचाने की जल्दी में टीवी पत्रकारों ने अनेक फॉर्मेट बनाए हैं।

न्यूज़ पैकेज

सबसे अधिक इस्तेमाल होने वाले इस फॉर्मेट को टेलीविज़न का मूल समाचार फॉर्मेट कहा जा सकता है। इसके पैकेज नाम से ही अनुमान लगाया जा सकता है कि इसमें समाचार की पैकेजिंग की जाती है। यानी दृश्यों और बाईट को जरूरत के मुताबिक संपादित करके उन पर वायस ऑवर रिकॉर्ड किया जाता है। अक्सर वायस ऑवर और बाईट और फिर वायस ऑवर का क्रम बना कर दर्शकों को पूरे समाचार से अवगत कराया जाता है। एक न्यूज़ पैकेज की औसत अवधि एक से ढेड मिनट की होती है। इसी दौरान सामान्यत: तीन वायस ओवर और दो या तीन बाईट को क्रमश: संपादित किया जाता है इस फॉर्मेट को हम संपूर्ण इसलिए मानते हैं क्योंकि इसमें पत्रकार के पास अपनी रिपोर्ट को प्रस्तुत करने का अधिक समय होता है। इसके अलावा वायस ओवर, बाईट और पीटीसी के जरिए वो अपनी बात सिलसिलेवार ढंग से दर्शकों तक पहुँचा सकता है।

उदाहरण

वायस ओवर-1 ज़्यादातर शुरूआत विजुअल से ही की जाती है। इसमें दृश्य और कुछ सेकिंड के बाद शब्द न्यूज़ स्टोरी को स्थापित करने की कोशिश करते हैं। इसकी हम अखबार की लीड से तुलना कर सकते हैं। रोचक दृश्यों और शब्दों से दर्शक को बांधे रखने की कोशिश की जाती है। कई बार कुछ खास मौकों पर पत्रकार बाईट से भी शुरूआत करते हैं। लेकिन ऐसे में बाईट काफी दमदार होनी चाहिए। जो अपने आप में समाचार का सबसे महत्वपूर्ण पहलू हो। उदाहरण के लिए बिहार में जातीय नरसंहार के बाद बिलखती महिलाओं और बच्चों में से किसी एक की बाईट से शुरूआत करके यदि वायस ओवर दिया जाए-बिहार के इस गाँव की महिलाओं के लिए कल का दिन एक......

....

बाईट (1) : पहले वायस ओवर के क्रम में ही उपयुक्त बाईट का इस्तेमाल ना केवल दर्शकों को घटना से जुड़े किसी व्यक्ति के विचार बताती

है बल्कि दर्शकों को आँखों देखी घटनाओं का विवरण बताने में भी मदद करती है। वायस ओवर हो या फिर बाईट इनकी अवधि बीस से पच्चीस सैकेंड ही रखी जानी चाहिए। माना जाता है कि इससे अधिक अवधि में दर्शक बोर हो जाता है। वायस ओवर और बाईट का क्रम भी पैकेज में रोचकता बनाए रखता है।

वायस ओवर-2 ख़बर के विस्तार के लिए कुछ और तथ्य इस वायस ओवर में दिये जा सकते हैं। इसको हम समाचार की बॉडी कह सकते हैं। अक्सर आंकडे दूसरे वायस ओवर में ही दिये जाते हैं।

बाईट (2) ख़बर के दोनों पहलू कवर करने के लिए अक्सर बाईट की संख्या कम से कम दो तो होती ही है।

वायस ओवर-3 अंतिम वी ओ होने के कारण इसमें हम ख़बर के सारे पहलूओं को समेटने की कोशिश करते हैं। अक्सर कुछ पत्रकार साइन ऑफ से पहले संपादकीय लाईन के माध्यम से अपनी राय भी दे देते हैं या फिर एक सवाल छोड़ कर अपनी बात खत्म कर देते हैं।

पीटीसी-जरूरी नहीं है कि सभी न्यूज़ पैकेज पीटीसी से ही समाप्त हों। फिर भी अच्छे पैकेज़ में पीटीसी एक जरूरी अंग है। पीटीसी के बारे में विस्तार से इस पुस्तक के दूसरे अध्याय में चर्चा की गयी है।

उदाहरण

Anchor Link

देश की आर्थिक राजधानी मुम्बई में आज शाम सिलसिलेवार ढंग से सात धमाके हुए। सभी धमाके लोकल ट्रेनों में हुए। इस आतंकी हमले में डेढ़ सौ से अधिक लोगों के मारे जाने और पांच सौ के करीब घायल होने की आशंका।

एक रिपोर्ट

सुपर/एस्टन (SuperèAsten)

रिपोर्ट : कमल कुमार

अनिल : प्रत्यक्षदर्शी

राजकुमार : घायल

शिवराज पाटिल : केन्द्रीय गृह मंत्री

वीओ-1 ये धमाके उस समय हुए जब मुम्बईवासी रोजाना की तरह अपने काम से घरों को लौट रहे थे। मुम्बई की लाइफ लाइन समझी जाने वाली लोकर ट्रेनों के प्रथम श्रेणी के डिब्बों को आतंकवादियों ने अपना निशाना बनाया है। कई बम विस्फोट इतने तेज थे कि डिब्बे के परखच्चे उड़ गए।

बाईट-1 अनिल : प्रत्यक्षदर्शी

'पहले तो सोचे डिब्बे में कोई सिलेंडर फट गया, लेकिन धमाका इतना तेज था कि कुछ देर तक तो सुनना ही बंद हो गया। डिब्बे में चारों तरफ लोग चीखने-चिल्लाने लगे थे। कुछ नीचे गिर गए।'

बाईट राजकुमार-घायल

'मैं सीट पर बैठा हुआ था। धमाके के साथ ही कोई चीज मेरे सिर और कंधे पर आकर लगी। कुछ लोग मुझे अस्पताल तक लाए।'

वीओ-2 उधर दिल्ली में धमाकों की ख़बर के बाद प्रधानमंत्री मनमोहन सिंह ने आपात बैठक बुलाई है। प्रधानमंत्री ने लोगों से शान्ति बनाए रखने की अपील की है। केन्द्रीय गृह मंत्री शिवराज पाटिल ने कहा कि सरकार कानून व्यवस्था बनाए रखने के लिए कोई कसर बाकी नहीं छोड़ेगी।

बाईट- शिवराज पाटिल-केन्द्रीय गृह मंत्री

'मुझे उम्मीद है कि इस नाजुक मौके पर देश की जनता शान्ति और धैर्य बनाए रखेगी। सरकार आतंकवाद का मजबूती से मुकाबला करेगी।'

वीओ-3 सरकार ने मृतकों के परिवारवालों को दस लाख और घायलों को दो-दो लाख रुपए की आर्थिक मदद देने का ऐलान किया है। सरकार ने मुम्बई के सभी बड़े अस्पतालों को घायलों का इलाज करने के निर्देश जारी किए हैं।

पीटीसी-ये पहला मौका नहीं है जब आतंकवादियों ने मुम्बई को अपना निशाना बनाया है, लेकिन सबसे बड़ा सवाल ये है कि इस प्रकार की करतूतों को अंजाम देने वालों को हमारी सुरक्षा ऐजेंसियाँ पहले से ही धर दबौचने में बार-बार नाकाम क्यों रहती हैं? मुम्बई से मैं कमल कुमार.....

एंकर रीड

इस फॉर्मेट को **ड्राई न्यूज़** भी कहा जाता है क्योंकि इसमें समाचार को बिना किसी विजुअल के दिखाया जाता है समाचार केवल एंकर पढ़ देता है और उसका चेहरा ही दर्शक देखते रहते हैं। दूरदर्शन के पास जब अधिक कैमरा टीम नहीं थीं, तब उसके बुलेटिनों में ऐसी ख़बरों की भरमार होती थी। हालांकि एंकर रीड का अधिक होना किसी भी बुलेटिन के लिए काफी बुरा माना जाता है क्योंकि दर्शक तस्वीरें देखने के लिए टेलीविज़न समाचार देखता है। नहीं तो रेडियो पर भी समाचार सुने जा सकते हैं, एंकर का चेहरा आखिर कब तक देखा जा सकता है।

लेकिन इस फॉर्मेट का महत्व भी कोई कम नहीं है। अनेक बार घटना इतनी बड़ी नहीं होती कि उसे पैकेज लायक समय दिया जाए ऐसे में एंकर रीड के

रूप में उसे सुना कर इतिश्री कर ली जाती है। इसके अलावा अनेक बार घटना की जानकारी तो ऐजेंसी से मिल जाती है लेकिन उसके विजुअल आने में देर होती है। ऐसे में उसे एंकर रीड बना दिया जाता है। पत्रकार घटना स्थल से ही मोबाइल के जरिये ऑफिस में समाचार की जानकारी दे देता है जिसके आधार पर आसानी से पांच-छह लाईन की एंकर रीड तैयार की जा सकती है। ये फॉर्मेट इतना सरल है कि कई बार बुलेटिन पढ़ते समय ही एंकर के हाथ में पांच-छह लाइन की एक एंकर रीड थमा दी जाती है।

उदाहरण

देश की आर्थिक राजधानी मुम्बई कुछ देर पहले ही एक के बाद एक हुए सात धमाकों से दहल उठी। इन धमाकों में सौ से अधिक लोगों के मारे जाने की और लगभग पांच सौ के घायल होने की आशंका है। ये बम धमाके आज शाम साढ़े छह बजे के करीब लोकल ट्रेनों में हुए। आतंकियों ने इस समय अपने घरों को लौट रहे यात्रियों को अपना निशाना बनाया है।

एंकर ग्राफिक्स

समाचार के विजुअल जल्दी से जल्दी हेड ऑफिस तक पहुँचाना टीवी पत्रकार के लिए सबसे महत्वपूर्ण किन्तु कठिन कार्य होता है। कोशिश के बावजूद कई बार विजुअल आने में देर हो ही जाती है। ऐसे में डेस्क के लोग पहले एंकर रीड के तौर पर उस समाचार को पढ़वा देते हैं और बाद में कम्प्यूटर ग्राफिक्स की मदद से उसी ख़बर को थोड़ा विस्तार दे देते हैं। अक्सर छोटी दुर्घटनाओं, किसी व्यक्ति की मृत्यु के समाचार इस श्रेणी आते हैं। उदाहरण के तौर पर लोकेशन ग्राफिक्स की मदद से दुर्घटना स्थल के बारे में बताया जा सकता है। टेलीविज़न समाचार में ग्राफिक्स के महत्व और भूमिका के बारे में इस पुस्तक के अन्य अध्याय में चर्चा की गयी है।

उदाहरण

देश की आर्थिक राजधानी मुम्बई में आज शाम छह बजकर बीस मिनट से छह बजकर चालीस मिनट के बीच सिलसिलेवार ढंग से सात धमाके हुए। इन धमाकों में सौ से अधिक लोगों के मारे जाने और लगभग पांच सौ के घायल होने की ख़बर है।

(Graphics In) ये धमाके उस समय हुए जब लोग लोकल ट्रेनों से अपने घरों को लौट रहे थे। अधिकांश धमाके रेल के First Class डिब्बों में हुए हैं। धमाके मीरा रोड, बोरिवली, जोगेश्वरी, खार, बांद्रा, माहिम, मांटुगा में हुए।

धमाकों के तुरन्त बाद मुम्बई में टेलीफोन और मोबाइल सेवाएँ जाम हो गयीं जिससे लोगों को अपने घरों में संपर्क करना काफी मुश्किल हो रहा है। (Graphics Out)

ये पहला मौका नहीं है जब आतंकियों ने मुम्बई को अपना निशाना बनाया है। इतने बड़े पैमाने पर तेरह साल पहले उन्नीस सौ तिरानवें में भी एक साथ तेरह जगहों पर बम विस्फोट हुए थे, जिसमें दो सौ अट्ठाइस लोग मारे गए और बारह सौ लोग घायल हो गए थे।

एंकर विजुअल

विजुअल ऑन एंकर भी एंकर रीड फॉर्मेट का एक और विस्तार है। कुछ चैनलों में इसे VOSOT भी कहा जाता है। यह लगभग एंकर ग्राफिक्स के समान ही है। अंतर केवल इतना ही है कि इसमें ग्राफिक्स के स्थान पर विजुअल दिखाए जाते हैं। इस फॉर्मेट की जरूरत इसीलिए पड़ी क्योंकि अनेक बार ऑफिस में विजुअल तो आ जाते हैं लेकिन उन्हें एडिट करने का समय नहीं होता। ऐसे में पूरी तरह एडिट करके उसका पैकेज बनाने के बजाए कुछ दृश्यों को ही एंकर के समाचार पढ़ते समय दिखा दिया जाता है। कई बार तो ये भी होता है कि टेप आये अभी कुछ ही मिनट होते हैं और उपयुक्त विजुअल क्यू करके तुरंत उसे दिखा दिया जाता है। आखिर टेलीविज़न समाचारों का मूल उद्देश्य दर्शकों तक दृश्य पहुँचाना ही तो है।

उदाहरण

देश की आर्थिक राजधानी मुम्बई में आज शाम छह बजकर बीस मिनट से छह बजकर चालीस मिनट के बीच सिलसिलेवार ढंग से सात धमाके हुए। इन धमाकों में सौ से अधिक लोगों के मारे जाने और लगभग पांच सौ के घायल होने की ख़बर है।

(Visual In) ये धमाके उस समय हुए जब लोग लोकल ट्रेनों से अपने घरों को लौट रहे थे। अधिकांश धमाके रेल के First Class डिब्बों में हुए हैं। धमाके मीरा रोड, बोरिवली, जोगेश्वरी, खार, बांद्रा, माहिम, मांटुगा में हुए। धमाकों के तुरन्त बाद मुम्बई में टेलीफोन और मोबाइल सेवाएँ जाम हो गयीं जिससे लोगों को अपने घरों में संपर्क करना काफी मुश्किल हो रहा है। (Visual Out)

ये पहला मौका नहीं है जब आतंकियों ने मुम्बई को अपना निशाना बनाया है। इतने बड़े पैमाने पर तेरह साल पहले उन्नीस सौ तिरानवें में भी एक साथ तेरह जगहों पर बम विस्फोट हुए थे, जिसमें दो सौ अट्ठाइस लोग मारे गए और

बारह सौ लोग घायल हो गए थे।

एंकर विजुअल बाईट

ये विजुअल ऑन एंकर फार्मेट का विस्तार है। दोनों में अन्तर केवल इतना है कि इसमें अन्त में एक बाइट दी जाती है। एंकर अनुमानित रूप से एक अवधि तक स्क्रिप्ट पढ़ता है और उसके कुछ सेकेण्ड बाद विजुअल्स रूक जाते हैं और बाइट शुरू हो जाती है। न्यूज़ पैकेज की तरह इसमें कोई वॉयस ओवर रिकॉर्ड नहीं किया जाता। दरअसल ये फार्मेट उन ख़बरों में काफी उपयोगी साबित होता है जहाँ विजुअल्स एडिट करके पैकेज बनाने लायक नहीं समझा जाता है। लेकिन इस फार्मेट की सीमा यही है कि इसमें एक ही बाइट उपयुक्त लगती है।

उदाहरण

देश की आर्थिक राजधानी मुम्बई में आज शाम छह बजकर बीस मिनट से छह बजकर चालीस मिनट के बीच सिलसिलेवार ढंग से सात धमाके हुए। इन धमाकों में सौ से अधिक लोगों के मारे जाने और लगभग पांच सौ के घायल होने की ख़बर है।

(Visual In) ये धमाके उस समय हुए जब लोग लोकल ट्रेनों से अपने घरों को लौट रहे थे। अधिकांश धमाके रेल के First Class डिब्बों में हुए हैं। धमाके मीरा रोड, बोरिवली, जोगेश्वरी, खार, बांद्रा, माहिम, मांटुगा में हुए। धमाकों के तुरन्त बाद मुम्बई में टेलीफोन और मोबाइल सेवाएँ जाम हो गयीं जिससे लोगों को अपने घरों में संपर्क करना काफी मुश्किल हो रहा है। (Visual Out)

बाईट अनिल-घायल (अस्पताल में)

मैं शाम को ट्रेन से अपने घर जा रहा था। मेरे पीछे एक जोरदार आवाज हुई। मैंने सोचा डिब्बा पटरी से उतर गया। पीछे देखा, इससे पहले कोई चीज मेरे कंधे पर आकर टकरायी और थोड़ी देर में चीखने-चिल्लाने की आवाज आने लगी और कुछ लोग डिब्बे में बेहोश होकर गिर पड़े।

एंकर बाईट

कई बार किसी महत्वपूर्ण व्यक्ति द्वारा कही गयी बात ही ख़बर बन जाती है। ऐसे में अन्य विजुअल दिखाने की अगर जरूरत ना हो तो केवल एंकर द्वारा ख़बर का परिचय देकर बाईट दिखा दी जाती है और ये एंकर बाईट फॉर्मेट बन जाता है। उदाहरण के तौर पर किसी सरकारी फैसले का बयान या फिर एक

मसले पर किसी नेता की प्रतिक्रिया अपने आप में ही ख़बर बन सकती है।

उदाहरण

उधर दिल्ली में धमाकों की ख़बर के बाद प्रधानमंत्री ने तुरन्त आपात बैठक बुलाई है। प्रधानमंत्री ने लोगों से शांति बनाए रखने की अपील करते हुए कहा कि सरकार कानून एवं व्यवस्था बनाए रखने के लिए हर संभव उपाय करेगी। केन्द्रीय गृह मंत्री शिवराज पाटिल ने आपात बैठक के बाद पत्रकारों को सम्बोधित किया।

बाईट शिवराज पाटिल-केन्द्रीय गृहमंत्री

मुझे उम्मीद है कि इस नाज़ुक मौके पर देश की जनता शांति बनाए रखेगी और आतंकवाद का दृढ़ता के साथ सामना करेगी।

फोनो रिपोर्ट

टेलीफोन सदा से ही पत्रकारों के लिए समाचार भेजने के लिए एक सफल माध्यम साबित हुआ है चाहे तुरंत ऑफिस में कोई सूचना भेजनी हो या फिर आपस में संपर्क साधना हो। आजकल फोन का सीधी रिपोर्टिंग के लिए भी खूब इस्तेमाल हो रहा है। फोनो का उपयोग ख़ासकर वहाँ अधिक उपयोगी साबित होता है जहाँ घटनाचक्र पल-पल बदला रहा हो। जैसे कोई महत्वपूर्ण कैबिनेट बैठक चल रही है और बाहर कुछ ख़बरें रुक-रुक कर आ रही हैं ऐसे में बार-बार ताज़ा समाचारों के लिए फोनो एक सर्वोत्तम जरिया है। अक्सर टीवी पत्रकार दिनभर की ख़बरों का एक न्यूज़ पैकेज बना देते हैं और नये घटनाक्रम के लिए फोनो की मदद ले लेते हैं।

फोनो का दूसरा उपयोग किसी दूर बैठे व्यक्ति से फोन के जरिये उसकी बाईट लेकर किया जाता है। ये जरूरी नहीं कि हर जगह चैनल के रिपोर्टर मौजूद हों ऐसे में तुरंत फोन के जरिये संबंधित व्यक्ति से बात की जा सकती है। उदाहरणस्वरूप अगर किसी सीमा पर अचानक कोई गोलीबारी हो जाये तो संबंधित प्रशासनिक और सैनिक अधिकारी से सम्पर्क टेलीफोन से साधा जा सकता है। फोनो लाइव और रिकॉर्डिड दोनों हो सकता है। फोनो रिपोर्टिंग के बारे में विस्तार से अन्य अध्याय में चर्चा की गयी है।

उदाहरण

मुम्बई बम विस्फोट की ख़बर में विजुअल ऑफिस भेजने से पहले ही रिपोर्टर घटनास्थल या अस्पताल से फोन के जरिए ताजा हालात की जानकारी

दे सकता है। इसके लिए बुलेटिन प्रोड्यूसर एंकर को कुछ सवाल भी दे सकता है। इसके अलावा यदि संभव हो तो प्रोड्यूसर मुम्बई के पुलिस आयुक्त से भी फोन पर तथ्यों की पुष्टि के लिए साक्षात्कार ले सकता है।

लाइव वीडियो रिपोर्ट

आधुनिक तकनीक की मदद से आजकल आसानी से रिपोर्टर किसी भी स्थान से लाइव रिपोर्ट भेज सकता है। स्टूडियो में बैठा एंकर एक साथ देश के अलग-अलग भागों में स्थित अपने रिपोर्टरों से सीधी बातचीत कर लेता है। लाइव रिपोर्ट दो प्रकार की हो सकती हैं। पहली स्थिति में रिपोर्टर कैमरे के सामने खड़ा रहकर समाचार के बारे में वर्णन करता है। दूसरी स्थिति में घटनाक्रम का सीधा प्रसारण किया जाता है जिसके साथ-साथ स्टूडियो में बैठे एंकर या घटनास्थल पर मौजूद रिपोर्टर का वर्णन ऑडियो रूप में चलता रहता है। ओबी वैन और उपग्रह तकनीक के बाद लाइव रिपोर्टिंग करना काफी आसान हो गया है। अब एक साथ एक ही स्क्रीन पर दर्शक एक दर्जन से अधिक स्थानों पर मौजूद रिपोर्टरों को सीधा देख सकते हैं। लाइव रिपोर्टिंग का मकसद दर्शकों को सीधे घटनास्थल से रूबरू कराना है।

हालांकि सीधे प्रसारण के दौरान किसी प्रकार की लिखित स्क्रिप्ट की आवश्यकता नहीं पड़ती, लेकिन इसके लिए लम्बे पत्रकारीय अनुभव, आत्मविश्वास, भाषा पर पकड़ और पैनी दृष्टि की आवश्यकता जरूर पड़ती है। लाइव रिपोर्ट का उपयोग पत्रकार अक्सर उन ख़बरों में अधिक करते हैं जहाँ ख़बर का स्वरूप विकासमान है या ख़बर निरंतर बदल रही है।

उदाहरण

मुम्बई बम विस्फोट की ख़बर में चैनल तुरन्त अपनी ओबी वैन को घटनास्थल की तरफ रवाना कर सकता है। रिपोर्टर बचाव कार्य की सीधी कवरेज दिखा सकती है। जबकि दूसरी वैन अस्पताल के हालात का सीधा प्रसारण कर सकता है। विजुअल प्रसारण के अलावा प्रत्यक्षदर्शियों के सामूहिक इंटरव्यू का भी लाइव प्रसारण करना बेहतर होगा। ओबी वैन के जरिए रिपोर्टर समय-समय पर मिलने वाली ताज़ा जानकारियों को समेटते हुए प्रत्येक बुलेटिन में कुछ लाइव चैट भी कर सकते हैं।

स्टूडिया चर्चा

वैसे तो परम्परागत अर्थों में समाचार का अर्थ केवल तथ्यों से लिया जाता है। लेकिन अब समाचार में विचार का मिश्रण भी होने लगा है और दर्शक इसे

पसन्द करते हैं। समाचार बुलेटिन में चर्चा-विमर्श एक जमाने में न के बराबर था। आजकल प्राइम टाइम बुलेटिन में समाचार के साथ समकालीन मुद्दे पर छोटी-सी चर्चा एक जरूरी हिस्सा बन गयी है। अक्सर समाचार प्रोड्यूसर किसी ज्वलंत मुद्दे पर दो विशेषज्ञों को स्टूडियो में आमंत्रित करते हैं और बुलेटिन के बीच में ही संबंधित ख़बर दिखाने के बाद उस पर मेहमानों से चर्चा करते हैं। यह सिलसिला दो-तीन सवालों तक ही सीमित रहता है। इसके बाद फिर से बुलेटिन के बाकी के समाचार दिखाये जाते हैं।

उदाहरण

मुम्बई बम विस्फोट में सिमी का हाथ होने के संकेत मिले। इस मुद्दे पर स्टूडियो में चर्चा-विमर्श के लिए पुलिस आयुक्त, सिमी नेता और राजनैतिक पक्षों को बुलाया जा सकता है। लेकिन ये बात हमेशा ध्यान में रखनी चाहिए कि किसी भी स्टूडियो चर्चा के लिए एक विवादास्पद मुद्दा और दो या दो से अधिक पक्षों के प्रतिनिधियों का होना आवश्यक है।

इंटरव्यू

कई बार कोई समाचार चैनल किसी महत्वपूर्ण हस्ती से विशेष इंटरव्यू करने में सफल होता है। जिसे वह ज्यों-का-त्यों या थोड़े बहुत संपादन के बाद दिखाता है। दरअसल इस प्रकार के एक्सक्लूसिव इंटरव्यू से भी अनेक ख़बरें निकलती हैं जैसे-एनडीए सरकार के दौरान जब प्रधानमंत्री अटल बिहारी वाजपेयी के इस्तीफे की चर्चा खूब गर्म थी तब आज तक ने वाजपेयी से एक एक्सक्लूसिव इंटरव्यू किया। जिसमें प्रधानमंत्री ने इस्तीफे की किसी भी संभावना से साफ इंकार किया। ये स्वयं एक बड़ी ख़बर थी जिसे आज तक ने अपने बुलेटिन में हेडलाइन बनाया।

उदाहरण

मुम्बई बम धमाकों की घटना के बारे में मुम्बई पुलिस आयुक्त की विशेष इंटरव्यू आधारित ख़बर बनाई जा सकती है।

वॉक्स पॉप

ये एक रोचक समाचार फार्मेट है जिसमें आम लागों के विचारों को ख़बर बनाया जाता है। वॉक्स पॉप शब्द लेटिन भाषा के Vox Populi शब्द से बना है। इसका अर्थ होता है जनता की आवाज। इसमें रिपोर्टर जनता के पास अलग-अलग मुद्दों पर उनकी राय लेने के लिए जाता है और सभी से दो या तीन

सवाल पूछता है। बाद में इन बाइट्स को एक साथ संपादित करके समाचार के रूप में दिखाया जाता है। अक्सर एक वॉक्स पॉप में सात से दस लोगों की बाइट शामिल की जाती है। वॉक्स पॉप में ये ध्यान रखा जाता है कि सभी तबके के लोगों की आवाज उसमें शामिल की गई हो।

उदाहरण

मुम्बई बम धमाकों के एक-दो दिन बाद अनेक मसलों पर आम लोगों की राय ली जा सकती है। जैसे-मुम्बईवासियों को इस प्रकार की आतंकवादी कार्रवाई से निबटने के लिए किस प्रकार की तैयारी करनी चाहिए। इस प्रकार की आतंकी घटना के लिए कौन जिम्मेदार है?

एंकर लिंक

समाचार पत्र में जो महत्व मुखड़े (Intro) का है वही टेलीविज़न समाचार में एंकर लिंक का होता है। दरअसल एक समाचार बुलेटिन में प्रत्येक समाचार का पहले एंकर परिचय देता है और उसके बाद उस समाचार का विजुअल रूप दर्शकों को दिखाया जाता है इस प्रकार एंकर एक समाचार को दूसरे समाचार से अलग भी करता है और दो समाचारों के बीच में लिंक का काम भी करता है। जिस प्रकार प्रिंट पत्रकार मुखड़ा बनाते वक्त ख़बर के सबसे अधिक महत्वपूर्ण भाग को उभारते हैं उसी प्रकार टेलीविज़न पत्रकार भी किसी न्यूज़ का एंकर लिंक बनाते समय इस बात का विशेष ध्यान रखते हैं कि समाचार का अर्थ सबसे नया, रोचक और सनसनीखेज पहलू एंकर लिंक में प्रस्तुत किया जाये, लेकिन इसका अर्थ यह नहीं है कि इस ख़बर के सभी पहलुओं को एंकर लिंक में समेटा जाये। दरअसल एंकर लिंक का प्रमुख कार्य दर्शक को समाचार देखने के लिए प्रेरित करना है।

दर्शक हमेशा यह जानना चाहता है कि सबसे महत्वपूर्ण ख़बर क्या है। न्यूज़ का केन्द्रीय बिन्दु क्या है। किसने क्या कहा है और कहाँ कौन-सी घटना घटी है। घटनाक्रम में भी नवीनतम कौन-सी है और कौन-सी घटना उन्हें अत्यधिक प्रभावित करने वाली है। इसी प्रकार समाचार मूल्यों को आधार बनाकर टेलीविज़न पत्रकार एंकर लिंक लिखते हैं। अधिकांश एंकर लिंक दो से तीन वाक्यों के होते हैं। अधिक लम्बे एंकर लिंक बोरियत पैदा करते हैं। रोचक एंकर लिंक लिखना लम्बे अनुभव के बाद ही संभव हो पाता है। बाजार के दबाव और टीआरपी की होड़ के चलते एंकर लिंक को अधिकाधिक सनसनीखेज बनाया जा रहा है। टेलीविज़न चैनलों में एंकर लिंक लिखने के लिए अलग से प्रोड्यूसर

रखे जाते हैं। ये लोग न केवल भाषा के धनी होते हैं बल्कि इन्हें ख़बरों को रोचक अंदाज में प्रस्तुत करने में महारत हासिल होती है। एंकर लिंक के जरिये साधारण से साधारण समाचार को भी विशेष बनाकर पेश किया जा सकता है।

एंकर लिंक लेखन

अधिकांश एंकर लिंक छह ककार के इर्द-गिर्द लिखे जाते हैं।

1. क्या-भोपाल से ग्वालियर जा रही एक पेसेन्जर गाड़ी के नदी में गिरने से लगभग 100 लोगों के मारे जाने की ख़बर है। यह दुर्घटना आज सुबह पांच बजे विदिशा के पास हुई। और जानकारी के लिए आइये बात करते हैं अपने संवाददाता से जो इस समय घटना स्थल पर मौजूद हैं।

2. कौन-स्टाम्प घोटाले के मुख्य आरोपी केतन पारीख ने कल मुम्बई में आत्म समर्पण कर दिया। घोटाला उजागर होने के बाद से केतन पारीख फरार था। और अदालत ने उसके खिलाफ गैर जमानती वारंटी जारी कर दिया था।

3. कब-आखिरकार अमरकांत की पत्नी मधुमणी त्रिपाठी ने कल लखनऊ की एक अदालत में आत्मसमर्पण कर दिया।

4. कहां-लगभग एक महीने की तलाश के बाद कालूराम उर्फ 'कालिया' को कल भोपाल में गिरफ्तार कर लिया गया। कालिया पर अनेक हत्याओं और डकैतियों के आरोप थे।

5. कैसे-चंदन तस्कर वीरप्पन को कल दो घंटे चली मुतभेड़ में मार दिया गया। वीरप्पन की तलाश में सेना और पुलिस के जवान पिछले दो महीने से विशेष अभियान चलाये हुये थे।

6. क्यों-पर्चा लीक करने के प्रमुख आरोपी राधेश्याम ने पूछताछ के दौरान बताया कि उसे अपनी बेटी की शादी के लिए पैसे की जरूरत थी और पैसा जुटाने के लिए उसने पर्चा लीक किया।

एंकर लिंक के प्रकार

एक ही समाचार को विभिन्न चैनल अक्सर अपने-अपने अंदाज में पेश करते हैं। कई बार तो अलग-अलग चैनल घटना के पक्ष और विपक्ष में ख़बरों को प्रस्तुत करते हैं। घटना के कौन से पहलू को एंकर लिंक बनाया गया है, इससे भी चैनल के रवैये का पता चलता है। प्रतिस्पर्द्धा में प्रत्येक चैनल कुछ हटकर एंकर लिंक बनाने की कोशिश करता है। कई बार तो घटना के छोटे से पहलू को उठाकर ही तिल का ताड़ बना दिया जाता है। कभी किसी कथन को ख़बर बनाया जाता है तो कभी घटना ख़बर बनती है।

1. उद्धरण आधारित एंकर लिंक-वित्तमंत्री जसवंत सिंह ने कहा है कि तीसरी तिमाही में कृषि क्षेत्र में नौ फीसदी की विकास दर होने पर सारे देश को गर्व होना चाहिए। वित्तमंत्री कल उद्योगपतियों के संगठन फिक्की के सम्मेलन में बोल रहे थे।

2. प्रश्नवाचक एंकर लिंक-क्या आप गर्मियों में कहीं घूमने की योजना बना रहे हैं। यदि हाँ तो फैसला करने के पहले जरा टूअर पैकेजों को ध्यान से समझ लें।

3. वक्तव्य आधारित एंकर लिंक-दुनिया में करीब साढ़े चार करोड़ लोग नेत्रहीन हैं। यह संख्या सन् 2020 तक दोगुनी हो जाने की आशंका है। अंधापन रोकने के संदेश को घर-घर पहुँचाने के लिए विश्व अंधता निवारण सप्ताह मनाया जा रहा है। पेश है एक विशेष रिपोर्ट।

अब आप अपने टेलीविज़न सेट पर राजनीतिक विज्ञापन नहीं देख पाएँगे। सुप्रीम कोर्ट ने एक फैसले पर कल इस पर रोक लगा दी।

4. विवरणात्मक एंकर लिंक-वो पांच साल पहले उत्तरप्रदेश के छोटे से गाँव से भागकर दिल्ली आया था। उस वक्त उसका सपना था एक छोटी-सी सब्जी की दुकान चलाना। लेकिन अब वह एक ऐसी दुकान चलाता है जिसमें होता है जिस्सफरोशी का धंधा। देखिये एक रिपोर्ट-

5. शौकिंग एंकर लिंक-अभी तक आपने ऐसे अनेक हत्यारे देखे होंगे जो बदला लेने के लिए किसी का कत्ल कर देते हैं। लेकिन हम आपको एक ऐसे खूंखार हत्यारे के बारे में बताते हैं जो केवल अपना शौक पूरा करने के लिए किसी को मौत की नींद सुला देता है। देखिये एक रिपोर्ट-

टेलीविज़न हेडलाइन

प्रत्येक समाचार बुलेटिन हेडलाइन से शुरू होते हैं। अधिकांश चैनल अपने बुलेटिनों से पहले चार से छह हेडलाइन देते हैं। जबकि कुछ समाचार बुलेटिन दो बुलेटिनों के बीच में संक्षिप्त समाचार के रूप में भी प्रमुख ख़बरों को हेडलाइन के रूप में दिखाते हैं। दरअसल हेडलाइन का उद्देश्य बुलेटिन की शुरूआत में ही दर्शकों को प्रमुख ख़बरों से परिचित कराना होता है। यह एक प्रकार से बुलेटिन की शो केस विण्डो है। हेडलाइन के साथ-साथ चैनल उस ख़बर से जुड़ी हुई एक या दो तस्वीरें भी दिखाते हैं। ये विजुअल सबसे रोचक होते हैं जिन्हें देखकर दर्शक के मन में पूरी ख़बर देखने की जिज्ञासा पैदा होती है। ख़बरों की मार्केटिंग के हिसाब से भी हेडलाइन का विशेष महत्व है। हेडलाइन के जरिये पत्रकार न केवल ख़बरों के महत्व या प्रमुखता को बताते

हैं बल्कि इसकी मदद से वे दर्शकों को बांधे रखने की कोशिश भी करते हैं। अनेक बार कोई ख़बर हेडलाइन में सबसे पहले दिखा दी जाती है और दर्शक केवल उसे देखने के लिए पूरे बुलेटिन भर इंतजार करता है।

टीजर और स्लग

टेलीविज़न निर्माता निरंतर दर्शकों को बांधे रखने का प्रयत्न करते हैं। दर्शक उनका कार्यक्रम लगातार देखते रहें इसके लिए वे विभिन्न तरीके अपनाते हैं और उन्हीं में से एक है टीजर। टीजर ब्रेक पर जाने से पहले वह दृश्य एवं श्रृव्य जानकारी है जिसकी मदद से टेलीविज़न निर्माता दर्शकों को यह संदेश देता है कि आप कार्यक्रम देखते रहिये, आगे भी और रोचक जानकारियाँ हैं। समाचारों में टीजर के दौरान ब्रेक के बाद दिखाये जाने वाली प्रमुख ख़बरों को पेश किया जाता है। वैसे तो टीजर का प्रयोग मनोरंजक कार्यक्रमों में भी किया जाता है, लेकिन इस शब्द का उपयोग अधिकांश टेलीविज़न समाचारों के संदर्भ में किया जाता है।

टेलीविज़न पत्रकार किसी भी समाचार को अति संक्षिप्त रूप में लिखने के लिए इसे दो या तीन शब्दों में समेट देते हैं। जैसे किसी मसले पर यदि कांग्रेस प्रवक्ता अपनी बात पत्रकारों के सामने प्रेस कान्फ्रेंस के माध्यम से रख रहे हैं तो उसे Congress PC कहने से पूरी ख़बर सम्प्रेषित हो जाती है। इस प्रकार ख़बरों का अति संक्षिप्तीकरण करना स्लग बनाना कहलाता है। स्लग का प्रयोग दर्शकों के लिए नहीं किया जाता। यह शब्द पत्रकार अपनी सुविधा के लिए चैनल के आन्तरिक कामकाज के दौरान प्रयोग करते हैं। जैसे इस ख़बर की स्क्रिप्ट कम्प्यूटर में बनाकर उसकी फाइल का नाम कांग्रेस पीसी रखा जाता है, जिससे कि अन्य लोगों को भी तुरन्त ख़बर का अंदाजा हो जाये। रन डाउन में भी ख़बरों को पूरा लिखने की बजाय केवल उनके सांकेतिक स्लग ही लिखे जाते हैं।

स्लग के उदाहरण

भारतीय जनता पार्टी की जनसभा (BJP rally)
केन्द्रीय केबिनेट की बैठक (Cabinet Meet)
भारत पाकिस्तान क्रिकेट मैच (Indo-Pak Cri)
भोपाल एक्सप्रेस दुर्घटनाग्रस्त (Rail Acci)
शेयर बाजार का उतार चढ़ाव (Sensex)

अभ्यास कार्य

- किसी बड़े समाचार का टेलीविज़न क्रॉलर के लिए एक लाइन का समाचार बनाइए।
- समाचार एजेंसी की कॉपी की आधार पर टेलीविज़न के लिए न्यूज़ पैकेज लिखें।
- न्यूज़ पैकेजिंग के अभ्यास के लिए एक ही फुटेज को अलग-अलग छात्रों को दिखाएँ और छात्र उसके आधार पर अपनी स्क्रिप्ट लिखें। जिसके आधार पर बाद में उस फुटेज से न्यूज़ पैकेज एडिट किया जाए।
- किसी तस्वीर को लेकर एक स्क्रिप्ट तैयार करें। ये अभ्यास एक से अधिक तस्वीरों को क्रम विशेष में जोड़कर भी किया जा सकता है। दरअसल एक स्थिर तस्वीर अलग-अलग स्क्रिप्ट के संदर्भ में किस प्रकार अलग भाव व्यक्त करती है ये जानना इस अभ्यास का उद्देश्य है।
- किसी वीडियो क्लिप को मूक करके देखें और फिर उसके लिए स्क्रिप्ट लिखें। उसके बाद स्क्रिप्ट को विजुअल चलाकर पढ़ें और देखें क्या शब्द और दृश्यों के बीच मेल-जोल है।
- किसी टेलीविज़न समाचार के लिए विभिन्न प्रकार के एंकर-लिंक तैयार करें। साथ ही ये भी बताएँ कि एंकर लिंक बदलने से समाचार के भाव में क्या परिवर्तन आएगा।
- टेलीविज़न देखते हुए रोचक हेडलाइन की सूची तैयार करें। एक ही समाचार के लिए विभिन्न समाचार चैनलों द्वारा बनाए गए शीर्षकों पर तुलनात्मक विचार करें। स्वयं एक समाचार के अनेक हेडलाइन बनाने का अभ्यास करें।

अध्याय पांच

टेलीविज़न समाचार एवं समाचार कार्यक्रम

आदिम काल से मनुष्य में नई जानकारियाँ जानने की अदम्य आकांक्षा रही। शायद यही कारण है कि आधुनिक युग में भी सूचनाओं का विशाल कारोबार चल रहा है। जब भी हम एक-दूसरे से मिलते हैं तो पूछते हैं कि क्या नया चल रहा है? क्या समाचार है? या फिर क्या हो रहा है? यह सब दरअसल उसी जिज्ञासा को दर्शाता है जिसमें हम आस-पास होने वाली नई घटनाओं को जानना चाहते हैं। समाचार सापेक्ष हैं। अलग-अलग समाचार अलग-अलग व्यक्तियों के लिए महत्वपूर्ण हो सकते हैं। ऐसा हो सकता है कि एक सूचना किसी व्यक्ति के लिए बड़ी ख़बर है तो दूसरी सूचना उसके लिए कोई ख़बर ही नहीं है।

टेलीविज़न न्यूज़ स्टोरी

अंग्रेजी का शब्द 'न्यूज़' लेटिन भाषा के शब्द 'नोवा' से बना है जिसका अर्थ होता है नया। NEWS एकवचन शब्द है। जानकारी के अभाव में कुछ लोग इसे न्यू का बहुवचन भी मान लेते हैं। दुनियाभर में विद्वानों ने न्यूज़ को अलग-अलग तरीके से परिभाषित किया है। कुछ लोगों के मुताबिक North, East, West&South में घटित होने वाली घटनाएँ NEWS कहलाती हैं।

जबकि कुछ लोगों का जोर ऐसी सूचनाओं पर है जो सामान्य से हटकर हैं। जब एक कुत्ता आदमी को काटता है तो यह समाचार नहीं बनता, जबकि आदमी कुत्ते को काटता है तो यह एक समाचार बनता है। यानी ऐसी सूचनाएँ जो सामान्यत: नहीं घटती।

- नई और रोचक सूचनाएँ समाचार बनाती हैं।
- जब कोई व्यक्ति दूसरों से कुछ छुपाना चाहता है तो वह दूसरों के लिए समाचार बनती है।
- समाचार किसी घटना, विचार एवं समस्या के बारे में ऐसी सामयिक सूचना है जो बड़ी संख्या में या तो लोगों को प्रभावित करती है या फिर

काफी लोगों की इसमें रुचि होती है।

टेलीविज़न पत्रकारिता भी एक अर्थ में सूचनाओं का कारोबार है जिसमें पत्रकार एक माध्यम विशेष के सहारे बड़े श्रोता समुदाय तक ख़बरों को पहुँचाता है। वह ख़बरों की मार्केटिंग करता है और इस काम में वह सूचनाओं की पैकेजिंग भी करता है। उनको एक विशेष अंदाज में पेश करता है ताकि वो दर्शकों को अधिक पसंद आये। कुछ पत्रकार तो यहाँ तक कहते हैं कि जो कुछ वे टेलीविज़न पर दिखाते हैं, दरअसल वही न्यूज़ है। इसमें कुछ हद तक उनका अभिमान झलकता है क्योंकि अनेक घटनाएँ ऐसी होती हैं जिन्हें कोई भी माध्यम कवर नहीं करता। इसलिए वे ख़बर के दायरे से बाहर रह जाती हैं। इसके विपरीत कुछ महत्वहीन गौण घटनाएँ अपने स्वरूप के विपरीत बड़ी राष्ट्रीय ख़बरें बना दी जाती हैं।

बाजार समाचार को अपने तरीके से परिभाषित करता है। बाजार समर्थक विद्वानों के मुताबिक ख़बर एक उत्पाद है और जो भी सूचना बाजार में बेची जा सकती है वह समाचार है। जिस सूचना में बिकने की संभावना अधिक है वह बड़ी ख़बर है और जो सूचना महत्वपूर्ण होने के बावजूद बाजार में आसानी से बेची नहीं जा सकती या उसके खरीददार (दर्शक) नहीं हैं, वह छोटी ख़बर है। उदाहरण के तौर पर फिल्म और फैशन उद्योग से संबंधित समाचारों में दृश्यात्मकता होने के कारण टेलीविज़न समाचारों में उन्हें अधिक समय दिया जाता है। जबकि विकास प्रक्रिंया सम्बन्धी समाचारों को अधिक महत्व नहीं दिया जाता है।

समाचार के तत्व

आरंभ से ही पत्रकारिता में समाचार के प्रमुख तत्वों को छह ककारों (क्या, कब, कहां, कौन, कैसे और क्यों) में समझा जाता है। यानी समाचार लिखते वक्त घटना विशेष से जुड़े हुए छह प्रश्नों का जवाब देने की कोशिश की जाती है। उदाहरण के लिए एक डॉक्टर के अपहरण के विरोध में भोपाल में सभी डॉक्टर हड़ताल पर चले गए। अब इस घटना में छह ककार इस प्रकार हो सकते हैं–

1. **क्या**-दर्शक के मन में सबसे पहले यही प्रश्न उठता है कि क्या हुआ। यह समाचार का सबसे महत्वपूर्ण हिस्सा है। कोई घटना, विचार या समस्या जिससे कि समाचार बनता है। सामान्यत: टेलीविज़न रिपोर्टर घटना को कैमरे से रिकॉर्ड करते हैं, या फिर घटना स्थल पर मौजूद लोगों से उनके विचार जानते हैं ताकि यह पता लगाया जा सके कि

क्या घटना हुई। डॉक्टर का अपहरण और उसके बाद हुई डॉक्टरों की हड़ताल घटना का प्रमुख पहलू है।

2. **कब**-उसके बाद प्रश्न उठता है कि घटना कब हुई। यह बताने के लिए पत्रकार आज, कल, परसों, सुबह, दोपहर, शाम या रात इत्यादि बताकर दर्शकों को घटना के समय की सूचना देता है। उदाहरण के लिए डाक्टर का अपहरण कल हुआ था और डॉक्टर आज हड़ताल पर चले गए।
3. **कहां**-यह प्रश्न भी महत्वपूर्ण है कि घटना कहाँ हुई। क्योंकि स्थान का पता लगने के बाद ही दर्शक उस घटना को एक संदर्भ विशेष में समझ पाते हैं। यदि घटना स्थल उसके काफी करीब है और उससे जुड़ा हुआ है तो वह उसके लिए अधिक महत्वपूर्ण समाचार है, और यदि दूर की घटना है तो हो सकता है वह उसको उतना महत्व न दे। डॉक्टर का अपहरण और हड़ताल भोपाल शहर की घटना है स्वाभाविक है कि भोपाल के लोगों पर इसका सीधा असर पड़ेगा और यहाँ के लोगों की इस ख़बर में सबसे अधिक रुचि होगी। जबकि कश्मीर के लोग इस ख़बर को सामान्य रूप से ही लेंगे।
4. **कौन**-सामान्य घटनाओं में कौन का प्रश्न थोड़ी देर बाद आता है। आम दर्शक इस तथ्य में इतना रुचि नहीं दिखाते कि अपहरण किस डॉक्टर का हुआ है। लेकिन डॉक्टर यदि नामी-गिरामी है तो कौन की जानकारी अपने आप महत्वपूर्ण हो जायेगी। डॉक्टरों की हड़ताल भी एक पेशे में लगे लोगों की हड़ताल के रूप में ली जायेगी न कि किसी व्यक्ति विशेष की।
5. **कैसे**-घटना जानने के बाद दर्शकों के मन में यह सवाल उठना भी स्वाभाविक है कि आखिर अपहरण की घटना को किस प्रकार अंजाम दिया गया। यह घटना के अधिक विवरण से पता चलेगा कि अपहरण की घटना कैसे हुई। हो सकता है कि शुरूआत में यह विवरण उपलब्ध न हो, लेकिन धीरे-धीरे सूचनाओं का विवरण मिलने के बाद पत्रकार ख़बरों में कैसे का जवाब देने की कोशिश करते हैं। यह संभव है कि शुरूआती समाचार कैसे का जवाब पूर्ण रूप से न देते हों।
6. **क्यों**-दर्शकों के मन में समाचार देखने के बाद विश्लेषण की प्रक्रिया भी शुरू हो जाती है। वे यह भी उम्मीद करते हैं कि समाचार न केवल सूचनाएँ दें बल्कि सूचनाएँ क्यों घटित हो रही हैं इस बात का भी उत्तर

दें। अक्सर पत्रकार घटनाओं की रिपोर्टिंग करते समय क्यों का जवाब देने से बचते हैं क्योंकि जब तक घटनाओं के पीछे दोषी कारकों का पता न चले तब तक किसी प्रकार की गलत सूचना देना सही नहीं होगा। डॉक्टर के अपहरण के पीछे प्रमुख कारण फिरौती वसूलना है और यदि अपहरणकर्त्ताओं का इस बारे में फोन आ गया है तो यह जानकारी स्पष्ट होगी या फिर घटना के चश्मदीद गवाहों के विवरण के मुताबिक अपहरण-फिरौती के लिए किये जाने के संकेत मिलते हैं। अन्यथा अटकलबाजी के आधार पर अपहरण के कारणों को लेकर किसी प्रकार की टीका-टिप्पणी ठीक नहीं होगी। अन्ततः इससे समाचार की विश्वसनीयता ही कम होगी।

समाचार स्रोत

देश-दुनिया में निरंतर लाखों घटनाएँ घटती रहती हैं। लेकिन समाचार चैनल उनमें से कुछ ही घटनाओं को ख़बर बनाता है। समाचार स्रोतों को प्रमुख रूप से दो हिस्सों में बाटा जा सकता है। पहले स्रोत वे हैं जिनके द्वारा चैनल के पास समाचार आते हैं और दूसरे प्रकार के स्रोत वे हैं जहाँ से एक रिपोर्टर के पास ख़बरें आती हैं।

चैनल के स्रोत

1. स्टाफ रिपोर्टर-चैनलों पर दिखाये जाने वाले समाचारों में सबसे अधिक संख्या ऐसी ख़बरों की होती है जो चैनल के स्टाफ रिपोर्टरों द्वारा इकट्ठा किये गए होते हैं। एक राष्ट्रीय चैनल के देश भर में ब्यूरो ऑफिस होते हैं। राज्यों की राजधानी के अलावा छोटे शहरों में भी रिपोर्टर रखे जाते हैं। ये रिपोर्टर चैनल के पे-रोल पर होते हैं और कैमरा, वाहन इत्यादि का खर्च चैनल द्वारा उठाया जाता है। इसके अलावा जिलों में अंशकालिक संवाददाता भी होते हैं जिनको स्टोरी के आधार पर भुगतान किया जाता है।

2. समाचार एजेंसियाँ-अन्तरराष्ट्रीय समाचारों के लिए भारतीय चैनल न्यूज़ एजेंसी पर निर्भर करते हैं क्योंकि पूरी दुनिया में अपने रिपोर्टर नियुक्त करना काफी महंगा साबित होगा। रायटर की विजुअल फीड की मदद से अधिकांश चैनल विदेशी ख़बरें तैयार करते हैं। एकमात्र भारतीय विजुअल एजेंसी एशियन न्यूज़ इंटरनेशनल (ANI) समाचार चैनलों को एक्सक्लूसिव ख़बरें उपलब्ध कराती है। इसके अलावा, प्रेस ट्रस्ट आफ इंडिया (PTI) और यूनाइटेड न्यूज़ आफ इंडिया (UNI) प्रिंट न्यूज़ एजेंसीज हैं। जो लगातार ख़बरें प्रसारित करते

रहते हैं। चैनल के ऑफिस में सभी कम्प्यूटरों पर न्यूज़ एजेंसी के कनेक्शन होते हैं, जिनकी मदद से पत्रकार समय-समय पर ख़बरों के अपडेट लेते रहते हैं। क्रॉलर पर चलने वाले अधिकांश एक लाईन वाले समाचार न्यूज़ एजेंसी की मदद से ही बनाए जाते हैं।

3. न्यूज़ फीचर सर्विस-कई देश अपना प्रचार करने के लिए फीचर सर्विस चलाते हैं। इसके तहत ये देश अपने यहाँ की रोचक ख़बरों की विजुअल फीड मुफ्त में चैनलों को समय-समय पर उपलब्ध कराते हैं। जैसे अमरीकी सूचना केन्द्र (USIS) इस प्रकार की न्यूज़ फीचर एजेंसी चलाता है। चैनलों को जो भी स्टोरी पसन्द आ जाती है उसे वे प्रसारित कर देते हैं।

4. अन्य टेलीविज़न चैनल-आजकल एक टेलीविज़न चैनल भी दूसरे चैनल के समाचारों के प्रमुख स्रोत बन गए हैं। जब-जब किसी घटना विशेष के विजुअल किसी एक चैनल के पास होते हैं तो बाकी चैनल भी उन तस्वीरों को उस चैनल का नाम देते हुए दिखाना शुरू कर देते हैं। उदाहरण के तौर पर चन्दन तस्कर वीरप्पन की तस्वीरें केवल सन टीवी के पास थीं तो बाकी के चैनलों ने भी सौजन्य सन टीवी का टैग लगाकर वे तस्वीरें दिखाईं। इसी प्रकार इराक युद्ध के दौरान अलजजीरा चैनल पर प्रसारित ओसामा बिन लादेन के इंटरव्यू को दुनियाभर में टेलीविज़न चैनलों ने दिखाया। लेकिन इस प्रकार किसी दूसरे चैनल की विजुअल फुटेज एक अवधि से अधिक दिखाना गैर कानूनी है। क्रिकेट मैच की तस्वीरें इस प्रकार दिखाने को लेकर खेल चैनलों ने समाचार चैनलों के खिलाफ कोर्ट में केस दायर कर दिया था क्योंकि क्रिकेट मैच दिखाने के अधिकार खेल चैनल करोड़ों रुपये देकर खरीदते हैं और इस प्रकार बिना अनुमति और भुगतान के मैच के विजुअल दिखाना कानूनन गलत है। कुछ भारतीय चैनलों ने विदेशी चैनलों के साथ करार भी किये हुये हैं। जिसके तहत वे चैनल दुनिया भर की ख़बरों को उपलब्ध कराते हैं। बदले में भारतीय चैनल उन्हें भारत की ख़बरें उपलब्ध कराते हैं।

5. अन्य माध्यम-कंवर्जेंस के इस दौर में सभी माध्यम एक-दूसरे से कन्टेंट का आदान-प्रदान कर रहे हैं। टेलीविज़न चैनलों में अखबार, रेडियो और इंटरनेट की मदद लेना आम बात है। इसी प्रकार अखबारों के कार्यालय में भी रात को टीवी चैनलों की हेडलाईन देखकर मुख्य पृष्ठ तैयार किया जाने लगे हैं। लेकिन इस आदान-प्रदान में सबसे आगे इंटरनेट है जो न केवल संदर्भ मुहैया कराता है बल्कि सूचनाएँ भी त्वरित गति से उपलब्ध कराता है।

6. आमंत्रण-पत्र-समाचार चैनलों के प्रमुख कार्यालयों और ब्यूरो ऑफिसों

में लगातार आमंत्रण-पत्र आते रहते हैं। लोग विभिन्न कार्यक्रमों, धरना, जुलूसों, सेमीनारों आदि की कवरेज के लिए चैनल को आमंत्रित करते हैं। प्रमुख प्रेस कान्फ्रेंस के आयोजन से पहले भी पत्रकारों को औपचारिक आमंत्रण दिया जाता है। ये आमंत्रण टेलीफोन, व्हाट्सएप फैक्स, ई-मेल, कार्ड या पत्र के रूप में भी हो सकता है। समन्वय डेस्क के पत्रकार आमंत्रण-पत्रों के ढेर से समाचार बनने लायक उपयोगी घटनाओं के आमंत्रण छांटते हैं और रिपोर्टर को उसे कवर करने के लिए भेजते हैं।

7. बेनामी टेलीफोन सूचनाएँ-समाचार चैनल आजकल अपने ऑफिसों के टेलीफोन नम्बर दर्शकों को बताते रहते हैं। वे दर्शकों को सूचनाएँ देने के लिए आमंत्रित भी करते हैं। नतीजा यह निकलता है कि जागरुक दर्शक अपने आस-पास कोई अनहोनी घटना होते ही तुरन्त चैनल के पास फोन कर देते हैं क्योंकि कोई भी चैनल सब जगह अपने पत्रकारों को तैनात नहीं कर सकता। दुर्घटनाओं के मामले में इस प्रकार के बेनामी फोन कॉल्स काफी उपयोगी साबित होते हैं। लेकिन ऐसी सूचनाओं को बिना क्रॉस चैक किये सच नहीं मान लेना चाहिए क्योंकि कई बार शरारती तत्व इसका गलत फायदा भी उठा लेते हैं।

8. जागरुक नागरिक-डिजीटल तकनीक ने छोटे घरेलू वीडियो कैमरों को काफी सस्ता बना दिया है। आम नागरिक भी अब अनोखी ख़बर बनने लायक घटनाओं को अपने स्मार्टफोन से रिकॉर्ड करने लगे हैं। समाचार चैनलों ने जब 2005 में पहली बार बरसात की तबाही की तस्वीरें मुम्बई के लोगों से आमंत्रित की तो अनेक उपयोगी फुटेज नागरिकों ने भेजी, जिन्हें चैनल पर दिखाया गया। इसी प्रकार दिल्ली के एक नागरिक ने अपने घर की खिड़की से पड़ोस में रिश्वत लेते पुलिस जवानों को अपने कैमरे में कैद कर लिया और बाद में उसे एक चैनल को दे दिया। कई बार विरोधी लोग भी एक-दूसरे के काले कारनामों का पर्दाफाश कराते हैं। इस प्रकार की ख़बरों को दिखाने से पहले चैनल उसके सभी पहलुओं की पूरी जांच-पड़ताल कर लेते हैं।

9. सूचनादाता-किसी भी चैनल के लिए देश-दुनिया में हर स्थान पर अपने कर्मचारियों को नियुक्त करना संभव नहीं है। ऐसे में कुछ चैनल इनफार्मर रखते हैं। इनका काम केवल चैनल को घटना की सूचना देना होता है। यदि चैनल को लगे कि वह घटना महत्वपूर्ण है और कवर करने लायक है तो वह अपनी कैमरा टीम घटना स्थल की ओर रवाना कर देता है। बदले में सूचना के लिए इनफार्मर को निश्चित भुगतान भी किया जाता है। बीबीसी और सीएनएन चैनलों

के इनफार्मर दुनिया भर में फैले हुए हैं।

संवाददाता के स्रोत

समाचार चैनलों में विषयों के आधार पर अलग-अलग ब्यूरो बने होते हैं। जैसे-राष्ट्रीय ब्यूरो, अंतरराष्ट्रीय ब्यूरो, बिजनेस ब्यूरो, स्पोर्ट्स ब्यूरो, आर्ट एंड कल्चर ब्यूरो इत्यादि। रुचि और विशेषज्ञता के आधार पर पत्रकारों को विभिन्न ब्यूरो में जिम्मेदारी दी जाती है। इसका लाभ यह होता है कि एक ही बीट पर लम्बे समय तक रिपोर्टिंग करके संवाददाता अपने अच्छे सम्पर्क बना लेता है और उसे ख़बरें निकालने में अधिक परेशानी नहीं होती। इसके अलावा रुचि और अनुभव होने के कारण रिपोर्टर उस विषय की रिपोर्टिंग औरों की तुलना में बेहतर कर पाता है।

1. प्रत्याशित स्रोत-अनेक स्थान ऐसे होते हैं जहाँ से नियमित रूप से समाचार बनते हैं। जैसे राजनैतिक समाचार अक्सर संसद, विधानसभा, राजनैतिक दलों के कार्यालयों से बनते हैं। क्राइम की ख़बरें पुलिस स्टेशनों, न्यायालयों और अस्पतालों से मिलती हैं। संगीत, कला और संस्कृति से संबंधित ख़बरें कालेजों, विश्वविद्यालयों, थियेटरों, सिनेमागृहों, प्रदर्शनी स्थलों में अधिकतर बनती हैं। इसी प्रकार कर्मचारियों से जुड़े हुए समाचार विभिन्न बोर्डों, निगम दफ्तरों आदि में मिलते हैं। संबंधित बीट के पत्रकार नियमित रूप से इन स्थानों के सम्पर्क में रहते हैं। अक्सर इन स्थानों पर पत्रकारों के सम्पर्क सूत्र मौजूद रहते हैं जिनसे अन्दर की सारी ख़बरें पत्रकारों तक पहुँचती रहती है।

2. प्रत्याशित घटनाएँ-हर साल कुछ घटनाओं की पुनरावृत्ति होती है और पत्रकार ऐसी प्रत्याशित घटनाओं की रिपोर्टिंग के लिए पहले से ही तैयारी कर लेते हैं। जैसे संसद और विधानसभा सत्रों की तारीख पहले से तय कर दी जाती है। चुनावों की घोषणा बहुत पहले हो जाती है। हर साल छात्रों की परीक्षाएँ होती हैं इस दौरान उनकी तैयारी के तनाव, परीक्षा आयोजन और परीक्षा परिणाम से जुड़ी ख़बरें दिखाई जाती हैं। विभिन्न मौसम भी हर साल आते हैं और गर्मी के कारण मौतें, बीमारियां, पानी की किल्लत, सूखे का कहर, बरसात के दौरान बाढ़, भू-स्खलन, सर्दी में ठंड से गरीब लोगों की मौत, फसल को नुकसान यह सब ख़बरें हर साल बनती हैं, जिनके बारे में पत्रकार पहले से ही मानसिक रूप से तैयार रहता है। अनेक मेले, प्रदर्शनी, उत्सव, प्रतिस्पर्धाएं, सम्मेलन, सालाना आयोजन होते हैं। जैसे दिल्ली के प्रगति मैदान में हर साल 14 नवम्बर से विश्व व्यापार मेला आयोजित होता है। साल की शुरूआत में विश्व पुस्तक मेला आयोजित होता है।

3. अप्रत्याशित घटनाएँ-पत्रकार कुछ घटनाओं का अनुमान पहले से नहीं लगा पाते। जैसे दुर्घटनाएँ हमेशा ही अप्रत्याशित होती हैं जिनके लिए पहले से कोई तैयारी नहीं की जा सकती। आकस्मिक घटनाओं की कवरेज के लिए तो सूचना मिलते ही दौड़ना पड़ता है। प्राकृतिक आपदाएँ जैसे भूकम्प, भू-स्खलन, बाढ़, आंधी-तूफान, ओलावृष्टि, जंगल की आग, अकाल, सूनामी अप्रत्याशित घटनाएँ है जिनके लिए तुरन्त तैयारी करके जाना पड़ता है। इसके अलावा रेल, बस, हवाई और समुद्री दुर्घटनाएँ भी आकस्मिक घटनाएँ हैं जिनकी पहले से तैयारी नहीं की जाती। मक्का-मदीना में भगदड़ से मौत, अमरनाथ यात्रा में बर्फीली चट्टानों के फिसलने से, मेलों में भगदड़ से, आतंकवादी हमले और आगजनी में हुई मौतें भी इसी श्रेणी में आएँगी।

समाचार सूत्र

किसी भी संवाददाता के लिए समाचार सूत्र का बड़ा महत्व होता है। दरअसल, सूत्र पत्रकार का विस्तार है जो समय-समय पर पत्रकार को सूचनाएँ उपलब्ध कराता है। किसी पत्रकार के संबंधित क्षेत्र में कितने सूत्र हैं इससे तय होता है कि वह सूचना एकत्रित करने में कितना मजबूत और त्वरित होगा। अक्सर पत्रकार किसी एक क्षेत्र में कई सूत्रों को रखते हैं ताकि सूचनाओं की विश्वसनीयता की जांच की जा सके। सूत्र घटनास्थल पर तब भी मौजूद रहता है जब पत्रकार अपने किसी दूसरे काम में लगा होता है। यह किसी भी पत्रकार के लिए संभव नहीं कि वह हर पल अपने क्षेत्र में होने वाली घटनाओं पर नजर रख सके। सूत्रों की मदद से ही पत्रकार अन्दर की ख़बर को जान पाता है।

अधिकाधिक विश्वसनीय सूत्र बनाना और उन्हें बनाए रखना किसी कला से कम नहीं है। ये इस बात पर निर्भर करेगा कि पत्रकार का अपने सूत्र के साथ कैसा व्यवहार है। अधिकांश परिस्थितियों में सूत्र पत्रकार से कुछ पाने की उम्मीद करता है, लेकिन अनेक बार सूत्र केवल इसलिए सूचना दे देता है ताकि उसका सम्पर्क एक पत्रकार से बना रहे। यह उसके लिए आत्म संतोष का एक कारण होता है। कई बार सूत्र अपना मतलब हल करने के लिए पत्रकार को सूचना देता है। ऐसे मामलों में सूत्र अपना स्वार्थ सिद्ध करने के लिए पत्रकार का उपयोग करना चाहता है। ऐसे में पत्रकार को चौकन्ना रहने की आवश्यकता है। अधिकांश सरकारी दफ्तरों में आपसी द्वन्द्व के चलते लोग एक-दूसरे की कमियों को पत्रकारों तक पहुँचाते हैं, लेकिन ये पत्रकार की जिम्मेदारी है कि केवल उन्हीं सूचनाओं को ख़बर बनाए जिनसे व्यापक सामाजिक हित जुड़ा हुआ है क्योंकि किसी व्यक्ति विशेष से दुश्मनी निकालना या उसमें किसी की मदद

करना उसका काम नहीं है।

अपने सूत्र को बनाए रखना और समय-समय पर उसे उसके महत्व का अहसास कराना पत्रकार को आना चाहिए। इसके लिए रिपोर्टर को मिलनसार होना आवश्यक है। अपने सूत्र के नाम को उजागर न करने की जिम्मेदारी भी पत्रकार की है क्योंकि सूत्र जब कोई गोपनीय सूचना उपलब्ध कराता है तो ऐसा वह पत्रकार पर अटूट विश्वास के बाद ही करता है। उसका नाम उजागर होने के बाद सूत्र पर संकट आ सकता है। सूत्र का नाम बताने पर समझिये कि वह सूत्र आपके लिए भविष्य में काम नहीं करेगा। सूत्र को विश्वास में लेकर ही सूचनाओं को उपयोग में लाना चाहिए। विश्वासघात करके पत्रकार स्वयं अपने भविष्य के दरवाजे बन्द कर लेता है।

स्रोत में विविधता

दुनियाभर में मीडिया को अधिकाधिक लोकतांत्रिक बनाए जाने को लेकर विमर्श चल रहे हैं। इसी बहस में मीडिया में विविधता की बात भी उठायी जा रही है। मीडिया में विविधता तभी सुनिश्चित की जा सकती है जब सूचनाओं के स्रोत में विविधता होगी। सत्तर के दशक में प्रसिद्ध मेकब्राइड आयोग की रिपोर्ट में कहा गया था कि जब तक दुनिया में सूचना प्रवाह पर कुछ शक्तिशाली देशों का नियंत्रण रहेगा तब तक विविधतापूर्ण मीडिया की कल्पना करना बेमानी होगा। शोध बताते हैं कि दुनिया की पांच प्रमुख समाचार एजेंसियाँ-रायटर्स, एपी, एएफपी, यूपीआई और तास विश्व सूचनाओं को नियंत्रित करते हैं। मेकब्राइड आयोग ने एशियाई और अफ्रीकी देशों में सूचना समृद्धि की बात जोर-शोर से उठायी थी। आयोग की रिपोर्ट के मुताबिक जब तक गरीब देश अपने सूचना स्रोत विकसित नहीं करेंगे तब तक सूचनाओं का वर्तमान असमान साम्राज्य बरकरार रहेगा। एकतरफा सूचना प्रवाह का उदाहरण इराक युद्ध के दौरान देखने को मिला जब युद्ध की सारी ख़बरें केवल अमरीकी पक्ष को दिखा रही थीं। इराक की स्थिति और उसके नजरिये से ख़बरें केवल अलजजीरा चैनल पर देखने को मिलीं। स्रोत की विविधता इस मायने में भी महत्वपूर्ण है ताकि कुछ लोग सच को दबा न सकें। इसके लिए जरूरी है कि विभिन्न विचारधारा के चैनलों को समाचार प्रसारित करने का मौका दिया जाये और सरकारें अपनी गतिविधियों को पारदर्शी बनाते हुए पत्रकारों कों अधिक छूट दें।

समाचार मूल्य

टेलीविज़न चैनल में ख़बरों का प्रवाह निरंतर बना रहता है। समाचार

एजेंसियाँ और ब्यूरो ऑफिसों के अलावा अनेक ऐसे स्रोत होते हैं जहाँ से ख़बरें आती रहती हैं जबकि बुलेटिन में तो एक निश्चित संख्या में ही ख़बरें दिखाई जाती हैं। अपने समाचार बोध की मदद से पत्रकारों को निरंतर ये फैसले करने पड़ते हैं कि कौन-सा समाचार बुलेटिन में शामिल करने लायक है और कौन-सा नहीं। समन्वय डेस्क के पत्रकार भी समाचार बोध के आधार पर रिपोर्टरों को ये बताते हैं कि कौन-सी घटनाएँ कवर करनी हैं और कौन-सी नहीं। दूसरी तरफ ब्यूरो के रिपोर्टर भी अपनी समाचार समझ का प्रयोग करते हुए यह अनुमान लगाते हैं कि किस समाचार का मूल्य कितना है।

परिभाषा : समाचार मूल्य यानी समाचार का महत्व। दरअसल समाचार मूल्य वे पैमाने हैं जिनके आधार पर पत्रकार और सम्पादक टेलीविज़न चैनलों में ये निर्धारित करते हैं कि किन ख़बरों को कवर किया जाना है और किनको नहीं। ख़बर कवर करने के बाद भी उस समाचार का महत्व यह तय करने में मदद करता है कि उसे हेडलाइन में शामिल करके बुलेटिन में प्रथम स्थान देना चाहिए या बुलेटिन क्रम के बीच में दिखाना चाहिए। इसके अलावा समाचार का पैकेजिंग फार्मेट तय करने में भी समाचार मूल्य को एक प्रमुख आधार बनाया जाता है। जैसे यदि कोई समाचार महत्वपूर्ण नहीं है तो उसे छोटे एक वीओ पैकेज के रूप में एडिट करवाया जा सकता है। जबकि बड़े समाचार मूल्य वाली ख़बर को संभव है दो अलग-अलग पैकेजों में पेश किया जाये।

प्रमुख समाचार मूल्य

1. प्रभाव-मनुष्य स्वभावत: जिज्ञासु है। वह अपने आस-पास के बारे में जानना चाहता है। उसकी वह सब जानने की अधिक इच्छा होती है जो उससे जुड़ा होता है या फिर जिसका उस पर असर पड़ता है। उदाहरण के लिए पेट्रोल की कीमतों में बढ़ौतरी यदि पचास पैसे प्रति लीटर भी होती है तो यह आम लोगों के लिए बड़ी ख़बर बनती है क्योंकि इसका सीधा असर देश के व्यापक समुदाय पर पड़ता है। जबकि दिल्ली में टैक्सी किराये में वृद्धि देशवासियों के लिए ख़बर नहीं है। इसी प्रकार बजट पेश होने के बाद चैनल आम लोगों के इस्तेमाल की वस्तुओं के दाम कम-ज्यादा होने को अपनी पहली ख़बर बनाते हैं क्योंकि इसका सीधा असर करोड़ों लोगों पर पड़ता है। पत्रकार इसके लिए सीधा-सा फार्मूला अपनाते हैं कि प्रभाव यदि अधिक व्यापक है तो ख़बर बड़ी बनेगी और असर यदि सीमित और कम है तो ख़बर संक्षिप्त और छोटी बनेगी।

2. रुचि-कुछ घटनाओं का कोई भी असर सामान्य दर्शक पर नहीं पड़ता लेकिन फिर भी वे उसे देखना पसन्द करते हैं क्योंकि उसमे उनकी रुचि होती

है। ये बिलकुल मानवीय स्वभाव के अनुरूप होता है। जैसे-प्रसिद्ध अभिनेत्री ऐश्वर्या राय की शादी कब और किससे होगी इससे रायपुर के एक युवा पर कोई असर नहीं पड़ने वाला लेकिन ऐश्वर्या राय की फिल्मों का प्रशंसक होने के कारण वह प्रत्येक ऐसी ख़बर में रुचि रखता है जो ऐश्वर्या राय की शादी से जुड़ी हो। इसके अलावा मानवीय रुचि का एक भावनात्मक पक्ष भी होता है जो किसी घटना को समाचार योग्य बनाता है।

उदाहरण के लिए भोपाल की एक झुग्गी बस्ती में छह वर्षीय बालिका के साथ बलात्कार की घटना होती है। रामनवमी के दिन कन्या भोज के बहाने बच्ची को घर से बुलाया गया, उस समय उसके माता-पिता मजदूरी पर गए हुए थे। शाम को जब गायब लड़की रोती-बिलखती घर लौटी तो उसके माता-पिता ने पुलिस में रिपोर्ट की। बच्ची के मेडिकल टेस्ट ने घटना की पुष्टि कर दी। उपरोक्त समाचार मानवीय संवेदनाओं को उद्वेलित करता है क्योंकि एक बच्ची के साथ दुराचार दर्शकों को अन्दर तक झकझोर देता है।

3. असाधारणता-सामान्य घटनाएँ हमें आकर्षित नहीं करती, जबकि जीवन के किसी भी पहलू में असामान्यता तुरन्त ख़बर बन जाती है। जैसे एक लड़के और लड़की की शादी कोई नयी ख़बर नहीं है लेकिन दो लड़कियाँ यदि घर से भागकर आपस में विवाह कर लेती हैं तो यह असाधारण घटना कही जायेगी। स्वाभाविक रूप से दर्शकों में यह सूचना एक कौतुहल पैदा करेगी। इसी प्रकार अगर साठ वर्ष की एक महिला एक बच्चे को जन्म दे तो यह अप्रत्याशित घटना मानवीय जिज्ञासा को जगा देती है। दरअसल, ऐसे मामलों में सूचना का नया और अनोखा होना उसे ख़बर बनाता है। उड़ीसा का साढे चार वर्षीय बुधिया जब पैंसठ किलोमीटर की दौड़ लगाकर एक रिकॉर्ड कायम करता है तो सारे देश की निगाहें उसकी तरफ लग जाती हैं। सामान्यतः इतने छोटे बच्चे से ऐसी उम्मीद नहीं की जा सकती।

4. नकारात्मकता-पत्रकारिता जगत में कहा जाता है कि बुरी ख़बर अच्छी ख़बर होती है। अक्सर पत्रकारों पर यह आरोप लगाया जाता है कि वे समाज में होने वाली केवल नकारात्मक घटनाओं को ही समाचार बनाते हैं। दरअसल ये भी उतना ही बड़ा सच है कि मनुष्य का ध्यान नकारात्मक घटनाओं की तरफ सहज ही जाता है। शहर में यदि सब कुछ ठीक-ठाक चल रहा है तो यह शांति कोई समाचार नहीं है क्योंकि शांति की अपेक्षा तो रहती ही है, लेकिन किसी कारणवश यदि दंगे हो जाएँ तो यह एक बड़ी ख़बर बनेगी। ऐसी सभी ख़बरें जो अपराध, भ्रष्टाचार और दुर्घटनाओं से जुड़ी हैं, नकारात्मकता लिए होती हैं और

खूब दिखाई जाती हैं।

5. समीपता-मानवीय आदत है कि वह अपने आस-पास की घटनाओं से अधिक जुड़ता है, उनके बारे में सोचता है और अधिक जानना चाहता है। भले ही वे घटनाएँ कम महत्वपूर्ण ही क्यों न हों। जयपुर शहर में एक हत्या की घटना पटना के लोगों के लिए उतनी बड़ी ख़बर नहीं बनती जितनी कि जयपुरवासियों के लिए। जब तक कि मरने वाला व्यक्ति राष्ट्रीय स्तर पर चर्चित न हो। इसी प्रकार अपने मोहल्ले में एक महिला के गले से चैन झपटने की छोटी-सी घटना में हमारी रुचि अधिक होती है जबकि टोकियो में हुई दुर्घटना में पचास लोगों की मरने की ख़बर से हम उतना उद्वेलित महसूस नहीं करते। समीपता केवल भौगोलिक ही नहीं बल्कि मानसिक भी होती है। उदाहरण के लिए जब फिजी में भारतीय मूल के प्रधानमंत्री महेन्द्र चौधरी को सत्ता से बेदखल कर कैद कर लिया गया था तो यह घटना भारतीय चैनलों पर बड़ी ख़बर बनी थी। क्योंकि फिजी से भारतीय सैकड़ों मील दूर होते हुए भी मानसिक तल पर जुड़े हुए हैं।

6. विशिष्ट व्यक्ति-प्रसिद्ध हस्तियों से जुड़ी छोटी बातें भी बड़ी ख़बर बनती हैं। ऐसा विश्वास है कि दर्शक उनको जानना चाहते हैं। प्रधानमंत्री कार्यकाल में अटल बिहारी वाजपेयी के घुटने के ऑपरेशन की ख़बरें कई दिनों तक चैनलों पर छाई रहीं। इसी प्रकार सुपरस्टार अमिताभ बच्चन का ऑपरेशन भी आम लोगों की बड़ी ख़बर थी। इसी प्रकार मशहूर क्रिकेटर सचिन तेन्दुलकर का जन्मदिन राष्ट्रीय समाचार बनाया जाता है। जेसिका लाल हत्याकांड में क्योंकि एक सांसद का बेटा आरोपी था इसलिए इसे भी राष्ट्रीय स्तर की ख़बर बनाया गया। लेकिन कई बार लगता है कि विशिष्ट व्यक्तियों से जुड़ी गैर जरूरी बातों को भी बढ़ा-चढ़ाकर बड़ी ख़बर के रूप में पेश किया जाता है जिसकी जरूरत नहीं होती।

7. विवाद या भिड़न्त-जब-जब जीवन में विवाद जन्म लेता है तो वह ख़बर बन जाता है। राष्ट्रीय एवं अंतराष्ट्रीय स्तर पर अधिकांश समाचार दरअसल विवाद की रिपोर्टिंग ही हैं। चाहे भारत-पाकिस्तान विवाद हो या इजराईल-फिलिस्तीन मसला। सब ख़बरों की जड़ में कोई न कोई झगड़ा है। युद्ध, दंगे और अधिकांश अपराधों के मूल में विवाद हैं। इसी प्रकार जहाँ दो या दो से अधिक पक्ष किसी मसले पर आमने-सामने हैं वहाँ लोगों के मन में और अधिक जानने की इच्छा पैदा हो जाती है। सभी खेलों, राजनैतिक लड़ाईयों तथा चुनावों में द्वन्द्व मौजूद होता है। एक प्रकार की भिड़न्त है, टकराव है जिसके परिणाम को लेकर लोगों के बीच उत्सुकता, बेचैनी बनी रहती है। इसी अनिश्चितता और कौतुहल के कारण

ये घटनाएँ ख़बरें बनती हैं।

मिस इंडिया वर्ल्ड 2004 का ताज लक्ष्मी पंडित को पहनाया गया लेकिन इसके तुरन्त बाद वे विवाद में घिर गयीं। आरोप था वे विवाहित हैं और उन्होंने गलत तरीके से इस प्रतियोगिता में भाग लिया। आखिरकार लक्ष्मी पंडित को अपना खिताब वापस लौटाना पड़ा और प्रतियोगिता की दूसरी उपविजेता रही सियाली भगत को मिस इंडिया वर्ल्ड 2004 घोषित किया गया। उपरोक्त ख़बर में यदि लक्ष्मी पंडित विवादों में नहीं घिरती तो शायद यह प्रतियोगिता इतनी बड़ी ख़बर नहीं बनती।

8. निरंतरता-कई बार घटनाएँ एक निरंतर क्रम में कई दिनों तक चलती रहती हैं। रुक-रुक कर लोग उसके बारे में उत्सुक बने रहते हैं और ऐसे में चैनलों को भी इन सूचनाओं को समय-समय पर प्रसारित करना पड़ता है। उदाहरण के लिए शान्ति निकेतन के विश्व भारती विश्वविद्यालय के संग्रहालय से गुरूदेव रवीन्द्रनाथ टैगोर का नोबेल पदक चोरी हो गया। यह ख़बर सभी चैनलों पर प्रमुख सुर्खी बनी। बाद में इस घटना की सीबीआई जांच के आदेश दिये गए। कई दिनों बाद नोबेल चोरी से संबंधित कोई भी सूचना देने वाले व्यक्ति को दस लाख रुपया ईनाम देने की घोषणा का समाचार आया और उसके बाद इस चोरी के सिलसिले में एक कर्मचारी की गिरफ्तारी की ख़बर भी दिखाई गई। इस प्रकार एक प्रमुख घटना का सिलसिला कई दिन तक चलता है जिसे लगातार निरंतरता क साथ चैनलों को कवर करना पड़ता है। ऐसे में बाद में घटित होने वाली छोटी घटनाएँ भी प्रमुख बनी रहती हैं।

9. प्रतिस्पर्द्धा-आजकल टेलीविज़न समाचार चैनलों के बीच होड़ भी यह तय करने में महत्वपूर्ण भूमिका निभा रही है कि कौन-सी ख़बर प्रमुख है और कौन-सी नहीं। ख़बरों को सबसे पहले दिखाने के चक्कर में चैनलों में एक प्रकार की भेड़ चाल देखी जा सकती है। अगर कोई प्रमुख चैनल किसी ख़बर को कवर करने जा रहा है तो बाकी भी उसी दौड़ में शामिल हो लेते हैं। इस प्रकार कई बार फालतू समाचारों को भी जरूरत से अधिक तूल दे दिया जाता है। उदाहरण के लिए कई राष्ट्रीय समाचार चैनल मध्यप्रदेश के एक ऐसे व्यक्ति का दिनभर लाइव प्रसारण करते रहे जिसने घोषणा की थी कि ज्योतिषी के मुताबिक उसकी मौत उसके जन्मदिन पर नियत समय पर होगी और वह व्यक्ति घर छोड़कर दिनभर अपनी मौत की प्रतीक्षा करता रहा। लेकिन मौत नहीं आई और शाम को वो व्यक्ति ये कहकर वापस लौट आया कि शायद उसकी पत्नी की पूजा-अर्चना के कारण होनी टल गई। नियति टली हो या नहीं लेकिन इस

घटना के सीधे प्रसारण ने टेलीविज़न चैनलों की भेड़ चाल को उजागर कर दिया।

10. सामयिकता-चौबीस घंटे समाचारों के दौर में सामयिकता का महत्व पहले से कहीं अधिक बढ़ गया है। सूचनाओं की सामयिकता भी पल-पल बदल रही है। दर्शक भी देखना चाहते हैं कि ठीक उसी समय क्या हो रहा है। उपग्रह प्रसारण की मदद से अब समाचार चैनल आसानी से घटनाओं का सजीव प्रसारण करने लगे हैं। यह संभव है कि एक घंटे पहले प्रसारित किया गया समाचार एक घंटे बाद अपनी सामयिकता खो दे। उदाहरण के लिए राजनैतिक उथल-पुथल के दौर में घटनाएँ कुछ इस प्रकार बदलती हैं।

- रात 12.00 बजे-बागी विधायकों की बैठक हुई।
- सुबह 2.00 बजे-बागी विधायकों ने अपना नेता चुन लिया।
- सुबह 10.00 बजे-बागी विधायकों ने राज्यपाल से मिलकर सरकार के लिए जरूरी बहुमत होने का दावा किया।
- सुबह 11.00 बजे-राज्यपाल ने सरकार बनाने के लिए बागी विधायकों के नेता को आमंत्रित किया।
- शाम 5.00 बजे-नये मुख्यमंत्री ने शपथ ली।

उपरोक्त घटनाक्रम के दौरान पत्रकारों को सूचना की सामयिकता पर विशेष ध्यान देना पड़ता है। पल-पल बदलते घटनाक्रम में ये सबसे अधिक महत्वपूर्ण होता है कि इस समय की नयी ख़बर क्या है और उसी के अनुरूप ख़बरों के क्रम को तय किया जाता है।

टेलीविज़न समाचार मूल्य : पत्रकारिता के माध्यम के रूप में टेलीविज़न समाचार-पत्रों से भिन्न है। क्योंकि टेलीविज़न की प्राथमिकताएँ और आवश्यकताएँ अलग होती हैं और समाचारों के चयन में इन प्राथमिकताओं का असर साफ दिखाई देता है। इसका यह अर्थ कतई नहीं है कि टेलीविज़न पत्रकार अन्य समाचार मूल्यों का ध्यान नहीं रखते हैं बल्कि निम्नलिखित समाचार मूल्य तो अतिरिक्त हैं।

1. टेलीविज़न एक दृश्य माध्यम है इसलिए इसमें ऐसे समाचारों को अधिक महत्व दिया जाता है जिनकी तस्वीरें आकर्षक होती हैं। उदाहरण के लिए फैशन और फिल्म से संबंधित ख़बरों को दूसरों की तुलना में आसानी से चुन लिया जाता है और अधिक समय तक दिखाया जाता है।
2. समाचार पत्रों की तुलना में टेलीविज़न बुलेटिन केवल बारह से पन्द्रह

समाचार ही दिखाता है। ख़बरों की सीमित संख्या टेलीविज़न चैनल में समाचारों की चयन प्रक्रिया को काफी सख्त बना देती है।

3. टेलीविज़न समाचारों में मनोरंजकता को अधिक महत्व दिया जाता है, क्योंकि आज भी मध्यमवर्गीय परिवारों में टेलीविज़न सूचना का कम और मनोरंजन का माध्यम अधिक है। इसीलिए पत्रकार समाचारों को 'सूचनारंजन' के रूप में परोस रहे हैं। गंभीर राजनैतिक समाचारों को भी मनोरंजक बनाया जा रहा है, इसी कारण मानवीय रुचि, लाइफ स्टाइल, फिल्म और फैशन से जुड़ी ख़बरें टेलीविज़न के लिए अधिक उपयुक्त साबित हो रही हैं।
4. टेलीविज़न में विचारों और प्रक्रियाओं की तुलना में ऐसी वास्तविक घटनाओं को अधिक महत्व दिया जाता है जिनमें गतिमान तस्वीरें उपलब्ध हो सकें। यही कारण है कि खेल, आन्दोलन या दुर्घटनाएँ टेलीविज़न में बड़ी ख़बर बनती हैं।
5. टेलीविज़न चैनल ख़बरों के लिए अपने रिपोर्टरों पर निर्भर करते हैं। बहुत कम मौके ऐसे आते हैं जब चैनल न्यूज़ ऐजेन्सियों से मिलने वाली ख़बरों से काम चलाते हैं। जबकि समाचार पत्रों में बड़ी तादाद एजेन्सी समाचारों की होती है। चैनलों में एक्सक्लूजिव समाचारों का दबाव बढ़ती प्रतिस्पर्द्धा के कारण भी है।

समाचार मूल्यों के बदलते आयाम : पूरी दुनिया में बाजार के दबाव के चलते टेलीविज़न समाचारों के मूल्यों में तेजी से बदलाव देखा जा रहा है। ख़बरों में गंभीरता कम हो रही है और महत्वपूर्ण राष्ट्रीय-अन्तरराष्ट्रीय मुद्दों के स्थान पर ख़बरें स्थानीय हल्के-फुल्के मसलों पर केन्द्रित हो रही हैं। राजनीति और अर्थ जगत के समाचारों के साथ-साथ अब प्रमुख हस्तियों से जुड़े समाचारों, मानवीय रुचि की घटनाओं और मनोरंजन जगत को ख़बरों का केन्द्र बिन्दु बनाया जा रहा है। साफ शब्दों में कहें तो टेलीविज़न समाचारों का भी **टेबलॉयडीकरण** हो रहा है। अब सेलीब्रिटी, सेक्स, सनसनी, स्कैंडल, अधिक ख़बर बनाए जाते हैं।

दरअसल ये परिवर्तन टेलीविज़न समाचारों की विषय-वस्तु पर बाजार के बढ़ते दबाव को दर्शाते हैं। हालांकि बाजार समर्थक लोग ये कहते हैं कि जैसा दर्शक पसन्द करेगा वैसा ही वे दिखाएँगे। लेकिन जांच-पड़ताल से पता चलता है कि यह परिवर्तन टीआरपी हासिल करने के नित नये हथकंडों का परिणाम है। अब टेलीविज़न समाचार उत्पाद बना दिये गए हैं और बाजार समीकरण ही उसका स्वरूप तय कर रहे हैं। शायद भविष्य में सबसे प्रमुख समाचार मूल्य

बाजार में बिकना हो जायेगा। यदि किसी भी समाचार को कम कीमत में बनाकर बाजार में बेचा जा सकता है और उसके लिए अधिक विज्ञापनदाता उपलब्ध हों तो वह बड़ा समाचार है।

टेलीविज़न कार्यक्रमों के रूप

दृश्य माध्यम होने के साथ-साथ प्रवाह (FLOW) का माध्यम भी है। फ्लो का अर्थ यहाँ इसके एक रेखीय होने से है। यदि हम समाचार-पत्रों को देखें तो उसमें पाठक अपनी पसन्द के हिसाब से समाचारों का चयन करके पढ़ सकता है। यानी यदि वह क्रिकेट में रुचि रखता है तो सीधे खेल पृष्ठ पढ़ सकता है और उसे बिजनेस के समाचार पढ़ने हैं तो वह तुरन्त पन्ने बदलकर बिजनेस के पेजों पर जा सकता है। अखबार की इस प्रकृति से पाठक को स्वतंत्रता मिलती है। वह कब, कौन-सा समाचार कितना पढ़े। लेकिन ऐसा टेलीविज़न में संभव नहीं है। टेलीविज़न में उसे समाचारों को उसी क्रम में देखना होगा जिस क्रम में निर्माता उसे दिखाता है। यानी टेलीविज़न के कार्यक्रम एक निश्चित क्रम में फ्लो के जरिये दर्शक के सामने एक के बाद एक आते जाते हैं और इसमें दर्शक की पसन्द महत्वपूर्ण नहीं है बल्कि निर्माता स्वयं अपना क्रम तय करते हैं। हालांकि वह कार्यक्रम का शेड्यूल बनाने में दर्शक के समय का ध्यान रखते हैं। लेकिन 30 मिनिट के बुलेटिन में यदि दर्शक चाहे कि वह सीधा खेल समाचारों पर चला जाये तो ऐसा संभव नहीं है। हालांकि उसके पास विभिन्न चैनलों की एक पसन्द है, वह चैनल बदल सकता है और पसंद के चैनल पर मनचाहे समय तक रुक सकता है। लेकिन चैनल सर्फिंग के दौरान भी उसे चैनल विशेष पर वही सब कुछ देखना होता है जो एक चैनल निर्माता तय करता है। इस प्रकार देखा जा सकता है कि टेलीविज़न अपने कार्यक्रमों को एक विशेष अंदाज में पेश करता है। उसकी एक शुरूआत होती है और उसका एक अंत भी होता है जिसके बीच में दर्शक को विज्ञापन भी झेलने पड़ते हैं। दरअसल, टेलीविज़न कार्यक्रम का यह क्रम (FLOW) माध्यम और दर्शक के बीच रिश्ते को तय करने में महत्वपूर्ण भूमिका निभाता है।

टेलीविज़न ने अपनी जरूरत के हिसाब से अनेक कार्यक्रम फार्मेटों को जन्म दिया है। कुछ कार्यक्रम उसने रेडियो से लिये हैं, जबकि दृश्य प्रधान माध्यम होने के नाते कुछ फार्मेट उसके अपने हैं। मोटे तौर पर टेलीविज़न के कार्यक्रमों को हम दो भागों में विभक्त कर सकते हैं–

1. कथा आधारित कार्यक्रम-टेलीविज़न पर दिखाये जाने वाले कार्यक्रमों का बड़ा हिस्सा कथा, कहानी और किस्सों पर आधारित होता है क्योंकि एक

घरेलू माध्यम होने के नाते टेलीविज़न मूलतः मनोरंजन का साधन है और परिवार के सभी सदस्य हर दिन टेलविज़न को मनोरंजन के लिए अधिक देखते हैं। अधिकांश मनोरंजक कार्यक्रम काल्पनिक कथाओं पर आधारित होते हैं। भारतीय टेलीविज़न पर फिल्म आधारित सामग्री भी अधिक मात्रा में दिखाई जाती है। इस प्रकार के कार्यक्रम, धारावाहिक, टेलीफिल्म, कॉमेडी शो, सीरीज इत्यादि के रूप में देखे जा सकते हैं।

भारत में धारावाहिकों का इतिहास 1984 से शुरु होता है। जब 'हम लोग' नामक पहला धारावाहिक दूरदर्शन पर दिखाया जाता है। उसके बाद 'बुनियाद', खानदान, भारत एक खोज, तमस आदि अनेक धारावाहिक बनाए गए। धारावाहिकों में कहानी एक ऐपीसोड में खत्म न होकर लगातार ऐपीसड दर ऐपीसोड धीरे-धीरे आगे बढ़ते हैं। जबकि सीरीज में कहानी हर ऐपीसोड में खत्म हो जाती है, लेकिन उन्हीं पात्रों और पृष्ठभूमि के साथ अगले ऐपीसोड में फिर नयी कहानी पेश की जाती है। 'देख भाई देख', और 'जबान संभाल के' इसके अच्छे उदाहरण हैं। बाद में 'रामायण' और 'महाभारत' जैसे पौराणिक धारावाहिक बनाए गए, जिन्होंने काफी सफलता हासिल की। नब्बे के बाद कथा आधारित कार्यक्रमों में नये प्रयोग किये गए और स्वाभिमान और शान्ति जैसे डेली सॉप ने रोजाना दिखाये जाने वाले धारावाहिकों का युग शुरू किया। दूरदर्शन पर लम्बे समय से केवल टेलीविज़न के लिए बनायी जाने वाली टेलीफिल्मों का भी प्रसार किया जाता रहा है। सन् 2000 के बाद स्टार प्लस पर दिखाये जाने वाले एकता कपूर के धारावाहिकों ने लोकप्रियता के नये कीर्तिमान स्थापित किये।

2. वास्तविकता आधारित कार्यक्रम-वास्तविक जीवन की घटनाओं को उसी रूप में दर्शाने वाले कार्यक्रम इस श्रेणी में आते हैं। समाचार, वृत्तचित्र, सभी प्रकार के टॉक शो, गेम शो और सीधे प्रसारण वास्तविकता आधारित कार्यक्रम हाते हैं। इन कार्यक्रमों का उद्देश्य मनोरंजन के स्थान पर सूचना देना और ज्ञानवर्धन करना होता है। इनके निर्माण में भी वे सभी सावधानियाँ बरती जाती हैं जिनसे वास्तविकता को हूबहू पेश किया जा सके। अनेक बार रोचकता का तत्व न होने के बावजूद इस प्रकार के कार्यक्रम दर्शकों द्वारा केवल इसलिए पसन्द किये जाते हैं क्योंकि वे सूचनाप्रद होते हैं।

देश में टेलीविज़न समाचारों की शुरूआत दूरदर्शन पर 60 के दशक में ही हो गई थी। लेकिन समसामयिक मसलों पर टॉक शो, फीचर और वृत्तचित्र अस्सी के दशक में टेलीविज़न पर दिखाये जाने लगे। जबकि सीधे प्रसारण की देश में लम्बी परम्परा रही है। टेलीविज़न समाचारों में निजी चैनलों के आने के बाद

काफी विकास हुआ। निजी चैनलों ने विभिन्न प्रकार के समसामयिक कार्यक्रमों के निर्माण में भी काफी रचनात्मकता दिखाई और नये टेलीविज़न फार्मेट ईजात किये। उदाहरण के लिए 'आपकी अदालत' और 'जीना इसी का नाम' है जैसे कार्यक्रम किसी भी पारंपरिक फार्मेट में फिट नहीं होते। टॉक शो अक्सर दो व्यक्तियों के बीच समकालीन गम्भीर मुद्दों पर बनाया जाता है। लेकिन चैट शो हल्के-फुल्के मनोरंजक विषयों पर अनौपचारिक माहौल में फिल्माया जाता है। स्टुडिया डिस्कशन के प्रोग्राम में इन दिनों विशेषज्ञों के अलावा आम दर्शकों की भी भागीदारी होती है। स्टुडियो में बैठे दर्शकों को भी प्रश्न पूछने की अनुमति होती है। समसामयिक मसलों पर बनने वाले कार्यक्रमों में 'हम लोग', 'मुकाबला', 'सीधी बात', 'आपकी अदालत' जैसे कार्यक्रम उल्लेखनीय हैं। जबकि हास्य व्यंग्य पर आधारित कुछ कार्यक्रमों ने भी अपनी अलग पहचान बनाई है। आम जीवन की वास्तविक घटनाओं को आधार बनाकर कई समाचार चैनल हास्य कार्यक्रम भी दिखाते हैं। अक्सर राजनीति पर तीखे व्यंग्य करने वाले इन कार्यक्रमों में व्यंग्य पत्रकारिता की झलक देखी जा सकती है। एनडीटीवी के 'गुस्ताखी माफ' और स्टार न्यूज़ के 'पोल-खोल' कार्यक्रम इस संदर्भ में उल्लेखनीय हैं।

टेलेंट हंट शो की शुरूआत 'सारेगामापा' और 'वूगी-वूगी' जैसे कार्यक्रमों से हुई लेकिन 'कौन बनेगा करोड़पति' ने गेम शो के इतिहास में सबसे अधिक प्रसिद्धि पाई। रियेलिटी शो की श्रेणी में 'इंडियन आइडियल' कार्यक्रम उल्लेखनीय है। वास्तविकता आधारित कार्यक्रमों में रियेलिटी शो काफी विविधता भरे हैं। इनमें कुछ खेल आधारित हैं जबकि कुछ कार्यक्रमों में भागीदारों को अपनी प्रतिभा या अजीबों गरीब करतब दिखाने की वजह से दर्शक पसन्द करते हैं। जैसे 'शाबास इंडिया' कार्यक्रम में ऐसे लोगों को प्रस्तुति देने का मौका मिलता है जो अचरज भरा होता है। इसी प्रकार विदेशी कार्यक्रम फीयर फेक्टर का भारतीय संस्करण भी दिखाया जाने लगा है।

अभ्यास कार्य

- किसी वास्तविक घटना को आधार बनाकर टेलीविज़न के विभिन्न फार्मेटों के अनुरूप समाचार स्क्रिप्ट लिखें और विश्लेषण करें कि क्या छह ककारों को उसमें शामिल किया गया।
- टेलीविज़न बुलेटिन देखते हुए समाचारों के स्रोतों को पहचानने का अभ्यास करे। ये ढूंढने का प्रयास करें कि क्या रिपोर्टर ने समाचार के सभी संभावित स्रातों का उपयोग किया है और स्रातों के चुनाव में

किसी प्रकार के पूर्वाग्रह तो नहीं हैं।

- बुलेटिन में शामिल समाचारों के समाचार मूल्य पहचाने का अभ्यास करें। ये पता लगाएँ कि हेडलाइन में शामिल समाचारों की क्या विशेषता है।
- समाचार-पत्र से किन्हीं 10-12 समाचारों को उनके मूल्य के आधार पर क्रमवार एक समाचार बुलेटिन के रूप में जंचाएँ।
- वर्तमान में प्रसारित किए जा रहे विभिन्न कार्यक्रमों की एक सूची तैयार करें और फार्मेट के आधार पर उनका वर्गीकरण करें।

अध्याय छह

टेलीविज़न रिपोर्टिंग

टेलीविज़न समाचार चैनल को देश-दुनिया की ख़बरें एकत्रित करने के लिए अपने ब्यूरो ऑफिस बनाने की आवश्यकता पड़ती है। अधिकांश चैनलों ने अपने ब्यूरो राज्यों की राजधानियों में बनाए हुए हैं। लेकिन पूर्वोत्तर राज्यों को कवर करने के लिए केवल एक ब्यूरो असम की राजधानी गुवाहाटी में स्थापित किया गया है। सन् 2000 से पहले समाचार चैनलों के ब्यूरो ऑफिसों की संख्या इतनी नहीं थी। विशेष ख़बरों को कवर करने के लिए आसपास के रिपोर्टर को ही घटनास्थल पर भेजा जाता था। देश की प्रमुख राजधानियों जैसे दिल्ली, मुम्बई, कोलकाता, बैंगलोर, चैन्नई इत्यादि में ही रिपोर्टर होते थे। लेकिन बाद में प्रतिस्पर्द्धा बढ़ने और कैमरों की कीमत घटने के कारण ब्यूरो कार्यालयों की संख्या में भी निरंतर बढ़ोतरी होती चली गई। वर्तमान में समाचार चैनलों के ब्यूरो ना केवल राज्यों की राजधानियों में हैं बल्कि किसी राज्य के अन्य बड़े शहरों में भी अलग से संवाददाता रखे हुए हैं।

समाचार ब्यूरो का महत्व

नि:संदेह ब्यूरो ऑफिसों की संख्या बढ़ाने का सीधा अर्थ है चैनल के खर्च में बढ़ौतरी। लेकिन सबसे पहले नवीनतम समाचारों को इकट्ठा करने और दिखाने की होड़ में आगे निकलने के लिए अधिकाधिक अपने रिपोर्टर होना आवश्यक है। इन प्रतिस्पर्द्धा के कारण अब समाचार चैनल ब्यूरो ऑफिस के अलावा बड़ी संख्या में जिला मुख्यालयों पर भी अंशकालिक संवाददाता (स्ट्रिंगर) नियुक्त कर रहे हैं। इस संवाददाताओं को किसी भी स्टोरी को कवर करने से पहले उसकी अनुमति मुख्यालय से लेना पड़ती है और प्रति स्टोरी ही इन लोगों को भुगतान होता है। ब्यूरो ऑफिस की संरचना (ब्यूरो प्रमुख, दो रिपोर्टर, दो कैमरा पर्सन, लाइट/ऑडियो, एडिटर, तकनीकी सहयोग, सहायक, ओबी वैन)

कुछ साल पहले तक किसी ब्यूरो ऑफिस में केवल एक रिपोर्टर और उसकी कैमरा टीम ही होती थी लेकिन अब प्रांतीय राजधानियों के ब्यूरो काफी विस्तार ले चुके हैं। किसी राज्य ब्यूरो में एक ब्यूरो प्रमुख, दो रिपोर्टर, कम-से 'कम दो कैमरा टीमें और सहयोगी कर्मचारी होते हैं। अब ये ब्यूरो केवल न्यूज़ कवरेज करने का ही काम नहीं करते। मेहमानों की चर्चा का सीधा प्रसारण भी करते हैं। सेटेलाइट के माध्यम से सीधे मुख्यालय से जुड़े सभी ब्यूरो ऑफिस निरंतर ख़बरों की फीड भेजते रहते हैं। ब्यूरो में एक छोटा स्टूडियो भी होता है जहाँ से किसी मसले पर संक्षिप्त चर्चा का सीधा प्रसारण किया जा सकता है। अनेक ब्यूरो एडिटिंग सुविधायुक्त भी हैं जिसकी मदद से अब शूट टेप या असंपादित विजुअल के स्थान पर एडिटिड न्यूज़ पैकेज मुख्यालय भेजे जाते हैं जिसमें रिपोर्टर का ही वॉयस ओवर और स्क्रिप्ट होती है। इसका एक लाभ ये भी हुआ कि मुख्यालय की टीम पर काम का दबाव घट गया है। ब्यूरो टेलीफोन, सैटलाइट लिंक, फैक्स, ईमेल, आदि से सीधे मुख्यालय से जुड़े रहते हैं।

अधिकांश चैनलों ने आर्थिक राजधानी और मनोरंजन नगरी में अपने सुपर ब्यूरो स्थापित किए हुए हैं। इन ब्यूरो की संरचना एक छोटे समाचार चैनल की ही तरह है। हर प्रकार की प्रसारण सुविधाओं से सुसज्जित ये ब्यूरो दरअसल टेलीविज़न समाचार चैनल के एक एक्सटेंशन के रूप में कार्य करते हैं। चैनल कई बुलेटिनों को सीधे प्रसारित करते हैं। एक छोटे स्टूडियो के अलावा मुम्बई ब्यूरो में कई दर्जन पत्रकार-दिन-रात काम करते हैं। बड़े चैनलों ने तो अपने रिपोर्टर दुनिया के प्रमुख देशों की राजधानियों में नियुक्त किये हुये हैं। इस मामले में सीएनएन और बीबीसी वर्ल्ड का नेटवर्क सबसे बड़ा है। कुछ भारतीय चैनलों ने भी लंदन और न्यूयार्क में अपने संवाददाता रखे हुए हैं। जब-जब कोई महत्वपूर्ण घटना अन्य देशों में घटित होती है, भारतीय चैनल अपने रिपोर्टर वहाँ कवरेज के लिए भेजते हैं। संयुक्त राष्ट्र सम्मेलन और क्रिकेट विश्व कप, इराक युद्ध, अफगानिस्तान के खिलाफ अमेरिकी हमले जैसी महत्वपूर्ण घटनाओं को कवर करने के लिए अधिकांश भारतीय चैनलों ने अपने रिपोर्टर भेजे थे।

ब्यूरो की कार्यप्रणाली

छोटा होने के बावजूद ब्यूरो को सभी सदस्यों को मिलकर काम करना पड़ता है क्योंकि उनके सामने सबसे बड़ी चुनौती है पूरे राज्य की प्रमुख ख़बरों को बिना देरी किए मुख्यालय तक भेजना। भारत के अधिकांश राज्य इतने बड़े हैं कि उनमें एक स्थान से दूसरे स्थान तक जाने में ही दस घंटे लग सकते हैं। ऐसे में बहुत ही कम साधनों में पूरे राज्य को कवर करना दुरूह कार्य है ब्यूरो

प्रमुख सुबह सवेर दिनभर घटित होने वाली घटनाओं की सूची पर विचार करता है और संपादकीय बैठक में पूरे दिन के काम का बंटवारा किया जाता है। दरअसल, एक दिन पहले ही अगले दिन की अपेक्षित घटनाओं की सूची तैयार कर ली जाती है। लेकिन समस्या तब आती है जब अनपेक्षित रूप से कोई घटना या दुर्घटना घटित हो जाती है और वो राजधानी से बहुत दूर होती है। ऐसे मौकों पर एक रिपोर्टर को तुरन्त घटनास्थल के लिए रवाना किया जाता है। दूसरा रिपोर्टर राजधानी में ही अन्य जानकारी जुटाता है। उदाहरणस्वरूप मध्यप्रदेश के खंडवा में यदि कोई दुर्घटना हो जाती है तो राजधानी भोपाल स्थित ब्यूरो प्रमुख को चाहिए कि वो सबसे पहले खंडवा के समीप के रिपोर्टर को इसकी ख़बर दे। ऐसा भी हो सकता है कि खंडवा स्थित स्ट्रिंगर या इंदौर स्थित अन्य रिपोर्टर ने ही ये जानकारी भोपाल के ब्यूरो प्रमुख को दी हो। यदि रेल दुर्घटना बड़ी है जिसमें मरने वालों की संख्या अधिक है तो ब्यूरो प्रमुख स्वयं या सहयोगी को तुरन्त दुर्घटना स्थल की और रवाना कर देता है। दुर्घटना की गंभीरता को देखते हुए यदि उसकी लाइव रिपोर्टिंग करने का फैसला किया जाता है तो ओ.बी.वैन को भी दुर्घटना स्थल की तरफ भेज दिया जाता है। शोध बताती है कि चैनलों पर प्रसारित राज्यों की ख़बरों का बड़ा हिस्सा राजधानियों से ही तैयार किया जाता है। रिपोर्टर राजधानी या बड़े शहर छोड़कर अधिकांश तभी कस्बों या गाँवों में जाते हैं जब कोई दुर्घटना, सनसनीखेज अपराध घटित होते हैं या फिर उन्हें कोई रोचक समाचार मिलने की उम्मीद हो।

समाचार ब्यूरो केवल समाचारों को एकत्रित करने का काम नहीं करते बल्कि चैनल मार्केटिंग के प्रतिनिधि भी ब्यूरो के अभिन्न अंग होते हैं। ये लोग सुनिश्चित करते हैं कि चैनल उस राज्य के सभी इलाकों में भली भांति दिखाया जा रहा है या नहीं। इसके लिए मार्केटिंग विभाग समय-समय पर केबल ऑपरेटरों की बैठक कर उनसे तालमेल बनाए रखता है। विपणन विभाग उस राज्य में चैनल रखने के लिए विज्ञापन जुटाने का काम भी करता है। उनका काम राज्य में, चैनल की दर्शकता के बारे में उद्योगपतियों को बताकर उन्हें चैनल पर विज्ञापन दिखाने के लिए राजी करना होता है। प्रतिस्पर्द्धा के वर्तमान युग में जब मार्केटिंग कुछ हद तक चैनल की ख़बर नीति को भी प्रभावित करने लगी है। इसे पत्रकारों के लिए नजरअंदाज करना कठिन होता जा रहा है। मार्केटिंग का व्यक्ति निरंतर राज्य में चैनल की घटती-बढ़ती टीआरपी पर निगाह रखता है और चैनल की दर्शक संख्या बढ़ाने के लिए निरंतर सुझाव देता है।

ब्यूरो प्रमुख ना केवल राज्य के प्रमुख समाचारों की रिपोर्टिंग का दायित्व

निभाता है बल्कि उसके कंधों पर जिला मुख्यालयों में फैले स्ट्रिंगरों को भी एक सूत्र में पिरोने का जिम्मा होता है। ये अंशकालिक संवाददाता समय-समय पर अपने स्टोरी आइडिया ब्यूरो में भेजते रहते हैं और स्टोरी आइडिया पसंद आने पर ब्यूरो प्रमुख स्ट्रिंगर को उसे शूट करने की अनुमति प्रदान करता है। कई बार ब्यूरो से भी अंशकालिक संवाददाताओं को स्टोरी विशेष कवर करने के निर्देश दिए जाते हैं। दरअसल राज्य ब्यूरो के जरिए समाचार चैनल पूरे प्रांत में अपने कारोबार को सुचारू रूप से चलाते हैं।

पीस टू कैमरा

अंग्रेजी भाषा के इस शब्द का अर्थ है कैमरे के सामने बोला गया ऐसा कोई भी वक्तव्य जिसके जरिये रिपोर्टर या एंकर अपनी बात कहता है। पीटीसी टेलीविज़न पत्रकारिता में इस्तेमाल होने वाले सबसे लोकप्रिय शब्दों में से एक है। हरेक नये रिपोर्टर की ये इच्छा रहती है कि वो भी कैमरे के सामने चैनल का लोगो लगा माईक़ हाथ में पकड़कर घटना स्थल से पीटीसी करे। सामान्यतया टेलीविज़न रिपोर्टर पर्दे के पीछे रहकर दर्शकों तक अपनी रिपोर्ट भेजता है और दर्शक उसकी आवाज और नाम ही जान पाते हैं। लेकिन विशेष अवसरों पर पीटीसी के जरिए रिपोर्टर दर्शकों से सीधा रूबरू होता है। दरअसल, समाचार पत्रों में जो महत्व बाईलाइन और एंकर स्टोरी का होता है वही स्थान टेलीविज़न में पीटीसी वाली ख़बर का होता है। पीटीसी के प्रयोग का मतलब ही है कि या तो समाचार विशेष है या फिर वो एक्सक्लूसिव है।

पीटीसी का समाचार में महत्व : पीटीसी समाचारों की विश्वसनीयता बढ़ाता है। रिपोर्टर के घटनास्थल पर खड़े होकर पीटीसी करने से दर्शक को महसूस होता है कि रिपोर्ट किसी ऐजेंसी के विजुअल या स्टॉक विजुअल की मदद से ना बनाकर ताज़ा कवरेज से बनाई गई है और रिपोर्टर खुद घटनास्थल पर गया है। इससे भी बढ़कर पीटीसी दर्शक के मन में रिपोर्टर से जुड़ाव पैदा करने में मदद करता है। दर्शक रिपोर्टर विशेष की खास छवि अपने मन में बना लेता है और उसी प्रकार उसकी रिपोर्ट को भी देखता है। पीटीसी के जरिए रिपोर्टर ख़बर के बारे में अपने विचार, संपादकीय टिप्पणी या कोई सवाल भी उठा पाता है। अक्सर रिपोर्टर ...... क्या होगा ये तो आने वाला वक्त ही बताएगा या फिर .... सवालिया निशान तो लगा ही दिया है आदि वाक्यों से अपना पीटीसी खत्म करने की आदत बना लेते हैं। इस प्रकार की शब्दावली एक ढर्रा बन चुकी है।

माना जाता है कि पीटीसी का स्थान एक न्यूज़ पैकेज के अंत में ही होता

है। हालांकि आज भी सबसे अधिक पीटीसी अंत में ही रखे जाते हैं, लेकिन इस बारे में कोई भी एक नियम नहीं है। ये निर्भर करता है समाचार की जरूरत और रिपोर्टर की योजना पर। पीटीसी समाचार (न्यूज़ पैकेज) के आरंभ, मध्य और अन्त किसी भी स्थान पर रखा जा सकता है।

- आरंभ में पीटीसी-यह रिपोर्ट की भूमिका बनाने का काम करता है। जैसे-इस समय मैं कुख्यात डाकुओं के लिए मशहूर चंबल घाटी के खड़ा हूं और मेरे पीछे आप जो जंगल देख रहे हैं, इनमें ....।
- मध्य में पीटीसी-रिपोर्ट के बीच में दिया जाने वाला ये पीटीसी दो टुकड़ों को जोड़ने का काम करता है इसलिए इसे ब्रिज पीटीसी भी कहा जाता है।
- अंत में पीटीसी-इस प्रकार के पीटीसी अक्सर सारे घटनाक्रम के निचोड़ को प्रस्तुत करने की कोशिश करते हैं। अंत में होने के कारण रिपोर्टर इसमें अपनी टिप्पणी या राय भी देता है।

पृष्ठभूमि : पीटीसी में पृष्ठभूमि का बड़ा महत्व है। पीटीसी करने से पहले रिपोर्टर एक उपयुक्त स्थान तय करता है जहाँ खड़ा होकर या चलकर वो अपनी बात कहता है। दरअसल पृष्ठभूमि वो माहौल जिसमें पीटीसी किया जाता है, भी कहीं ना कहीं ख़बर का हिस्सा होता है। समाचार और पीटीसी के स्थान में तालमेल होना जरूरी है। जैसे बर्फीली पहाड़ियों, दुर्घटना स्थल, युद्ध स्थल, आन्दोलन के भीड़ आदि के विजुअल अगर पीटीसी कर रहे रिपोर्टर की पृष्ठभूमि में हों तो दर्शकों को महसूस होता है कि रिपोर्टर ने कितनी मेहनत से जोखिम उठाते हुए रिपोर्ट बनाई है लेकिन घटनास्थल पर मौजूद दिखने के लिए अत्याधिक नाटकीयता का प्रयोग करना कई बार हास्यास्पद भी हो जाता है। उदाहरण के लिए पंच सितारा होटल में स्वीमिंग पूल या समुद्र तट की रिपोर्टिंग करते समय रिपोर्टर का अंडरवियर पहनकर पीटीसी करना कुछ समय के लिए रोचक भले ही लगे लेकिन दर्शक भी इसे अधिक पसंद नहीं करेंगे। इस बात का ध्यान रखना चाहिए कि पीटीसी के दौरान रिपोर्टर की प्रस्तुति समाचार की गंभीरता से खिलवाड़ ना करें। पीटीसी की प्रस्तुति दरअसल विषयानुरूप ही होनी चाहिए।

पीटीसी लेखन : अच्छा पीटीसी तैयार करना काफी अनुभव का काम है। दमदार और सधे हुए शब्द से बना पीटीसी दर्शकों के दिल को छू सकता है। मुहावरे और प्रतीकों का प्रयोग पीटीसी को यादगार बना सकता है। अक्सर कुछ पत्रकार पीटीसी को एक भाषण मंच बना देते हैं, जबकि पीटीसी संक्षिप्त और

छोटा होना चाहिए। एक सामान्य पीटीसी चार वाक्यों या चालीस से साठ शब्दों का होना चाहिए, क्योंकि रिपोर्टर का काम रिपोर्ट करना है फैसला सुनाना नहीं। इसलिए रिपोर्टर को विवादों और घटनाओं पर पीटीसी करते समय अपने फैसले सुनाने या सीधे टिप्पणी करने से बचना चाहिए। पीटीसी की भाषा और प्रस्तुति का भाव ख़बर अनुरूप हो। जैसे दुखद घटना की ख़बर के पीटीसी के दौरान रिपोर्टर की आवाज या चेहरे पर मुस्कान या अन्य लटके-झटके दिखना अश्लील लगेगा।

प्रस्तुतिकरण : अच्छा पीटीसी लिखने के साथ-साथ उसकी प्रभावशाली प्रस्तुति भी महत्वपूर्ण है। अक्सर ड्रेस सेंस के अभाव में कुछ रिपोर्टरों के शब्द और भाव कम उनकी पोशाक अधिक आकर्षण का केन्द्र बन जाती है। ऐसा तब होता है जब रिपोर्टर तड़क-भड़क या चटक रंगों वाले कपड़े पहन लेते हैं। अजीब फैशन के कपड़ों से भी रिपोर्टर को बचना चाहिए। घटना स्थल और ख़बर से कपड़ों का तालमेल जरूरी है। कोट और टाई के साथ उड़ीसा में कालाहांडी के गाँव की रिपोर्टिंग किसी को भी अटपटी लग सकती है। माहौल के हिसाब से खुद को सहज बनाए रखना प्रस्तुति को बेहतर बनाता है। अक्सर कुछ रिपोर्टर पीटीसी करते समय जरूरत से ज्यादा शरीर के किसी भी अंग को हिलाते हैं। चाहे सिर हिलाना हो या हाथों की स्थिति सब कुछ व्यक्ति विशेष के साथ अलग-अलग रूप ले लेता है। लेकिन रिपोर्टर को इस दिशा में खुद को स्क्रिन पर देखकर कुछ सुधार भी करना पड़ता है। सहजता मूल मंत्र है। सुधार के लिए वरिष्ठ पत्रकारों की सलाह भी ली जा सकती है।

तकनीकी पक्ष : पीटीसी के लिए कौन-सा शॉट या कैमरा ऐंगल प्रयोग में लाएँ ये इसलिए अधिक महत्वपूर्ण बन जाता है क्योंकि दर्शक केवल वही देख पाता है जो कुछ कैमरा उन्हें दिखाता है। पहले पीटीसी के दौरान अक्सर स्थिर क्लोज अप या मिड शॉट बनाया जाता है। लेकिन आजकल रिपोर्टर पीटीसी फिल्माने में भी नये प्रयोग कर रहे हैं। पीटीसी में ज़ूम इन और ज़ूम आउट शोट्स का भी खूब इस्तेमाल चल पड़ा है। पीटीसी चल कर भी बोला जा सकता है। कोशिश यही रहे कि किस तरह से पीटीसी को अधिक रोचक बनाया जाए। लम्बा पीटीसी होने की स्थिति में कैमरा आसपास की किसी प्रासंगिक चीज पर भी कुछ समय के लिए फोकस किया जा सकता है। वर्तमान में टेलीविज़न समाचारों में पीटीसी की संख्या बढ़ती जा रही है। यूं तो कोई संख्या निर्धारित कर पाना कठिन है लेकिन पीटीसी की अधिकता आखिरकार इसके महत्व को ही कम कर देती है। इसलिए बेहतर होगा कि पीटीसी को विशेष रपटों के लिए

ही सुरक्षित रखा जाए और इसे एक आम बात ना बनने दिया जाए।

वॉक्स पॉप

जन माध्यामों की आलोचना अक्सर ये कहकर भी की जाती है कि इन माध्यमों में जन को अपनी बात कहने का मौका कम ही मिलता है। इसलिए टेलीविज़न जैसे माध्यम समाज के कुछ साधन सम्पन्न लोगों द्वारा आम लोगों के लिए चलाये जाने वाले माध्यम हैं। समाचार पत्र पाठकों के पत्र छापकर ये कमी पूरी करते हैं। रेडियो श्रोताओं के पत्र और उनकी फरमाइश को सुनते हैं। वहीं समाचार चैनल आम लोगों की आवाज को कैमरे में रिकॉर्ड करके टेलीविज़न पर दिखाते हैं। अनेक ऐसे मौके आते हैं जब दर्शक ये जानने को इच्छुक होते हैं कि साधारण जन की इस बारे में क्या राय हो सकती है। उदाहरणार्थ बजट पारित होने के तुरन्त बाद उस बारे में लोगों की क्या प्रतिक्रिया है या वो इस बारे में क्या सोचते हैं, ये अपने आप में एक ख़बर है क्योंकि इसका सीधा असर उन पर पड़ने वाला है। इसके अलावा, किसी बड़े देश के राष्ट्रपति की भारत यात्रा के बारे में आम राय को ख़बर में दिखाया जा सकता है।

अर्थ : वॉक्स पॉप (VOX POP) लैटिन भाषा का शब्द है। यह VOX POPULI का संक्षिप्त रूप है। इसका अर्थ है जनता की आवाज यानी आम राय। वॉक्स पॉप तैयार करने के दौरान एक ही विषय पर विभिन्न समुदाय के लोगों से उनकी राय जानी जाती है और फिर उनको एक साथ संपादित करके दिखाया जाता है। ये एक प्रकार का छोटा-सा जनमत सर्वेक्षण ही है। जैसे चुनाव के दौरान आम लोगों की नेताओं से क्या उम्मीदें हैं, इस बारे में अलग-अलग सामाजिक, सांस्कृतिक और आर्थिक पृष्ठभूमि के लोगों से राय ली जा सकती है।

समाचारों में महत्व : मीडिया को अधिक जनतांत्रिक बनाने के लिए उसे अपने दर्शकों की भागादारी को महत्व देना होगा। टेलीविज़न अपने दर्शकों को कार्यक्रमों में अधिकाधिक शामिल कर रहा है। आम दर्शक जब देखते हैं कि उन जैसे लोगों को भी टेलीविज़न पर दिखाया जा रहा है तो उनका चैनल से लगाव बढ़ जाता है। आज तक ने शुरूआती दिनों में आम लोगों से जुड़ने के लिए यही नीति अपनाई थी। अधिकतर नेता और स्टार चेहरे ही ख़बर बनते हैं। वॉक्स पॉप आम लोगों को टेलीविज़न समाचार में शामिल करने का बेहतरीन तरीका है। अनेक बार जटिल राष्ट्रीय मसलों पर साधारण लोग बहुत ही सरल लेकिन असाधारण-सी सटीक टिप्पणी कर देते हैं। जैसे मंदिर मसले पर अगर कोई बूढ़ी औरत अगर सरल तरीके से कहे कि **पूजा तो हम घर में मंदिर बनाकर भी कर लेंगे लेकिन बेटे की पढ़ाई और रोजगार की समस्या का क्या करें**। तो

ये एक बड़ी समस्या पर महत्वपूर्ण टिप्पणी होगी।

बेहतर वॉक्स पॉप कैसे करें?

- सवाल सीधे, सपाट और छोटे पूछें ताकि साफ प्रतिक्रिया मिले।
- सबसे सवाल एक जैसे ही पूछे जाएँ जिससे एडिटिंग में सुविधा हो।
- सभी तबकों, उम्र, लिंग, वर्गों के लोगों को महत्व दिया जाए।
- पक्ष-विपक्ष दोनों तरह के विचारों को प्रतिनिधित्व दिया जाए।
- वॉक्स पॉप में लोगों की संख्या को जरूरत से अधिक ना बढ़ाए।
- अगर उत्तर संतोषजनक नहीं मिल रहे हैं तो अपने प्रश्न में सुधार करें।
- तकनीकी तौर पर अलग-अलग कैमरा एंगल से इंटरव्यू रिकोर्ड करें।
- प्रश्न पहले ना बताएँ इससे उत्तर की स्वाभाविकता मर जाती है।
- सम्पादन में बाईट का चुनाव रोचकता और सक्षिप्तता के आधार पर करें।

लाइव रिपोर्टिंग

उपग्रह प्रसारण और डिजिटल क्रांति में टेलीविज़न पत्रकारिता का स्वरूप ही बदल डाला है। किसी भी समाचार को तत्काल दर्शकों तक पहुँचाने में पहले काफी मुश्किलें आती थीं। सबसे बड़ी समस्या तो शूट किये गए विजुअल को प्रसारण के लिए चैनल ऑफिस में पहुँचाने में आती थी। इसके लिए पहले वीडियो टेप को सभी शहरों से विमान के जरिये दिल्ली मुख्य कार्यालय भेजा जाता था। इस प्रकार किसी भी समाचार के विजुअल शाम के बुलेटिन में ही दिख पाते थे। हालांकि 80 के दशक से दूरदर्शन के पास सीमित संख्या में स्थलीय प्रसारण के लिए आउट स्टेशन वैन (OB Van) हैं। लेकिन दूरदर्शन भी सीधा प्रसारण केवल चुनिंदा मौकों पर ही करता है। जैसे-गणतंत्र दिवस परेड, संसदीय चुनाव, केन्द्रीय मंत्रिमण्डल का शपथ समारोह, किसी विशिष्ट व्यक्ति का अंतिम संस्कार इत्यादि।

नब्बे के दशक के अन्त में जब चौबीस घंटे समाचार चैनल आरंभ किये गए तो समाचारों को दिनभर तुरन्त प्रसारित करने की आवश्यकता महसूस की गई। अब दर्शक दिनभर के समाचार शाम को देखने के बजाय उसी समय देखना चाहने लगे जब वे घटित हो रहे थे। सन् 1999 के संसदीय चुनाव में पहली बार समाचार चैनलों ने अपने ब्यूरो ऑफिसों को सेटेलाइट के जरिये मुख्य कार्यालय दिल्ली से जोड़ दिया। वी सेट की मदद से अब सभी ब्यूरो रिपोर्टर न केवल तत्काल रिपोर्ट भेज सकते थे बल्कि अपने स्टूडियो में बैठकर चर्चा-विमर्श का भी सीधा प्रसारण सेटेलाइट से कर सकते थे। इसके अलावा चैनलों ने अपने ओ.

बी.वैनों की संख्या में भी बढ़ोतरी की। आज तक के आने के बाद चैनलों में सबसे तेज गति से समाचारों को प्रसारित करने की होड़ लग गई, जिससे लाइव रिपोर्टिंग का चलन और बढ़ गया। आज तक ने टीआरपी के दबाव में प्रत्येक छोटी से छोटी घटना का सीधा प्रसारण करना आरम्भ कर दिया। उसके रिपोर्टर भी घटना स्थल से अधिकाधिक लाइव समाचार विश्लेषण करने लगे। परिणामस्वरूप अन्य चैनलों को भी इस दौड़ में शामिल होना पड़ा।

लाइव प्रसारण की तकनीक : घटनाओं के सीधे प्रसारण के लिए ओ. बी.वैन का उपयोग किया जाता है। इस वाहन में प्रसारण के लिए सभी जरूरी साजो-सामान मौजूद होता है। एक या दो कैमरे जिनके आउटपुट को एक विशेष फ्रिक्वेन्सी की तरंगों में तब्दील कर वाहन की छत पर लगे डिश ऐंटिना की मदद से उपग्रह की तरफ भेजा जाता है। उसके बाद इन सिग्नलों को उपग्रह मुख्य कार्यालय के डिश एंटिना को भेज देता है जहाँ दोबारा इन्हें वीडिया टेप पर विजुअल में बदलकर रिकॉर्ड कर लिया जाता है, या फिर दर्शकों के लिए सीधा प्रसारित कर लिया जाता है।

समाचारों में सीधे प्रसारण का उपयोग : केवल ऐसे समाचारों का सीधा प्रसारण किया जाता है जो महत्वपूर्ण होते हैं। और दर्शक उन्हें घटित होते हुए देखना चाहते हैं। लाइव प्रसारण का फैसला समाचार चैनल के वरिष्ठ लोग करते हैं, लेकिन अधिकांश ये फैसले अन्य चैनलों से प्रतिस्पर्द्धा में लिये जाते हैं। सीधा प्रसारण केवल उन्हीं घटनाओं का सफल हो पाता है जिन समाचारों में विजुअल घटनाक्रम ऐसा है जिसे दर्शक लगातार देख पायें। अनेक बार समाचार में रोचक विजुअल की उपस्थिति न होने के कारण सीधा प्रसारण दर्शकों को बांध नहीं पाता। उदाहरणस्वरूप गणतंत्र दिवस के मौके पर परेड और अन्य सांस्कृतिक झलकियाँ काफी रोचकता लिये होती हैं जो निरंतर दर्शकों को बांधे रखती हैं। जबकि सन् 1999 में अनेक चैनलों ने आकाश में तारे टूटने की अभूतपूर्व खगोलीय घटना का सीधा प्रसारण करने का फैसला किया। वैज्ञानिकों ने घोषणा की थी कि आकाश में तारे टूटने की इस घटना से आतिशबाजी जैसा नजारा प्रस्तुत होगा, लेकिन भारत के आकाश में इस प्रकार का कोई दृश्य नहीं पैदा हुआ। टेलीविज़न कैमरे आकाश में टेलीजूम करते रहे। स्टूडियो में बैठे वैज्ञानिक और एंकर चर्चा करते रहे और आखिर हारकर उन्हें अपना सीधा प्रसारण बीच में ही स्थगित करना पड़ा।

इसी प्रकार आगरा वार्ता के दौरान भारत के प्रधानमंत्री अटल बिहारी वाजपेयी और पाकिस्तानी राष्ट्रपति जनरल परवेज मुशर्रफ की बातचीत का सीधा

प्रसारण करने के लिए सभी चैनलों ने आगरा में डेरा डाल दिया, जबकि जगजाहिर बात थी कि यह वार्ता बन्द कमरे में होगी। संकट तो तब पैदा हुआ जब वार्ता के बाद भी दोनों नेताओं ने पत्रकारों के समक्ष कोई औपचारिक घोषणा नहीं की। अब सीधे प्रसारण में क्या दिखाया जाये। अधिकांश चैनलों ने दोनों नेताओं के थोड़े बहुत उपलब्ध विजुअलों की मदद से उनकी बॉडी लैंग्वेज का विश्लेषण करना शुरू कर दिया। और मुशर्रफ की चाय पार्टी के प्रसारण को लेकर काफी विवाद भी पैदा हो गया। अंततः आगरा वार्ता के दौरान चैनलों की अति उत्साही भूमिका की आलोचना की गई।

दरअसल समाचार चैनल होड़ व अति उत्साह में इस प्रकार की गलतियाँ करते हैं। यह उनकी अनुभवहीनता को भी दर्शाता है। किसी घटना के सीधे प्रसारण के फैसले से हम दूसरे अर्थों में उस समाचार को अत्यधिक महत्व भी प्रदान करते हैं। इसलिए किसी भी समाचार के लाइव प्रसारण के पहले उसके समाचार मूल्य के बारे में भली-भांति विचार कर लिया जाना चाहिए। एक चैनल ने मध्यप्रदेश के एक ऐसे व्यक्ति का लाइव प्रसारण दिखाना शुरू कर दिया था जिसने यह घोषणा की थी कि ज्योतिष के मुताबिक उसकी मौत उसके जन्मदिन के मौके पर निर्धारित समय पर होगी। देखा-देखी अधिंकाश चैनल इस बेवकूफी भरी घटना के लाइव प्रसारण में कूद पड़े और अन्त में वह व्यक्ति यह कहकर वापस घर चला गया कि शायद उसकी पत्नी के पूजा-पाठ के कारण होनी टल गई। लेकिन इस पूरे घटनाक्रम के दौरान चैनलों ने आपसी होड़ में बहुत ही गैर जिम्मेदाराना रवैया अपनाया। उन्होंने अवैज्ञानिक बातें समाज में फैलाने में अप्रत्यक्ष रूप से योगदान किया।

लाइव रिपोर्टिंग कैसे करें? : सीधे प्रसारण के दौरान रिपोर्टरों की भूमिका दो तरह की होती है। पहली घटना के विजुअल की व्याख्या करना और दूसरी उसका विश्लेषण करना। गुजरात के अक्षरधाम मंदिर में छिपे आतंकवादियों से जब कमांडो जूझ रहे थे तो समाचार चैनल उसके लाइव प्रसारण में व्यस्त थे। इस प्रकार की घटना के दौरान कैमरा पर्सन निरंतर घटनाओं को दिखाते रहते हैं और रिपोर्टर माइक संभाले घटनाओं को देखकर उनकी व्याख्या करते रहते हैं। वे ऐसी जानकारियाँ दर्शकों को देते हैं जो उन तस्वीरों में नहीं होती। जैसे आतंकवादी हमला कब हुआ?, वर्तमान कमांडो ऑपरेशन कितनी देर से चल रहा है?, कितने आतंकवादी अंदर हैं?, कमांडो को कितनी सफलता हासिल हुई है? इत्यादि।

जबकि दूसरी भूमिका में रिपोर्टर विश्लेषण अधिक करता है। अधिकांश

चैनल दिनभर की महत्वपूर्ण घटनाओं के बारे में अपने देर रात बुलेटिनों में रिपोर्टर के साथ लाइव चैट करते हैं। इस दौरान रिपोर्टर घटनास्थल या ब्यूरो ऑफिस की छत पर खड़ा होकर समाचार विशेष के बारे में अपनी राय और विश्लेषण प्रस्तुत करते हैं। आजकल इस प्रकार की विंडो चैट लगभग सभी चैनलों में सामान्य बन चुकी है। दर्शकों के लिए ये 'खिड़कीबाजी' काफी रोचक और नाटकीय होती है। चैनल इस प्रकार की लाइव चर्चा से अपनी तकनीकी सम्पन्नता का प्रदर्शन भी करता है। चुनावों के दौरान अनेक बार स्टूडियो में बैठे एंकर देश भर के दस-बारह रिपोर्टरों से एक साथ भी चैट करते हैं। सेटेलाइट टैक्नॉलोजी ने अब यह सब संभव और सरल बना दिया है।

किसी भी घटना की बेहतर लाइव रिपोर्टिंग के लिए सदा ही लम्बा पत्रकारीय अनुभव काम आता है। नये रिपोर्टरों को लाइव रिपोर्टिंग के लिये विशेष तैयारी करनी चाहिए। सीधे प्रसारण के दौरान गलतियों को ठीक करने का मौका नहीं मिल पाता, इसलिए संवाददाता के लिये यह आवश्यक है कि वह सधी हुई भाषा में सटीक बात कहे। घटनाक्रम की उपलब्ध जानकारियाँ पहले से जुटा लेना, घटना की पृष्ठभूमि का अध्ययन करना और घटना की मन में पूरी पड़ताल कर लेना ऐसी बाते हैं जिनका विशेष ध्यान रखना चाहिए। आवश्यक सूचनाओं के साथ-साथ उन्हें उचित शब्दों में पिरोकर उपयुक्त अंदाज में बोलने की क्षमता रिपोर्टर में होनी चाहिए। अक्सर सीधे प्रसारण के दौरान रिपोर्टर से अपेक्षा की जाती है कि वह संबधित विषय पर कम सूचनाएँ उपलब्ध होने के बावजूद धारा प्रवाह बोलता रहे। ऐसा तभी संभव है जब रिपोर्टर के जेहन में पूरे घटनाक्रम की तस्वीर साफ हो। तभी वह समाचार के बारे में अतीत, वर्तमान और भविष्य के पहलुओं को मिलाकर न केवल सूचनाएँ प्रस्तुत कर पायेगा बल्कि उनका उचित विश्लेषण भी कर सकेगा।

सामान्यतः सीधे प्रसारण के दौरान रिपोर्टर की कुछ कमियों को दर्शक भी नजरअंदाज कर देते हैं। लाइव रिपोर्टिंग के दौरान कुछ समस्यायें तकनीकी भी होती हैं। जैसे ऑडियो लिंक टूट जाना या फिर ट्रांसमिशन डिले के कारण एंकर और रिपोर्टर के बीच बातचीत में व्यवधान उत्पन्न होना। वैसे रिपोर्टर को पहले से समझा दिया जाता है कि उसे स्टूडियो से एंकर का प्रश्न कुछ सेंकेंड देरी से सुनाई देगा, तब तक वह इंतजार करते हुए कैमरे के सामने गर्दन हिलाकर दर्शकों को यह महसूस नहीं होने देगा कि उसे कुछ सुनाई नहीं दे रहा है।

फोनो रिपोर्टिंग

टेलीविज़न पत्रकारों का प्रयास रहता है कि समाचार कम-से-कम समय में

दर्शकों तक पहुँचाये जायें। इस कोशिश में चैनल हर संभव तकनीक का सहारा लेते हैं। टेलीफोन विशेषकर मोबाइल फोन एक कारगर माध्यम है जिससे पत्रकार दर्शकों तक सरलता से ताजा सूचनाएँ पहुँचाता है। टेलीविज़न न्यूज़ फार्मेट के रूप में भी फोनो रिपोर्ट ने एक विशेष स्थान बना लिया है। जैसे ही समाचार घटित होता है रिपोर्टर आस-पास से सूचनाएँ एकत्रित कर फोनो रिपोर्ट हेड ऑफिस भेजता है। तुरन्त विजुअल शूट करके उन्हें भेजना सम्भव नहीं होता, इसलिए आरम्भ के समाचारों में फोनो रिपोर्ट का ही उपयोग किया जाता है।

यदि इटारसी के पास एक रेल दुर्घटनाग्रस्त हो जाये तो भोपाल ब्यूरो के रिपोर्टर को इटारसी तक पहुँचने, घटना शूट करने और विजुअल भेजने में काफी समय लगेगा। लेकिन समाचारों का प्रसारण तो निरंतर चौबीस घंटे चलता रहता है। ऐसे में उपयुक्त यह होगा कि जैसे ही घटना की जानकारी रिपोर्टर को मिलती है वह भोपाल में ही फोन से रेलवे अधिकारियों से जानकारी बटोरकर फोनो के माध्यम से रिपोर्ट मुख्य कार्यालय भेज दे। विस्तार से रिपोर्ट वह घटनास्थल पर पहुँचकर ही दे सकता है।

दरअसल मोबाइल फोन इतना सरल, सुलभ और सस्ता माध्यम है कि उसका प्रयोग कहीं भी रहकर बिना झंझट के किया जा सकता है। इसके जरिये ठीक उसी समय घटित हो रहे समाचारों को भी दर्शकों तक पहुँचाया जा सकता है।

अधिकांश चैनल देर रात समाचारों में फोनो की मदद से घटनाओं के बारे में ताजा जानकारियाँ अपने संवाददाता से लेते हैं, क्योंकि विज़ुअल पैकेज तो दिनभर की घटनाओं को ही कवर कर पाते हैं और वे थोड़े पुराने भी पड़ जाते हैं। ऐसे में एंकर कहता है– आईये इस बारे में ताजा जानकारी के लिए हम अपने रिपोर्टर के पास चलते हैं, जो इस समय मौजूद हैं ....। लेकिन कई बार रिपोर्टर के अलावा समाचार से संबंधित किसी अन्य व्यक्ति का इंटरव्यू भी फोन की मदद से लिया जाता है। जैसे जम्मू कश्मीर के उरी इलाके के एक सेना कैम्प में यदि बम विस्फोट हो जाता है तो जम्मू स्थित रिपोर्टर को उसे कवर करने जाना होगा, जिसमें देर लग सकती है। लेकिन दिल्ली हेड ऑफिस से भी उरी क्षेत्र के किसी सेना अधिकारी को फोन पर जानकारी देने के लिए राजी कर लिया जाये तो संबंधित घटना का ब्यौरा शीघ्र मिल सकता है। ऐसे में जब भी संबंधित व्यक्ति उपलब्ध हो तो उसका फोन इंटरव्यू उसी समय रिकॉर्ड कर लिया जाता है और फिर उसे बुलेटिन के बीच में आवश्यकतानुसार दिखाया जा सकता है।

फोनो रिपोर्ट के प्रकार : तकनीकी आधार पर फोनो दो प्रकार का हो

सकता है लाइव और रिकॉर्डेड। पहली बार कोशिश रहती है कि एंकर के सवालों का जवाब रिपोर्टर या अन्य व्यक्ति लाइव दे और दौरान इस बातचीत को सीधा प्रसारित किया जाता है। लेकिन अनेक बार रिपोर्टर या अन्य व्यक्ति समय पर उपलब्ध नहीं हो पाता या फिर उस समय कोई अन्य कार्यक्रम चल रहा होता है जिसे बीच में रोकना संभव नहीं होता। ऐसी स्थिति में फोनो को रिकॉर्ड कर लिया जाता है और उसके बाद अगले बुलेटिनों में उसे दिखाया जाता है।

समाचारों में फोनो का प्रयोग : फोनो निरंतर बदलती घटनाओं की रिपोर्टिंग में काफी उपयोगी साबित होता है। उदाहरण के लिए यदि किसी महत्वपूर्ण मुद्दे पर कैबिनेट की बैठक चल रही हो और सभी रिपोर्टर बैठक समाप्त होने का इंतजार कर रहे हों। इस बीच बैठक में लिये गए निर्णयों की जानकारी पत्रकारों को आंशिक रूप से मिलती रहती है। जबकि इस स्टोरी में कोई विजुअल परिवर्तन नहीं होता। ऐसे अवसर पर रिपोर्टर फोनो रिपोर्ट की मदद से दर्शकों तक नवीनतम जानकारियाँ पहुँचाता रहता है।

फोन इंटरव्यू ऐसे समाचारों में अत्यधिक लाभकारी सिद्ध होता है, जब संबंधित व्यक्ति किसी दूसरे देश या दूरस्थ स्थान पर मौजूद रहता है, जहाँ केवल एक बाईट के लिए रिपोर्टर का जाना काफी मंहगा निर्णय साबित हो। ऐसे मौकों पर फोन से ही उसकी बाईट ले ली जाती है।

फोन का एक और बेहतर उपयोग किसी अति महत्वपूर्ण व्यक्ति की प्रेस कान्फ्रेंस को केवल ऑडियो रूप में सीधे दर्शकों तक पहुँचाने के लिए भी किया जा सकता है। सीधे प्रसारण के लिए ओ.बी.वैन का उपयोग किया जाता है जिसमें ऑडियो और विजुअल दोनों सुविधायें उपलब्ध होती हैं। जबकि मोबाइल फोन से बिना अधिक झंझट के केवल ऑडियो लाइव किया जा सकता है।

फोनो रिपोर्ट कैसे दें? : कुछ पत्रकार फोनो रिपोर्ट देने से पहले उसे लिख लेते हैं और फोन पर पढ़ देते हैं। लाख कोशिशों के बावजूद दर्शक समझ ही जाता है कि रिपोर्टर कहीं से पढ़कर बोल रहा है। इस प्रकार पढ़कर बोलना सुनने में सहज भी नही लगता। बेहतर होगा कि रिपोर्टर सारी घटना को समझकर उसके बारे में स्वत:स्फूर्त बोले। रिपोर्ट में अत्यधिक आंकड़ें हो तो मदद के लिए उन्हें एक नोट बुक में लिखा जा सकता है। अक्सर रिपोर्टर समाचार से जुड़ी तिथियाँ, संख्यायें, नाम आदि नोट करके अपने सामने रखता है। एक जीवन्त फोनो रिपोर्ट के लिए आवश्यक है कि रिपोर्टर के पास घटना सम्बन्धी पूरी जानकारी हो। कई बार स्टूडियो से विश्लेषणात्मक या वैचारिक प्रश्न भी पूछे जाते हैं। उसके लिए भी रिपोर्टर को तैयार रहना चाहिए।

अच्छी फोनो रिपोर्ट संक्षिप्त होती है। गैर जरूरी जानकारियों को अपनी रिपोर्ट में शामिल नहीं करना चाहिए अन्यथा आप दर्शकों को बोर करेंगे। स्टूडियो से जो भी सवाल पूछे जायें उनका सीधा और साफ उत्तर दिया जाना चाहिए। कुछ रिपोर्टर बोलते समय अटकते हैं या कुछ विशेष शब्दों और अभिव्यक्तियों का प्रयोग बार-बार करते हैं, जो दर्शकों को काफी अखरता है।

बाइट

टेलीविज़न समाचारों में बाईट का अत्यधिक महत्व होने के कारण अनेक बार इसे 'बाइट जर्नलिज्म' कहा जाता है। टेलीविज़न पत्रकार अक्सर एक अच्छी बाइट की तलाश में रहते हैं। ऐसी बाइट जिसमें कुछ नया बोला गया हो और जो एक्सक्लूसिव हो। एक बार उपयोगी बाइट मिल जाए कि टेलीविज़न समाचार तैयार समझो, क्योंकि विजुअल तो पुराने भी लगाये जा सकते हैं। कीमती बाईट हासिल करने के साथ-साथ यह भी आवश्यक है कि पत्रकार को उसका सही रूप में उचित स्थान पर प्रयोग भी करना आता हो। उचित संदर्भ में उपयुक्त बाईट के इस्तेमाल के लिए आवश्यक है कि पत्रकार को बाइट का सही चुनाव करना आता हो।

बाइट चयन का कार्य पत्रकार से समाचार बोध की अपेक्षा करता है क्योंकि बाइट चयन का कार्य एक पत्रकार को ही करना होता है। इसलिये यह भी आवश्यक है कि रिपोर्टर को स्टोरी का एंगल पहले से ही पता हो। दरअसल न्यूज़ स्टोरी की मांग ही उपयुक्त बाइट के चयन को निर्धारित करती है।

अर्थ : वैसे तो ये अंग्रेजी का शब्द अपने मूल अर्थ में खाने के एक कौर को बताता है लेकिन टेलीविज़न पत्रकारिता में इस शब्द का इस्तेमाल एक छोटी-सी प्रतिक्रिया या राय को कहा जाता है, जो किसी विषय-विशेष के संदर्भ में कही जाती है। बाईट को हम ख़बर विशेष के संदर्भ में लिया गया किसी व्यक्ति का छोटा-सा इंटरव्यू भी कह सकते हैं। सामान्यतया इसमें पत्रकार चार-पांच सवाल पूछता है और इसके लिए आधिक औपचारिक तैयारी नहीं की जाती। इसमें पत्रकार का उद्देश्य उस व्यक्ति की राय या प्रतिक्रिया जानना ही होता है। जैसे एक रेल दुर्घटना के बाद पत्रकार रेल मंत्री से दो-तीन सवाल करता है कि दुर्घटना के पीछे क्या कारण हो सकते हैं या फिर मृतकों के परिवारजनों और घायलों को कितना मुआवजा दिया जाएगा आदि। इन्हीं दो-तीन सवालों की मदद से रिपोर्टर अपनी ख़बर बना लेता है। अच्छा रिपोर्टर अच्छी बाईट लेना भी जानता है।

बाईट का टेलीविज़न में इतना अधिक महत्व है कि बिना बाईट के हम न्यूज़ पैकेज की कल्पना नहीं कर सकते। इस मामले में अखबार के पत्रकारों का काम थोड़ा सरल होता है। वे अनेक बार फोन पर भी संबंधित व्यक्ति से

उनके विचार या प्रतिक्रिया लेकर छाप देते हैं। लेकिन टेलीविज़न के पत्रकार को उस आदमी से समय लेना पड़ता है और फिर कैमरा टीम लेकर उसकी बाईट लेने जाना पड़ता है। टीवी में हम अखबार की तरह ये नहीं कह सकते कि उन्होनें कहा या बताया.......। बल्कि हमें उन्हें कैमरे पर बोलते हुए दिखाना पड़ता है। कुल मिलाकर टेलीविज़न रिपोर्टिंग बाईट लेने के इर्द-गिर्द घूमती रहती है। इसीलिए कई बार टीवी रिपोर्टिंग को बाईट रिपोर्टिंग भी कहा जाता है। किसी नेता या व्यक्ति की एक्सक्लूसिव बाईट जुटा लेना रिपोर्टर के लिए गर्व का विषय होता है।

बाइट का महत्व : बाइट किसी भी समाचार की विश्वसनीयता बढ़ाती है। किसी व्यक्ति ने क्या कहा है ये केवल वॉयस ओवर में बताने के स्थान पर उक्त व्यक्ति को कैमरे के सामने वह सब बोलते हुये दिखाया जाना चाहिए। कई बार संबंधित व्यक्ति उपलब्ध नहीं होता तो उससे फोन पर बाइट ले ली जाती है और दर्शकों को ज्यों-का-त्यों सुना दिया जाता है या फिर उसकी कही हुई बात वॉयस ओवर में बता दी जाती है। लेकिन कई अवसरों पर व्यक्ति बाइट देने से मना कर देता है। ऐसे में रिपोर्टर अपनी रिपोर्ट में भी इस बात का उल्लेख कर देता है। मना करने के बारे में रिपोर्टर को अगर पहले से ही अनुमान हो जाये तो रिपोर्टर छुपे हुए कैमरे या पहले से कैमरे का रिकार्डिंग बटन ऑन करके संबंधित व्यक्ति से मिलने चले जाते हैं और उसका मना करना या झुंझलाना ज्यों-का-त्यों दर्शकों को दिखला देते हैं।

टेलीविज़न समाचारों में विजुअल के अलावा बाइट भी संतुलन बनाने का एक प्रमुख माध्यम होती है। एक समाचार से जुड़े सभी पक्षों को सामने लाने के लिए पत्रकार सभी पक्षों की बाइट को अपनी रिपोर्ट में शामिल करता है। जैसे एक डॉक्टर के अपहरण के विरोध में शहरभर के डॉक्टर हड़ताल पर चले जाते हैं। अब इस ख़बर में अपहृत डॉक्टर के परिवारजन, हड़ताली डॉक्टरों के अलावा हड़ताल से बेहाल मरीजों और सरकार के पक्ष को भी बाइट के रूप में दिखाना वांछित होगा।

टेलीविज़न समाचारों में पूर्वाग्रह का अध्ययन करने से पता चला है कि टेलीविज़न चैनल बाइट के जरिये ही अपने निर्धारित दृष्टिकोण को ख़बरों में शामिल करते हैं। इस सन्दर्भ में दो बातें अति महत्वपूर्ण हैं पहली, बाइट के लिए किस व्यक्ति का चयन किया जाता है और दूसरी उसकी कही हुई बातों में से किस कथन को पत्रकार अपनी ख़बर में किस क्रम एवं अर्थ में प्रयोग करता है। उदाहरणस्वरूप आरक्षण विरोधी आन्दोलन की कवरेज के दौरान यह देखा

गया कि कुछ चैनलों ने इस मुद्दे पर आन्दोलनकारी डॉक्टरों की तो बाइट ली लेकिन मरीजों, आरक्षण के पक्षधर डॉक्टरों और संगठनों की बाइट लेना उन्होंने जरूरी नहीं समझा या फिर दूसरे पक्ष को उतना महत्व नहीं दिया गया जितना कि हड़ताली डॉक्टरों को। और इस प्रकार उन्होंने अपने आरक्षण विरोध के पूर्वाग्रह को ख़बरों की कवरेज का एक छुपा हुआ एजेंडा बना दिया।

अक्सर चैनलों पर यह आरोप लगता है कि उन्होनें बाइट विशेष को अपनी स्टोरी लाइन के मुताबिक संपादित करके दिखा दिया, और जिससे अर्थ का अनर्थ हो गया। ऐसा इसलिये होता है क्योंकि रिपोर्टर ख़बर की कवरेज से पहले ही अपने मन में समाचार का स्वरूप निर्धारित कर लेता है और फिर उसी के अनुसार वह शूटिंग करता है और इंटरव्यू भी लेता है। अनेक बार बाइट लेने के दौरान वही सवाल पूछे जाते हैं जिस प्रकार के उत्तर पत्रकार चाहते हैं। पत्रकारों की इच्छा रहती है कि कोई भी नेता, कलाकार, साहित्यकार, खिलाड़ी और अन्य नामचीन हस्ती भड़काऊ, गर्मागर्म, सनसनीखेज, रोचक और आरोप-प्रत्यारोप से लबालब बाईट दे ताकि उसकी स्टोरी जानदार बन जाये। पत्रकारों की इसी जरूरत का कुछ लाभ बाइट देने वाले भी उठा लेते हैं। इस संदर्भ में लालू प्रसाद यादव एक अच्छे उदाहरण हैं। वे राजनेता के रूप में यह भली प्रकार जानते हैं कि मीडिया के सामने किस प्रकार पेश आने से अच्छी ख़बर बने। पत्रकार भी रोचक बाइट की तलाश में उनके पास दौड़े-दौड़े जाते हैं। लेकिन अनेक अवसरों पर स्रोत व्यक्ति मीडिया का गलत उपयोग भी कर लेता है। क्योंकि वह जानता है कि टेलीविज़न चैनल तो हर गर्मागर्म बाइट को बेचेंगे। इसलिए टेलीविज़न पत्रकारों से यह अपेक्षा की जाती है कि वे मीडिया का दुरूपयोग न होने दें।

बेहतर बाइट चयन कैसे करें? : अच्छी बाइट वही कहलाती है जो संक्षिप्त भी हो और सटीक भी। हालांकि संक्षिप्तता का कोई पैमाना निर्धारित नहीं किया जा सकता फिर भी सामान्यतः दस से पन्द्रह सेकेंड की बाइट एक आदर्श बाइट कहलाती है। अमूमन दर्शक इस अवधि में किसी व्यक्ति को बोलते हुए देखकर बोर नहीं होता। लेकिन महत्वपूर्ण मुद्दों पर अनेक बार लम्बी बाइट भी दिखायी जा सकती है। ऐसा अक्सर कम ही होता है कि बोलने वाला रिपोर्टर की आवश्यकता का ध्यान रखे। अधिकांश बाइट देने वाले अपनी ही धुन में या तो खूब सारा बोलना चाहते हैं या फिर ऐसा बोलते हैं जो कि बाइट लायक होता ही नहीं है। राजनैतिक दल अब अपने प्रवक्ताओं को किसी भी मुद्दे पर अच्छी बाइट देने का प्रशिक्षण दिलवा रहे हैं ताकि चैनल में उनका पक्ष अच्छी तरह कवर किया जाये।

यदि बाइट लम्बी है तो उसमें से काम के हिस्से के कटिंग प्वांइट तलाशना सबसे महत्वपूर्ण काम है। कई बार लम्बी बात में से दो अलग-अलग उपयोगी हिस्सों को निकालकर आपस में जोड़ दिया जाता है और उनके बीच में कटअवे शॉट या फ्लेश का प्रयोग करके एडिटिंग जर्क को दूर किया जाता है।

बाइट चयन के समय यह भी ध्यान रखें कि किसी व्यक्ति के कथन को उसके मूल संदर्भ से काटकर न संपादित किया जाये। उदाहरणस्वरूप-*यदि सारे देश में गरीब-अमीर के लिए एक समान शिक्षा व्यवस्था लागू कर दी जाये तो मेरे विचार से आरक्षण को समाप्त कर दिया जाना चाहिए।*

उपरोक्त कथन में से यदि केवल दूसरे हिस्से को एडिट करके दिखाया जाये तो वह अनैतिक होगा क्योंकि दूसरी लाईन का अर्थ दरअसल पहले हिस्से के विशेष संदर्भ में ही पूर्ण होता है। जैसे-*मेरे विचार से आरक्षण को समाप्त कर दिया जाना चाहिए।*

अभ्यास कार्य

- किसी चैनल के स्थानीय ब्यूरो का भ्रमण करें और ब्यूरो प्रमुख से बातचीत करके ये जानने का प्रयास करें कि एक ब्यूरो में काम करते हुए रिपोर्टरों को किस प्रकार की समस्याओं का सामना करना पड़ता है।
- किसी समकालीन घटना/समाचार को आधार बनाकर आरंभ, मध्य और अंत के लिए पीस टू कैमरा लिखें और उसे कैमरे के सामने प्रस्तुत करने का अभ्यास करें।
- किसी समकालीन मुद्दे पर आम लोगों की राय को वीडियो कैमरे से रिकॉर्ड करें। उसके बाद संपादन करके एक वॉक्स पॉप तैयार करें।
- घटना विशेष पर एक-दो मिनट की फोन रिपोर्ट तैयार करें। फिर उसे इंटरकॉम रिकॉर्डर की मदद फोन पर पेश कर रिकॉर्ड करें। उसके बाद उसे स्वयं सुने और अपनी गलतियाँ पकड़ने की कोशिश करें। इसी प्रकार कैमरे के सामने लाइव रिपोर्ट प्रस्तुत करने का भी अभ्यास किया जा सकता है।
- किसी साक्षात्कार या भाषण की फुटेज को ध्यान से देखें और उसके बाद टेलीविज़न ख़बर के लिए उपयुक्त बाइट चयन करने का अभ्यास करें।

अध्याय सात

टेलीविज़न रिपोर्टिंग-दो

इस अध्याय में विभिन्न विषयों की रिपोर्टिंग की विशेषताओं पर चर्चा की गई है। निश्चित रूप से पत्रकारिता के मूलभूत सिद्धांत अलग-अलग माध्यमों (रेडियो, टेलीविज़न, अखबार और डिजिटल मीडिया) के लिए रिपोर्टिंग के दौरान एकरूप ही रहते हैं। इसी प्रकार विभिन्न विषयों की पत्रकारिता के दौरान भी रिपोर्टिंग के आधारभूत नियम समान रहते हैं। फिर भी विशेष विषय की रिपोर्टिंग में पत्रकार को कुछ बातों का विशेष ध्यान रखना पड़ता है। पत्रकारों को ये ध्यान तथ्यों की प्रस्तुति और भाषा दोनों तलों पर रखना पड़ता है। उदाहरणस्वरूप अक्सर राजनैतिक और आर्थिक ख़बरें गंभीर और सटीक भाषा में लिखी जाती हैं वही मनोरंजन और मानवीय रुचि की रिपोर्टिंग के समय पत्रकार कुछ छूट ले लेते हैं।

समाचार चैनलों में विभिन्न विषयों की रिपोर्टिंग के लिए विशेषीकृत डेस्क होती है। जिन पर विषय विशेषज्ञों को रखा जाता है। ये विशेषज्ञता इस हद तक होती है कि राजनैतिक डेस्क पर एक रिपोर्टर कांग्रेस की बीट देख रहा होता है तो दूसरा बीजेपी की, तो एक अन्य रिपोर्टर तीसरे मोर्चे को संभालता है। ये रिपोर्टर लम्बे समय से एक ही बीट पर काम करने के दौरान उस विषय के अच्छे जानकार हो जाते हैं। इसी प्रकार खेल, बिजनेस, विदेश, मनोरंजन, क्राइम आदि की डेस्क भी अलग होती हैं। हेल्थ, कानून, लाइफ स्टाइल, सेना जैसे विषयों पर भी चैनल अलग से रिपोर्टर की जिम्मेदारी सौंप देते हैं।

विभिन्न विषयों की रिपोर्टिंग के लिए सामान्य पत्रकारिता के सिद्धान्तों की समझ के लेखन और कौशल के अलावा विषय विशेष की गहरी समझ भी आवश्यक है। साथ ही रिपोर्टर उस विषय से जुड़े व्यक्तियों, संगठनों, मुद्दों, गतिविधियों एवं घटनाओं पर नजर रखे तभी वो उस विषय की ख़बरों के साथ न्याय कर पाएगा। ऐसा मान लिया जाता है कि टेलीविज़न समाचार अखबारों की

तरह विस्तृत नहीं होते, उसमें चंद तथ्य भर दे देना पर्याप्त होता है। इसलिए एक ही रिपोर्टर सब विषयों के समाचार कवर कर सकता है और राज्य ब्यूरो ऑफिसों में ऐसा हो भी रहा है। वहाँ विषयवार अलग-अलग रिपोर्टर रखना चैनलों के लिए संभव भी नहीं होता। लेकिन मुख्य कार्यालय में विशेषज्ञ पत्रकारों का महत्व अब स्वीकारा जाने लगा है। दरअसल, पत्रकारों की विषय विशेषज्ञता चैनलों की गलतियों को कम करने में मदद कर सकती हैं।

इस अध्याय में विभिन्न विषयों की रिपोर्टिंग को इसी नजरिये से प्रस्तुत करने का प्रयास किया गया है। प्रत्येक क्षेत्र की रिपोर्टिंग की चर्चा करते हुए निम्नलिखित प्रमुख बिन्दुओं को केन्द्र में रखा गया है।

- विशेषीकृत रिपोर्टिंग की प्रकृति
- कंटेंट के दायरे और आयाम
- रिपोर्टिंग कौशल

राजनैतिक रिपोर्टिंग

प्रेस कांफ्रेस : टेलीविज़न पत्रकारिता में राजनैतिक रिपोर्टिंग का विशेष महत्व है इसका कारण है कि टेलीविज़न में राजनैतिक समाचारों का हिस्सा काफी बड़ा होता है। राजनैतिक ख़बरें अधिक बिकने के साथ-साथ कम समय और संसाधनों से तैयार होती हैं। इसलिए समाचार प्रॉड्यूसर राजनैतिक ख़बरों को अपने बुलेटिन में अधिक महत्व देते हैं। राजनैतिक ख़बरों का टेलीविज़न समाचारों में कितना फीसदी हिस्सा है ये तो शोध का विषय हो सकता है लेकिन अनेक प्रबुद्ध लोग इस बात पर विचार कर चुके हैं कि आखिर राजनीति ही इतना अधिक ख़बर क्यों बनती है। ये सवाल टेलीविज़न पत्रकारों के समाचार बोध से जुड़ा है तो आम दर्शकों की पसंद का भी मसला है।

प्रेस कांफ्रेंस और प्रेस ब्रीफिंग में अंतर : राजधानियों में जहाँ राजनैतिक पार्टियों के कार्यालय होते हैं। प्रेस कांफ्रेंस और प्रेस ब्रीफिंग पत्रकारों के लिए अनेक ख़बरों का स्रोत बनती हैं। समय-समय पर नेता प्रेस कांफ्रेंस के माध्यम से पत्रकारों को अपने विचारों या फिर नये तथ्यों से अवगत कराते हैं। ये ख़बर प्रेस तक पहुँचाने का शायद सबसे व्यवस्थित तरीका है। प्रेस कांफ्रेंस और प्रेस ब्रीफिंग में मुख्य अंतर उसके आकार और समय में है। लगातार राजनैतिक उठापठक के दौरान नेताओं को अक्सर हर दिन किसी ना किसी मसले पर पत्रकारों से रूबरू होने की आवश्यकता पड़ती है। उदाहरणस्वरूप संसद या विधानसभा का सत्र यदि चल रहा है तो रोज़ाना कोई समाचार बन सकता है। इसी तरह चुनाव के दौरान रोज़ कोई नयी सूचना प्रेस तक पहुँचानी होती है। ऐसी

स्थिति में नेता लोग रोज़ाना नियमित समय पर प्रेस ब्रीफिंग आयोजित करते हैं। संबंधित पत्रकारों को इस बारे में बता दिया जाता है और वो निर्धारित समय पर ब्रीफिंग के लिए उपस्थित होते हैं। जबकि प्रेस कांफ्रेंस किसी ख़ास मौके पर ही आयोजित होती है। इसके लिए पहले से पार्टी का प्रेस सचिव सभी टेलीविज़न चैनलों में फैक्स, फोन और मेल के जरिये आमंत्रण पत्र भेजता है। इसके अलावा हम प्रेस कांफ्रेंस और प्रेस ब्रीफिंग में इनके आकार के आधार पर भी अंतर कर सकते हैं। पहली बड़ी और दूसरी अपेक्षाकृत छोटी होती है। प्रेस कांफ्रेंस में अक्सर प्रवक्ता के अलावा पार्टी के एक-दो वरिष्ठ नेता भी उपस्थित रहते हैं तो प्रेस ब्रीफिंग में केवल पार्टी प्रवक्ता ही पत्रकारों से रूबरू होता है।

प्रेस कांफ्रेंस की प्रक्रिया : प्रेस कांफ्रेंस की एक निर्धारित प्रक्रिया रहती है जिसका ज्यादातर जगह पालन किया जाता है। पहले संबंधित प्रवक्ता आकर अपनी बात रखता है। ये वक्तव्य पांच से पन्द्रह मिनट तक हो सकता है। बड़ी प्रेस कांफ्रेंस में एक से अधिक प्रवक्ता भी अपनी बात रख सकते हैं। उसके बाद पत्रकारों को सवाल पूछने का मौका दिया जाता है। प्रेस कांफ्रेंस में क्योंकि ढेर सारे पत्रकार मौजूद होते हैं। इसलिए सभी को प्रश्न पूछने का मौका नहीं मिल पाता। पहले वरिष्ठ और बड़े चैनलों और अखबारों से जुड़े पत्रकारों को मौका मिलता है। पत्रकार एक प्रश्न के अलावा पूरक प्रश्न भी पूछ सकते हैं। पत्रकारों के लिए ये सवाल पूछना इसलिए भी काफी चुनौतीपूर्ण होता है कि कम समय में सटीक सवाल पूछना होता है। दोबारा मौका अक्सर कम ही मिल पाता है। प्रेस कांफ्रेंस के दौरान अक्सर पत्रकारों को वक्तव्य की छपी हुई एक प्रति भी उपलब्ध कराई जाती हैं।

ध्यान रखने लायक बातें

पूर्व तैयारी-कोई भी प्रेस कांफ्रेंस एक खास पृष्ठभूमि में होती है। इसलिए उसे कवर करने से पहले उसे जान लेना जरूरी होता है। बिना होम वर्क के प्रेस कांफ्रेंस में जाने से उस विषय को उसके व्यापक संदर्भ में नहीं समझा जा सकता। उदाहरणस्वरूप 1999 के संसदीय चुनाव के दौरान बीजेपी ने अपने घोषणापत्र जारी करने के लिए एक बड़ी प्रेस कांफ्रेंस का आयोजन किया था। उस दौरान ये एक महत्वूपर्ण घटना इसलिए थी क्योंकि सब ये जानने को उत्सुक थे कि बीजेपी किन मुद्दों पर चुनाव लड़ने जा रही है। क्या वो राममंदिर, अनुच्छेद 370 और समान आचार संहिता जैसे विवादास्पद मुद्दों को अपने घोषणापत्र में शामिल करती है। अगर पत्रकार को इन सब के बारे में मालूम ही नहीं है तो

वो उस प्रेस कांफ्रेंस को व्यापक नजरिये से कवर करने के स्थान पर उसकी एकांगी ख़बर ही पेश कर पायेगा।

समय से पहले पहुँचना–टेलीविज़न पत्रकारों को समय से पहले इसलिए पहुँचना जरूरी है क्योंकि उन्हें अखबारी पत्रकारों की तरह केवल पेन और नोटबुक की मदद से ही रिपोर्ट नहीं करना बल्कि कैमरा भी सही स्थान पर लगाना होता है। टेलीविज़न समाचार चैनलों की इस भीड़ में ये काफी महत्वपूर्ण हो गया है कि समय से कुछ पहले पहुँचकर ऐसे स्थान पर कैमरा पोजिशन किया जाये जहाँ से सभी तरह के विजुअल अच्छी तरह से लिए जा सकें। देर से पहुँचकर धक्कामुक्की में अच्छे विजुअल की उम्मीद करना बेमानी होगा। इसके अलावा माईक भी सही स्थान पर लगाकर उसका ऑडियो चेक कर लेना बहुत जरूरी है। अनेक बार अपना माइक ऊपर करने के चक्कर में पत्रकारों में थोड़ी बहुत झड़प भी हो जाती है क्योंकि सभी को चैनलों से निर्देश होते हैं कि उनका लोगो माइक विजुअल में दिखना चाहिए।

कैमरापर्सन को ब्रीफिंग–इससे पहले कि प्रेस कांफ्रेंस शुरू हो टेलीविज़न पत्रकार को कैमरा पर्सन को अपनी विजुअल जरूरत और महत्वपूर्ण व्यक्तियों के बारे में संक्षिप्त विवरण दे देना चाहिए। ताकि उसे शूटिंग में आसानी हो। प्रेस कांफ्रेंस के दौरान कैमरापर्सन के सामने सबसे बड़ी समस्या तब आती है जब नेता अपना वक्तव्य लंबा खींचता है या फिर सवाल-जवाब का सिलसला लंबा चलता है ऐसे में वो ये फैसला नहीं कर पाता कि कौन-सा हिस्सा शूट किया जाए और कौन-सा नहीं। इसके लिए पत्रकार को इशारे की मदद से उसे समय पर आगाह करते रहना होता है। टेलीविज़न पत्रकारों को कैमरे के बावजूद नोटबुक पर भी नोटिंग करना नहीं भूलना चाहिए ये उन्हें स्क्रिप्ट लिखने में मदद करता है।

प्रवक्ता से प्रश्न–टेलीविज़न पत्रकार को ये नहीं भूलना चाहिए कि उसका सवाल ना केवल उसके समझ के स्तर और तैयारी को दिखाते हैं बल्कि ये उसके चैनल की छवि को भी प्रभावित करते हैं। यहाँ होमवर्क जरूरी है। बेहूदा और गैरजरूरी किस्म के सवाल कुछ देर के लिए हंसी के ठाकाके जरूर लगवा सकते है। लेकिन आखिरकार ये पूछने वाले की छवि को धूमिल करते हैं। प्रश्न छोटे, स्पष्ट, सीधे, साफ और गंभीर हों तो ही अच्छा है। हो सके तो पूरक सवाल भी पूछें।

प्रेस कांफ्रेंस के बाद–अधिकतर प्रेस कांफ्रेंस के बाद भोजन या अल्पाहार की व्यवस्था होती है। लेकिन टेलीविज़न समाचार चैनलों पर सबसे पहले

समाचार दर्शक तक पहुँचाने बा दबाव होता है। ऐसे में टेलीविज़न पत्रकार को भोजन करने में समय बर्बाद करने के स्थान पर जल्दी से ऑफिस पहुँचना चाहिए। लेकिन इससे पहले उसे छपा हुआ प्रेस वक्तव्य और संबंधित सामग्री इकट्ठा करना नहीं भूलना चाहिए। प्रेस कांफ्रेंस को सभी चैनल कवर करते हैं। इसलिए इसमें कुछ भी नया नहीं होता। सभी चैनल उसी को अपने ढंग से दिखाते हैं। टेलीविज़न पत्रकारों पर हमेशा कुछ एक्सक्लूसिव लाने का दबाव भी बना रहता है। ऐसे में यदि संभव हो तो प्रवक्ता या नेता से अलग से कोई बाईट लेने की कोशिश करनी चाहिए।

राजनैतिक आयोजन

किसी भी लोकतांत्रिक समाज में राजनैतिक दल विभिन्न मुद्दों को उठाने के लिए अलग-अलग प्रकार के आयोजन करते हैं। दरअसल, इस प्रकार के आयोजन राजनैतिक प्रक्रिया के अभिन्न अंग होने के अलावा लोकतंत्र की सफलता के लिए आवश्यक हैं। टेलीविज़न समाचार चैनलों के लिए इस प्रकार के आयोजन महत्वपूर्ण ख़बर बनते हैं। ये आयोजन न केवल आम जनता के हित से सीधे जुड़े होते हैं बल्कि देश का भविष्य तय करने में भी विशेष भूमिका निभाते हैं। इसलिए टेलीविज़न पत्रकारों को इस प्रकार के आयोजन कवर करते वक्त गंभीरता से अपने दायित्वों को निभाना चाहिए। राजनैतिक पार्टियाँ समय-समय पर अपनी ताकत का प्रदर्शन करने, सरकार या प्रशासन पर दबाव बनाने और अपने पक्ष में माहौल बनाने के लिए रैली, प्रदर्शन, जुलूस आदि करती रहती हैं। एक लोकतांत्रिक समाज में ये आयोजन विचार मंथन या विरोध जताने के ताकतवर औजार होते हैं एक टेलीविज़न पत्रकार को सबसे पहले ऐसे आयोजनों के नामों और उनके बीच फर्क को समझना चाहिए।

धरना-एक जगह बैठकर अपनी मांगों के समर्थन में किया गया प्रदर्शन का आयोजन धरना है। धरना सांकेतिक, एक दिन के लिए या फिर बेमियादी भी हो सकता है।

जुलूस-मांग पट्टिकाओं, बैनर के साथ कतारबद्ध या जत्थे के रूप में नारेबाज़ी के साथ प्रदर्शन करना जुलूस है। जुलूस मौन भी हो सकता है।

जनसभा-एक खुले स्थान पर काफी लोग श्रोता के रूप में कुछ वक्ताओं को किसी विशेष मुद्दे पर सुनने के लिए जुटती है तो वो जनसभा बन जाती है।

रैली-अपेक्षाकृत बड़े पैमाने पर जब अलग-अलग स्थानों से जुलूस की शक्ल में लोग आकर एक निश्चित स्थान पर पहुंचकर जब सभा का रूप ले लेते हैं तो वो रैली कहलाती है। अक्सर नेता लोग रैली को अलग नाम दते हैं। जैसे

धिक्कार रैली, बहिष्कार रैली, संकल्प रैली, स्वाभिमान रैली, लाठी रैली आदि। नेता रैली की विशालता को दिखाने के लिए उसके आगे विशाल, विराट जैसे शब्द भी लगा देते हैं। लालू यादव ने तो अपनी रैली की विशालता दिखाने के लिए उसके लिए रैली का पुरुषवाचक शब्द बनाकर रैला शब्द का इस्तेमाल किया।

घेराव-इसमें आंदोलनकारी अपनी मांगों के समर्थन में दबाव बनाने के लिए किसी अफसर या नेता को घेर लेते हैं या उसे बंधक बना लेते हैं।

हड़ताल-कर्मचारियों द्वारा अपने काम को रोक देना या निर्धारित से अधिक करना हड़ताल है। हड़ताल सांकेतिक हो सकती है यानी एक दिन की। जिससे कि सरकार या प्रशासन को संकेत मिल जाए। इसके अलावा इसके अनेक रूप हो सकते हैं– भूख हड़ताल, अनिश्चितकालीन हड़ताल आदि। भूख हड़ताल में आन्दोलनकारी अनशन पर बैठ जाते हैं। ये क्रमिक हो सकती है जिससे बारी-बारी से अनेक लोग अनशन करते हैं। अनशन आमरण भी हो सकता है। कर्मचारी अक्सर पैन डाऊन स्ट्राइक भी करते हैं जिसमें वे ऑफिस तो आते हैं लेकिन काम नहीं करते।

बंद और चक्काजाम-सामान्य गतिविधियाँ जैसे रेलसेवा, बस सेवा, बाजार, स्कूल, अस्पताल आदि बंद करके भी कई बार राजनैतिक दल अपना विरोध जताते हैं।

विरोध के अन्य तरीके-आन्दोलनकारी विरोध करने के रोचक, विचित्र तरीके अपना रहे हैं। जैसे बाजू में काली पट्टी बांधना, प्रशासन या सरकार की सद्‌बुद्धि के लिए यज्ञ करना, पुतला दहन करना, पानी किल्लत के विरोध में मटके फोड़ना, तेल की कीमतों के विरोध में बैलगाड़ी पर कार-स्कूटर लाद कर जुलूस निकालना। सिर मुंडवा कर किसी का श्राद्ध करना, जूता पालिश करना, नग्न प्रदर्शन करना इत्यादि।

दरअसल आन्दोलनकारी विरोध के नए तरीके ख़बर बनने के लिए अपना रहे हैं। विदेशों में पर्यावरण प्रेमी संगठन पेटा के कार्यकर्त्ता जीवों पर अत्याचार के खिलाफ सार्वजनिक स्थानों पर पूर्णतया नग्नावस्था में प्रदर्शन करते हैं। वहाँ चर्चित समाचार बनने का ये एक लोकप्रिय तरीका बन चुका है।

ध्यान रखने लायक बातें

आयोजन की पृष्ठभूमि-कोई राजनैतिक आयोजन अचानक घटित होने वाली घटना ना होकर एक श्रृंखलाबद्ध घटनाओं की परिणति होती है। ठीक इसी प्रकार ऐसे आयोजनों के दूरगामी परिणाम भी निकलते हैं। रिपोर्टिंग से पहले अगर

हमें पृष्ठभूमि का पता नहीं है तो संभव है कि रिपोर्टिंग एकांगी और पूर्वाग्रह लिए हुए हो।

आयोजन के मुद्दे-राजनैतिक आयोजन के मुद्दे क्या-क्या हैं? मांगे और मकसद क्या है? ये सब जानना इसलिए जरूरी है क्योंकि कई बार ऊपरी मुद्दे दिखावे के होते हैं और छिपा हुआ एजेंडा कुछ और ही होता है। पत्रकार राजनैतिक घटनाक्रम को विश्लेषित करके असली ख़बर को पकड़ पाने में सक्षम होना चाहिए। रैली की पृष्ठभूमि क्या है और रैली के बाद राजनीति में क्या बदलाव आने वाले हैं। रैली की सफलता से किस नेता का कद बढ जाएगा या किसी पार्टी की जीत सुनिश्चित हो जाएगी, ये सब टेलीविज़न रिपोर्टर को भांपने में सक्षम होना चाहिए।

शूटिंग की सावधानियाँ-राजनैतिक आयोजन हमेशा ही रोचक विजुअल उपलब्ध कराते हैं। बड़ी संख्या में मानवीय चेहरे-वो भी अलग-अलग जगह से आये लोग-कैमरा पर्सन को शूटिंग की पूरी संभावना उपलब्ध कराती है। ऐसे आयोजनों में चेहरों के अलावा मांग पट्टी, बैनर और नारे भी अच्छी ख़बर बनते हैं। समस्या नेताओं के भाषण रिकोर्ड करने में आती है। अनेक नेता और उनके लंबे-लंबे भाषण। कैमरा पर्सन को उपयोगी हिस्सा चुनने में काफी दिक्कत आती है। उसके लिए सारे भाषण ज्यों-का-त्यों कैमरे में कैद करना असंभव है। रिपोर्टर इस मसले पर कैमरा पर्सन की मदद कर सकता है। अधिक शूट करना एडिटिंग की मुश्किलें भी बढाता है और संसाधन भी व्यर्थ जाते हैं।

आम लोगों की आवाज़-अक्सर बड़ी रैलियों की कवरेज के दौरान रिपोर्टर शहरी पूर्वाग्रह से ग्रसित होकर या तो केवल नेताओं की ही बाईट लेते हैं या फिर दूरदराज से आये ऐसे कम जानकार लोगों की बाईट दिखाकर साबित करना चाहते हैं कि रैली में आये लोग अनपढ़-गंवार हैं और उनको यूं ही बहका कर इकट्ठा कर लिया गया है। रिपोर्टर को ये कतई नहीं भूलना चाहिए कि राजनैतिक आयोजन लाख खामियों के बावजूद लोकतांत्रिक समाज में जन भावना के प्रतीक हाते हैं और आम लोगों की सही बाईट के बिना ऐसे आयोजनों की रिपोर्ट को पूरा और संतुलित नहीं माना जा सकता।

मानवीय रुचि का कोण-एक ही आयोजन से अनेक स्टोरी भी निकल सकती है। अक्सर बड़ी रैलियाँ राजनैतिक ख़बर के अलावा मानवीय रुचि की ख़बर भी बनती हैं। बशर्ते रिपोर्टर के पास ऐसी दृष्टि हो। हरेक बड़ी रैली में हिस्सा लेने वाले लोगों को पानी और भोजन की समस्या से जूझना पड़ता है।

चुनाव रिपोर्टिंग

लोकतंत्र में चुनाव एक महत्वपूर्ण आयोजन है जिसके जरिये नागरिक अपनी पसंदीदा सरकार चुनते हैं और समाचार चैनल किसी भी चुनाव को कवर करने के लिए काफी पहले से तैयारी शुरू कर देते हैं। चुनाव इसलिए भी अधिक ख़बर बनते हैं क्योंकि बड़े पैमाने पर लोगों की इसमें भागीदारी होती है, सस्पैंस के साथ-साथ अनेक रोचक पहलू पत्रकारों को अलग-अलग कोणों से ख़बर उपलब्ध कराते हैं। चुनाव चाहे विश्वविद्यालय का हो या फिर पंचायत, जिला परिषद से लेकर संसद का हो, लगभग सभी की प्रक्रिया एक जैसी ही होती है। जिन लोगों ने कभी चुनावों में सक्रिय तौर पर भागीदारी नहीं की है या फिर चुनाव नहीं लड़ा है उनके लिए चुनाव कवर करने से पहले चुनाव प्रक्रिया को समझ लेना अति आवश्यक है।

चुनाव प्रक्रिया

चुनाव प्रचार-जो काफी पहले से ही शुरू हो जाता है।

मतदाता सूची-चुनाव आयोग मतदाता सूची को दुरूस्त करता है ताकि नये मतदाताओं को शामिल और मृतकों के नाम सूची से हटाए जा सकें।

चुनाव घोषणा पत्र-पार्टियाँ अपने मुद्दों को स्पष्ट करने के लिए पहले से ही घोषणा कर देती हैं कि वो अगर सत्ता में आती हैं तो किन नीतियों पर अमल करेंगी। ये मतदाताओं को लुभाने और अपनी बात रखने का तरीका है।

चुनाव की अधिकारिक घोषणा-आयोग चुनाव की तारीखों की घोषणा विधिवत गजट में छापकर करता है। चुनाव की अधिकारिक घोषणा के बाद चुनाव आचार संहिता लागू हो जाती है।

नामांकन की अंतिम तारीख-इस दिन तक उम्मीदवार पर्चा भर सकते हैं।

चुनाव प्रचार रोकने की तिथि-चुनाव से अक्सर अड़तालीस घंटे पहले रैलियों आदि से चुनाव प्रचार पर रोक लगा दी जाती है। जबकि घर-घर जाकर मिलने का सिलसिला चलता रहता है।

मतदान की तारीख-इस दिन मतदाता अपने मत का प्रयोग करते हैं।

मतगणना-इलेक्ट्रोनिक वोटिंग मशीनों के बाद मतगणना का कार्य थोड़े समय में ही पूर्ण हो जाता है।

विजयी उम्मीदवारों के नामों की घोषणा-मतगणना पूरी होने के बाद चुनाव अधिकारी विजयी उम्मीदवारों की विधिवत घोषणा करता है। उसके बाद जिस भी दल को बहुमत मिलता है वह अपनी सरकार बनाने का दावा पेश करता है।

ख़बर बनने लायक घटनाएँ

चुनाव प्रचार-राजनैतिक लोग चुनाव प्रचार के नये-नये रोचक तरीके अपनाते हैं जो अपने आप में रोचक ख़बर बनते हैं। बहुजन समाज पार्टी हाथियों का जुलूस निकालती है तो दिल्ली के नेता फिल्मी हस्तियों से चुनाव प्रचार करवाते हैं। लालू प्रसाद यादव बड़ी लालटेन को कार पर बंधवाकर घुमवाते हैं तो भारतीय जनता पार्टी रथ यात्रा निकालती है। चुनाव से काफी पहले ही अघोषित रूप से चुनाव प्रचार शुरू हो जाता है। रैलियाँ चुनाव प्रचार का बड़ा तरीका है। जब-जब केन्द्रीय नेता किसी रैली में हिस्सा लेते हैं तो राष्ट्रीय समाचार बनते हैं।

मतदाता सूची-हरेक चुनाव से पहले विपक्षी पार्टियाँ ये आरोप अक्सर लगाती हैं कि सत्ताधारी दल उसके वोटरों के नाम मतदाता सूची में से हटवाकर अपने समर्थकों के नाम डलवा रही हैं। कई बार तो इस मसले पर अच्छा खासा विवाद पैदा हो जाता है।

घोषणा-पत्र-राष्ट्रीय दलों के घोषणा पत्र सबके इंतजार का विषय होते हैं। अक्सर ये दल दिल्ली में बड़ी प्रेस कांफ्रेंस करके अपने घोषणा-पत्र जारी करते हैं। घोषणा-पत्र में कौन-कौन से मुद्दे शामिल किये गए हैं या छोड़े गए हैं यही ख़बर बनते हैं।

चुनाव प्रक्रिया-चुनाव की तिथियाँ घोषित होते ही सभी राजनैतिक दल अपने-अपने उम्मीदवारों की सूची जारी करने लगते हैं। चुनाव आयोग किन क्षेत्रों को संवेदनशील घोषित करते हैं और किस इलाके में कब चुनाव होंगे ये सब ख़बर का विषय बनते हैं। मतदान का प्रतिशत और बूथकैपचरिंग आदि की घटनाएँ मतदान के दिन ख़बर बनते हैं। इसके बाद विजयी उम्मीदवार के नाम और फिर सरकार बनाने की जोड़तोड़ ख़बरों का प्रमुख विषय बनते हैं।

चुनावी ख़बरों की पैकेजिंग

बैकग्रांउंडर-समाचार चैनल चुनाव से काफी पहले ही उसकी तैयारी में जुट जाते हैं। सामान्यतया संसदीय चुनावों में दो महीने पहले ही चुनाव डेस्क की स्थापना कर दी जाती हैं जिसका काम होता है देशभर के प्रमुख चुनावी क्षेत्रों, नेताओं का राज्यवार और पार्टीवार विवरण तैयार करना। समाचार चैनल कई हफ्ते पहले ही चुनावी प्रसारण शुरू कर देते हैं। इस प्रसारण में अधिकतर बैकग्राउंडर दिखाए जाते हैं। इस प्रकार के समाचारों में किसी नेता, दल या क्षेत्र विशेष की पृष्ठभूमि के बारे में दर्शकों को अवगत कराया जाता है।

मुद्दे आधारित समाचार–चुनाव के राष्ट्रीय, क्षेत्रीय और स्थानीय मुद्दों में काफी फर्क होता है। प्रत्येक संसदीय या विधानसभा क्षेत्र के मुद्दे बिल्कुल ही अलग-अलग हो सकते हैं। क्षेत्र विशेष में चुनाव किन मुद्दों पर लड़ा जा रहा है। राजनैतिक दलों ने क्या मुद्दे उठाए हैं तो आम जनता की राय क्या है, उनकी समस्याएँ क्या हैं इन सबको लेकर समाचार बनते हैं।

विश्लेषणात्मक समाचार–हार-जीत का फैसला तो चुनाव परिणाम आने के बाद ही होता है लेकिन तब तक हर व्यक्ति विशेषज्ञ की तरह विश्लेषण करता रहता है। पत्रकार भी कहाँ पीछे रह सकते हैं। पिछले चुनावों को आधार बनाकर, मतदाताओं की संख्या का हिसाब-किताब लगाते हुए, लोगों की राय जानते हुए पत्रकार ऐसे समाचार खूब प्रसारित करते हैं। अंतिम दिनों में तो मतगणना के दौरान टेलीविज़न एंकर लगातार घंटों हार-जीत को लेकर चर्चा करते रहते हैं। आजकल हरेक समाचार चैनल चुनाव से पहले सर्वेक्षण करके अपने अनुमान को सही साबित करने की कोशिश करता है। इस कारोबार में चुनाव विश्लेषकों का एक तबका भी भारत में तैयार हो गया है।

इंटरव्यू आधारित समाचार–चुनाव के अंतिम दिनों में महत्वपूर्ण उम्मीदवारों के साक्षात्कार भी काफी महत्वपूर्ण हो जाते हैं। पत्रकार ऐसे मौकों पर या तो स्वयं कैमरा टीम लेकर उनके घर या कार्यालय जाते हैं या फिर उम्मीदवारों को स्टूडियो में आमंत्रित करते हैं। इंटरव्यू आधारित समाचारो में अक्सर पत्रकार कुछ मुद्दों पर उम्मीदवारों की राय लेते हैं और फिर उनको एक साथ संपादित करके ख़बर बनाते हैं। कई बार सत्तापक्ष और विपक्ष के बीच आरोपों और जवाबों का एक रोचक सिलसिला इस प्रकार के समाचारों में देखने को मिलता है।

एक दिन नेता के साथ–चुनाव कवरेज के दौरान अक्सर पत्रकार महत्वपूर्ण नेताओं के साथ दिनभर चुनाव प्रचार में रहते हैं और मानवीय दृष्टिकोण से वे उनकी दिनचर्या को फिल्माते हैं। मसलन उनका खान-पान, पहनावा, पसन्द-नापसन्द, व्यस्तता, समस्यायें इत्यादि। इस प्रकार सुबह उठने से लेकर रात को बिस्तर पर जाने तक की घटनाक्रम को एक कैमरा टीम शूट करती है और फिर इस फुटेज को सम्पादित कर आधे घंटे के एक रोचक कार्यक्रम में तब्दील कर दिया जाता है। कैम्पेन ट्रेल (Campaign Trail) नामक जी न्यूज़ पर प्रसारित होने वाला कार्यक्रम इस फार्मेट पर बनाया गया था।

ध्यान रखने योग्य बातें

चुनाव सत्ता के लिए संघर्ष है और इसमें धन और बल का खूब प्रयोग होता है। रिपोर्टिंग के दौरान पत्रकार को हमेशा समाचार बनाने से पहले तथ्यों की गहरी

जांच-पडताल करनी पड़ती है। मूल सिद्धान्त ये रहना चाहिए कि प्रत्येक तथ्य को कई व्यक्तियों और स्रोतों से जांच लेना चाहिए। विशेषकर चुनाव के अंतिम दिनों में प्रतिद्वंद्वियों का एक-दूसरे के खिलाफ अफवाह फैलाना आम बात है। ऐसे में कई बार पत्रकार इस प्रकार के दुष्प्रचार का शिकार बनकर अपनी विश्वसनीयता गंवा बैठता है। कुछ उम्मीदवार पत्रकारों को सुविधाएँ और धन का लालच देकर अपने पक्ष में रिपोर्टिंग के लिए लुभाते हैं और ऐसा न करने पर धमकियाँ भी देते हैं। महत्वपूर्ण चुनावी हल्कों में रिपोर्टिंग करना कठिन कार्य है।

चुनाव की रिपोर्टिंग के दौरान पत्रकारों को कमजोर उम्मीदवारों को भी अपनी बात रखने का अवसर देना चाहिए। अक्सर देखा ये जाता है कि पत्रकार पूरी लड़ाई को दो या तीन मुख्य उम्मीदवारों के बीच ही दिखाते हैं। जबकि अनेक बार कमजोर दिखने वाले उम्मीदवार भी चुनावी गणित को बिगाड़ देते हैं। दरअसल लोकतंत्र की एक महत्वपूर्ण गतिविधि होने के नाते चुनावों को भी लोकतांत्रिक तरीके से कवर किया जाना चाहिए। अनेक बार आम लोगों में से ईमानदार सामाजिक कार्यकर्ता चुनावों में खड़े होते हैं और मीडिया उन पर कोई ध्यान नहीं देता या फिर कुछ सामाजिक संगठन अपने उम्मीदवार मैदान में उतारते हैं जो कभी ख़बर नहीं बनते। इसी प्रकार पत्रकारों में सारे चुनावी समर को कुछ पार्टियों और व्यक्तियों के बीच की लड़ाई बना देने का चलन देखने में आता है, जबकि चुनाव तो लोकतंत्र का मूल है जिसमें आम नागरिक अपने प्रतिनिधियों को चुनते हैं। इस प्रकार चुनावी ख़बरों में भी आम लोगों की राय और जनमत को उचित प्रतिनिधित्व मिलना चाहिए।

सांस्कृतिक रिपोर्ट

भारत सांस्कृतिक विविधताभरा एक उत्सवधर्मी देश है। इसलिए पत्रकारों को सालभर सांस्कृतिक ख़बरों की कमी महसूस नहीं होती। अलग-अलग भौगोलिक विशेषताओं वाले राज्य, उनमें विभिन्न संस्कृतियों, धर्मों और भाषाओं वाले लोग भारत को एक विविधता से परिपूर्ण देश बनाते हैं। भारत जितने त्यौहार शायद ही किसी दूसरे देश में आयोजित होते होंगे। ऐसे में टेलीविज़न पत्रकारों के लिए सांस्कृतिक रिपोर्टिंग एक महत्वपूर्ण मुद्दा बन जाती है। संस्कृति सदा ही मानवीय रुचि और मनोरंजन का विषय रही है। रोचक दृश्यों से भरपूर सांस्कृतिक गतिविधियाँ टेलीविज़न के लिए निहायत उपयोगी विषयवस्तु बन जाती है। सही मायने में संस्कृति को कवर करने का उन्हीं लोगों को हक है जिनकी न केवल संस्कृति में रुचि है बल्कि संस्कृति की गहरी समझ भी है। कला के विभिन्न रूपों और उनके सौन्दर्यशास्त्र से भी वे परिचित हों।

सांस्कृतिक आयोजनों के प्रकार एवं प्रकृति : संस्कृति को मनुष्य के जीवन जीने के ढंग के रूप में परिभाषित किया जाता है। यानी जीवन के वे सभी पहलू संस्कृति की परिधि में आते हैं जिनमें मनुष्य अपनी कलात्मकता और जीवन के उत्सव को उद्घाटित करता है। भारतीय संदर्भ में सांस्कृतिक रिपोर्टिंग के लिए निम्नलिखित घटनाएँ महत्वपूर्ण हैं।

- **परम्परागत त्यौहार**-होली, दीवाली, ईद, क्रिसमस, ओणम, गणेश पूजा, बैसाखी, बिहू, दुर्गा पूजा, दशहरा, तीज इत्यादि।
- **आधुनिक उत्सव**-स्वतंत्रता दिवस, गणतंत्र दिवस, खजुराहो उत्सव, मरू उत्सव, आगरा उत्सव, संगीत समारोह, फिल्मोत्सव, व्यापार मेले, प्रदर्शनियाँ इत्यादि।
- **मेले**-कुंभ मेला, सिंहस्थ मेला पुष्कर मेला, कुल्लू मेला, सोनपुर मेला, सूरजकुंड मेला इत्यादि।
- **राष्ट्रीय सम्मान**-राष्ट्रीय फिल्म पुरस्कार, साहित्य अकादमी पुरस्कार, ललित कला अकादमी पुरस्कार, संगीत एवं नाटक अकादमी पुरस्कार इत्यादि।
- **शास्त्रीय संगीत**-देश के विभिन्न संगीत घराने, संगीत के विभिन्न रूपों जैसे ठुमरी, खयाल, ध्रुपद, टप्पा आदि की समझ ।
- **परम्परागत कला**-जात्रा, यक्षगान, तमाशा, नोटंकी, रासलीला, स्वांग, पांडवानी इत्यादि।
- **फाइन आर्ट**-देश की विभिन्न पेंटिंग परम्पराएँ जैसे तंजोर पेंटिंग, मधुबनी पेंटिंग, राजस्थानी पेंटिंग के अलावा आधुनिक कला परम्पराएँ।
- **आधुनिक नाटक**-विभिन्न थियेटरों में आयोजित किये जाने वाले नाटक एवं स्टेज शो।

ध्यान रखने लायक बातें

किसी भी देश की संस्कृति रोचक दृश्यों से भरपूर होती है। ये दृश्य न केवल विविधता लिये होते हैं बल्कि रंग-बिरंगे और मनोरम होते हैं। इसीलिए आकर्षक दृश्यों से लबरेज सांस्कृतिक ख़बरें दर्शकों को हमेशा भाती हैं। नयी विषय वस्तु लिये हुए सांस्कृतिक ख़बरों को कवर करते समय रिपोर्टर को हमेशा ध्यान रखना चाहिए कि वो किसी भी सांस्कृतिक आयोजन से बेहतर और रोचक दृश्यों को शूट करे। सांस्कृतिक ख़बरों को शूट करने में कैमरे की कलात्मकता आवश्यक है। यहाँ समय का दबाव कम रहता है और गीत-संगीत से भरपूर पृष्ठभूमि आवाजें भी उपलब्ध होती हैं। इसलिए रिपोर्टर को एम्बीयंस का भी

दृश्यों जितना ही ध्यान रखना चाहिए। उदाहरण के लिए नृत्य आयोजन में नर्तक के दृश्य के साथ-साथ संगीत का भी उतना ही महत्व है।

सांस्कृतिक ख़बरों की एडिटिंग के दौरान भी सौन्दर्य पक्ष का विशेष ध्यान रखा जाता है। एडिटिंग के दौरान पृष्ठभूमि संगीत का उपयोग किया जाता है। उदाहरण के लिए पेंटिंग प्रदर्शनी की ख़बरों में रिपोर्टर एक-एक पेंटिंग के क्लोजअप को दिखाते हुए दर्शक को कला दीर्घा की सैर कराता है। इस प्रकार की ख़बरों में अक्सर रिपोर्टर हल्का संगीत पृष्ठभूमि में डाल देता है। एडिटिंग के साथ ही कट-टू-कट के स्थान पर डिजोल्व और स्लो मोशन इफेक्ट का भी प्रयोग ख़बर को मनोरंजक बनाने के लिए किया जाता है। दरअसल इस प्रकार की ख़बरें सूचनात्मक होने के साथ-साथ मनोरंजन से भरपूर होती हैं। इसलिए इनमें स्क्रिप्ट का उतना महत्व नहीं रहता जितना कि संगीत और दृश्यों का। अनेक बार शब्दों को विराम दिया जाता है और आकर्षक दृश्यों से ही ख़बर को आगे बढ़ाया जाता है। रोचकता के कारण ही सांस्कृतिक रिपोर्ट को अन्य विषयों की रिपोर्ट के मुकाबले अधिक समय दिया जाता है।

आर्थिक रिपोर्टिंग

टेलीविज़न समाचारों में आर्थिक ख़बरों की बड़ी संख्या होती है। आर्थिक रिपोर्टिंग जटिल विषय है जिस पर महारत हासिल करने के लिए विशेष अध्ययन व सतत प्रयास आवश्यक है। आर्थिक ख़बरों का इसलिए भी अधिक महत्व है क्योंकि किसी भी देश के विकास में आर्थिक गतिविधियाँ महत्वपूर्ण भूमिका निभाती हैं। देश की राजनैतिक उठापटक भी दिनों-दिन आर्थिक मुद्दों से संचालित होने लगी हैं। समाज की अधिकांश समस्याएँ जैसे बेरोजगारी, मंहगाई, भुखमरी मूलतः आर्थिक हैं। या यों कहें कि जीवन का चक्र अर्थव्यवस्था से संचालित हो रहा है। बाजार आज जीवन के हर हिस्से को संचालित कर रहा है। भारत में अनेक समाचार चैनल केवल बिजनेस और बाजार पर केन्द्रित हैं। जबकि दूसरे चैनल भी आर्थिक समाचारों पर केन्द्रित विशेष समाचार बुलेटिन प्रसारित करते हैं। ऐसे में बड़ी तादाद में आर्थिक मसलों की समझ रखने वाले रिपोर्टरों की आवश्यकता होती है। लेकिन बहुत कम लोग बिजनेस में रुचि रखते हैं और नतीजा यह निकलता है कि अर्थशास्त्र या व्यावसायिक प्रबंधन में स्नातकोत्तर उपाधि प्राप्त छात्रों को इस तरीके के काम के लिए जुटाया जाता है।

आर्थिक ख़बरों का दायरा

1. **कृषि**-भारतीय अर्थव्यवस्था कृषि आधारित है और देश में आज भी

बड़ी जनसंख्या कृषि आधारित कार्यों से अपना पेट पालती है। लेकिन दुखद बात यह है कि आर्थिक ख़बरों में कृषि को उतना महत्व नहीं दिया जाता जितना कि दिया जाना चाहिए। हालांकि क्षेत्रीय समाचार चैनल इस दिशा में अच्छा काम कर रहे हैं। खाद्यान्नों एवं अन्य कृषि उत्पादों के बाजार मूल्य कुछ चैनल नियमित रूप से दिखाते हैं। नये बीज और उर्वरक, किसानों की समस्याएँ, मौसम का कृषि पर अच्छा या बुरा असर, कृषि सम्बन्धी सरकार की योजनाएँ, सफल किसानों की कहानियाँ अक्सर समाचार चैनलों में ख़बर बनती है। लेकिन कृषि सम्बन्धी मुद्दों पर गंभीर चर्चा विमर्श और चिंता टेलीविज़न समाचार चैनलों पर नहीं दिखाई देता है। पिछले डेढ़ दशक के दौरान उदारीकरण के परिणामस्वरूप भारतीय किसान किस प्रकार कर्ज तले दब गए हैं, अपनी जमीन और कृषि औजार बेचने को मजबूर हो रहे हैं और इस सबसे बढ़कर आत्महत्या करने को विवश हो रहे हैं। इन सब मसलों पर टेलीविज़न समाचारों में संवेदनशील और विश्लेषणात्मक रिपोर्टिंग का अभाव देखने को मिलता है।

2. **शेयर बाजार**-अधिकांश समाचार बुलेटिनों में शेयर बाजार के उतार-चढ़ाव की ख़बरें नियमित रूप से दिखाई जाती हैं। देश की दो प्रतिशत आबादी शेयरों में निवेश करती है, लेकिन फिर भी चैनलों के लिए शेयर बाजार की ख़बरें अत्यधिक महत्वपूर्ण होती हैं। यहाँ तक कि शेयर बाजार के सूचकांक से सरकार की नीतियों या अर्थव्यवस्था की सेहत का अनुमान लगाया जाता है। शेयर बाजार की अत्यधिक रिपोर्टिंग का एक कारण शायद B.S.E.&N.S.E. से सरल और सुलभ ख़बरें उपलब्ध होना है और दूसरा कारण चैनल मालिकों का ये पूर्वाग्रह है कि उनके दर्शक केवल शहरी मध्यम वर्ग के हैं।

3. **आयात-निर्यात**-उदारीकरण और भूमण्डलीकरण की नीतियों के बाद आयात-निर्यात में तेजी आई है। साथ ही अंतरराष्ट्रीय संगठनों (W.T.O., W.B., F.A.O., I.M.F., I.B.R.D., E.U.) के कार्यक्रम एवं नीतियाँ भी खूब ख़बरें बनती हैं। विभिन्न महत्वपूर्ण कंपनियों के सालाना और छः माही कारोबार और कामकाज को लेकर भी ख़बरें दिखाई जाती हैं।

4. **सर्विस सेक्टर**-इन दिनों सेवा क्षेत्र में काफी कारोबार हो रहा है। बैंकिंग, होटल व्यवसाय, अस्पताल, शिक्षा, इंश्योरेंस, हाउसिंग, यातायात आदि क्षेत्रों में हर दिन कुछ न कुछ नया होता रहता है। इन क्षेत्रों से संबंधित सरकार की नई नीतियाँ भी ख़बरों में छायी रहती हैं।

5. **सरकारी नीतियाँ**-केन्द्रीय एवं राज्य सरकारों के सालाना बजट सबसे बड़ी आर्थिक ख़बरें होती हैं जब चैनल दूसरी ख़बरों को छोड़ पूरी तरह से इन

पर केन्द्रित हो जाते हैं। इनके अलावा राष्ट्रीय आर्थिक सर्वेक्षण, रिजर्व बैंक की नीतियां, सिक्यूरिटीज एंड बोर्ड आफ इंडिया जैसे संगठनों की घोषणाएँ आर्थिक ख़बरों के दायरे में आती हैं।

6. कारपोरेट सेक्टर-पिछले कुछ सालों में बड़ी कंपनियों ने अपनी कारोबारी गतिविधियों में काफी इजाफा किया है। अब नये उत्पाद को बाजार में उतारना, बाजार के नये चलन, प्रतिस्पर्धा, कंपनियों की खरीद-बेच ये सब भी आर्थिक ख़बरें बनती हैं। भारतीय उद्योग संगठनों जैसे C.I.I., F.I.C.C.I., P.H.D. आदि की गतिविधियाँ भी ख़बरों में छाई रहती हैं।

7. उपभोक्ता बाजार-उदारीकरण के बाद भारत में उपभोक्ता बाजार का विस्तार हुआ है। नये शॉपिंग मॉल हर शहर में बन गए हैं और समाचार चैनल उपभोक्ताओं को नये उत्पादों, स्कीमों, प्रदर्शनियों की जानकारी उपलब्ध कराता है। इस प्रकार की ख़बरें जीवन शैली के समाचारों के साथ मिलाकर दिखाई जाती हैं।

ध्यान रखने लायक बातें

1. आर्थिक रिपोर्टिंग के दौरान सबसे बड़ी चुनौती इस विषय का जटिल होना है। इसलिए सबसे जरूरी है कि पत्रकार पहले अर्थव्यवस्था की एक बुनियादी समझ विकसित करें। ऐसा वो अर्थशास्त्र के विधिवत अध्ययन के अलावा समय-समय पर इस विषय से जुड़े समाचारों, लेखों एवं पुस्तकों को पढ़कर कर सकते हैं।
2. आर्थिक ख़बरों में एक बड़ी समस्या भाषा सम्बन्धी भी सामने आती है क्योंकि आर्थिक समाचारों की शब्दावली का बड़ा हिस्सा अंग्रेजी में होता है जिसे या तो सरल हिन्दी में अनुवाद करना होता है या फिर ज्यों-का-त्यों अंग्रेजी से उठा लिया जाता है, क्योंकि ये एक तकनीकी विषय है इसलिए अर्थ जगत से जुड़ी हुई महत्वपूर्ण अवधारणाओं एवं शब्दों को पहले अच्छी तरह समझ लेना आवश्यक है।
3. आर्थिक रिपोर्टिंग बड़ी-बड़ी कंपनियों और समाज के धनाढ्य तबके के इर्द-गिर्द घूमती है। पत्रकार की एक रिपोर्ट से किसी कम्पनी का सीधा हित और अहित जुड़ा हो सकता है। ऐसे में रिपोर्टर के सामने निष्पक्ष एवं संतुलित रहने की चुनौती आती है क्योंकि औद्योगिक समूह अपने हितों के लिए मीडिया को प्रभावित करने या खरीदने से बाज नहीं आता। कंपनियों के जनसम्पर्क अधिकारी पत्रकारों को समय-समय पर कीमती तोहफे देते हैं। ये पत्रकार के स्वविवेक पर निर्भर करता

है कि वो रिपोर्टिंग के दौरान किसी कंपनी का पी.आर.ओ. बन जाए या एक निष्पक्ष पत्रकार बना रहे।

4. दिनों-दिन विज्ञापन एवं समाचार में अंतर कम होता जा रहा है। कुछ चैनल कंपनियों से धन लेकर उनके उत्पादों का प्रचार अपने समाचार बुलेटिनों में ख़बर के रूप में करते हैं। ये चलन भारतीय बिजनेस चैनलों में इस कदर स्थापित हो गया है कि नये उत्पाद की खूबियाँ बताने वाले अनेक विशेष कार्यक्रम भी दिखाये जाने लगे हैं, जहाँ दर्शक के सामने यह तय कर पाना मुश्किल होता है कि वह विज्ञापन है या समाचार। चैनलों का तर्क है कि वे दर्शकों को उनके उपयोग की सूचनाएँ उपलब्ध करा रही हैं। टेलीविज़न पत्रकारों को अपनी ख़बरों के विजुअल में बेवजह कंपनियों के उत्पाद, लोगो और ब्रांड नाम का प्रचार करने से बचना चाहिए।
5. आर्थिक रिपोर्टिंग के दौरान अक्सर यह देखा जाता है कि पत्रकार सभी ख़बरों को कंपनियों, उद्योगपतियों और देश के सुविधा सम्पन्न तबके के दृष्टिकोण से ही रिपोर्ट करते हैं। जबकि आर्थिक समाचारों का आम लोगों पर क्या असर पड़ेगा या उनकी क्या जरूरत है ये सब बातें पीछे छूट जाती हैं। सम्पन्न तबके के पक्ष में पूर्वाग्रह इस कदर देखने में आता है कि अधिकांश मसलों पर गरीब और ग्रामीण लोगों की राय को शामिल करना भी आवश्यक नहीं समझा जाता है।
6. आर्थिक ख़बरों में आंकड़ों की बहुतायत होती है जिन्हें प्रसारित करने से पहले कई बार जांच लेना आवश्यक है। अधिक आंकड़े या संख्याएँ देने से ख़बर की रोचकता कम होती है इसलिए बेहतर संचार के लिए आंकड़ों को ग्राफिक्स की मदद से समझाना बेहतर होता है।

अपराध रिपोर्टिंग

अस्सी के दशक में दूरदर्शन समाचारों में अपराध समाचारों को कभी-कभार केवल तभी दिखाया जाता था जब वे किसी बड़ी हस्ती से जुड़े हों। लेकिन निजी चैनलों ने अपराध समाचारों को अपनी लोकप्रियता बढ़ाने का एक सस्ता एवं आसान जरिया बना लिया। अपराध समाचारों पर चैनलों की निर्भरता सन 2003 के बाद से अधिक बढ़ गई क्योंकि इस दौरान चैनल संख्या बढ़ने के साथ-साथ प्रतिस्पर्द्धा भी पहले से अधिक तीखी हो गयी।

अपराध रिपोर्टिंग का विकास

सारी दुनिया के अनुभव बताते हैं कि अपराध की घटनाएँ वेदना, करुणा, दया, भय, इर्ष्या, सेक्स, विभत्सता, ख़ौफ और दहशत का भाव लिए होती हैं इसलिए आसानी से मानवीय संवेदनाओं को गहरे तक छू जाती हैं। यही कारण है कि चैनल सनसनीखेज ख़बरों की खोज में बार-बार अपराध की तलाश में निकल पड़ते हैं। सन 1995 में **नैना साहनी हत्याकांड** ने सारे देश को झकझोर दिया था। अपनी विभत्सता के कारण इसे 'तंदूर कांड' का नाम दिया गया। दिल्ली में युवक कांग्रेस के एक कार्यकर्त्ता ने अपने मित्र के साथ मिलकर कथित रूप से पहले नैना साहनी की हत्या की, फिर उसके शरीर के टुकड़े तंदूर में डालकर जलाने लगे। लेकिन तंदूर रेस्त्रां के पास से गुजरते दिल्ली पुलिस के एक जवान ने उनके इस कृत्य को भांप लिया और वे पकड़े गए। ज़ी टीवी ने इस घटना के शॉट्स दिखाए तो दर्शक चौंक गए।

अपराध समाचारों पर केन्द्रित पूरे कार्यक्रम की शुरूआत करने का श्रेय भारत में सुहेब इलियासी को जाता है। सन् 1995 में ज़ी टीवी पर प्रसारित **इंडियाज मोस्ट वांटेड** नामक ये कार्यक्रम वैसे तो विदेशी कार्यक्रमों की नकल थी लेकिन भारतीय दर्शकों ने इसे खूब पसन्द किया। सुहेब इलियासी की प्रस्तुति का अंदाज और अपराधियों को पकड़वाने का उनका तरीका जल्दी ही घर-घर की चर्चा बन गया। हालांकि बाद में स्वयं सुहेब इलियासी भी अपनी पत्नी की मौत के मामले में विवादों में घिर गए थे। लेकिन इस कार्यक्रम ने देश में अपराध रिपोर्टिंग के नए प्रतिमान रच दिए।

सन 2000 में दिल्ली में **मंकी मैन** की अफवाह को चैनलों ने खूब हवा दी। अजीबोगरीब ख़बर को दिखाने की होड़ में चैनलों हास्यास्पद रिपोर्टिंग शुरू कर दी थी। आतंकवादी हमले भी अपराध समाचारों की श्रेणी में ही आते हैं। लगभग सभी चैनलों ने छोटा राजन, छोटा शकील और दाऊद इब्राहिम की **डी कंपनी** को विस्तार से बार-बार अपनी ख़बर बनाया। डी कंपनी से जुड़ी छोटी से छोटी सूचनाओं को भी चैनल पूरे विश्लेषण के साथ विशेष कार्यक्रमों में पेश करते रहे। दरअसल, सन 1993 के मुम्बई धमाकों के तार डी कंपनी से जुड़ने के बाद देश की सुरक्षा एजेंसियाँ इनके पीछे लग गयी थी। उसके बाद लोगों में भी इसके बारे में जिज्ञासा पैदा होना स्वाभाविक थी। 22 दिसम्बर 2000 की रात को लश्कर-ए-तैयबा के दो आतंकवादी लालकिले में घुस गए और तीन जवानों को मार डाला।

अगले साल 13 दिसम्बर 2001 में आतंकियों ने संसद पर हमला किया।

जिसकी रिपोर्टिंग भारतीय टेलीविज़न पत्रकारिता के इतिहास में एक यादगार घटना बन गयी। एक घंटे तक चली गोलाबारी को टीवी पत्रकारों ने ज्यों-का-त्यों कैमरे में कैद कर लिया, क्योंकि उस समय सभी चैनलों के रिपोर्टर वहाँ मौजूद थे।

सन 2004 में एमएमएस का मामला खूब उछला। दिल्ली के एक प्रतिष्ठित स्कूल के बच्चे ने अपनी ही क्लासमेट छात्रा का अश्लील एमएमएस बनाकर दूसरे लोगों को भेज दिया। इसकी सीडी बनाकर बाजार में भी बेची गयी। इस सारे मसले को चैनलों ने खूब कवरेज दी। स्वाभाविक है कि नए जमाने में अपराधों का स्वरूप भी बदल रहा है। जम्मू में अनारा की सीडी को भी चैनलों ने खूब दिखाया। उससे जुड़े अन्य विषयों पर गंभीर चर्चा करने के स्थान पर चैनल कोई भी अश्लील व सनसनीखेज दृश्य दिखाने में अत्यधिक रुचि दिखाते थे।

भारतीय जनता पार्टी के नेता प्रमोद महाजन की हत्या से जुड़ी ख़बरों को चैनलों ने जोरदार ढंग से दिखाया। उससे भी अधिक सनसनीखेज रहा उनके बेटे राहुल महाजन का नशीली दवाओं के सेवन में लिप्त पाया जाना और प्रमोद महाजन के निजी सचिव विवेक मोइत्रा की नशीली दवाओं के अत्यधिक सेवन से मौत होना। इस केस के एक आरोपी ने जब दिल्ली से भागकर जम्मू स्थित आजतक के स्टुडियो में आत्मसमर्पण किया तो ये एक ऐतिहासिक घटना बन गयी। दरअसल, इस पूरे घटनाक्रम का आज तक ने सीधा प्रसारण किया और टीवी देखकर पुलिस आजतक स्टुडियो में आई और आरोपी को गिरफ्तार कर लिया।

ध्यान रखने लायक बातें

- अपराध की ख़बरों को कवर करने के लिए रिपोर्टर के पास कानून की आधारभूत जानकारी होना आवश्यक है। इसके अलावा उसे ये भी मालूम होना चाहिए कि देश की पुलिस और कानून व्यवस्था कैसे काम करती है। पुलिस विभाग का ढांचा, अधिकारियों के पदनाम, उनके अधिकार और कार्यप्रणाली क्या हैं। सीबीआई, रॉ, आई.बी. आदि विभिन्न जांच एजेंसियों की बनावट, कार्य क्षेत्र और कार्यप्रणाली क्या है।
- अपराध रिपोर्टर के लिए पुलिस विभाग समाचारों का प्रमुख स्रोत होता है। इसके अलावा अस्पताल, अग्निशमन विभाग, पीड़ित पक्ष, समाचार पत्र और समाचार एजेंसियाँ भी अपराध समाचारों की जानकारी जुटाने में मदद करते हैं। लम्बे समय तक कुछ केसों की रिपोर्टिंग करते-करते रिपोर्टर के पुलिस और अपराध जगत से जुड़े लोगों से नजदीकी सम्बन्ध बन जाते हैं। ऐसे में उसे सतत ये ध्यान रखना पड़ेगा कि

उसका काम केवल अपराध को रिपोर्ट करना है। अपराध में किसी भी प्रकार की लिप्तता रिपोर्टर और चैनल दोनों के लिए बदनामी का कारण बन सकती है। निष्पक्ष, निर्लिप्त और संतुलित बने रहना अनेक बार पुलिस और अपराधियों के दबाव में कठिन लगने लगता है। जबकि कई बार कुछ रिपोर्टर लालच में आकर अपराध की एकतरफा रिपोर्टिंग करने लग जाते हैं।

- अपराध समाचारों में दृश्यों का उपलब्ध होना एक प्रमुख समस्या है। जाहिर है रिपोर्टर अपराध घटित होने के बाद ही उसे कवर करने के लिए घटनास्थल पर पहुँचता है। ऐसे में उसे अन्य तस्वीरों से ही काम चलाना पड़ता है। जैसे घटना स्थल की बारीकियां, जांच करते पुलिस अधिकारी, मृतक के पुराने फोटो या फिर घटना का नाट्य रूपान्तरण।
- घटनास्थल के वीभत्स दृश्यों को दिखाने से परहेज करना चाहिए। कत्ल के बाद खून से लथपथ शव, क्षत-विक्षत शरीर के अंग, कटा हुआ सिर, रोते-बिलखते परिवारजन दर्शकों विशेषकर बच्चों के लिए बुरा असर डालने वाले हो सकते हैं। ऐसे दृश्यों को ब्लेक एंड व्हाइट, नेगेटिव फिल्टर या डिफोकस रूप में दिखाया जाना चाहिए।
- बलात्कार की ख़बरों में पीड़िता का नाम और पहचान उसकी सामाजिक प्रतिष्ठा बचाने के लिए छुपाया जाता है। यदि पीड़िता की बाइट का उपयोग करना है तो उसे भी मोजैक करके दिखाया जाना चाहिए। इसके अलावा अपराधों, जिसमें पीड़ित पक्ष की प्रतिष्ठा दांव पर लगी हो, में भी पत्रकारों को ध्यानपूर्वक रिपोर्टिंग करनी चाहिए। एक छात्रा के अश्लील एमएमएस मामले में चैनलों की इस बात के लिए खूब आलोचना हुई थी। क्योंकि ना केवल उन्होंने स्कूल का नाम प्रसारित किया बल्कि छात्रा और आरोपी किशोरी की नाम-पहचान भी सार्वजनिक कर दी थी।
- अपराध समाचारों को रोचक बनाने के लिए उसका नाट्य रूपान्तरण करना काफी प्रचलित है, लेकिन अक्सर देखने में ये आता है कि ये नाट्य रूपान्तरण असली अपराध से भी अधिक वीभत्स, सनसनीखेज और रोंगटे खड़े कर देने वाले होते हैं। रि-कंसट्रक्शन में काम करने वाले कलाकार अपराध को अधिक बिकाऊ बनाने में मदद करते हैं। अक्सर साऊंड और लाइट इफैक्ट की मदद से फिल्मी मसाला बना दिया जाता है। साथ ही इस प्रकार के कार्यक्रमों में कैमरा संचालन,

वॉयस ओवर और स्क्रिप्ट में शब्दों का चयन विशेष किस्म का रहता है जो छोटी-सी सामान्य घटना को भी दिलचस्प और भड़काऊ बना देती है।

- नाट्य रूपान्तरण बनाते समय जहाँ तक सम्भव हो तथ्यों के साथ खिलवाड़ ना करें। सचाई को सामने लाने के लिए कलाकारों से स्वाभाविक भूमिका निभाने को कहें। ऑवर एक्टिंग या डायलॉग के फिल्मी अंदाज से बचें। नाट्य रूपान्तरण का सुपर जरूर लगाएँ ताकि दर्शक सही जानकारी के साथ उसे, देखें और भ्रमित ना हों।
- अपराध कार्यक्रमों में अक्सर रिपोर्टर और एंकर का रवैया और अंदाज एक पत्रकार का ना होकर पुलिस एवं जांच अधिकारी, जासूस, वकील, जज और अपराधी का हो जाता है। जबकि यह नहीं भूलना चाहिए कि मूलत: हमारा कार्य घटना की सही जानकारी निष्पक्ष व संतुलित रूप से दर्शकों तक पहुँचाना है। अत्यधिक नाटकीय अंदाज दर्शकों को कुछ दिनों तक भले ही लुभाए, लेकिन अंतत: दर्शक भी घटनाओं को सही रूप में देखना भी पसन्द करते हैं। अपराध की रिपोर्ट यदि सनसनी पैदा करे तो ये उसका स्वाभाविक गुण कहा जाएगा, लेकिन पत्रकार प्रयास से छोटे अपराधों को भी खौफ पैदा करने वाला बनाकर पेश करें तो ये अनैतिक होगा। दरअसल, इस प्रकार चैनल कुछ हद तक अपराध से दर्शकों में दहशत पैदा करते हैं। अपराध का सिलसिलेवार विवरण किशोरों को जुर्म करने के नए तरीके सिखा रहा है, जबकि चैनलों का तर्क है कि जो समाज में है उसी को वह दिखा रहा है। बल्कि वे तो लोगों को अपराध के प्रति सचेत कर रहे हैं।

खोजी पत्रकारिता

एक पत्रकार का हमेशा ये प्रयास रहता है कि सच को सामने लाया जाए क्योंकि अक्सर सच वैसा नहीं होता जैसा ऊपर से दिखता है। तथ्यों को गहरे तक खोज कर सच को उजागर करना अनेक ख़बरों की कवरेज के दौरान चुनौती बन जाती है। अपराध और भ्रष्टाचार के अनेक मामलों में पत्रकार का अक्सर ऐसी ही चुनौती से सामना होता है। रिपोर्टिंग के परंपरागत तरीकों को छोड़कर नये रास्ते अपनाने पड़ते हैं। खोज की ये मानसिकता अंतत: उस पत्रकार को चर्चा में भी ला देती है। बाजार की प्रतिस्पर्धा ने समाचार चैनलों को अधिकाधिक खोजी पत्रकारिता की तरफ धकेल दिया है क्योंकि इसके माध्यम से एक्सक्लूसिव ख़बरें उपलब्ध हो पाती हैं जिससे ना केवल चैनल की दर्शकता बढ़ती है बल्कि

उसके रिपोर्टरों का भी नाम होता है।

इतिहास

सन् 1972 में 'वाशिंगटन पोस्ट' समाचार पत्र के दो रिपोर्टर बुडवर्ड और वर्नस्टीन वहाँ की डेमोक्रेटिक पार्टी के ऑफिस में जासूसी की एक घटना की जांच कर रहे थे। इसी सिलसिले में उन्हें पता चला कि पकड़े गए पांच लोगों का सम्बन्ध सत्ता में बैठे राष्ट्रपति और उसकी सरकार से है। दरअसल, बाद की खोजी रिपोर्टों से मालूम हुआ कि डैमोक्रेटिक पार्टी के उम्मीदवार मैक्वार्न की सरकारी मशीनरी का कार्यालय वाटरगेट स्थित था। इसके अलावा व्हाइट हाउस के कुछ आला अफसरों के भी फोन टेप करने की पुष्टि बाद की ख़बरों में हुई। पूरे मामले पर इतना बवाल मचा कि एक जांच कमेटी का गठन हुआ, जिसने इस पूरे मामले के लिए राष्ट्रपति निक्सन को जिम्मेदार ठहराया। नतीजतन दुनिया में पहली बार दो पत्रकारों की खोजी रिपोर्ट से अमेरिका के राष्ट्रपति को अपने पद से इस्तीफा देना पड़ा।

भारत में इंडियन एक्सप्रेस अखबार अपनी खोजी पत्रकारिता के लिए जाना जाता है। इसके एक रिपोर्टर अश्विनी सरीन दूरदराज के एक इलाके से कमला नाम की एक महिला को खरीद कर दिल्ली ले आए और पत्रकारों के सामने पेश किया। दरअसल, इस पूरी घटना का उद्देश्य ये साबित करना था कि भारत के गाँवों में अब भी महिलाओं की खरीद-बेच का सिलसिला जारी है। ये घटना और रिपोर्ट काफी चर्चित रही। बाद में इसको लेकर 'कमला' नामक एक फिल्म भी बनाई गयी।

अश्विनी सरीन ही बाद में जानबूझकर गलती करके तिहाड़ जेल सजा काटने गए। योजनाबद्ध रूप से उनकी जमानत नहीं कराई गयी। उद्देश्य था दिल्ली की तिहाड़ जेल के अन्दर की सचाई को देश के सामने लाना। जेल से बाहर आने के बाद अश्विनी सरीन ने तिहाड़ के अंदरूनी हालात बयाँ करती श्रृखंलाबद्ध रिपोर्ट लिखीं। इस प्रकार के कदम पत्रकार केवल तभी उठते हैं जब उन्हें ये यकीन हो जाए कि सच को रिपोर्टिंग के परम्परागत तरीकों से उजागर नहीं किया जा सकता।

पत्रकार विनीत नारायण ने अपनी वीडियो मैगजीन 'कालचक्र' के जरिए बोफोर्स मामले को उजागर किया। इण्डियन एक्सप्रेस की पत्रकार सुचेता दलाल ने हर्षद मेहता के हवाला कांड (1992) का भंडाफोड़ किया।

ध्यान रखने लायक बातें

1. रिपोर्टर को चाहिए कि जब भी वे किसी ऐसे संदेहास्पद मसले की तह में जाने की योजना बनाए जो सुरक्षा की दृष्टि से खतरनाक हो या जिसमें किसी प्रकार की जोखिम हो तो पहले अपने वरिष्ठ पत्रकार या संपादक को विश्वास में ले ले ताकि संकट की घड़ी में वे उसकी मदद कर सकें। वैसे अधिकांश बड़े खोजी अभियान चैनल के वरिष्ठ लोग तय करके ही चलाते हैं।
2. किसी भी खोजी रिपोर्ट के दिखाए जाने से कुछ लोगों और संगठनों के हित स्वाभाविक रूप से आहत होते हैं। जाहिर है वे प्रतिक्रिया स्वरूप कोर्ट का दरवाजा खटखटाएँ। ऐसे में न्यायिक उलझनों से बचने के लिए किसी भी ख़बर की सच्चाई के पुख्ता सबूत रिपोर्टर और चैनल को अपने पास ऑडियो-वीडियो या टैक्स्ट डाटा के रूप में अपने पास रखने चाहिए।
3. खोजी पत्रकारिता को निजी रंजिश निकालने, बदला लेने और दबाव बनाकर काम करवाने का हथकंडा ना बनाएँ। खोजी रिपोर्ट गहरी, पूर्वाग्रह रहित और तथ्यात्मक रूप से सही हो नहीं तो चैनल कुछ समय के लिए तो चर्चित हो सकता है लेकिन अंतत: सच उजागर होने के बाद उसकी किरकिरी भी होगी और साख पर बट्टा भी लगेगा।
4. कुछ पत्रकार खोजी रिपोर्ट में सनसनीखेज विजुअल उपलब्ध ना होने के बाद उन्हें कृत्रिम रूप से बनाते हैं। जैसे अवैध वन कटाई के दृश्यों के लिए स्वयं पैसा देकर कुछ लोगों से कैमरे के सामने पेड़ कटवाना या फिर रहस्योद्घाटन करने वाली बाइट देने के लिए रिश्वत देना। ऐसे में बाइट में बोलने वाले के चेहरे को या तो ढंक दिया जाता है या फिर उसे मोजेक कर दिया जाता है। एक पत्रकार ने बिहार के गाँवों में ग्रामीण सुरक्षा समितियों की कवरेज के दौरान घूंघट वाली महिलाओं को इकट्ठा कर उनके हाथ में बंदूके थमा दी और उन्हें कैमरे के सामने दौड़ने को कहा। ऐसा उस रिपोर्टर ने केवल अपनी रिपोर्ट को सनसनीखेज बनाने के लिए किया लेकिन रिपोर्ट हकीकत से दूर चली गयी और दृश्य बनावटी प्रतीत हो गए। दरअसल, ऐसे मामलों में दर्शकों की समझ को कम करके नहीं आंकना चाहिए।
5. खोजी रिपोर्ट में कृत्रिम रूप से ऑडियो इफेक्ट डालना और अन्य स्टोरी के विजुअल का संदर्भ रहित उपयोग करना भी नैतिकता के

खिलाफ है। बूथ की आवाज कैमरा दूर होने के कारण भली-भांति रिकोर्ड नहीं हो पायी तो एडिटर ने अपने ऑडियो इफेक्ट के टेप से एक नहीं अनेक गोलियों की दमदार ठांय-ठांय की आवाज पृष्ठभूमि में डाल दी। स्टोरी तो जानदार दिखने लगी लेकिन सच का गला घोंट दिया गया। इसी प्रकार एक बार बीबीसी को सार्वजनिक रूप से माफी केवल इसलिए मांगनी पड़ी थी क्योंकि कश्मीर सम्बन्धी एक रिपोर्ट में उसने अफगानिस्तान के गृह युद्ध के शोट्स का प्रयोग कर दिया था। दरअसल, उन शोट्स में आतंकवादी मोर्टार आदि भारी हथियारों का उपयोग कर रहे थे और रिपोर्ट इनके जरिए कश्मीर को एक गम्भीर अंतरराष्ट्रीय मुद्दे के रूप में पेश कर रही थी।

6. कुछ पत्रकार खोजी रिपोर्टिंग केवल फटाफट चर्चित होने के लिए करते हैं। ये पत्रकार यदि कोई सनसनीखेज समाचार नहीं मिले तो ख़बर बनाने से भी नहीं हिचकते। ऐसी ही रिपोर्ट में रिपोर्टर ने पुलिस के साथ सांठ-गांठ करके एक योजना बनाई। रिपोर्ट के मुताबिक रिपोर्टर को रात दो बजे खेतों में स्थित एक कमरे में दो नक्सलियों के छुपे होने की ख़बर मिलती है। पुलिस के साथ रिपोर्टर भी घटनास्थल की तरफ कूच करते हैं। पुलिस जीप के पीछे सूनसान खेतों में रिपोर्टर कैमरा टीम के साथ एक कमरे की तरफ बढ़ते हैं। एक छोटे से ऑपरेशन के बाद पुलिस जवान दरवाज़ा तोड़ते हैं और अन्दर से दो युवकों को गिरफ्तार कर लेते हैं। दरअसल गिरफ्तार युवक भी पुलिस के जवान ही थे। उनके चेहरे पर कपड़ा बांधा गया था और सारा घटनाक्रम उस रिपोर्टर और पुलिस की मिलीभगत का नतीजा था।

7. प्रभावशाली लोगों या असामाजिक ताकतों के गलत कार्यों को शूट करना काफी जोखिम भरा कार्य होता है। इस कार्य में जान का खतरा हो सकता है। इसके अलावा अपने कैमरे और अन्य सामान की सुरक्षा भी रिपोर्टर की अहम चिंता होती है। इसलिए सब कुछ योजनाबद्ध होना चाहिए। इस प्रकार की शूटिंग के लिए निहायत छोटे या खुफिया कैमरों का उपयोग किया जाना चाहिए। कई बार घटनाओं को इतनी दूरी से भी शूट किया जाता है कि दूसरे व्यक्ति का ध्यान उस पर ना जाए। ऐसे में टेली जूम लैंस उपयोग में लाए जाते हैं। एक तरीका किसी चलती हुई गाड़ी से शूट करने का भी है जिसमें खतरा भांपते ही बचकर निकला जा सके। कुछ कैमरा पर्सन कैमरे की रिकोर्डिंग ऑन

करके ऐसे हाव भाव के साथ घटना स्थल पर चले जाते हैं जिससे कि किसी को पता ही ना चले कि रिकोर्डिंग ऑन है। ऐसे मामलों में कैमरे की लाइट को भी ऑफ कर दिया जाता है।

स्टिंग ऑपरेशन

खोजी पत्रकारिता के विस्तार के रूप में पत्रकार नई तकनीक का इस्तेमाल करके स्टिंग आपरेशन्स को अपना हथियार बनाने लगे हैं। खुफिया कैमरे छोटे ऑडियो रिकॉर्डर की मदद से पत्रकार किसी भी भ्रष्टाचार को उजागर करने के लिए योजनाबद्ध तरीके से कार्य करते हैं। स्टिंग शब्द अमेरीकी बोलचाल के शब्द से उपजा है। सत्तर के दशक में ये शब्द अमेरीकी पुलिस द्वारा उन योजनाबद्ध कार्रवाईयों के लिए किया जाने लगा, जिनमें गुप्त रूप से अपराधियों को फंसाने के लिए जाल बिछाया जाता था। कई बार अपराधियों को धोखा देकर पुलिस और जांच एजेंसियाँ फांस लेती थी। पिछले कुछ सालों में भारत में भी स्टिंग ऑपरेशन समाचार चैनलों के बीच काफी लोकप्रिय हो गए हैं। नशीली दवाएँ बेचने वालों से दवाएँ खरीदना, वेश्याओं और उनके दलालों का पर्दाफाश करने के लिए पत्रकारों द्वारा ग्राहक बनकर जाना या फिर कोई काल्पनिक कम्पनी बनाकर रिश्वत की पेशकश करना इस प्रकार के उदाहरण हैं जिनमें पत्रकारों ने गलत एवं अनैतिक कार्यों को उजागर किया है। भारतीय संदर्भ में इसे डंकमार पत्रकारिता के रूप में भी जाना जाता है।

प्रमुख स्टिंग ऑपरेशन

1. **रक्षा सौदों में दलाली (19 मार्च 2001)**–देश का पहला स्टिंग ऑपरेशन तहलका डाट कॉम बेबसाइट ने किया। तरूण तेजपाल के नेतृत्व में अनिरुद्ध बहल और सेम्युअल ने **ऑपरेशन वेस्ट एंड** नामक इस काम को अंजाम दिया। इसमें एक काल्पनिक हथियार बेचने वाली कंपनी के प्रतिनिधि बनकर पत्रकार नेताओं और सैन्य अधिकारियों के पास गए और मनचाहे रक्षा सौदे के लिए उन्होंने रिश्वत और वेश्याओं की पेशकश की जिसे अनेक लोगों ने स्वीकार कर लिया। बाद में इस वीडियो फुटेज को वेबसाइट और टेलीविज़न चैनल पर प्रसारित किया गया। इस ऑपरेशन के बाद पूरे देश में बवाल मच गया। अनेक नेताओं को अपने पदों से हाथ धोना पड़ा, सेना अधिकारियों के खिलाफ जांच बैठायी गयी। साथ ही तहलका डाट कॉम के खिलाफ भी सरकार ने काफी

सख्त रवैया अपनाया। एक के बाद एक केस सरकार की तरफ से तरुण तेजपाल और उनकी कंपनी तहलका डाट कॉम पर दायर किये गए अनेक कर्मचारियों को जेल में डाल दिया गया। कम्पनी के 133 में से केवल चार सदस्य ही बचे रह गए। आखिरकार कंपनी बन्द करनी पड़ी। बाद में तरुण तेजपाल ने तहलका नामक एक समाचार पत्र शुरू किया। इस प्रकरण के बाद पूरे देश में स्टिंग ऑपरेशन की नैतिकता को लेकर काफी चर्चा हुई। तरुण तेजपाल को पत्रकारों द्वारा वेश्याओं का इस्तेमाल करने के लिए माफी मांगनी पड़ी। लेकिन उनकी इस गलती के कारण इस ऑपरेशन को किसी भी तरीके से कम करके नहीं आंका जा सकता।

2. बिक्री कर विभाग की घूसखोरी (9 मार्च 2005)-आज तक ने स्टिंग ऑपरेशन के जरिये दिल्ली सरकार के बिक्री कर विभाग में बड़े पैमाने पर चल रही घूसखोरी का खुलासा किया। चैनल ने विभाग के 82 अधिकारियों को घूस लेते हुए टेलीविज़न पर दिखाया। रिपोर्ट प्रस्तुत होने के बाद सरकार ने कुछ अधिकारियों को निलम्बित कर ि

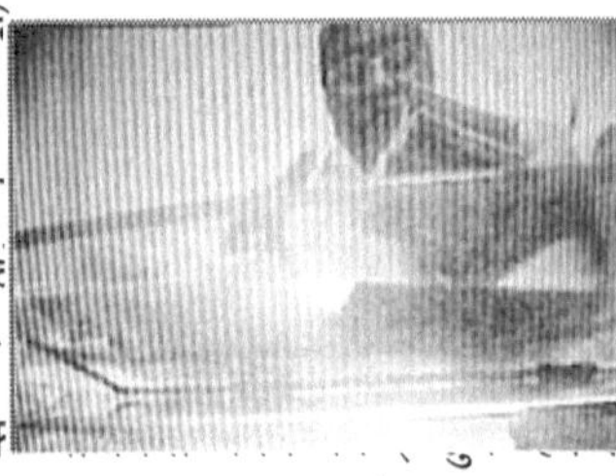

3. कास्टिंग काउच मामला (1 शक्ति कपूर से जुड़े इस स्टिंग ऑपरेशन का ी की एक रिपोर्टर फिल्म स्टार शक्ति कपूर द दौरान शक्ति कपूर ने काम के बदले शारीरिक भिनेता शक्ति कपूर ने कैमरे के सामने कहा कि ाड़की को फिल्मी दुनिया की बड़ी हस्तियों के साथ सोना पड़ता है। यही नहीं शक्ति कपूर ने कई मशहूर अभिनेत्रियों के नाम भी लिये और कहा कि वे भी इसी रास्ते से ऊपर पहुँची हैं।

4. कास्टिंग काउच मामला (17 मार्च 2005)-कुछ दिनों बाद टीवी स्टार अमन वर्मा के बारे में भी एक टेप इंडिया टीवी पर दिखाया गया, जिसमें अमन वर्मा ने फिल्म में काम मांगने गई एक लड़की का यौन शोषण करना चाहा। पकड़े जाने पर इस महिला रिपोर्टर से अमन वर्मा ने पैर पकड़कर माफी भी मांगी। नतीजतन इंडिया टीवी ने इस दौरान टीआरपी में प्रथम स्थान प्राप्त कर लिया। पूरे देश में इस मसले पर गर्मागर्म बहस हुई। चैनल के मालिक रजत शर्मा अपने पक्ष में अधिक लोगों को नहीं जुटा पाये।

5. तिहाड़ जेल में घूसखोरी (5 मई 2005)-इस स्टिंग ऑपरेशन के जरिये एक चैनल ने कैदियों को विशेष सुविधाएँ देने के नाम पर तिहाड़ जेल में ली जाने वाली घूस का भंडाफोड़ किया। खुफिया कैमरे की मदद से खुलासा किया गया कि किस प्रकार कैदी घूस देकर आराम से जीवन व्यतीत करते हैं। रिपोर्ट के प्रसारण के बाद सरकार ने तिहाड़ जेल के दो डिप्टी सुपरिटेंडेंट, तीन असिस्टेंट सुपरिटेंडेंट और एक वार्डन को निलम्बित कर दिया।

6. ऑपरेशन दुर्योधन (12 दिसम्बर 2005)-आज तक ने ऑपरेशन दुर्योधन के टेप प्रसारित किये। ये ऑपरेशन कोबरा कोस्ट डाट कॉम के अनिरुद्ध बहल और सुहासिनी राज द्वारा किया गया था। इन पत्रकारों ने नार्थ इंडियन स्माल मैन्युफैक्चरर्स एसोसिएशन (निस्मा) नामक एक काल्पनिक संस्था बनाई और उसके प्रतिनिधि बनकर कुछ सांसदों से सम्पर्क किया। करीब आठ महीने तक की गई गहन छानबीन के दौरान 56 वीडियो टेप और 70 ऑडियो टेप रिकॉर्ड किये गए। इन पत्रकारों ने संसद में सवाल पूछने के एवज में सांसदों को रिश्वत की पेशकश की जिसे स्वीकार कर लिया गया। संसद में कुल साठ सवाल पूछे जाने थे जिनमें से लॉटरी सिस्टम के जरिए 25 सवालों का चयन कर लिया गया। टेप में खुले तौर पर अनेक सांसदों और उनके निजी सहायकों द्वारा रिश्वत लेना दिखाया गया। टेप दिखाने के बाद सांसदों के इस शर्मनाक आचरण के खिलाफ बंसल कमेटी जांच के लिए बैठाई गई, जिसमें बाद में 11 सांसदों को निष्कासित करने की सिफारिश की और इतिहास में पहली बार पत्रकारों के भंडाफोड़ के बाद एक साथ 11 सांसदों की संसद सदस्यता समाप्त कर दी गई। अनिरूद्ध बहल ने इससे पहले स्टिंग आपेरशन के जरिये पूर्व क्रिकेट खिलाड़ियों की मदद से मैच फिक्सिंग मामले को भी उजागर किया था।

7. ऑपरेशन चक्रव्यूह-कुछ दिनों बाद ऑपरेशन चक्रब्यूह का प्रसारण स्टार न्यूज़ द्वारा किया गया जिसमें सांसद निधि की राशि के दुरूपयोग का खुलासा किया गया। इस ऑपरेशन में एक काल्पनिक एनजीओ के प्रतिनिधि बनकर पत्रकार कुछ सांसदों के पास गए और उनके सामने उनके संसदीय क्षेत्र में प्रोजेक्ट शुरू करने का प्रस्ताव रखा जिसके एवज में एक निश्चित राशि रिश्वत

के रूप में दी गई। अनेक सांसदों ने इस प्रकार के प्रोजेक्ट को तुरन्त स्वीकार कर लिया। इन घटनाओं के बाद भारतीय पत्रकारिता जगत में एक के बाद एक स्टिंग ऑपरेशन का तांता लग गया। खुफिया कैमरों को लेकर पत्रकार सामाजिक, राजनैतिक जीवन के हर हिस्से में भ्रष्टाचार को उजागर करने के लिए तत्पर हो उठे।

कई मामलों में दूसरे लोग भी इस प्रकार के वीडियो या ऑडियो टेप प्रसारित करवाने के लिए चैनलों से सम्पर्क साधने लगे। जूदेव टेप कांड (16 नवम्बर 2003) में सरकार ने वन एवं पर्यावरण राज्य मंत्री दिलीप सिंह जूदेव को एक होटल के कमरे में रिश्वत लेते हुए दिखाया गया। जिसमें उन्होंने कहा–"पैसा खुदा तो नहीं पर खुदा कसम खुदा से कम भी नहीं" टेप दिखाने के बाद उन्हें कैबिनेट से इस्तीफा देना पड़ा। करीब तीन साल पहले शूट की गई एक सीडी को 11 अक्टूबर 2004 को दिखाया गया जिसमें स्वामी नारायण मंदिर के स्वामियों को एक कॉलगर्ल के साथ रंगरलियाँ मनाते हुए दिखाया गया था। बडोदरा के पास डाभौल मंदिर के इन स्वामियों की सीडी दिखाई जाने के बाद स्वामी नारायण समुदाय में बवाल मच गया।

इसी प्रकार इनाडू टीवी ने एक सीडी में छोटानागपुर (झारखंड) के आईजी पी.एस.नटराजन को एक आदिवासी महिला का दैहिक शोषण करते हुए दिखाया गया। नटराजन को इस महिला से जुड़े एक मामले की जांच का जिम्मा दिया गया था। महिला ने परिवार से विद्रोह कर एक विजातीय युवक से शादी की थी और बाद में वह सामूहिक बलात्कार की शिकार हुई थी। इंडिया टीवी ने फरवरी 2005 में विधानसभा चुनावों के दौरान अनेक नेताओं के सेक्स टेपों का प्रसारण किया। इसी प्रकार चुनावों से पहले भारतीय जनता पार्टी के महासचिव संजय जोशी की अश्लील सीडी सार्वजनिक रूप से जारी की गई। स्वतंत्रता सेनानियों द्वारा रेल यात्रा की मुफ्त सुविधा के दुरुपयोग का भी स्टिंग ऑपरेशन के जरिये खुलासा किया गया। एनडीटीवी ने मृतक का शव देने के लिए दिल्ली पुलिस द्वारा उसके रिश्तेदारों से रिश्वत वसूलने की तस्वीरें दिखाईं। कुछ मामलों में आपसी रंजिश निकालने के लिए दूसरों के खिलाफ सीडी जारी की जाने लगी। अनेक लोग अपने विरोधियों के फोन भी टेप करने लगे।

स्टिंग ऑपरेशन की नैतिकता : कुछ लोगों ने स्टिंग ऑपरेशन की यह कहकर आलोचना की कि ये पत्रकारिता नहीं एंट्रेपमेंट है। यानी पहले हम किसी को गलती के लिए उकसाते हैं और जब लालच के कारण कोई व्यक्ति अपराध करने के लिए तैयार हो जाता है तो उसे कैमरे में कैद कर लेते हैं। काल्पनिक

कम्पनी या संगठन बनाकर इस प्रकार पत्रकार केवल अपराध करने की इच्छा का सबूत ही जुटाते हैं। आलोचकों के मुताबिक स्टिंग ऑपरेशन असली घटनाओं पर ही होना चाहिए। एक आलोचना यह भी थी कि सभी चैनल इस प्रकार के ऑपरेशन प्रतिस्पर्द्धा और टीआरपी की होड़ में कर रहे हैं। इसलिए इस प्रकार के सनसनीखेज कार्यक्रमों के जरिए किसी के निजी जीवन में दखलंदाजी स्वस्थ पत्रकारिता नहीं है। निश्चित तौर पर पत्रकारिता का उद्देश्य समाज हित है और स्वस्थ पत्रकारिता व्यापक जन सरोकारों से जुड़ी होती है। किसी के निजी जीवन में तांक-झांक करने की इजाजत किसी पत्रकार को नहीं दी जा सकती, लेकिन सार्वजनिक हस्तियों के निजी और सार्वजनिक जीवन के बीच काफी कम अन्तर होता है। ऐसे में अपने पदों एवं जनता के पैसे के दुरूपयोग को रोकने के लिए स्टिंग ऑपरेशन करना जायज कहा जायेगा। जहाँ तक सनसनी फैलाने की बात है तो किसी भी पर्दाफाश के बाद उसकी व्यापक चर्चा तो होती ही है। लेकिन कोई चैनल केवल अपनी टीआरपी बढ़ाने या सुखियों में छा जाने के लिए इस प्रकार के हथकंडों का सहारा लेता है तो वह बहुत दिन तक ऐसा नहीं कर सकता है क्योंकि दर्शक जल्दी ही चैनल की नीयत को भांप लेंगे।

विकास पत्रकारिता

अचरज की बात है कि भारत जैसे विकासशील देश में समाचार चैनलों के लिए विकास कोई ख़बर नहीं है। शोध बताते हैं कि टेलीविज़न पत्रकार विकास की ख़बरों को प्राथमिकता नहीं देते हैं। स्वाभाविक है कि विकास की पूरी बहस गरीबों और गाँव से जुड़ी हुई है। वे न तो आकर्षक हैं और न ही उनकी बाजार में पहुँच है। ऐसे में पत्रकारिता के उद्देश्यों को पुनर्भाषित करने की आवश्यकता है। विकास पत्रकारिता की प्रकृति गहरी जांच परक रिपोर्टिंग की है। विकास की ख़बरें कवर करने के लिए अधिक समय और ज्यादा धन की आवश्यकता होती है क्योंकि विकास कोई अचानक घटित होने वाली घटना नहीं बल्कि एक धीमी प्रक्रिया है। इसकी तुलना में राजनेताओं और सेलिब्रिटी की बाइट ज्यादा सस्ती और सुलभ ख़बर बनती है। पत्रकार मानते हैं कि विकास की ख़बरें कम बिकाऊ हैं। हालांकि इसके पीछे कोई ठोस शोधपरक तर्क नहीं है। विकास की ख़बरों को टेलीविज़न बुलेटिन में स्थान न मिल पाने का एक बड़ा कारण समाचार चयनकर्ताओं का पूर्वाग्रह भी है क्योंकि अधिकांश टेलीविज़न पत्रकारों की सामाजिक, सांस्कृतिक पृष्ठभूमि शहरी है इसलिए ये पूर्वाग्रह अनेक महत्वपूर्ण ग्रामीण ख़बरों को या तो सही संदर्भ में समझने नहीं देता या फिर उसे दरकिनार कर देता है।

किसी देश के विकास को परिभाषित करने के लिए हमें उसके सभी नागरिकों के जीवन के सभी पहलुओं में प्रगति का अध्ययन करना होगा। विकास केवल आर्थिक नहीं है बल्कि इसमें सामाजिक, राजनैतिक, सांस्कृतिक सभी कारक आवश्यक हैं।

विकास के मुद्दे : अक्सर किसी देश का आर्थिक विकास अर्थशास्त्री वहाँ की प्रति व्यक्ति आय, राष्ट्रीय आय, राष्ट्रीय उत्पादन, उपभोग का स्तर, रोजगार की स्थिति और पूंजी निवेश की मात्रा से लगाते हैं। लेकिन विकास के आर्थिक पहलू से जुड़े अन्य मसले मंहगाई, बेरोजगारी और भुखमरी भी हैं। उदाहरण के लिए एक तरफ देश में करोड़पतियों की तादाद बढ़ रही है तो दूसरी तरफ उदारीकरण के बाद खेती-बाड़ी चौपट होने के कारण किसान आत्महत्या करने के लिए विवश हैं। विकास का सामाजिक पहलू किसी समाज में महिलाओं, दलितों और अल्पसंख्यकों की स्थिति से जुड़ा हुआ है। इसके अलावा ये सवाल भी महत्वपूर्ण है कि किसी समाज में शिक्षा, स्वास्थ्य, पानी, भोजन और सामाजिक सुरक्षा की स्थिति क्या है? राजनैतिक विकास का आकलन करने के लिए किसी देश की लोकतांत्रिक प्रक्रिया, सरकार में नागरिकों की भागीदारी, आम लोगों की जागरूकता और मीडिया की आजादी का अध्ययन करना होगा। जबकि सांस्कृतिक विकास के तहत हमें पता लगाना होगा कि किसी देश में सांस्कृतिक उत्पादन कितना और किस स्तर पर हो रहा है। क्या वह देश अपनी सांस्कृतिक धरोहरों को सहेज पा रहा है या उस समाज में हरेक को अपनी सांस्कृतिक अस्मिता और विविधता बचाये रखने का माहौल मौजूद है। आधुनिक युग में सम्पन्नता के बावजूद अनेक देशों के लोग मनोवैज्ञानिक और आध्यात्मिक तौर से काफी पिछड़े हुये हैं। उपभोक्तावाद के कारण विकसित देशों के नागरिकों में संतुष्टि का बोध निरंतर कम हो रहा है और अपराध का ग्राफ ऊंचा उठ रहा है। ऐसे में किसी देश के नागरिकों के आध्यात्मिक विकास, मानसिक शांति, मनुष्यों के बीच आपसी सम्बन्धों की गुणवत्ता और मनुष्य के प्रकृति के साथ सम्बन्ध भी विकास के पैमाने बन गए हैं।

ध्यान रखने लायक बातें

विकास के मुद्दों को कवर करने वाले रिपोर्टर को विकास की मूल अवधारणा से परिचित होना चाहिए। दुनियाभर में विकास के काम में लगे अंतरराष्ट्रीय संगठनों-विश्व बैंक, विश्व स्वास्थ्य संगठन, विश्व कृषि संगठन, यूनेस्को, यूनिसेफ-की जानकारी होनी चाहिए। इन सबके अलावा भारत में विकास के काम में लगे हुये विभिन्न गैर-सरकारी संगठनों, आन्दोलनों और

व्यक्तियों से भी विकास पत्रकार को परिचित होना चाहिए। उदाहरणस्वरूप लगभग दो दशक से चले आ रहे नर्मदा बचाओ आन्दोलन और उसकी नेत्री मेधा पाटकर के विकास सम्बन्धी विचारों की समझ होना जरूरी है। वहीं मैग्सेसे पुरस्कार से सम्मानित राजेन्द्र सिंह, सूचना का अधिकार आन्दोलन से जुड़ी अरूणा राय, बंधुआ मुक्ति मोर्चा के स्वामी अग्निवेश आदि अनेक विकास नेताओं के दर्शन को समझना एक विकास रिपोर्टर के लिए जरूरी है। भारतीय संदर्भ में विकास के मुद्दों को कवर करने से पहले सरकार की विकास नीतियों को समझना भी आवश्यक है। उदाहरण के लिए साक्षरता मिशन, पल्स पोलियो अभियान, ग्राम स्वराज्य जैसे सरकारी आन्दोलन निसंदेह अपनी तरह के एकमात्र विकास आन्दोलन हैं जिनकी कवरेज सकारात्मक रूप में की जानी चाहिए।

नागरिक पत्रकारिता

नागरिक पत्रकारिता का अर्थ ऐसी पत्रकारिता से है जिसमें उसके पाठक, श्रोता और दर्शक मीडिया के उपयोग के साथ-साथ उसके कंटेंट निर्माण में सक्रिय भूमिका निभाते हैं। इस भागीदारी का उद्देश्य मीडिया को अधिक स्वतंत्र, विश्वसनीय, तथ्यपूर्ण, व्यापक, लोकतांत्रिक और प्रासंगिक बनाना है।

भारतीय टेलीविज़न में नागरिक पत्रकारिता की शुरूआत सन् 2005 की बरसात की कवरेज के दौरान तब हुई मानी जाती है जब बरसात से बेहाल मुम्बईवासियों से स्टार न्यूज़ चैनल ने वीडियो क्लिपिंग और तस्वीरें आमंत्रित की और उत्तर में दर्जनों दर्शकों ने अपने हैंडीकैमरों और मोबाइल फोनों से उतारी गई तस्वीरें और क्लिप भेजीं। चैनल ने इन्हें दिखाया और स्टार न्यूज़ को इससे काफी लोकप्रियता मिली। दरअसल इस प्रकार चैनल ने एक तीर से दो निशाने साधे। पहला इससे चारों तरफ बारिश की बेहतर फुटेज उपलब्ध हो पायी, दूसरा इस बहाने ढेरों दर्शक भी चैनल देखने लगे।

जब अंग्रेजी चैनल सीएनएन-आईबीएन आरंभ हुआ जिसने अपने विज्ञापनों में भी नागरिक पत्रकारिता को एक मुद्दा बनाया और आम दर्शकों को नागरिक पत्रकार बनने का आह्वान किया। चैनल ने दर्शकों से वीडियो क्लिप आमंत्रित किए जिसके काफी उत्साहवर्धक परिणाम आए। इसी प्रकार इंडिया टीवी के अलावा बाकी चैनल भी दर्शकों को समाचार निर्माण प्रक्रिया में शामिल करने के लिए विज्ञापन देने लगे।

दरअसल, नागरिक पत्रकारिता की अवधारणा मीडिया के अत्यधिक व्यावसायिकरण का ही परिणाम है। बाजार की प्रतिस्पर्द्धा में समाचार चैनलों का कंटेंट इस कदर सेलिब्रिटी केन्द्रित हो गया है कि जन समस्याओं को नाममात्र

की जगह दी जाती है। ऐसे में चैनलों की ये आलोचना स्वाभाविक है कि लोकतांत्रिक देश में चैनल अपनी दर्शकता के हिसाब से चैनल शहरी मध्यम वर्ग के एक सीमित हिस्से का ही प्रतिनिधित्व करता है और उसमें भी जनता के सरोकारों का बड़ा हिस्सा टेलीविज़न समाचारों में कभी भी जगह नहीं ले पाता। आम नागरिकों के मुद्दे, विचार, सरोकार और चिंताएँ मीडिया में प्रतिबिंबित हों इसके लिए अध्येताओं, आलोचकों और नागरिक संगठनों की तरफ से अनेक बार मांग उठती रही है। प्रतिस्पर्द्धा में मीडिया पर अपने दर्शकों को जोड़े रखने का दबाव पहले से अधिक बढ़ा है। ऐसे में चैनलों का दर्शकों को भागीदारी के लिए आमंत्रण दरअसल कुछ हद तक उनकी मजबूती भी दर्शाता है।

नागरिकों के मीडिया में हस्तक्षेप के कई रूप हैं– सम्पादक के नाम पत्र भेजना, चैनलों के एसएमएस सर्वे में हिस्सेदारी करना और इंटरनेट पर ब्लॉग्स भी सूचना उपभोक्ताओं की जीवन्त हिस्सेदारी का नमूना है। समाचार पत्र अपनी साइटों पर लेख, फीचर और समाचार के बारे में प्रतिक्रिया और राय आमंत्रित करते हैं।

नागरिक पत्रकारिता का सुखद पहलू यह है कि इससे मीडिया अधिक लोकतांत्रिक बनेगा, लेकिन साथ-साथ मीडिया के दुरूपयोग की संभावनाएँ भी बढ़ेगी। जैसे किसी नागरिक के निजी क्षणों को कैमरे में कैद करके उसे सार्वजनिक करना, ऐसा करने वाले व्यावसायिक एवं निजी दोनों कारणों से ये कर सकते हैं। फिल्म स्टार करीना कपूर और शाहिद कपूर के चुम्बन के दृश्य को मीडिया द्वारा दिखाना इसका उदाहरण है। अपने विरोधियों की सीडी जारी करने का चलन भी इधर कुछ बढ़ा है। ऐसे में पत्रकारों और समाचार निर्माताओं की भूमिका काफी अहम हो जाती है। गेटकीपर होने के नाते उन्हें तय करना होगा कि 'व्यापक सामाजिक हितों' के लिए क्या प्रसारण करने लायक है और क्या नहीं। उन्हें ही किसी सीडी या तस्वीर की सच्चाई की भी जांच करनी होगी। वो भी प्रसारण से पहले। दरअसल नागरिक पत्रकारिता में भी यदि निष्पक्षता, तथ्यपरकता और संतुलन जैसे मूलभूत आधारों की अनदेखी की गयी तो इसकी विश्वसनीयता समाप्त हो जाएगी।

अभ्यास कार्य

- समाचार बुलेटिन निर्माण अभ्यास शिक्षक के लिए
- सभी छात्रों को इनपुट, आउटपुट और कोर्डिनेशन डेस्क में बांट दें। उन्हें उनकी जिम्मेदारी विस्तार से बता दें। इसके अलावा बुलेटिन प्रोड्यूसर, असिस्टेंट प्रोड्यूसर, एंकर, कॉपी एडिटर की जिम्मेदारी भी तय कर दें। अब सभी छात्रों के साथ सम्पादकीय बैठक आयोजित की

जाए जिसमें रिपोर्टरों को अलग-अलग विषयों की ख़बरें कवर करने की जिम्मेदारी बताई जाए। राजनैतिक, आर्थिक, सामाजिक, सांस्कृतिक, मनोरंजन, मौसम समाचारों को समेटते हुए एक बुलेटिन की योजना बनाई जाए।

- सभी रिपोर्टर अपनी रिपोर्ट तय अवधि में शूट करके ऑफिस लौटेंगे और डेडलाइन के भीतर ही टेप का प्रिव्यू करके स्क्रिप्ट लिखेंगे और उसके बाद वॉयस ओवर करके स्टोरी एडिट करेंगे। इस बीच आऊटपुट टीम के सदस्य स्टॉक फुटेज की मदद से भी कुछ स्टोरी तैयार करेंगे, एंकर लिंक लिखेंगे। रन डाऊन तैयार करेंगे। एंकर शूट करके सभी समाचारों को शामिल करते हुए बुलेटिन तैयार करेंगे।

अध्याय आठ
टेलीविज़न इंटरव्यू

साक्षात्कार को सरल रूप में परिभाषित करें तो ये दो या दो से अधिक व्यक्तियों के बीच एक बातचीत है जिसमें एक व्यक्ति साक्षात्कारकर्ता है जो एक निश्चित मुद्दे, विषय या समस्या पर जानकारी लेना चाहता है जबकि दूसरे पक्ष के पास जानकारी होने की उम्मीद की जाती है।

टेलीविज़न पत्रकारिता पूरी तरह साक्षात्कार पर निर्भर करती है इसलिए टेलीविज़न पत्रकार से अच्छा इंटरव्यू लेने वाला होने की आशा की जाती है इंटरव्यू पर इतनी निर्भरता होने के कारण कई बार टेलीविज़न पत्रकारिता को 'बाइट जर्नलिज्म" कहा जाता है क्योंकि साउंड बाइट भी एक प्रकार का छोटा इंटरव्यू ही होता है। दरअसल बाइट इंटरव्यू का छोटा हिस्सा होती है इसी प्रकार टेलीविज़न न्यूज़ को कुछ लोग टॉकिंग हेड्स कहते हैं यानी ऐसी ख़बरें जिनमें कुछ लोग क्लोजअप शोट्स में केवल बातचीत करते रहते हैं। एंकर हो, रिपोर्टर हो या बाइट देने वाला हो सब लोगों के चेहरे ख़बरों में बोलते रहते हैं।

टेलीविज़न इंटरव्यू कई मायने में अखबारी इंटरव्यू से कठिन है क्योंकि समाचार पत्र का रिपोर्टर इंटरव्यू को एक स्टोरी के रूप में पेश करते हुए अपनी भाषा में सुविधाजनक तरीके से लिखता है। लेकिन टेलीविज़न में बोले हुए शब्द ज्यों-के-त्यों प्रसारित किये जाते हैं। इसलिए यह जरूरी है कि इंटरव्यू लेने वाला भी सधे हुए शब्दों में प्रश्न पूछे और वो जवाब देने वाले से भी सटीक उत्तर उगलवा सके। टेलीविज़न इंटरव्यू में केवल शब्द ही नहीं बल्कि चेहरे के भाव भी बोलते हैं। जबकि अखबार और रेडियो में दोनों लोगों के भाव छुप जाते हैं।

इंटरव्यू के उद्देश्य

- किसी व्यक्ति से इंटरव्यू लेने का उद्देश्य ऐसी जानकारियाँ निकालना है जो केवल साक्षात्कारदाता के पास हैं। जैसे व्यक्ति विशेष के किसी घटना, मुद्दे या समस्या पर विचार जानना। अक्सर रिपोर्टर समकालीन

मसलों पर पार्टी प्रवक्ता की राय जानने के लिए उनकी बाइट लेते हैं इसी प्रकार भारत और पाकिस्तान के संबंधों पर किसी विशेषज्ञ प्रोफेसर से विचार लिए जाते हैं।

- बाइट ऐसे लोगों की भी ली जाती है जो घटना विशेष के चश्मदीद गवाह होते हैं क्योंकि न्यूज़ टीम घटना स्थल पर अक्सर घटना घटने के बाद ही पहुँचती है। ऐसे में घटना के समय मौजूद लोगों से न केवल रिपोर्टर को जरूरी जानकारी उपलब्ध होती है बल्कि मौजूद लोगों की राय से ख़बर की विश्वसनीयता भी बढ़ती है।
- रिपोर्टर अनेक बार किसी व्यक्ति के निजी अनुभव जानने के लिए भी उनका इंटरव्यू लेते हैं। उदाहरण के लिए कान्धार विमान अपहरण से बचकर लौटे लोगों से उनके अनुभव जानने के लिए साक्षात्कार लिया जाना।

इंटरव्यू के प्रकार

प्रश्नों के आधार पर : पत्रकार किसी व्यक्ति से साक्षात्कार के दौरान मुख्यतः दो तरीके से सवाल पूछता है। पहले प्रकार में उसके सवाल सिलसिलेवार ढंग से पूर्व निर्धारित होते हैं जिनका क्रम भी पहले से तय होता है जबकि दूसरे तरीके में साक्षात्कार के मुख्य बिंदु तय कर लिये जाते हैं और बातचीत को आगे बढ़ाया जाता है। इस दौरान पत्रकार धीरे-धीरे बातचीत में से ही सवालों को उठाता है और नयी जानकारियाँ हासिल करता है। इस प्रकार के इंटरव्यू अनौपचारिक होते हैं और पत्रकार के लिए साक्षात्कार के विषय की गहरी समझ होना आवश्यक होता है जबकि पहले प्रकार के इंटरव्यू में सधे हुए सवालों के आधार पर औपचारिकता से साक्षात्कार लिया जाता है।

विषयवस्तु के आधार पर : पत्रकार साक्षात्कारदाता से किस प्रकार की जानकारियाँ बटोरना चाहता है इस आधार पर भी इंटरव्यू को कई रूपों में बांटा जा सकता है। जैसे कुछ साक्षात्कार पूर्णतः **सूचनामूलक** होते हैं, जिनमें केवल किसी खास मुद्दे पर सूचना, राय या विचार जाना जाता है। जैसे-राजनीतिज्ञों से समकालीन घटनाक्रम पर उनकी राय जानना। कुछ इंटरव्यू **भावनात्मक** होते हैं जहाँ ध्यान केवल सूचनाओं पर नहीं बल्कि भावनात्मक अभिव्यक्तियों पर अधिक होता है। अक्सर इस प्रकार के इंटरव्यू महत्वपूर्ण व्यक्तियों से उनके अतीत के बारे में लिये जाते हैं। कई बार ये इंटरव्यू थोड़े व्यक्तिगत और खोजी किस्म के होते हैं। उदाहरण के तौर पर **सिमी ग्रेवाल** का **रेन्डवु विथ सिमी** और **राजीव शुक्ला** का **रूबरू** कार्यक्रम को लिया जा सकता है। कुछ साक्षात्कारों

की विषयवस्तु पूरी तरह मनोरंजक होती है इनका उद्देश्य दर्शकों का मनोरंजन करना होता है। ऐसे इंटरव्यू अधिकांश फिल्मी कलाकारों के होते हैं जिनमें दर्शक अपने मनपसंद कलाकारों के बारे में जानना चाहते हैं और साथ ही चटपटे मुद्दों पर उनकी राय फिल्मी अदाओं के साथ देखना पसंद करते हैं। इस प्रकार के इंटरव्यू में पूरा फॉर्मेट, पृष्ठभूमि, सवालों की भाषा और पहनावा सभी कुछ मनोरंजन की दृष्टि से तय होता है। म्यूजिक टीवी के अलावा समाचार चैनलों में भी फिल्मी इंटरव्यू इसी प्रकार लिये जाते हैं।

टेलीविज़न इंटरव्यू के प्रकार

समाचार और तकनीकी आवश्यकताओं के अनुसार टेलीविज़न पत्रकारों ने अनेक प्रकार के इंटरव्यू फॉर्मेट बना लिये हैं।

1. बाइट इंटरव्यू : सबसे अधिक प्रयोग होने वाला ये इंटरव्यू पत्रकार हर दिन अपनी ख़बरों के लिए लेते हैं। किसी भी व्यक्ति से ख़बर की जरूरत के लिए उसकी राय जानी जाती है। अक्सर दो-तीन सवालों वाले इस इंटरव्यू का उद्देश्य बहुत ही सीमित और सधा हुआ होता है।

2. वॉक्स पॉप इंटरव्यू : किसी मुद्दे विशेष पर आम लोगों की राय जानने के लिए पत्रकार उनसे एक ही सवाल करते हैं। इस प्रकार के इंटरव्यू एक साथ ऐडिट करके वॉक्स पॉप के रूप में समाचारों में दिखाये जाते हैं। जैसे बजट पर आम लोगों की प्रतिक्रिया या फिल्म देख कर निकलते हुए दर्शकों की राय को दिखाना।

3. फोन इंटरव्यू : टेलीफोन का उपयोग करके पत्रकार दूर बैठे लोगों के भी इंटरव्यू ले लेते हैं। स्टूडियो में एंकर फोन से न केवल घटना स्थल पर मौजूद अपने रिपोर्टर से बातचीत करते हैं बल्कि किसी अन्य व्यक्ति का भी घटना के बारे में इंटरव्यू ले लेते हैं। जैसे आतंकवादी हमले के बाद तुरंत जम्मू के पुलिस अधिकारी से फोन पर बातचीत करना। इस प्रकार के इंटरव्यू लाइव और रिकॉर्डेड दोनों हो सकते हैं।

4. लाइव वीडियो इंटरव्यू : सेटेलाईट की मदद से अब टेलीविज़न एंकर सुदूर पत्रकारों और अन्य लोगों से लाइव इंटरव्यू लेते हैं। ओबी वैन से सीधे लाइव वीडियो इंटरव्यू लेना अब आसान हो गया है। और सभी राजधानी ब्यूरो तो हेड ऑफिस से सेटेलाईट के जरिए जुड गए हैं। ऐसे में कई बार स्टेट ब्यूरो मेहमान को स्टूडियो में बुला लेते हैं तो कई बार घटना स्थल से सीधे बातचीत प्रसारित की जाती है। इसके अलावा आजकल घर या ऑफिस से ही मेहमान अपने कम्प्यूटर या लैपटॉप की मदद से ऑनलाइन इंटरव्यू दे देते हैं।

5. स्टूडियो इंटरव्यू : समाचारों के बीच में ही किसी ख़बर विशेष से संबंधित विद्वानों या विरोधी पक्षों को स्टूडियो में आमंत्रित करके उनका छोटा-सा इंटरव्यू लेना चैनलों में आम हो गया है। ये एक प्रकार से समाचारों के साथ-साथ विचार भी प्रस्तुत करना हुआ। इस प्रकार के इंटरव्यू में एंकर दो तीन सधे हुए सवाल करता है और फिर बातचीत को विराम देते हुए अगली ख़बरों की तरफ बढ़ जाता है।

6. अन्य इंटरव्यू-पत्रकार व्यक्ति से बातचीत कैसे करता है, किस माहौल में करता है, इन सब के आधार पर भी इंटरव्यू का वर्गीकरण किया जा सकता है। जैसे एनडीटीवी चैनल पर **शेखर गुप्ता वॉक द टॉक** कार्यक्रम में अपने मेहमान से लगातार चलते हुए बातचीत करते हैं। इसी प्रकार कुछ लोग कार की पिछली सीट पर बैठकर इंटरव्यू लेते हैं। किसी पुरातत्ववेता का साक्षात्कार यदि हडप्पा और मोहनजोदड़ो के विषय पर लेना हो तो इससे बेहतर क्या हो सकता है कि उनका इंटरव्यू खुदाई स्थल पर लिया जाये और इंटरव्यू के दौरान वे चल कर अलग-अलग स्थानों को भी दिखाते जायें। इस प्रकार से लंबी बातचीत उबाऊ भी नहीं होगी और दर्शकों को बांधे रखेगी। डॉक्यूमेन्ट्री चैनल अक्सर इस फॉर्मेट का उपयोग करते हैं।

इसी प्रकार टेलीविज़न चैनल अनेक रचनात्मक फॉर्मेट का इस्तेमाल करके इंटरव्यू को अधिकाधिक रोचक बना रहे हैं। जैसे-रजत शर्मा का कार्यक्रम **जनता की अदालत** भी एक नया और मिला-जुला इंटरव्यू फार्मेट है जिसमें किसी मेहमान को स्टूडियो में बुलाकर उस पर केस चलाया जाता है। पहले सूचनामूलक प्रश्न पूछे जाते हैं फिर आरोप लगाये जाते हैं। मेहमान से आरोपों पर सफाई और सबूत मांगे जाते हैं और अन्त में कोर्ट में बैठा न्यायाधीश अपना फैसला सुनाता है। इस दौरान स्टूडियो में मौजूद दर्शकों को भी सवाल पूछने का मौका दिया जाता है। दरअसल, इस फॉर्मेट में अक्सर समकालीन विवादास्पद मुद्दे पर ऐसे व्यक्ति को आमंत्रित किया जाता है जो स्वयं विवादों में घिरा हो और एंकर जनता और आरोपी के बीच एक कड़ी का काम करता है। जबकि जी. टी.वी. के **जीना इसी का नाम** कार्यक्रम में मेहमान का साक्षात्कार अलग ही अंदाज में लिया जाता है। एंकर के रूप में फारूख शेख हल्के-फुल्के सवालों से मेहमान का मनोरंजक इंटरव्यू लेते हैं। कार्यक्रम में मेहमान के पुराने दोस्तों, रिश्तेदारों को स्टुडियो में आमंत्रित किया जाता है या फिर उनकी वीडियो क्लिप दिखाई जाती है और फोन से सवाल पूछे जाते हैं।

इंटरव्यू कैसे लें?

इंटरव्यू लेना एक कला है। कुछ लोगों में ये कला पहले से ही मौजूद होती है। जबकि कुछ इसे प्रयास से विकसित कर सकते हैं। जरूरत इस बात की है कि आपकी दूसरे लोगों में सच्ची जिज्ञासा हो। लोगों से बातचीत करना और मनचाही बातें उगलवाना लम्बे अनुभव के बाद आ पाता है। इसके लिए जरूरी नहीं कि कोई व्यक्ति अधिक बोलने वाला हो। सही मायने में तो कोई एक मूल मंत्र बनाया जाना भी कठिन है लेकिन फिर भी कुछ बातें हैं जिनका ध्यान रखा जाना चाहिए।

1. विश्वास कायम करें-जब भी रिपोर्टर किसी व्यक्ति का इंटरव्यू लेने के लिए निकलता है तो अधिकांश वो उसे जानता नहीं है। रिपोर्टर साक्षात्कार देने वाले के घर, कार्यालय या दुकान पर एक बाहरी व्यक्ति की तरह ही जाता है। ऐसे में बहुत कम समय में विश्वास कायम करना थोड़ा-सा मुश्किल लग सकता है, लेकिन यह जरूरी है। क्योंकि जब तक इंटरव्यू देने वाले का आप पर भरोसा नहीं है तब तक वह किसी मसले पर खुलकर बातचीत नहीं करेगा। विषय यदि विवादास्पद हो तो वह हरगिज नहीं बोलेगा। रिपोर्टर को ये नहीं मानना चाहिये कि प्रत्येक व्यक्ति से इंटरव्यू लेना उसका जन्मसिद्ध अधिकार है या प्रत्येक व्यक्ति को उसे जानकारी देने के लिए तत्पर रहना चाहिए। दरअसल, आम लोग एक रिपोर्टर को इंटरव्यू देने के लिए कतई बाध्य नहीं होते। ऐसे में जल्दबाजी, अविश्वास और छोटी-सी गड़बड़ी भी सारे इंटरव्यू पर पानी फेर सकती है। हो सकता है व्यक्ति इंटरव्यू देने से ही मना कर दे या फिर ऊपरी मन से इंटरव्यू देकर एक औपचारिकता पूरी कर दे। अक्सर विश्वास का संकट नये स्थानों पर लोगों के इंटरव्यू के दौरान दिखता है। जब शहरी रिपोर्टर सुदूर गाँव में कुछ महिलाओं के इंटरव्यू लेने पहुँचता है तो उसे ग्रामीण पृष्ठभूमि में सबसे पहले अपनी पहचान और चैनल की विश्वसनीयता को स्थापित करना पड़ता है। ऐसे में किसी स्थानीय व्यक्ति को साथ ले लेना उपयोगी रहता है।

2. सामान्य व्यवहार की समझ-समय सीमा के तमाम दबावों के बावजूद पत्रकार को इंटरव्यू के दौरान सामान्य व्यवहार की मर्यादाओं का पालन करना चाहिए। भले ही इंटरव्यू के दौरान भीड़-भाड़ का माहौल हो, लेकिन पत्रकार की जिम्मेदारी है कि वह अपना धैर्य बनाए रखे। कुछ पत्रकार स्वयं को वी.आई.पी समझ लेते हैं और मानने लगते हैं कि बाकि लोगों का दायित्व है कि वो उन्हें इंटरव्यू दें। जबकि होता इसके विपरीत है। यदि पत्रकार के खराब रवैये से इंटरव्यू देने वाला उखड़ जाये तो साक्षात्कार संभव ही नहीं होगा। सामान्य आचरण

की अनेक बातों का हम अपनी दिनचर्या के दौरान भी ध्यान रखते हैं। जैसे दिये गए समय और निर्धारित स्थान पर पहुँचना, बिना अनुमति के दूसरे स्थान पर वस्तुओं को न छूना, दूसरों के फोन का बिना अनुमति। इस्तेमाल न करना, बिना आमंत्रण के धुम्रपान न करना, या चिंगम, खैनी, पान, गुटखा इत्यादि न खाना। मूल बात यह है कि साक्षात्कार में इंटरव्यू देने वाले का सहयोग बहुत जरूरी है यदि पत्रकार के अमर्यादित आचरण से इंटरव्यू देने वाला थोड़ा-सा भी उखड़ जाये या बुरा मान जाये तो उसका सीधा असर इंटरव्यू की गुणवत्ता पर पड़ेगा। और ये सब पत्रकार की व्यक्तिगत छवि और चैनल की छवि से भी जुड़ा हुआ है।

3. सहजता का माहौल बनाएँ-अधिकांश लोग कैमरे के सामने असहज हो जाते हैं। बेहतर साक्षात्कार के लिए जरूरी है कि व्यक्ति स्वाभाविक स्थिति में रहे ताकि सच्चाई निकल कर सामने आये। कुछ पत्रकार इसका ध्यान नहीं रखते और अपने कैमरे, माईक और लाईटिंग से सारे माहौल को असहज बना देते हैं। ये पत्रकार की जिम्मेदारी है कि वो साक्षात्कार से पहले और उसके दौरान इंटरव्यू देने वाले को सहज बने रहने में मदद करे। इसके लिए इंटरव्यू देने वाले को अपने स्वाभाविक माहौल में रहने दें। उदाहरण के लिए एक पनवाड़ी से इंटरव्यू के दौरान उसे पान बनाते हुये ही बातचीत करें, पत्थर तोड़ते मजदूर से बातचीत करने के लिए उसे काम के स्थान से हटाकर कहीं और न खड़ा करें। भारतीय संदर्भ में अक्सर महिलायें अधिक असहजता की शिकार होती हैं। बाहरी व्यक्तियों से बातचीत करने का अनुभव न होने के कारण ये स्वाभाविक भी है। ऐसे में उनसे स्वाभाविक माहौल में काम करते हुए ही बातचीत की जा सकती है।

4. स्वतः स्फूर्त साक्षात्कार लें-अक्सर कुछ लोग इंटरव्यू से पहले सवाल जानना चाहते हैं। ताकि वे सवालों के जवाब पहले से तैयार कर लें। हो सकता है ऐसे में अच्छे जवाब निकलकर आयें लेकिन ये उत्तर स्वतः स्फूर्त और सहज होने की बजाय तैयार किये हुए होंगे। जबकि इंटरव्यू को स्वतः स्फूर्त होना चाहिए। बेहतर होगा कि सारे सवाल पहले बताने की बजाय केवल विषय समझा दिया जाये। विशेषकर सरकारी अधिकारी अपनी तैयारी के लिए सवालों की सूची मांगते हैं। ऐसे में पूरक प्रश्नों के जरिये स्वाभाविक राय को उजागर किया जा सकता है। कुछ पत्रकार सच्चाई उजागर करने का तर्क देकर वकीलों की तरह जिरह करने लगते हैं। न्यायालय की तरह इंटरव्यू देने वाला हर सवाल का उत्तर देने के लिए बाध्य नहीं है। ऐसे में सवालों की भाषा आवश्यकता से अधिक आक्रामक नहीं होनी चाहिए। केवल अपराधियों और कुछ घाघ नेताओं

से ही आक्रामक सवाल पूछना उचित होगा। शालीनता की हदें पार करने से अंततः पत्रकारिता का स्तर ही गिरता है।

5. विषय की पर्याप्त तैयारी करें-पत्रकार किसी विषय विशेष का विशेषज्ञ नहीं होता। उसे दुनिया में घटित होने वाली सभी घटनाओं से जुड़े विषयों पर इंटरव्यू लेना पड़ता है। जबकि अनेक मौकों पर उस विषय पर इंटरव्यू देने वाला अधिक जानकार होता है। अच्छे इंटरव्यू के लिए जरूरी है कि पत्रकार इंटरव्यू के विषय की अच्छी जानकारी बटोर ले। नहीं तो इंटरव्यू के दौरान उसकी कमजोरी आसानी से पकड़ में आ सकती है। उसकी अल्पज्ञता बचकाने सवालों के रूप में तुरंत सामने आ जायेगी। विषय की सही समझ के बिना पूरक प्रश्न भी नहीं पूछे जा सकते। उदाहरणस्वरूप किसी बड़े साहित्यकार से इंटरव्यू के दौरान आप उसके उपन्यास का नाम ही गलत बोल रहे हैं तो साहित्यकार भले ही उस समय इसे न टोके लेकिन वो समझ तो जायेगा ही। मशहूर साहित्यकार मनोहर श्याम जोशी के निधन पर जब साहित्यकारों से चर्चा हो रही थी तो टेलीविज़न एंकर बार-बार उनकी महान रचना के नाम पर **हम लोग** और **बुनियाद** धारावाहिकों का नाम ले रहे थे। क्योंकि उनकी जानकारी इतने तक ही सीमित थी। स्टूडियो में बैठे विद्वानों ने इस बात पर एंकरों को टोका भी।

6. सुनने की कला-कुछ लोग समझ बैठते हैं कि बातूनी लोग अच्छे साक्षात्कारकर्ता साबित होंगे। जबकि होता इसके विपरीत है। इंटरव्यू में हमारा उद्देश्य दूसरे से जानकारी लेना है। स्वयं बोलना इसलिए पड़ता है ताकि सवाल किये जा सकें। कुछ पत्रकारों और एंकरों के सवाल जवाब से बड़े होते हैं। ये बात एक लघु शोध के दौरान उजागर हुई। शायद इसके पीछे एक कारण एंकरों की स्वयं को केन्द्र में रखने की भावना भी है। जिसके कारण वे सुनना कम चाहते हैं और सुनाना ज्यादा। वो चाहते हैं कि दूसरे लोग केवल उतना ही और वैसा ही बोलें जैसा वे चाहते हैं। कई बार तो मन माफिक जवाब के लिए पत्रकार इंटरव्यू देने वाले के मुँह में अपनी बात डालते प्रतीत होते हैं। सुनने की कला साक्षात्कारकर्ता के लिए अतिआवश्यक है। यह तभी संभव है जब आप दूसरों की बातों और अनुभवों में सच्ची रुचि रखते हों। जब भी दूसरे की बात काटनी हो तो ये काम शिष्टता से करें। दूसरे को सुनना दरअसल अगला सवाल तैयार करने के लिए भी बहुत जरूरी है।

इंटरव्यू के लिए प्रश्नों की योजना

- सबसे पहले इंटरव्यू का उद्देश्य और केन्द्र बिंदु तय करें।
- सभी सवालों में एक क्रमबद्धता होनी चाहिए। यानी पहले सरल प्रश्न

पूछे जायें और उसके बाद धीरे-धीरे मूल बिंदु पर आया जाये।

- आरम्भ में चर्चा की शुरूआत करने के लिए खुले सवालों का उपयोग किया जाता है। जैसे महिला सशक्तिकरण का अर्थ क्या है? बाद की चर्चा में उत्तर की तरफ मोड़ने वाले सवाल किये जाते हैं। जैसे-आपको नहीं लगता कि महिला सशक्तिकरण के नाम पर केवल नारेबाजी हो रही है?
- मुश्किल सवालों की पृष्ठभूमि पहले तैयार की जाये। अक्सर सूचना मूलक सवाल आरंभ में पूछे जाते हैं और उलझन भरे प्रश्न अंत में।
- सामान्य और सरल उत्तरों वाले प्रश्नों से बचा जाये। सामान्यतः छः ककार (क्या, क्यों, कब, कहां, कैसे, किसने) के इर्द गिर्द सवाल बुनें।
- प्रश्नों में एक प्रवाह हो ताकि साक्षात्कार के स्थान पर सामान्य बातचीत लगे। जैसे क्या आप आरक्षण बिल का विरोध करते हैं?, आप इसका विरोध क्यों करते हैं?, आप इसके विरोध में क्या करेंगे?
- पत्रकार आम दर्शकों के प्रतिनिधि के रूप में इंटरव्यू लेता है। इसलिए प्रश्न बनाते समय ये ध्यान में रखना चाहिए कि आम दर्शक के मन में विषय को लेकर क्या सवाल होंगे।
- प्रश्नों की भाषा शालीन होनी चाहिए। बहस करने से बचें, पुलिस या जांच अधिकारी न बने, मनोवैज्ञानिक की बजाय एक पत्रकार की तरह सवाल जवाब करें।

अभ्यास कार्य

- स्टूडियो में एक से अधिक मेहमानों को बुलाकर किसी मसले पर चर्चा-विमर्श करें। चर्चा से पहले इंटरव्यू की अवधि और फोकस तय कर लें।
- टेलीविज़न पर प्रसारित विभिन्न इंटरव्यू आधारित कार्यक्रमों को ध्यान से देखें और ये पता लगाने की कोशिश करें कि विभिन्न साक्षात्कारकर्ताओं की क्या-क्या विशेष आदतें हैं।
- एक ही बात को पूछने के लिए विभिन्न प्रश्न तैयार करें और अपने सहयोगी को विशेषज्ञ बनाकर एक दिखावे का साक्षात्कार (Mock Interview) आयोजित करें।
- समकालीन मुद्दों पर नामचीन हस्तियों से काल्पनिक साक्षात्कार के

लिए प्रश्न तैयार करें और उन्हें इंटरव्यू के क्रम में जंचाएँ।

- किसी विशेषज्ञ से एक विषय पर इंटरव्यू लेने के लिए समय तैयार करें और इंटरव्यू के लिए जाने से पहले उस विषय एवं व्यक्ति के बारे में पृष्ठभूमि की जानकारियाँ इकट्ठा करें।
- कैमरा टीम के साथ विशेषज्ञ से इंटरव्यू लें और फुटेज का प्रिव्यू करें। ये तलाशने की कोशिश करें कि कौन-सा हिस्सा फालतू है, आवश्यकतानुसार अवधि का इंटरव्यू एडिट भी करें।

अध्याय नौ

समाचार बुलेटिन निर्माण

समाचार चैनल की संरचना

टेलीविज़न समाचार चैनल की संरचना काफी जटिल होती है। विभिन्न विषयों के विशेषज्ञ लोग एक साथ मिलकर काम करते हैं। जटिल होने के बावजूद ये जरूरी होता है कि सब लोग अपनी-अपनी जिम्मेदारियाँ पूरी करें। किसी एक भी विभाग में यदि रूकावट आती है तो प्रसारण का पूरा काम अटक जाता है। पुराने समय में टेलीविज़न चैनल में ये विभाग काफी अलग-अलग दिखते थे और उनमें काम करने वाले लोगों की जिम्मेदारियों भी बंटी होती थी। लेकिन डिजिटल क्रांति ने समाचार चैनल के भीतर सभी विभागों के बीच की दूरियाँ काफी कम कर दीं। सभी विभाग कम्प्यूटर से जुड़ गऐ हैं और चैनलों का आधुनिक ढांचा काफी सघन हो गया है।

दिल्ली, मुम्बई स्थित अधिकांश राष्ट्रीय समाचार चैनलों के कार्यालय बहुत कम स्पेस में बनाए गए हैं। मंहगे स्थानों पर स्थित इन ऑफिसों में हर छोटी से छोटी जगह का अधिकतम उपयोग करने की कोशिश की जाती है। इसीलिए कार्पोरेट जगह की तरह चैनलों में भी वन फ्लोर ऑफिस की अवधारणा ने जन्म लिया है। इसका सबसे बड़ा फायदा यह होता है कि एक विभाग से दूसरे विभाग में जाने में समय की बर्बादी नहीं होती, साथ ही सभी लोग आपस में आसानी से सपंर्क कर सकते हैं।

न्यूज़ रूम-ये समाचार चैनल के मस्तिष्क का काम करता है। सभी टेलविज़न पत्रकार न्यूज़ रूम के हिस्सा होते हैं। न्यूज़ रूम को हम चार हिस्सों में बांट सकते हैं। इनपुट डेस्क, आउटपुट डेस्क, कोर्डिनेशन डेस्क और असाइनमेंट डेस्क। न्यूज़ रूम के बारे में विस्तार से चर्चा इस अध्याय में बाद में की गई है।

स्टूडियो-ये टेलीविज़न चैनल का काफी महत्वपूर्ण स्थान है, जहाँ

टेलीविज़न एंकर बैठकर समाचार पढ़ता है। एक समय स्टूडियो चारों तरफ से बन्द बनाए जाते थे लेकिन आजकल ओपन स्टूडियो भी चलन में हैं। यानी न्यूज़ डेस्क और स्टूडियो काफी पास-पास पारदर्शी कांच से जुड़े होते हैं। इस प्रकार के स्टूडियो बनाने का मकसद दर्शकों को समाचारों के दौरान पृष्ठभूमि में न्यूज़रूम का माहौल दिखाना भी होता है। ये जरूरी नहीं कि स्टूडियो में असली पृष्ठभूमि के लिए गत्ते, प्लाईवुड, प्लास्टिक इत्यादि से डिजाइन तैयार किया जाए क्योंकि अनेक समाचार चैनल वर्चुअल स्टूडियो का प्रयोग भी करने लगे हैं। कम्प्यूटर साफ्टवेयर की मदद से एंकर की पृष्ठभूमि अब मनचाहे तरीके से बनाई जा सकती है। इस कम्प्यूटर निर्मित पृष्ठभूमि को एंकर के पीछे क्रोमा कर दिया जाता है। वर्चुअल स्टूडियो के कम्प्यूटर साफ्टवेयर आजकल अधिकांश समाचार चैनल अपने उपयोग में ला रहे हैं।

स्टूडियो से जुड़ा हुआ एक और महत्वपूर्ण कमरा प्रोडक्शन कंट्रोल रूम (PCR) होता है जो सारी रिकार्डिंग को नियंत्रित करता है। प्रोडक्शन कंट्रोल रूम में बैठकर प्रोड्यूसर, डायरेक्टर, एंकर और कैमरा पर्सन को निर्देश देते हैं। इसके अलावा स्टुडियो से सटा हुआ मेकअप रूम भी होता है जिसमें एंकर और मेहमानों का शूटिंग से पहले मेकअप किया जाता है।

एडिटिंग रूम-रिपोर्टर घटना स्थल से विभिन्न ख़बरों की फुटेज इकट्ठा करके लाते हैं। इन सभी दृश्यों को सम्पादित करने का काम एडिटिंग रूम में किया जाता है। एडिटिंग का पूरा कार्य अब कम्प्यूटर आधारित नॉन लीनियर सिस्टम से किया जाता है जिनमें अति आधुनिक एडिटिंग साफ्टवेयर उपयोग में लाये जाते हैं। अलग-अलग चैनलों के अपने विशेष एडिटिंग साफ्टवेयर होते हैं जिनमें Incite, Final Cut Pro (FCP), Velocity, Avid, Metrox, Pinnacle प्रमुख हैं। कुछ चैनलों में सभी एडिटिंग कम्प्यूटर आपस में जुड़े हुये होते हैं। इन मशीनों पर एडिटर की मदद से रिपोर्टर अपनी स्टोरी एडिट करवाता है। इन दिनों कुछ चैनल बहुत आसान एडिटिंग साफ्टवेयर उपयोग में ला रहे हैं जिनकी मदद से रिपोर्टर स्वयं अपनी स्टोरी में वॉयस ओवर करते हैं और फिर विजुअल और बाईट सम्पादित करते हैं। एडिटिंग के बाद न्यूज़ क्लिप को एक नाम दे दिया जाता है जिसे बाद में बुलेटिन प्रोड्यूसर की जानकारी में ला दिया जाता है।

ग्राफिक्स विभाग-टेलीविज़न समाचारों में ग्राफिक्स का महत्व दिनों-दिन बढ़ रहा है। समाचारों को आकर्षक रूप में पेश करने के लिए पत्रकार ग्राफिक्स की मदद लेते हैं। विशेष कम्प्यूटर सुविधायुक्त ग्राफिक्स रूम में ग्राफिक्स बनाने में माहिर कलाकार काम करते हैं। ये ग्राफिक्स आर्टिस्ट विशेषीकृत ग्राफिक्स

साफ्टवेयरों की मदद से रिपोर्टर या प्रोड्यूसर की जरूरत के अनुसार उन्हें ग्राफिक्स उपलब्ध कराते हैं। रिपोर्टर या प्रोड्यूसर अपनी ख़बर की जरूरत के अनुसार ग्राफिक्स आर्टिस्ट को टैक्स्ट और विजुअल मुहैया कराता है और उसके बाद ग्राफिक्स की गलतियों को भी प्रसारण से पहले जांच लेता है। ग्राफिक्स का कला पक्ष पूरी तरह से आर्टिस्ट स्वयं तय करता है। प्रत्येक चैनल में ग्राफिक्स का एक तयशुदा फार्मेट होता है, जिसमें रंग, फांट, टाइप साइज, दृश्य आदि सब कुछ पहले से तय कर दिया जाता है। ऐसा चैनल में एकरूपता लाने के लिए किया जाता है।

प्रिंट लायब्रेरी-भले ही आजकल प्रत्येक जानकारी इंटरनेट पर आसानी से उपलब्ध हो जाती हो लेकिन फिर भी प्रिंट लायब्रेरी का महत्व चैनलों में बना हुआ है। दरअसल किसी चैनल में पुस्तकालय की गुणवत्ता से यह तय होता है कि उसकी ख़बरों एवं कार्यक्रमों के कन्टेन्ट में गहराई होगी। प्रिंट लायब्रेरी में पुस्तकें, सन्दर्भ कोश, समाचारपत्रों की फाइलें, पुरानी पत्रिकाओं के रिकॉर्ड और विभिन्न विषयों पर क्लिप फाइलें उपलब्ध रहती हैं। इसके अलावा लायब्रेरी में काम करने वाले कर्मचारी इंटरनेट की मदद से भी किसी भी विषय पर आवश्यक सामग्री जुटाने के लिए तत्पर रहते हैं। अधिकांश चैनलों में लायब्रेरी के साथ रिसर्च यूनिट भी मिलकर काम करती हैं। रिसर्चर अगले एक सप्ताह में होने वाली घटनाओं का लेखा-जोखा तैयार करके न्यूज़ रूम में पहुँचा देता है। चुनावों के दौरान एक महीना पहले ही रिसर्च यूनिट तैयारी में जुट जाती है।

वीडियो लाइब्रेरी-टेलीविज़न दृश्यों का माध्यम है इसलिए चैनल में वीडियो लायब्रेरी का भी विशेष महत्व है। किसी चैनल की वीडियो लायब्रेरी कितनी समृद्ध है इस बात से तय होता है कि दृश्य सामग्री कितनी बेहतर होगी। वीडियो लायब्रेरी में चैनल के सभी पुराने कार्यक्रमों और विभिन्न विषयों से संबंधित फुटेज को वर्गीकृत करके रखा जाता है। उदाहरण के लिए विभिन्न राजनैतिक पार्टियों से संबंधित विजुअल अलग-अलग टेप में रखे जाते हैं ताकि जरूरत पड़ने पर तुरन्त उनका उपयोग किया जा सके। इसी प्रकार राज्यवार और विषयवार टेप भी तैयार किये जाते हैं जबकि ऐतिहासिक घटनाओं के टेप अलग से संभालकर रखे जाते हैं। पुस्तकालय की तरह इसमें भी सभी टेपों और उनमें उपलब्ध फुटेज के आंकड़े कम्प्यूटर साफ्टवेयर की मदद से वर्गीकृत करके रखे जाते हैं। इस लायब्रेरी साफ्टवेयर के जरिये तुरन्त किसी भी विषय, व्यक्ति या घटना के बारे में उपलब्ध फुटेज का टेप नम्बर और टाइम कोड आसानी से ढूंढा जा सकता है। अक्सर पत्रकार अपने समाचारों में स्टॉक फुटेज का उपयोग करते

हैं। ऐसा करके वे न केवल अपनी ख़बर को रोचक और सारगर्भित बनाते हैं बल्कि इससे ख़बर की पृष्ठभूमि का भी पता चलता है। जबकि कुछ मामलों में नयी ख़बर में भी अधिक फुटेज उपलब्ध नहीं होते इसलिए पुराने दृश्यों की भी मदद ली जाती है।

प्रसारण कक्ष-प्रसारण कक्ष किसी भी चैनल के महत्वपूर्ण स्थानों में से एक होता है जहाँ हर किसी को प्रवेश की अनुमति नहीं होती। इस कक्ष में कार्यक्रम बनने के बाद उसके अन्तिम प्रसारण की सुविधा उपलब्ध होती है। जहाँ से उसकी ऑडियो-वीडियो गुणवत्ता को नियंत्रित किया जाता है। तस्वीर पर चैनल लोगों और ख़बरों के नीचे चलने वाली पट्टी क्रॉलर को सुपर इम्पोज किया जाता है। किसी भी छोटी-सी गड़बड़ी के कारण चैनल प्रसारण में व्यवधान उत्पन्न हो सकता है। इसलिए प्रसारण कक्ष को वर्जित क्षेत्र माना जाता है।

मानव संसाधन विभाग-समाचार चैनलों में एचआर डिपार्टमेंट का महत्व पहले की तुलना में बढ़ गया है। वैसे तो ये विभाग एक सहयोगी विभाग है, लेकिन इनका दखल चैनल की प्रत्येक गतिविधियों में आसानी से देखा जा सकता है। नये लोगों की भर्ती करना, उन्हें उपयुक्त प्रशिक्षण देना, शिक्षण संस्थानों से इंटर्नस् को बुलाना, कर्मचारियों के ड्यूटी चार्ट तैयार करना, उनके वेतन एवं भत्तों की व्यवस्था करना, कर्मचारियों के अवकाश आदि का हिसाब रखना आदि सभी कार्य मानव संसाधन विभाग करता है। कर्मचारियों में किसी प्रकार का असंतोष या कुंठा न पनपने पाये इसकी जिम्मेदारी मानव संसाधन विभाग की ही होती है। चैनल में इसके महत्व का इस बात से भी अनुमान लगाया जा सकता है कि आजकल नये पत्रकारों की चयन प्रक्रिया के दौरान इंटरव्यू बोर्ड में एच.आर.मैनेजर को भी शामिल किया जाता है।

मार्केटिंग विभाग-चैनलों की आय का बड़ा हिस्सा विज्ञापनों से आता है और विज्ञापनों को जुटाने का कार्य मार्केटिंग विभाग करता है। इस दृष्टि से ये विभाग किसी भी समाचार चैनल के लिए अत्यधिक महत्वपूर्ण कहा जा सकता है। इस विभाग के लोग चैनल के नीति निर्धारण में विशेष भूमिका निभाते हैं। चैनल पर क्या दिखाया जा रहा है और दर्शकों व विज्ञापनदाताओं में उसको लेकर क्या राय है, इस पर मार्केटिंग विभाग की विशेष निगाह रहती है। इसके लिए ये विभाग निरंतर टेजीविज़न रेटिंग प्वाइंट यानी टीआरपी चार्ट का विश्लेषण करता रहता है। इसके आधार पर विभाग सम्पादकीय टीम को भी समय-समय पर अपने प्रतिक्रिया और सुझाव देते रहते हैं। किसी भी कार्यक्रम की लोकप्रियता क्योंकि टीआरपी से तय होती है इसी कारण किसी कार्यक्रम का भविष्य भी

मार्केटिंग विभाग ही तय करता है। मार्केटिंग एक्जीक्यूटिव चैनल के ब्रांड और कंटेन्ट को विभिन्न माध्यमों से विज्ञापित करता है और विज्ञापनदाताओं को चैनल पर विज्ञापन देने के लिए सहमत करवाता है। **आज तक** की सफलता के पीछे उसके कंटेन्ट के साथ-साथ आक्रामक मार्केटिंग भी है। मार्केटिंग विभाग ये भी सुनिश्चित करता है कि पूरे देश में चैनल भली-भांति उपलब्ध हो। राज्य ब्यूरो में भी मार्केटिंग के प्रतिनिधि नियुक्त किये जाते हैं जो अपने राज्य में केबल ऑपरेटरों और विज्ञापनदाताओं से सीधा सम्पर्क बनाए रखते हैं।

उपकरण विभाग-टेलीविज़न में काफी मंहगे उपकरणों का उपयोग किया जाता है। इन सब उपकरणों के बेहतर रखरखाव की जिम्मेदारी इक्विपमेंट विभाग की होती है। वीडियो कैमरे, ट्रायपाट, बैट्री, लाईट इत्यादि सामान को सुव्यवस्थित रखना पड़ता है। बैट्री नियमित रूप से चार्ज होती रहे, सभी केबल ठीक-ठाक हों, कैमरों की मरम्मत होती रहे, लाईट के फ्यूज बल्ब समय पर बदल दिये जायें, ये सब सुनिश्चित करना इस विभाग का काम है। विशेषकर जब दूसरे शहरों में शूटिंग के लिए जाना होता है, सामान के रख-रखाव और सुरक्षा का दायित्व अधिक महत्वपूर्ण हो जाता है।

ट्रांसपोर्ट विभाग-समाचार चैनल ख़बरों को शीघ्रतम प्रसारित करने के लिए बड़ी संख्या में वाहन रखते हैं। अपने वाहनों की मदद से दूर की ख़बर को भी तुरन्त मुख्य कार्यालय तक पहुँचाया जाता है। अधिकांश चैनल कार, वैन को अपना वाहन बनाते हैं और वाहन पर अपने चैनल का नाम व लोगो छपवा देते हैं जिससे वह वैन या कार जहाँ भी जाती है लोगों में चैनल का प्रचार भी करती है और रिपोर्टर को अपने पक्ष में सकारात्मक माहौल दिलाने में भी मदद देती है। इसके अलावा कुछ विशेष वाहन मेहमानों को स्टुडियो तक लाने के लिए भी रखे जाते हैं। जबकि ओबी वैन उच्च तकनीकी सुविधायुक्त ऐसे वाहन होते हैं जिनमें सीधे प्रसारण की सुविधा उपलब्ध रहती है। इस विभाग के लोग न केवल वाहनों के रखरखाव को देखते हैं बल्कि वे अलग-अलग कार्यों के लिए समय पर वाहन उपलब्ध कराते हैं। बड़ी तादात में कर्मचारियों को घरों तक छोड़ना और उन्हें ऑफिस लेकर आने की जिम्मेदारी भी इसी विभाग की होती है। इसके लिए व्यवस्थित रूप में समय-सारणी बनाई जाती है।

मेकअप रूम-स्टुडियो से सटे हुये इस कमरे में एंकर और मेहमानों के मेकअप की सुविधा होती है। मेकअप के लिए जरूरी साज-ओ-सामान के अलावा इसमें एंकर के लिए विभिन्न प्रकार के पहनावे की सुविधा भी उपलब्ध रहती है। इसमें एक साथ कई लोगों का मेकअप करने की व्यवस्था होती है।

मेकअप रूम में हर समय एक मेकअप आर्टिस्ट की ड्यूटी लगाई जाती है।

न्यूज़ डेस्क की संरचना एवं कार्यप्रणाली

समाचार चैनल में न्यूज़ डेस्क की संरचना दिखने में जितनी सरल होती है उतनी सरल वह होती नहीं है। समाचार बुलेटिन की निर्माण प्रक्रिया जटिल होने के कारण इस काम में लगे हुए लोगों की क्षमता, पद एवं जिम्मेदारियाँ भी काफी विविधतापूर्ण होती है। इसके बावजूद सबको मिल-जुलकर काम करना पड़ता है। पूरी टीम की एक भी इकाई यदि काम बन्द कर दे या गुणवत्ता कम हो जाए तो इसका सीधा असर पूरे न्यूज़ बुलेटिन पर आसानी से देखा जा सकता है। मोटे तौर पर न्यूज़ डेस्क को तीन हिस्सों में बांटा जा सकता है। इनपुट डेस्क, असाइनमेंट डेस्क और आऊटपुट डेस्क। कुछ चैनलों में असाइनमेंट डेस्क को कोआर्डिनेशन डेस्क भी कहा जाता है जबकि अनेक चैनलों में इनपुट डेस्क और असाइनमेंट डेस्क इस कदर गूंथे होते हैं कि उनको अलग देख पाना काफी कठिन होता है।

इनपुट डेस्क : शाब्दिक तौर पर इनपुट का अर्थ है बुलेटिन के लिए जो भी सूचनाएँ, फीड, फोन इत्यादि कच्चे माल के रूप में बाहर से आ रहे हैं। इनपुट डेस्क इस कच्चे माल को सही प्रकार से इकट्ठा करता है और उचित विभाग में आगे भेज देता है। दरअसल, एक समाचार बुलेटिन तैयार करने में एक बड़ी टीम जुटती है। पूरे देश में पत्रकारों का जाल बिछा होता है। इसके अलावा समाचार समितियाँ भी लगातार समाचारों को चैनल कार्यालय में भेजती हैं। यही नहीं फोन, फैक्स, ई-मेल और वीसेट के जरिए निरंतर सूचनाओं का प्रवाह चैनल में होता रहता है। सभी सूचनाएँ चैनल में पहले इनपुट डेस्क पर ही जाती हैं, जिन्हें बाद में जरूरत के मुताबिक बुलेटिन में उपयोग किया जाता है। इनपुट डेस्क इंचार्ज अपने सहयोगियों के साथ लगातार ये पता लगाता रहता है कि किस ब्यूरो से कौन-सी ख़बर किस तरह आनी है। इनपुट डेस्क इंचार्ज ही असाइनमेंट बोर्ड पर स्थानीय रिपोर्टरों के लिए काम का बंटवारा करता है। कई बार इंचार्ज फोन करके ब्यूरो प्रमुख को किसी ख़बर की जानकारी भी देता है क्योंकि वो निरंतर एजेंसी से आने वाली ख़बरों पर भी नजर रखता है। इनपुट डेस्क के लोग सुबह सबेरे ही दिनभर की अनुमानित ख़बरों का लेखा-जोखा बुलेटिन प्रोड्यूसर को सौंप देते हैं। बीच-बीच में समाचार निर्माता इनपुट डेस्क पर जाकर ये भी पता लगाता रहता है कि कौन-सी ख़बर का फीड आ गया है और कौन-सी ख़बर नहीं आई है।

अनेक चैनलों में इनपुट डेस्क रिपोर्टरों के बीच समन्वय का काम भी करती है। इनपुट डेस्क के लोग लगातार फोन के जरिए रिपोर्टरों के सम्पर्क में बने रहते हैं और जैसे-जैसे उनको घटनाओं की सूचना मिलती है वैसे-वैसे वे रिपोर्टरों को फोन से उन्हें ख़बर करने के लिए सूचित करते हैं। उदाहरणस्वरूप एक रिपोर्टर यदि संसद सत्र को कवर करके शाम को ऑफिस लौट रहा है और इसी बीच कोआर्डिनेशन डेस्क के पास बीजेपी की प्रेस कांफ्रेंस का आमंत्रण आ जाता है तो वो रिपोर्टर को संसद से ही बीजेपी ऑफिस जाने के निर्देश दे देते हैं और यदि आवश्यक हो तो इस बीच संसद की ख़बर का टेप रिपोर्टर गाड़ी से ऑफिस भिजवा देता है। जाहिर है इस तरीके से न केवल समय की बचत होती है बल्कि कम रिपोर्टरों से अधिक काम लेकर चैनल अपना खर्च भी बचाता है। इसी प्रकार यदि किसी मुद्दे पर एक राष्ट्रीय पार्टी के नेता के इंटरव्यू के लिए चैनल की टीम गई है और इसी बीच तमिलनाडू में कोई महत्वपूर्ण घटना हो जाती है या फिर कोई नेता विवादास्पद बयान दे देता है तो ख़बर मिलते ही कोआर्डिनेशन डेस्क राष्ट्रीय नेता का इंटरव्यू लेने गए रिपोर्टर को निर्देश देता है कि वह तमिलनाडू के घटनाक्रम या बयान पर भी उस नेता की टिप्पणी लेकर आए। ऐसा अनेक बार होता है जब नेताओं से पहले रिपोर्टरों को बयानबाजी का पता चलता है और रिपोर्टर ही विरोधी नेता का बयान बताकर दूसरी पार्टी से प्रतिक्रिया लेता है।

आउटपुट डेस्क : इस डेस्क की तुलना समाचारपत्रों के उप संपादकों से की जा सकती है। आउटपुट का शाब्दिक अर्थ समाचारों के कच्चे माल को पैकेज करके बुलेटिन के रूप में अन्तिम रूप देना है। सभी रिपोर्टर अपने द्वारा कवर की गई ख़बरों को स्वतंत्र रूप से एडिट करवाकर बुलेटिन प्रोड्यूसर के पास जमा करते हैं, लेकिन आउट स्टेशन ब्यूरो की ख़बरें सम्पादित होकर नहीं आतीं। फुटेज, वीसेट के जरिए फीड के रूप में आती है और स्क्रिप्ट या तो फैक्स द्वारा भेजी जाती हैं या फिर रिपोर्टर स्क्रिप्ट चैक होने के बाद वायस ओवर के रूप में भेजता है। इन सबको मिलाकर आउटपुट डेस्क पर काम करने वाले लोग उसे पूर्ण रूप देते हैं। इसके अलावा अनेक ख़बरें समाचार एजेंसियों की फीड पर भी आधारित होती हैं। जैसे अधिकांश अंतरराष्ट्रीय खेलों की ख़बरें रॉयटर की फीड पर आधारित होती हैं। संसद सत्र की फुटेज दूरदर्शन के चैनलों से रिकॉर्ड करके ख़बर बनायी जाती है। जबकि कुछ ख़बरें भारत की न्यूज़ एजेंसी ए.एन.आई. की फीड की मदद से बनाई जाती हैं।

आउटपुट डेस्क पर न्यूज़ प्रोड्यूसर काम करते हैं। सामान्यतः एक शिफ्ट

में एक बुलेटिन प्रोड्यूसर के अलावा एक कॉपीराइटर, दो प्रोड्यूसर और चार असिस्टेंट प्रोड्यूसर काम करते हैं। इनके अलावा दो या तीन इंटर्न भी हो सकते हैं। अक्सर रात और सुबह की शिफ्ट में काम का दबाव कम होता है इसलिए इसमें कम लोगों से गुजारा चल जाता है लेकिन शाम की शिफ्ट में सबसे अधिक नये समाचार आते हैं इसलिए इसे प्राईम टाइम शिफ्ट कहते हैं और क्षमतावान लोगों को अधिक संख्या में इस शिफ्ट में रखा जाता है।

बुलेटिन प्रोड्यूसर की जिम्मेदारी बुलेटिन का रनडाउन तैयार करना होता है। इसके अलावा टीम का वरिष्ठतम व्यक्ति होने के नाते बुलेटिन के क्रम निर्धारण, हेडलाइन तय करने में उसकी प्रमुख भूमिका होती है। किसी स्टोरी को बुलेटिन से हटाने, नयी स्टोरी को शामिल करने, स्टोरी का फार्मेट तय करने आदि के बारे में अन्तिम फैसला टीम के नेता का ही होता है। टीम के बीच काम का बंटवारा भी बुलेटिन प्रोड्यूसर ही करता है। सही अर्थों में बुलेटिन की सभी खूबियों और खामियों के लिए पूरी तरह से बुलेटिन प्रोड्यूसर ही जिम्मेदार होता है। सभी समाचारों के लिए एंकर लिंक लिखने की जिम्मेदारी कॉपीराईटर की होती है। प्राईम टाइम शिफ्ट में एक वरिष्ठ पत्रकार कॉपी एडिटर की भूमिका में भी होता है। उसका काम सभी रिपोर्टरों की कॉपी को सम्पादित करना है। सामान्यतः उत्कृष्ट भाषा, व्यापक जानकारी और समाचारों की पैनी समझ वाले अनुभवी पत्रकारों को इस पद का दायित्व सौंपा जाता है। न्यूज़ प्रोड्यूसर और असिस्टेंड प्रोड्यूसर अलग-अलग ख़बरों का काम करते हैं। कोई एजेंसी की फीड को ख़बर में तब्दील करता है तो कोई ब्यूरो रिपोर्ट को एडिट करवाता है जबकि इंटर्न आउटपुट डेस्क पर विभिन्न छोटे मोटे कामों में मदद करता है। जैसे एजेंसी की स्क्रिप्ट का अनुवाद करना, किसी बाइट को डब करवाना, किसी ख़बर के बारे में पुस्तकालय से संबंधित जानकारी जुटाना, टेप प्रिव्यू करके उपयुक्त बाईट का चुनाव करना, संबंधित विषय पर उपयुक्त विजुअल टेप लायब्रेरी से निकलवाना, मेहमान को लेने जाना।

असाइनमेंट बोर्ड : एक समाचार बुलेटिन तैयार करने में कई दर्जन पत्रकार एवं सहयोगी कर्मचारी मेहनत करते हैं। राज्य की राजधानियों से तो समाचार आते ही हैं लेकिन ख़बरों का बड़ा हिस्सा देश की राजधानी दिल्ली से बनता है। अधिकांश समाचार चैनलों के मुख्य कार्यालय भी दिल्ली या उससे सटे हुए इलाके नोएडा में स्थित है। केवल दिल्ली को कवर करने के लिए प्रत्येक चैनल बड़ी संख्या में रिपोर्टर नियुक्त रखता है। केन्द्रीय सरकार की उठापटक, संसद की कार्यवाही, केन्द्रीय मंत्रिमण्डल के फैसले, राष्ट्रीय संस्थानों की गतिविधियाँ,

दूसरे देशों के दूतावास, अंतरराष्ट्रीय राजनेताओं की भारत यात्रा, राजनैतिक, आर्थिक, सामाजिक संगठनों के कार्यालय इत्यादि ऐसे स्थान और घटनाएँ हैं जहाँ निरंतर समाचार बनते रहते हैं।

दरअसल असाइनमेंट बोर्ड रिपोर्टरों के बीच काम के बंटवारे को दर्शाने का एक सरल माध्यम है। सुबह दस या ग्यारह बजे समाचार चैनलों में सम्पादकीय बैठक होती है जिसमें चैनल के वरिष्ठ लोग शामिल होते हैं। संपादकीय बैठक इस बारे में निर्णय लेती है कि उस दिन कौन-सी घटनाएँ महत्वपूर्ण समाचार बनने वाली हैं और उन्हें कौन-कौन से रिपोर्टर कवर करें। शाम के प्राइम टाइम बुलेटिन का एक अनुमानित खाका इस बैठक में तैयार कर लिया जाता है। तिथिवार जिम्मेवारियों का विवरण असाइनमेंट बोर्ड पर लिख दिया जाता है।

असाइनमेंट बोर्ड पर समाचार बनने वाली घटना का संक्षिप्त विवरण और उसे कवर करने वाले रिपोर्टर का नाम लिखा जाता है। इसके अलावा घटना के अनुमानित समय और रिपोर्टर उसे कवर करके कब तक अनुमानित रूप से ऑफिस में लौट आयेगा इसका जिक्र भी असाइनमेंट बोर्ड पर होता है। इन सब जानकारियों का लाभ यह होता है कि सभी टीम सदस्यों को रिपोर्टरों के काम के बारे में सार्वजनिक रूप से जानकारी मिल जाती है। न्यूज़ प्रोडयूसरों को

असाइनमेंट बोर्ड					
क्र.	स्टोरी विवरण	घटना स्थल	रिपोर्टर का नाम	घटना का समय	अनुमानित वापसी
1.	सोनिया रैली	इंडिया गेट	राकेश कुमार	11-00 A.M.	5-00 P.M.
2.	बीजेपी प्रेस कांफ्रेस	भाजपा कार्यालय	देवाशीश चक्रवर्ती	4-00 P.M.	7-00 P.M.
3.	नर्मदा बचाओ आन्दोलन	जंतर-मंतर	रजनी शर्मा	12-00 P.M.	3-00 P.M.
4.	मुख्यमंत्री सम्मेलन	विज्ञान भवन	मनोज कुमार	11-00 A.M.	4-00 P.M.
5.	अपराध- आत्महत्या	यमुना पार	दशरथ प्रसाद	9-00 A.M.	4-00 P.M.
6.	मोबाइल कंपनी प्रेस कांफ्रेंस	होटल हयात	फैयाज अहमद	11-00 A.M.	4-00 P.M.
7.	साहित्यकार का निधन	निगम बोध घाट	अरूणिमा	11-00 A.M.	4-00 P.M.
8.	एथलेटिक्स मीट	सफदर. स्टेडियम	अरूण कुमार	12-00 P.M.	3-00 P.M.
9.	पेंटिंग प्रदर्शनी	मंडी हाऊस	मोहन कुमार	6-00 P.M.	9-00 P.M.
10.	फिल्म रिलीज- फना	पीवीआर अनुपम	पूनम श्रीवास्तव	6-00 P.M.	9-00 P.M.

मालूम चल जाता है कि उस दिन कौन-सी प्रमुख ख़बरें बुलेटिन में जाने वाली हैं और संबंधित रिपोर्टर उन्हें अमूमन कब तक कवर करके ऑफिस लौट आएँगे। दरअसल असाइनमेंट बोर्ड इनपुट और आउटपुट टीम के बीच सामंजस्य स्थापित करने का काम करता है। स्थानीय रिपोर्टरों के अलावा बाहर के ब्यूरो ऑफिसों से आने वाली रिपोर्टों के बारे में भी इसी प्रकार की जानकारी असाइनमेंट बोर्ड पर लिख दी जाती है।

रन डाउन और बुलेटिन

टेलविज़न समाचार बुलेटिन में दर्शक अखबार की तरह अपनी पसंद के अनुसार समाचार को पहले या बाद में नहीं देख पाता। दर्शक को उसी क्रम में समाचार देखने पड़ते हैं जिस क्रम में प्रोड्यूसर उन्हें दिखाता है। दरअसल क्रम के माध्यम से समाचार निर्माता ख़बरों के महत्व को भी स्थापित करता है। जैसे समाचार अत्यधिक महत्वपूर्ण है तो उसे बुलेटिन के सबसे अगले हिस्से में दिखाया जाये और विशेष महत्व के समाचारों को भी बुलेटिन की हेडलाइन्स में स्थान मिलता है। बुलेटिन में समाचारों का क्रम तय करने का काम वरिष्ठ पत्रकार करते है। अक्सर ये निर्णय बुलेटिन प्रोड्यूसर का होता है। ख़बरों का यही क्रम रन आर्डर कहलाता है। यानि बुलेटिन का रनिंग आर्डर। रन डाउन का अर्थ भी यही है कि समाचार आगे की तरफ किस क्रम से दिखाये जाएँगे। बुलेटिन प्रोड्यूसर रन डाउन तैयार करने का काम तभी से करने लगता है जब आने वाली ख़बरों की एक अनुमानित सूची उसे प्राप्त होती है।

चैनलों में रन आर्डर तैयार करने के लिए विशेषीकृत कम्प्यूटर साफ्टवेयर मौजूद होते हैं जिनमें केवल समाचारों के बारे में सूचनाएँ फीड करनी होती हैं। सबसे पहले बुलेटिन के बारे में मुख्य जानकारियाँ दी जाती हैं जैसे-बुलेटिन का नाम क्या है? इंडिया नौ बजे (एनडीटीवी इंडिया), 10 तक (आज तक), प्राईम टाईम (जी न्यूज़) और स्टार रिपोर्ट (स्टार न्यूज़)। इसी के साथ एंकर का नाम, बुलेटिन की कुल अवधि, विज्ञापनों की संख्या एवं अवधि आदि सूचनाएँ भी दी जाती हैं। रन डाउन में उसके बाद एक क्रम से समाचारों की सूची होती है। यह सूची किसी भी समाचार के स्लग के रूप में होती है। जैसे-

कांग्रेस पार्टी की एक प्रेस कान्फ्रेंस-Congress PC
विश्व कप का क्रिकेट मैच-Cricket WC
भारतीय जनता पार्टी की रैली-BJP rally

समाचार के स्लग के अलावा रिपोर्टर का नाम, समाचार फार्मेट, समाचार की कुल अवधि, ग्राफिक्स का विवरण (लोकेशन प्लेट, मग प्लेट, टैक्स्ट प्लेट

Run Down/Run Order

Date–.................. Anchor .... Buletin Producer ....

S.No	Story	News Format	Reporter's Name	Duration	Clip Name/ Tape No.	Graphics	Total Duration
	Montage	–	–	5 Sec.	Mon	–	00:00:05
1.	Headlines– • Mumbai blast • Patil's statement • Adwani statement • Cricket	–	–	10 sec.	Head	–	00:00:15
2.	Mumbai blast	Package	Rakesh	100 sec.	MUM	Animation	00:01:55
3.	Mumbai blast	Live Phono	Rakesh	60 sec.	–	Phono Plate	00:02:55
4.	Home Minister's statement	Ancher bite	–	45 sec.	Patil	–	00:03:30
5.	Adwani PC	Package	Mohan	75 sec.	ADW	–	00:04:45
6.	Break	–	–	180 sec.	–	–	00:07:45
7.	Bihar Politics	Package	Pratush	90 sec.	Bih	Mug Plate	00:09:15
8.	Crime–Suiside	Package	Rina	95 sec.	cri–sui	Data Plate	00:10:50
9.	UN Council	VOSOT	–	40 sec.	UN	–	00:11:30
10.	Israel conflict	VOSOT	–	50 sec.	Isra	–	00:12:20
11.	Break	–	–	180 sec.	–	–	00:15:20
12.	Share Market	Anchor Gfx	–	45 sec.	–	Graphics Plate	00:16:05
13.	Auto expo.	Package	Ajay	100 sec.	auto	Plate	00:17:45
14.	Mandi–Wheat	Phono	Parvindar	60 sec.	wheat	Phono Plate	00:19:30
15.	Wimbledon Tenis	VOSOT	–	45 sec.	Winble	–	00:20:15
16.	Cricket	Package	Madan	145 sec.	Cri	Score Plate	00:22:40
17.	Weather Report	–	–	50 sec.	WR	Animation	00:23:30
18.	Chinese baby	Package	Reuters	85 sec.	Chi	–	00:24:55
19.	Repeat head • Mumbai blast • Patil's statement • Adwani statement • Cricket	–	–	10 sec.	Rep.Head	–	00:25:05
20.	Montage	–	–	5 sec	–	–	00:25:10
	Total duration 00:25:10 Ad duration 00:06:00 News duration 00:19:10						

इत्यादि), वीडिया टेप नम्बर/क्लिप या फाइल के नाम की जानकारी भी दी जाती है। प्रदेश समाचार के विवरण के अंत में बुलेटिन की कुल अवधि का जोड़ भी बताया जाता है ताकि बुलेटिन प्रोड्यूसर जैसे-जैसे समाचारों का विवरण उनकी अवधि के साथ रन डाउन में क्लिक करे उसे बुलेटिन की कुल अवधि का अनुमान भी होता जाए।

रन डाउन का महत्व : रन डाउन बनाने का प्रमुख उद्देश्य बुलेटिन का अनुमानित स्वरूप तैयार करना होता है। इससे यह सुनिश्चित करने में मदद मिलती है कि बुलेटिन में कितने समाचार किस क्रम से जाएँगे। बुलेटिन की कुल अवधि उपलब्ध टाइम स्लॉट के अनुसार ही है या नहीं। बुलेटिन में कितने ब्रेक होंगे और उनमें कितनी अवधि के कितने विज्ञापन प्रसारित किये जाएँगे। सार रूप में कहें तो बुलेटिन का पूरा ढांचा कागज पर उतारना ही रन डाउन बनाना है। रन डाउन बनने के बाद ही बुलेटिन प्रोड्यूसर निश्चिंत हो पाता है कि उसके समाचारों की अवधि और क्रम आवश्यकता अनुरूप है।

रन डाउन की एक-एक प्रति प्रोड्यूसर के अलावा प्रोडक्शन कंट्रोल रूम (PCR) में बैठे डायरेक्टर और ग्राफिक्स इंचार्ज के पास भी रहती है। इसका उद्देश्य सबको बुलेटिन के क्रम के बारे में जानकारी देना रहता है। स्टूडियो में समाचार पढ़ रहे एंकर के सामने लेपटॉप में भी रन डाउन उपलब्ध रहता है। आजकल अधिकांश चैनलों में एंकर समाचारों को लाइव पढ़ते हैं। ऐसे में 24 घंटे समाचारों के प्रसारण के दौरान ख़बरें निरंतर चैनल ऑफिस में आती रहती है और पहले से बनाए गए रन डाउन में शामिल होती जाती हैं। कई बार तो बुलेटिन के प्रसारण के दौरान ही बीच में ख़बरों का क्रम बदल दिया जाता है। ऐसा करना अब डिजिटल तकनीक से संभव हो गया है।

वैसे तो हर घंटे नये बुलेटिन के लिए पुराने रन डाउन को पुनर्गठित किया जाता है। बुलेटिन प्रोड्यूसर नए समाचारों को उपयुक्त क्रम में शामिल करके पुराने पड़ गए समाचारों को या तो बाहर निकाल देता है या फिर उन्हें क्रम में थोड़ा-सा नीचे ले आता है। जब किसी बड़ी दुर्घटना का समाचार अचानक मिलता है तो उसे ही प्राथमिकता दी जाती है। ऐसे अवसर पर हार्ड न्यूज़ को स्थान देने के लिए अन्य सॉफ्ट/मानवीय रुचि के समाचारों को सुरक्षित रख लिया जाता है और आवश्यकता पड़ने पर अगले बुलेटिनों में उनका फिर से उपयोग किया जाता है।

बुलेटिन की संरचना : आधे घंटे के एक समाचार बुलेटिन में सामान्यतः दो ब्रेक होते हैं और इस प्रकार एक बुलेटिन के कुल तीन हिस्से बन जाते हैं। पहले में प्रमुख राष्ट्रीय-अंतरराष्ट्रीय समाचार, दूसरे में क्षेत्रीय, बिजनेस और सांस्कृतिक समाचार एवं अंतिम भाग में खेल, मनोरंजन और मौसम समाचारों को रखा जाता है। ये बुलेटिन की परम्परागत संरचना है जिसके अनुसार पत्रकार राजनैतिक और आर्थिक समाचारों को प्राथमिकता देते हैं और सामाजिक, सांस्कृतिक एवं मानवीय रुचि की ख़बरों को बुलेटिन में अन्त में स्थान देते हैं।

कोई भी बुलेटिन अपने विशेष मोन्टाज से शुरू होता है। कम्प्यूटर ग्राफिक्स से बनाए जाने वाले इस मोन्टाज में अनेक चैनल ग्लोब का प्रयोग करते हैं जो इसका द्योतक है कि बुलेटिन में देश, दुनिया की ख़बरों को शामिल किया जाता है। कुछ चैनल महत्वपूर्ण समाचारों के विजुअल भी मोन्टाज में दिखाते हैं। अक्सर मोनटाज तेज संगीत के साथ एडिट होता है। दरअसल मोन्टाज दर्शकों को बुलेटिन शुरू होने का संकेत देता है। यह उसकी सिग्नेचर ट्यून का काम करते हैं। न्यूज़ मोन्टाज संगीत के साथ जैसे ही समाप्त होता है वैसे ही एंकर स्क्रीन पर उपस्थित होकर अभिवादन के बाद बुलेटिन की हेडलाइन सुनाता है और इसी के साथ उस समाचार के विजुअल भी चलते हैं।

हेडलाइन के बाद एक के बाद एक ख़बरों का परिचय एंकर द्वारा दिये जाने के बाद उन समाचारों की विजुअल रिपोर्ट दिखाई जाती है। पहले भाग के अंत में ब्रेक पर जाने से पहले एंकर आने वाली ख़बरों के बारे में संक्षिप्त जानकारी देता है– आगे है अभी...... देखते रहिये आज तक। समाचारों के बारे में इस प्रकार की अग्रिम संक्षिप्त सूचना टीजर कहलाती है। यानि इसके माध्यम से एंकर दर्शकों को टीज करता है ताकि वे बुलेटिन से बंधे रहें। टीजर के लिए ऐसे समाचारों और विजुअलों का चयन किया जाता है जो अत्यधिक रोचक हों। दरअसल चैनलों की प्रतिस्पर्द्धा के बीच दर्शकों को बांधे रखने के लिए टीजर एक कारगर औजार है। ये समाचारों को बेचने की एक प्रकार की रणनीति भी है। कई बार टीजर में बार-बार दिखायी जाने वाली ख़बर बुलेटिन के सबसे अन्त में दिखाई जाती है और उसे देखने के लिए दर्शक को पूरा बुलेटिन देखना पड़ता है।

अनेक चैनल किसी घटना की ख़बर दिखाने के अलावा उस मुद्दे पर चर्चा करने के लिए संबंधित मेहमानों को भी स्टूडियो में आमंत्रित करते हैं। छोटी-सी चर्चा या बहस के बाद एंकर फिर से अन्य समाचारों की तरफ बढ़ जाते हैं। कई बार बुलेटिन के अन्त में पुनः हेडलाईन बताने के बाद भी कोई विशेष समाचार दिखाया जाता है। ऐसा जानबूझकर किया जाता है। इस प्रकार की ख़बर को किकर (Kicker) कहा जाता है। ऐसा कभी-कभार किसी मसले पर दर्शकों का विशेष ध्यान खींचने के लिये किया जाता है।

न्यूज़ ग्राफिक्स

किसी भी प्रकार का स्थिर और चलायमान डिजाइन, ड्राइंग, टैक्स्ट या एनीमेशन की तस्वीर जो जीवन्त वीडियो से अलग है, टेलीविज़न ग्राफिक्स की परिभाषा के दायरे में आती है। इसमें सभी प्रकार के मोन्टाज, क्रॉलर, ग्राफिक्स शामिल हैं।

महत्व : दृश्य माध्यम होने के नाते तस्वीरें टेलीविज़न की सबसे बड़ी ताकत भी हैं तो कमजोरी भी, क्योंकि अनेक मौकों पर तस्वीरें उपलब्ध नहीं हो पातीं। जबकि कुछ वैचारिक समाचारों में तस्वीरें नदारद होती हैं तो टेलीविज़न को ग्राफिक्स का सहारा लेना पड़ता है। कहा जाता है कि टेलीविज़न की प्रत्येक स्टोरी में किसी न किसी रूप में कुछ विजुअल जरूर होने चाहिए तभी वह स्टोरी टेलीविज़न पर दिखाये जाने लायक मानी जायेगी।

टेलीविज़न चैनल ग्राफिक्स का इस्तेमाल बेहतर संचार के लिए करते हैं। जब-जब उन्हें लगता है कि तस्वीरों के जरिये या शब्दों के जरिये किसी बात को अच्छी तरह नहीं कह पा रहे हैं तब-तब प्रोड्यूसर ग्राफिक्स का सहारा लेते हैं। जैसे कई घटनाएँ इस कदर कठिन होती हैं कि सारी प्रक्रिया को समझाने के लिए ग्राफिक्स का सहारा लिया जाता है। संसद में आतंकवादी हमले की कवरेज के दौरान आतंकवादियों के संसद में प्रवेश और हमले की बारीकियों को समझाने के लिए सभी चैनलों ने एनीमेटेड तस्वीरों का सहारा लिया। इन ख़बरों में समाचार चैनल न केवल उस जटिल घटना को समझा रहे थे बल्कि उन्होंने ग्राफिक्स का सहारा उन तस्वीरों को पुनर्जीवित करने के लिए भी किया जो उनका कैमरा शूट नहीं कर पाया था। अधिकांश दुर्घटनाओं की तस्वीरें पत्रकार अपने कैमरे में कैद नहीं कर पाते। उदाहरण के लिए रेल दुर्घटना को समझाने के लिए भी टेलीविज़न पत्रकार ग्राफिक्स की मदद लेते हैं। यहाँ टेलीविज़न निर्माता ऐनीमेशन से बने ग्राफिक्स को तस्वीरों के विकल्प के रूप में उपयोग करता है।

टेलीविज़न पत्रकारों को जब-जब महसूस होता है कि समाचार में आंकड़े काफी हैं तो वह उनको समझाने के लिए ग्राफिक्स का सहारा लेता है। केवल वायस ओवर में आंकड़ों को बोल देने से दर्शक उनको भली-भांति नहीं समझ पाता है साथ ही वह जल्दी बोर भी हो जाता है। इसलिए सामान्यत: शेयर बाजार की ख़बरों को ग्राफिक्स की मदद से समझाया जाता है। बजट की ख़बरों में भी कीमतों में बढ़ौतरी और अन्य आंकड़ों को विभिन्न आकर्षक ग्राफिक्स बनाकर समझाया जाता है। आजकल समाचार चैनल उन्नत कम्प्यूटर सॉफ्टवेयरों की मदद से अपनी प्रस्तुति को आकर्षक बनाने के लिए भी ग्राफिक्स इस्तेमाल करता है। उदाहरणस्वरूप-चुनाव परिणामों के दौरान स्टूडियो में एंकर ग्राफिक्स की मदद से दर्शकों को सारी स्थितियाँ बताता है। इसी प्रकार इराक युद्ध के दौरान भी चैनलों ने वार रूम में युद्ध की रणनीतियों को दर्शकों के सामने ग्राफिक्स की मदद से रखा।

प्रकार

1. सुपर और क्रॉलर-सबसे अधिक प्रयोग होने वाला यह ग्राफिक्स किसी भी व्यक्ति का नाम और पद बताने के लिए उपयोग में लाया जाता है। टेलीविज़न स्क्रीन के निचले हिस्से पर कम्प्यूटर से बनाया जाने वाला बैन्ड तस्वीरों पर सुपर इन्पोज कर दिया जाता है। इस पट्टी पर ताजा समाचारों को मनचाहे समय फ्लैश के रूप में भी दिखाया जा सकता है। कई बार अगर बाईट चैनल की भाषा में डब नहीं हो पायी है तो उस व्यक्ति के कथन का अनुवाद भी बैन्ड पर दिखाया जा सकता है। स्क्रीन के सबसे नीचे एक पट्टी पर समाचार नियमित रूप से रेंगते रहते हैं, ये क्रॉलर कहलाता है। दरअसल क्रॉलर का मकसद निरंतर दर्शकों को ताजी सूचनाओं के सम्पर्क में रखना है। संक्षिप्त समाचारों के साथ-साथ कई प्रकार की दूसरी जानकारियाँ जैसे शेयरों के दाम, तापमान की जानकारी, कई प्रकार के विज्ञापन इत्यादि भी क्रॉलर पर दिखाये जाते हैं। कम्प्यूटर की मदद से बनाए जाने वाले क्रॉलर भी टेलीविज़न की तस्वीरों पर बाद में सुपर इम्पोज किये जाते हैं। ये टेलीविज़न स्क्रीन का अधिकतम उपयोग करना भी है।

2. लोकेशन प्लेट-ये एक प्रकार की स्टिल प्लेट होती है जिसमें किसी घटना के स्थान को मानचित्र की मदद से दर्शाया जाता है। एक वृहद नक्शा होता है और दूसरे हिस्से में घटना से जुड़े स्थान का बारीकी से चित्रण होता है। इस प्लेट का इस्तेमाल अक्सर दुर्घटना वाले समाचारों में किया जाता है जब दुर्घटना के कुछ समय बाद तक उसकी कोई भी तस्वीर उपलब्ध नहीं होती ऐसे में समाचार निर्माता अन्य सूचनाओं के साथ लोकेशन प्लेट दिखाकर दर्शकों को घटना स्थल से अवगत कराता है। लोकेशन प्लेट पर मानचित्र के अलावा एक लाईन में टैक्स्ट भी होता है। उदाहरणस्वरूप-दिल्ली से मुम्बई जाते हुए अगर पंजाब मेल इटारसी के पास दुर्घटनाग्रस्त हो जाये तो मध्यप्रदेश के मानचित्र पर भोपाल और इटारसी के आसपास का विवरण लोकेशन प्लेट पर देना उचित होगा। यहाँ टैक्स्ट होगा-पंजाब मेल भोपाल के पास दुर्घटनाग्रस्त, 10 यात्री मरे।

3. फोनो प्लेट-टेलीविज़न रिपोर्टर घटना स्थल से फोन पर जानकारी स्टूडियो तक पहुँचाता है। फोनो रिपोर्टिंग के दौरान एक ग्राफिक्स प्लेट टीवी स्क्रीन पर दिखाई जाती है जिसमें संबंधित ख़बर का टैक्स्ट, रिपोर्टर का फोटो और उसका नाम, स्थान और एक फोन या मोबाइल की सांकेतिक तस्वीर होती है। दरअसल रिपोर्टर से फोन पर बातचीत के दौरान दर्शकों को बांधे रखने के लिए इस प्लेट का उपयोग किया जाता है। कई बार फोनो प्लेट का उपयोग

लोकेशन दर्शाने के लिए भी कर लिया जाता है और यदि घटना की तस्वीरें भी चैनल ऑफिस में पहुँच चुकी हों तो फोन पर बातचीत के साथ-साथ एक ही स्क्रीन पर तस्वीरें भी दिखा दी जाती हैं।

4. **मग प्लेट**-एक व्यक्ति के सीने से ऊपर के शॉट को मग शॉट बोलते हैं। मग प्लेट में संबंधित व्यक्ति का एक स्टिल मग शाट लगाया जाता है। मग प्लेट अक्सर मृत्यु वाले समाचारों में इस्तेमाल की जाती है। ऐसे में तस्वीर के नीचे उसका नाम और जन्म-मृत्यु का वर्ष लिख दिया जाता है। मग प्लेट बनाने के लिए अक्सर किसी स्थिर चित्र को स्कैन कर लिया जाता है। मग प्लेट का उपयोग उन समाचारों में अधिक होता है जहाँ व्यक्ति विशेष के विजुअल उपलब्ध न हों।

5. **टैक्स्ट प्लेट**-अनेक समाचार महत्वपूर्ण व्यक्तियों के कथन से बनते हैं। इन समाचारों में उनके द्वारा कही गई बातें भी महत्वपूर्ण होती हैं। अगर यह बातें बाईट के रूप में चैनल के पास उपलब्ध नहीं हैं तो निर्माता उसे टैक्स्ट प्लेट के रूप में पेश करते हैं। उदाहरण के लिए अमरीकी राष्ट्रपति और भारतीय प्रधानमंत्री के बीच यदि कोई महत्वपूर्ण मुद्दे पर सहमति हुई है तो ऐसे में दोनों के कथन और प्रतिक्रिया महत्वपूर्ण हो जाती हैं। यह जरूरी नहीं है कि दोनों ही नेता पत्रकारों के सामने आकर सहमति के बिन्दुओं पर वक्तव्य दें। ऐसे में समाचार चैनल सहमति के बिन्दुओं को संक्षिप्त रूप में टैक्स्ट प्लेट बनाकर दर्शकों के सामने रखते हैं। भारतीय प्रधानमंत्री के कथन की टैक्स्ट प्लेट में वह उनकी स्थिर तस्वीर दिखा देते हैं और पृष्ठभूमि में संबंधित देश के झंडे को भी प्रयोग में लाया जाता है।

6. **डाटा प्लेट**-जटिल आंकड़ों को सरलता से समझाने के लिए विभिन्न प्रकार के चार्टों की मदद ली जाती है। जैसे तुलनात्मक आंकड़ों को समझाने के लिए बार चार्ट का सहारा लिया जाता है। पिछले एक हफ्ते के शेयर बाजार की स्थिति को दिखाने के लिए बार चार्ट या लाईन चार्ट की मदद ली जाती है, जबकि संसद में विभिन्न दलों की स्थिति को दर्शाने के लिए या बजट में विभिन्न मदों पर खर्च का विवरण समझाने के लिए अक्सर टेलीविज़न पत्रकार पाई चार्ट की मदद लेते हैं। डाटा चार्ट भी आजकल ऐनीमेशन की मदद से तैयार किये जाने लगे हैं।

7. **मौसम ग्राफिक्स**-मौसम समाचार टेलीविज़न समाचारों का प्रमुख अंग हैं और सभी चैनल मौसम सम्बन्धी जानकारियाँ देने के लिए विभिन्न प्रकार के ग्राफिक्स का इस्तेमाल करते हैं। आजकल कम्प्यूटर आधारित उन्नत सॉफ्टवेयर

एनीमेशन की मदद से मौसम समाचार दिखाये जाते हैं। तापमान की जानकारी के अलावा आने वाले तूफान, आंधी, बूंदाबांदी और बर्फबारी का विवरण भी रोचक अंदाज में ग्राफिक्स की मदद से दर्शाया जाता है।

8. **ऐनीमेटेड विजुअल**-कम्प्यूटर एनीमेशन की मदद से बनाई गई तस्वीरें भी टेलीविज़न ग्राफिक्स की परिभाषा में शामिल होती हैं। टेलीविज़न पत्रकार ऐनीमेशन की मदद से वास्तविक घटनाओं को पुनर्जीवित कर रहे हैं। उद्देश्य एक ही है कि किस प्रकार सूचनाओं और घटनाओं को अधिक सहज, सरल और रोचक रूप में दर्शकों तक पहुँचाया जाये।

9. **टाइटल एवं क्रेडिट**-किसी कार्यक्रम के आरंभ और अंत में भी ग्राफिक्स का उपयोग किया जाता है। शुरूआत में मोन्टाज और टाइटल इस्तेमाल होता है और अन्त में निर्माण से जुड़े लोगों की जानकारी देने के लिए क्रेडिट लाइन दी जाती है। क्रेडिट नीचे से ऊपर स्क्राल करते हुए हो सकते हैं या फिर डिजोल्व की मदद से एक के बाद एक क्रमबद्ध रूप में निर्माण टीम के लोगों की जानकारी दी जाती है।

पृष्ठभूमि : किसी भी प्रकार के ग्राफिक्स की पृष्ठभूमि में रंगों और तस्वीरों के चयन का बड़ा महत्व होता है, क्योंकि यदि रंग संयोजन और तस्वीर ख़बर से जुड़ी हुई नहीं है तो दर्शक जल्दी ही उससे उकताने लगेंगे। कुछ चैनल अपने ग्राफिक्स में चमकीले, भड़कीले रंगों का इस्तेमाल करने लगे हैं जो कुछ दिनों तक आकर्षक लगते हैं लेकिन लम्बे समय बाद चटक रंग आँखों में चुभने लगते हैं। चटख रंग वास्तविक नहीं लगते और दर्शक उन्हें जीवन की सच्चाई से जोड़ नहीं पाते। हमेशा यह नहीं भूलना चाहिए कि समाचार रियल्टी का फार्मेट है।

ग्राफिक्स में प्रयोग होने वाली तस्वीरों का चयन रिपोर्टर को ही करना पड़ता है। अक्सर ये तस्वीर रिपोर्ट से जुड़ी होती है। इसका आकर्षक होना हमेशा जरूरी नहीं होता। दृश्य भाषा के मुताबिक ये विशेष विजुअल स्टोरी की मूल भावना से मेल खाता हुआ होना चाहिए। उदाहरणस्वरूप गुजरात में सूखे की एक ख़बर में यदि एक ग्राफिक्स इस्तेमाल किया जाता है तो उसके लिए उपयुक्त विजुअल सूखे के हालात को दर्शाने वाला होना चाहिए। जैसे-सूखे के कारण दरारें पड़ी जमीन, दूर से पानी लाती हुई एक महिला, नल के आगे मटकों की लम्बी कतार, गर्मी से मरे पशुओं का अस्थि-पिंजर, संकट से जूझते लोगों के चिंताग्रस्त चेहरे इत्यादि।

भाषा : टेलीविज़न ग्राफिक्स के लिए टैक्स्ट तैयार करने के दौरान पत्रकारों को कई बातों का ध्यान रखना पड़ता है। कुछ लोग सोचते हैं कि वायस ओवर

में जो कुछ कहा गया है वह सारी बातें ग्राफिक्स में ज्यों-की-त्यों छाप दी जाये और परिणामस्वरूप ग्राफिक्स प्लेट पर भीड़-भाड़ हो जाती है। दरअसल, ग्राफिक्स में सारा टैक्स्ट देने की आवश्यकता नहीं होती। इसके स्थान पर महत्वपूर्ण बातों को बिन्दुवार लिखा जाना चाहिए। दर्शक वायस ओवर सुनते हुए उन बिन्दुओं को पढ़ते हैं तो दोनों को आपस में जोड़ लेते हैं। यदि अधिक जानकारियाँ है तो एक से अधिक प्लेट भी बनाई जा सकती है जिन्हें क्रमवार दिखाया जा सकता है।

ग्राफिक्स पर टैक्स्ट का आकार और फोंट के चयन का भी महत्व है। माना जाता है कि दर्शक टेलीविज़न को 10 से 15 फुट की दूरी पर बैठकर देखता है। इसलिए ग्राफिक्स में टैक्स्ट का आकार इतना बड़ा होना चाहिए कि वह सामान्य टेलीविज़न सेट पर औसत दूरी से स्पष्ट दिखाई दे। फोंट के स्वरूप का चयन भी इसलिए महत्वपूर्ण है क्योंकि मूलतः टेलीविज़न समाचार मनोरंजन के लिए नहीं होते। उनसे पूरी प्रस्तुति में गंभीरता की उम्मीद की जाती है। कुछ फोंट अत्यधिक डिजाइनदार और अगंभीर होते हैं जिनके इस्तेमाल से बचना चाहिए।

अधिकांश चैनलों में कम्प्यूटर ग्राफिक्स बनाने के लिए अलग से एक विभाग होता है जहां, इसके विशेषज्ञ रिपोर्टरों की मांग के अनुरूप न्यूज़ ग्राफिक्स तैयार करते हैं। ये लोग तकनीकी रूप से कम्प्यूटर के विशेषज्ञ होते हैं और इनको कला एवं सौन्दर्य बोध की समझ होती है। लेकिन फिर भी ग्राफिक्स की भाषा तैयार करने और तस्वीरों के चयन की जिम्मेदारी संबंधित रिपोर्टर या प्रोड्यूसर की होती है क्योंकि टेलीविज़न पत्रकार को पता होता है कि ख़बर की मांग क्या है। किस प्रकार का ग्राफिक्स जाना चाहिए। हमें भूलना नहीं चाहिए कि सुन्दर ग्राफिक्स एक समाचार को रोचक और सरल बनाने का जरिया है और उनका अलग से बुलेटिन में कोई वजूद नहीं होता।

शोध और टेलीविज़न समाचार

मनुष्य जब-जब जीवन की समस्याओं से जूझते हुए उन्हें हल करने की कोशिश करता है तो कुछ हद तक वह शोध कर रहा होता है। समस्याओं को सुलझाने के लिए उनकी जांच-पड़ताल की जाती है, प्रश्नों के उत्तर खोजे जाते हैं, पुरानी बातों पर सवाल उठाये जाते हैं तभी नये ज्ञान का सृजन होता है। दरअसल, अनुसंधान किसी समस्या को हल करने का एक व्यवस्थित, वैज्ञानिक एवं निष्पक्ष तरीका है, जिसके बाद संबंधित विषय पर नई जानकारियाँ हासिल होती हैं।

शोध का महत्व : पत्रकार हर दिन नये सवालों और नई समस्याओं से रूबरू होते हैं। अलग-अलग विषयों की रिपोर्टिंग के दौरान उन्हें भी खोजबीन

और जांच-पड़ताल करनी पड़ती है। हालांकि इस दौरान पत्रकार अकादमिक शोध की तरह लम्बा-चौड़ा अध्ययन नहीं करते, लेकिन मोटे तौर पर उनके तथ्यों के संकलन और उन्हें प्रस्तुत करने का तरीका शोधकर्त्ताओं की तरह ही होता है। उदाहरण के लिए जब किसानों की आत्महत्या की ख़बर आती है तो पत्रकार गाँव जाकर उस घटना की जांच-पड़ताल करता है, कारणों की तलाश करता है, संबंधित लोगों से बातचीत करता है और स्वयं परिस्थितियों एवं घटनाओं का आंकलन करता है। तब जाकर वह एक रिपोर्ट पेश करता है, जिसमें किसानों की आत्महत्या से संबंधित लेखा-जोखा होता है, क्योंकि पत्रकार एक त्वरित माध्यम के लिए काम करता है, इसलिए उसकी शोध भी एक प्रकार का त्वरित अनुसंधान होता है। लेकिन ध्यान देने योग्य बात यह है कि तथ्यों के संकलन के दौरान वो भी उन्हीं तरीकों का इस्तेमाल करता है जिनका कि शोधकर्त्ता करते हैं, जैसे-इंटरव्यू, अवलोकन और पुस्तकों एवं इंटरनेट आदि से द्वितीयक आंकड़े इकट्ठा करना। साथ ही शोधार्थी की तरह ही एक पत्रकार से भी निष्पक्ष, वस्तुनिष्ठ और संतुलित होने की उम्मीद की जाती है।

एक अच्छा पत्रकार बनने के लिए जरूरी है कि व्यक्ति में नये-नये प्रश्नों के जवाब ढूंढने की आन्तरिक इच्छा हो। वो स्वयं को समाज से जोड़कर देखे और उसमें सामाजिक सरोकार मौजूद हों। नहीं तो ऊपरी मन से लम्बे समय तक एक रिपोर्टर अपने काम में आनंद नहीं ले पायेगा।

चैनल में शोध प्रभाग की भूमिका : अधिकांश समाचार चैनलों में शोध हेतु अलग यूनिट होती है जिसमें अनेक लोग काम करते हैं। इस शोध का मूल काम न्यूज़ टीम के लिए पृष्ठभूमि की जानकारियाँ और जरूरी सूचनाएँ उपलब्ध कराना होता है। प्रायः रिसर्च यूनिट पुस्तकालय के एक अंग के रूप में स्थापित की जाती है ताकि जरूरत पड़ने पर उपयोगी संदर्भ-ग्रंथ, अखबारों की क्लीपिंग और पत्रिकाएँ पुस्तकालय से उपलब्ध हो सकें। आजकल रिसर्च यूनिट के लोग जानकारियाँ इकट्ठी करने के लिए इंटरनेट का उपयोग अधिकाधिक करने लगे हैं। ये शोध प्रभाग घटनाओं का आगामी क्रम पहले से तैयार करके न्यूज़ टीम के पास पहुँचा देते है। यानी अगले दो दिन में क्या-क्या घटनाएँ संभावित हैं, इसकी जानकारी सिलसिलेवार ढंग से तैयार कर ली जाती है। कई बार न्यूज़ डेस्क से विशेष मुद्दों पर जानकारियाँ मंगाई जाती हैं। जैसे-आम बजट पेश होने से पहले उसके बारे में संबंधित सभी जानकारियाँ इकट्ठा करने का काम रिसर्च के लोग करते हैं। इसी प्रकार संसदीय चुनाव से लगभग एक महीने पहले सभी चैनल अपने यहाँ रिसर्च टीम को तैयारी के काम में लगा देते हैं। प्रमुख संसदीय

क्षेत्रों की राजनैतिक, सामाजिक, सांस्कृतिक पृष्ठभूमि, चुनाव के प्रमुख मुद्दे, मतदाताओं के बारे में ब्योरा आदि पहले से तैयार कर लिया जाता है। पार्टीवार और राज्यवार अलग-अलग फाइलें तैयार कर ली जाती हैं जिनमें संबंधित जानकारियाँ पहले से ही रहती हैं। इन सबके अलावा समय-समय पर रिपोर्टर भी अपनी रिपोर्ट के बारे में संबंधित जानकारियाँ रिसर्च यूनिट से मांगते रहते हैं।

शोध और समसामयिक कार्यक्रम : टेलीविज़न के समसामयिक कार्यक्रमों में रिसर्चर का बहुत महत्व है। ये कार्यक्रम किसी भी फार्मेट के हों लेकिन उनके लिए पहले से काफी तैयारी करनी पड़ती है। उदाहरण के लिए यदि केन्द्रीय रेल मंत्री से इंटरव्यू पर आधारित आधे घंटे का कार्यक्रम तैयार करना है तो इस बातचीत के दौरान पूछे जाने वाले सवालों को तैयार करना होगा और सवाल तभी तैयार हो पाएँगे जब हमारे पास रेल मंत्री की पृष्ठभूमि के बारे में पर्याप्त जानकारी होगी। उन्होंने रेल मंत्रालय का कार्यभार कब संभाला और क्या-क्या नये फैसले लिये, जिनके कारण वे चर्चा में आये हैं। यह सब जानकारियाँ इकट्ठा करनी जरूरी हैं। शोधपरक कार्यक्रम जैसे-विशेष रिपोर्ट आदि में भी कार्यक्रम को सुगठित और सूचनामूलक बनाने के लिए शोध बहुत जरूरी है। टेलीविज़न कार्यक्रमों में शोध के दौरान केवल आंकड़ों को इकट्ठा नहीं करना होता बल्कि संबंधित विजुअल भी वीडियो लायब्रेरी से तलाश करने होते हैं। जैसे-कश्मीर समस्या पर यदि आधे घंटे की एक स्पेशल रिपोर्ट तैयार करनी है तो इस समस्या की पृष्ठभूमि और आंकड़े तलाशने के साथ-साथ संबंधित घटनाओं एवं व्यक्तियों के विजुअल भी इकट्ठे करने होंगे। किसी भी अच्छे कार्यक्रम के लिए जरूरी है कि सूचनाओं के साथ-साथ उसकी विजुअल प्रस्तुति शानदार हो। प्रभु चावला '**सीधी बात**' और रजत शर्मा '**आपकी अदालत**' कार्यक्रम में मेहमान से सवाल-जवाब करते हैं तो उनके सवालों को तैयार करने के लिए रिसर्च सहयोगी कई दिन पहले तैयारी शुरू कर देते हैं।

अभ्यास कार्य

- किसी समाचार चैनल के कार्यालय का भ्रमण करें और उसकी संरचना का एक चार्ट तैयार करें। चैनल के विभिन्न विभागों की एक सूची तैयार करें।
- टेलीविज़न समाचार बुलेटिन देखते समय उसका रन डाउन/रन आर्डर तैयार करें, जिसमें समाचार का स्लग, न्यूज़ फोर्मेट, रिपोर्टर का नाम, ग्राफिक्स विवरण और समाचार अवधि दी गई हो।
- टेलीविज़न समाचारों में उपयोग होने वाले विभिन्न ग्राफिक्स की सूची

तैयार करें। किसी समाचार विशेष के लिए ग्राफिक्स की योजना बनाएँ। इसके अन्तर्गत ग्राफिक्स प्लेट का डिजाइन, रंग, फोंट नाम, टाइप साइज, तस्वीर इत्यादि का विवरण लिखें।

- किसी समकालीन मुद्दे पर आयोजित होने वाले टॉक शो/इंटरव्यू के लिए रिसर्च सामग्री एकत्रित करें। इसके अन्तर्गत संबंधित प्रश्न, आंकड़े, तथ्य, सूचनाएँ आदि शामिल हैं।
- राष्ट्रीय समस्या/मसले पर आधारित आधे घंटे की एक डॉक्यूमेंटरी के लिए शोध कार्य करें। सभी शोध सामग्री संदर्भ सहित उल्लेखित करें।

अध्याय : दस
टेलीविज़न समाचारों का तकनीकी पक्ष

टेलीविज़न मूलतः एक दृश्य माध्यम है इसलिए वीडियो कैमरा इस माध्यम के लिए सबसे आवश्यक उपकरण है। प्रिंट मीडिया में शब्दों एवं स्थिर चित्रों की मदद से किसी भी विषय का वर्णन किया जाता है और शब्दों को लिखने के लिए कलम या कंप्यूटर का उपयोग करते हैं। टेलीविज़न में वीडियो कैमरे के माध्यम से किसी भी घटना के दृश्य कैद करते हैं। टेलीविज़न कैमरा आवाज और दृश्य रिकॉर्ड करता है। टेलीविज़न की अपनी दृश्य भाषा और व्याकरण है। टेलीविज़न माध्यम पर मजबूत पकड़ बनाने के लिए कैमरे की दृष्टि से सोचना, देखना और लिखना सीखना जरूरी है। दरअसल हम टेलीविज़न पर जो कुछ भी समाचारों के रूप में देखते हैं वह पहले कैमरे द्वारा रिकॉर्ड किया जाता है, फिर संपादित और प्रसारित किया जाता है।

टेलीविज़न पत्रकारिता विजुअल जर्नलिज्म है। टेलीविज़न दर्शक समाचार चैनल को सुनने या पढ़ने के लिये नहीं बल्कि खबरों के लाइव विजुअल देखने के लिए स्विच करते हैं। यही कारण है कि टेलीविज़न पत्रकारों के लिए विजुअल प्रॉडक्शन से संबंधित आधारभूत समझ होना आवश्यक है। विजुअल को रिकॉर्ड करने से लेकर संपादित करने तक की प्रक्रिया में वीडियो कैमरा, माइक्रोफोन, लाइट और एडिटिंग सॉफ्टवेयर का बहुत महत्व है। यदि स्टूडियो आधारित समकालीन मुद्दों पर चर्चा-विमर्श के टेलीविज़न कार्यक्रमों की बात करें तो तकनीकी पक्ष गहरा और अधिक महत्वपूर्ण हो जाता है। वैसे तो टेलीविज़न चैनलों में तकनीकी पक्ष के विशेषज्ञ अलग से रहते हैं लेकिन एक टेलीविज़न पत्रकार को भी इसकी मूलभूत जानकारी होना जरूरी है।

वीडियो कैमरा

सभी प्रकार के वीडियो कैमरे एक ही सिद्धांत पर काम करते हैं। वे लेंस के माध्यम से प्रकाश के रूप में कैमरे में आने वाले ऑप्टिकल संकेतों को

विद्युत संकेतों में परिवर्तित करते हैं जो कैमरे की मेमोरी में रिकॉर्ड हो जाते हैं। इन संकेतों को टेलीविज़न सेट तस्वीर में परिवर्तित कर देता है। हमारी आँखों में भी देखने की प्रक्रिया लगभग कैमरे जैसी है। आँख के लेंस के माध्यम से प्रकाश हमारी आँखों में रेटिना तक जाता है, जहाँ रेटिना की छोटी कोशिकाएँ इन ऑप्टिकल संकेतों की तीव्रता और प्रकृति को पढ़ती हैं और अंततः इन संकेतों को मस्तिष्क तक पहुँचा देती हैं। मस्तिष्क इन्हें इमेज में रूपांतरित कर देता है। वीडियो कैमरे में इमेजिग डिवाइस आँख के रेटिना की भूमिका निभाता है। यह प्रकाश को विद्युत ऊर्जा में रूपांतरित करता है, जिसे वीडियो सिग्नल कहा जाता है।

साठ के दशक में वीडियो कैमरे का आकार बहुत बड़ा हुआ करता था साथ ही यह भारी भी होता था। जिस कारण, समाचार चैनल कवरेज के लिए कई लोगों की टीम भेजते थे। लेकिन डिजिटल क्रांति के बाद वीडियो कैमरा काफी छोटा, हल्का और चलाने में आसान हो गया। पहले, एक कैमरा यूनिट में तारों से जुड़ी दो इकाइयाँ थीं, एक सिग्नल कैप्चरिंग यूनिट जिसे लेंस और इमेजिंग डिवाइस वाले कैमरे के रूप में जाना जाता था और दूसरा हिस्सा टेप रिकॉर्डर था। कैमरा दृश्यों को कैप्चर करता है और उन्हें केबल के माध्यम से रिकॉर्डर को भेजता है और रिकॉर्डर इसे टेप पर संग्रहीत करता है। इस प्रकार के कैमरे में मुख्य समस्या यह थी कि शूटिंग के दौरान हमेशा दो व्यक्तियों की आवश्यकता होती थी और दोनों को साथ-साथ रहना पड़ता था। समाचार कैमरापर्सन के लिए यह बहुत बड़ी समस्या थी, विशेषकर जब फिल्माया जाने वाला व्यक्ति या दृश्य का विषय लगातार गतिमान हो। बाद में कैमकोर्डर (कैमरा + रिकॉर्डर) ने इस समस्या का समाधान कर दिया।

डिजिटल क्रांति ने वीडियो कैमरे को हल्का, चलाने में आसान, कुशल और कम खर्चीला बना दिया है। समाचार निर्माण के लिए एक उपयुक्त वीडियो कैमरे का चयन करना भी बेहतर आउटपुट के लिए महत्वपूर्ण है। एक वीडियो कैमरे का चयन प्रोडक्शन की आवश्यकता, कार्यक्रम की प्रकृति और उसके बजट पर निर्भर करता है।

जब किसी समाचार कवरेज में एक से अधिक कैमरे प्रयोग किये जाते हैं तो कैमरा कंट्रोल यूनिट की आवश्यकता पड़ती है। कैमरा कंट्रोल यूनिट विभिन्न टेलीविज़न उपकरणों के बीच सिंक्रोनाइजेशन बनाए रखने में मदद करती है। प्रत्येक वीडियो कैमरा विभिन्न परिस्थितियों में अलग-अलग आउटपुट देता है, इसलिए जब हम ऑनलाइन स्विचिंग कर रहे हों तो सभी कैमरों में एकरूपता

के लिए उन्हें ट्यून करना आवश्यक हो जाता है। मल्टीकैम प्रोडक्शन में कैमरा नियंत्रण इकाई (सी.सी.यू.) का उपयोग अति आवश्यक होता है। सीसीयू दो मुख्य कार्य करता है: सेटअप और नियंत्रण। सेटअप के दौरान प्रत्येक कैमरे को उचित ढंग से रंग निर्माण के लिए ट्यून किया जाता है। इसके अलावा, व्हाइट बैलेंस करने और उचित कंट्रास्ट रेंज बनाए रखने के लिए भी इसका उपयोग किया जाता है।

कैमरे की संरचना

लैंस-यह कैमरे को एक साफ-स्पष्ट छवि कैप्चर करने में मदद करता है। वीडियो कैमरे में तस्वीर को फोकस करने के लिए लचीला रिंग होता है। बेहतर छवि रिकॉर्ड करने के लिए लेंस की गुणवत्ता एवं उसकी प्रकृति बहुत ही महत्वपूर्ण होती है। एक लैंस सिस्टम के तीन भाग होते हैं– फोकस, एपर्चर और जूम। फोकस हमें विभिन्न दूरियों पर स्थित विषयों की सुस्पष्ट तस्वीर प्रदान करने में मदद करता है। एपर्चर आईरिस है जो यह सुनिश्चित करता है कि लैंस के माध्यम से कैमरे में कितना प्रकाश आएगा और जूम एक ऐसी सुविधा है जो कैमरे और विषय के बीच लेंस की फोकल लैंथ को तय करने में मदद करता है। यह विभिन्न आकारों में कवरेज क्षेत्र को बदलने का भी अवसर देता है।

इमेजिंग डिवाइस-रंगीन टेलीविज़न में एक छवि को तीन रंगों-लाल, हरे और नीले रंग में विभाजित किया जाता है। ऐसा इसलिए है क्योंकि एक वीडियो कैमरा किसी भी छवि को तीन रंगों के रूप में रिकॉर्ड करती है। लेंस के जरिए कैमरे में आने वाली ऑप्टिकल बीम को तीन हिस्सों में बांटा जाता है। यह बीम स्प्लिटर वीडियो कैमरे की प्रकृति के आधार पर कई प्रकार का हो सकता है। इसके अलावा, इन तीन रंगों को इमेजिंग डिवाइस पर अलग-अलग रिकॉर्ड किया जाता है। इस सोलिड-स्टेट इमेज सेंसर में ऑप्टिकल सिग्नल को विद्युत संकेतों में बदलने के लिए छोटे-छोटे सेंसर होते हैं।

व्यूफाइंडर-आमतौर पर कैमरे के ऊपरी भाग में स्थित व्यूफाइंडर उस शॉट का दृश्य प्रदान करता है जो उस समय कैमरे द्वारा शूट किया जाता है। व्यूफाइंडर किसी तस्वीर का फ्रेम और शॉट बनाने में कैमरा पर्सन की मदद करता है। इसके अलावा, व्यूफाइंडर में कैमरे से सीधा इनपुट आता है और यह उच्च गुणवत्ता वाली मोनोक्रोम स्क्रीन से बना होता है जो कैमरापर्सन को वीडियो में प्रकाश एवं रंग के स्तर के बारे में विस्तृत जानकारी प्रदान करता है। कैमरापर्सन शॉट बनाने, फोकस करने, एक्सपोजर तय करने के लिए व्यूफाइंडर का उपयोग करता है। डिजीटल कैमरों में व्यूफाइंडर के अलावा एलसीडी स्क्रीन भी उपलब्ध रहती है।

कैमरा माउंटिंग

बेहतरीन वीडियो कैमरा होने के बावजूद उसका असल आउटपुट कैमरापर्सन के हुनर से ही तय होता है। कई बार उपयुक्त ट्रायपॉड की कमी के कारण भी कैमरापर्सन सही शॉट्स नहीं ले पाता। कैमरे की उचित माउंटिंग न केवल शॉट्स की गुणवत्ता को प्रभावित करती है, बल्कि यह शॉट एंगल और मूवमेंट को भी सीमित करती है। ट्रायपॉड कैमरे के वजन को सहन करता है और शूटिंग के लंबे घंटों के दौरान कैमरा पर्सन को आराम करने में मदद करता है। ट्रायपॉड कैमरे को एक ही स्थान पर लचीले ढंग से वांछित ऊंचाई पर टिकाये रखने में मदद करता है। यह कैमरा के मोशन यानी पैनिंग, टिल्टिंग में होने पर स्मूद मूवमेंट वाले शॉट्स लेने में मदद करता है। ऐसा ट्रायपॉड के हाइड्रोलिक हेड के कारण ही संभव हो पाता है जिस पर कैमरा लगा हुआ है। ट्रायपॉड असमान व ऊबड़-खाबड़ सतह पर भी कैमरे को संतुलित बनाए रखता है और हिलने-डुलने से बचाये रखता है।

कैमरा माउंटिंग को कई श्रेणियों में वर्गीकृत किया जा सकता है। मोनोपॉड एक पैर के होते हैं और ये हल्के वजन वाले कैमरों के लिए उपयुक्त होते हैं। ये हल्की धातु की ट्यूब से बने होते हैं जिसे जरूरत के अनुसार छोटा-बड़ा किया जा सकता है। मोनोपॉड की कमजोरी ये है कि यह स्वयं खड़ा नहीं हो सकता। ट्रायपॉड, जैसा कि नाम से पता चलता है कि इसमें तीन पैर हैं जिन्हें अपने अनुसार वांछित ऊंचाई पर फिक्स किया जा सकता है। तीनों पैरों को स्वतंत्र रूप से भी फिक्स किया जा सकता है और इससे असमान सतह पर भी संतुलित मुद्रा में कैमरे को लगाने की सुविधा मिलती है। **पेडस्टल** का उपयोग केवल स्टूडियो में किया जाता है। पेडस्टल को एक स्थान से दूसरे स्थान पर ले जाने के लिए आमतौर पर इसके तल में पहिए लगाये जाते हैं। पेडस्टल भारी होने के साथ-साथ मजबूत भी होते हैं। एंकर को समाचार पढ़ने के लिए मल्टी-प्रॉम्प्टर की आवश्यकता होती है जिसे पेडस्टल पर ही लगाया जाता है। पेडस्टल में कैमरे की ऊंचाई तय करने के लिए स्टीयरिंग व्हील होता है। आमतौर पर इसमें हाइड्रोलिक नियंत्रण होते हैं।

कैमरा डॉली कैमरापर्सन को एक स्थान से दूसरे स्थान पर जाने की सुविधा देती है। डॉली को तीन धातु पाइपों के साथ बनाया जाता है जो नीचे पहिये के साथ एक त्रिभुज बनाती है। इस तिपाई को डॉली पर रखा जाता है तो इसे कहीं भी ले जाया जा सकता है लेकिन इसके लिये एक समतल सतह की आवश्यकता होती है। जबकि **कैमरा ट्रॉली** का उपयोग फिल्म निर्माण में किया

जाता है। ट्रॉली को नीचे की ओर लकड़ी/धातु के प्लेटफार्म या पहियों से बनाया जाता है। यह रेलवे ट्रैक की तरह बने ट्रैक पर चलती है। इसे मैन्युअल रूप से या मोटर से चलाया जाता है। आजकल अनेक समाचार कार्यक्रमों को भव्य तरीके से शूट किया जाता है और इनमें कैमरा क्रेन का भी उपयोग किया जाता है। कैमरा क्रेन विभिन्न एंगल से विषय को शूट करने की व्यापक स्वतंत्रता देती है। एक क्रेन कैमरा की मदद से आप विषय को बिना रूकावट ऊपर-नीचे, दांये-बांये या आगे-पीछे सभी ओर बिना बाधा के मूव कर सकते हैं।

कैमरा शॉट्स

टेलीविज़न कार्यक्रम निर्माण में कैमरा बहुत महत्वपूर्ण भूमिका निभाता है। टेलीविज़न निर्माता एक वीडियो कैमरे के माध्यम से ही अपनी कहानी कहता है। टेलीविज़न को अपनी भाषा सिनेमा से विरासत में मिली है। आमतौर पर कहा जाता है कि कैमरा झूठ नहीं बोलता है। लेकिन यह भी सच है कि कैमरा खुद शूट नहीं करता है। किसी भी विषय में क्या, कितना, कैसे, किस एंगल से शूट करना है ये सभी निर्णय कैमरा संभालने वाले व्यक्ति द्वारा लिए जाते हैं। कैमरे का स्थान, शॉट बनाना, कैमरा मूवमेंट और एंगल, शॉट की अवधि, फिल्टर का उपयोग, प्रकाश व्यवस्था और फोकस आदि सब कुछ कैमरापर्सन ही सोच-विचार कर तय करता है। दरअसल, कैमरा चलाना केवल रिकॉर्डिंग स्विच को चालू करना नहीं है। इसके लिए हर कदम पर बहुत सारे निर्णय लेने की आवश्यकता होती है। सही समय पर लिये गए सही निर्णय प्रोडक्शन की गुणवत्ता तय करते हैं और कैमरापर्सन की समझ को भी दर्शाते हैं।

मूलभूत शॉट : टेलीविज़न प्रोडक्शन में निर्देशक और कैमरापर्सन के बीच आपसी समझ बहुत आवश्यक होती है। किसी भी प्रॉडक्शन का विचार पहले डायरेक्टर के दिमाग में पैदा होता है, उसके बाद वह इसे शॉट्स के रूप में कैमरा पर्सन को समझाता है। इन शॉट्स को समझाने के लिए विशिष्ट प्रकार की शब्दावली का उपयोग किया जाता है। कैमरापर्सन को भी उन शब्दावलियों का ज्ञान होना जरूरी है। इस बारे में, दुनियाभर में कोई एक समान शब्दावली का उपयोग नहीं किया जाता है। लेकिन कुछ बुनियादी शब्द हैं जो आमतौर पर सब जगह उपयोग किए जाते हैं। आमतौर पर शॉट्स को क्लोज-अप शॉट, मीडियम शॉट और लॉग शॉट की तीन श्रेणियों में बांटा जाता है। क्लोज अप शॉट में व्यक्ति की ऊपरी छाती और सिर के हिस्से को दिखाया जाता है। यदि हम केवल सिर को फ्रेम में रखेंगे तो यह बिग क्लोज-अप शॉट कहलायेगा। यदि कैमरा केवल आँख, कान या नाक को केन्द्रित करेगा तो यह एक्सट्रीम

क्लोज-अप शॉट कहलाएगा।

शॉट्स की अगली श्रेणी मीडियम शॉट होती है। जिसमें व्यक्ति के शरीर के निचले हिस्से पर कमर तक का भाग दिखायी देता है। इसका थोड़ा-सा विस्तार घुटने तक के शॉट् के रूप में होता है जिसे नी शॉट कहा जाता है। यदि व्यक्ति को ऊपर से नीचे तक पूरा दिखाया जाता है तो यह लॉग शॉट कहलाता है।

शॉट् निर्माण के नियम : कुछ कैमरा पर्सन में दृश्यों के सौंदर्य की समझ बेहतर होती है और यह समझ उनके शॉट्स में दिखायी देती है। आखिरकार, शॉट फ्रेमिंग वास्तविकता को एक सुंदर और शोभनीय तरीके से कैप्चर करने का ही एक प्रयास है। सदियों पहले चित्रकार और मूर्तिकारों ने ऐसे अनुपात विकसित किए थे जो हमारी आँखों को सुंदर लगते हैं। 'रूल ऑफ थर्ड्स' उनमें से एक है जिस पर अक्सर चर्चा की जाती है। इस नियम के अनुसार, एक फ्रेम को क्षैतिज या लंबवत रूप से दो बराबर भागों में विभाजित करने से दर्शकों में अधिक दिलचस्पी पैदा नहीं होती है। लेकिन जब हम इस फ्रेम को क्षैतिज और लंबवत रूप से तीन-तीन बराबर भागों में विभाजित करते हैं और विषयों को विभाजित दो लाइनों पर डालते हैं, तो यह दिलचस्प बन जाता है।

इसी प्रकार, कोई शॉट लिये जाते समय यदि व्यक्ति कैमरे की आँख में आँख डालकर नहीं देखकर किसी दूसरी दिशा में देख रहा होता है तो हमें फ्रेम में उसी दिशा की तरफ अधिक स्थान छोड़ना चाहिए जिस तरफ व्यक्ति देख रहा है। यह स्थान व्यक्ति के सिर के पीछे छोड़ी गई जगह से बड़ा होता है। क्लोज अप शॉट्स के मामले में ऐसा ज्यादा होता है। दरअसल, लुकिंग स्पेस, जिसे नोज रूम भी कहा जाता है, दर्शकों को व्यक्ति की मनपसंद दिशा के बारे में संकेत देता है। इसी तरह जब भी हम किसी विशेष दिशा की ओर चल रहे व्यक्ति का शॉट लेते हैं तो हमें फ्रेम में उसके मूवमेंट को दिखाने के लिए चलने की जगह बनाए रखनी होती है। ये मूविंग स्पेस हमें मूवमेंट के दौरान हमारे विषय को फ्रेम में बनाए रखने में मदद करेगी। इसके अलावा, यह तकनीक दृश्य में संतुलन भी प्रदान करती है क्योंकि व्यक्ति मोशन में है और मोशन को दिखाने के लिए शॉट्स में अधिक स्थान की आवश्यकता होती है।

किसी व्यक्ति के शॉट के लिए फ्रेम करते समय, आमतौर पर व्यक्ति के सिर के ऊपर छोड़ी जाने वाली जगह के बारे में सवाल किया जाता है। इस स्थान को हेड रूम कहा जाता है। सौंदर्य की दृष्टि से यदि क्लोज अप शॉट में व्यक्ति का सिर फ्रेम के ऊपरी हिस्से को छूता है तो यह शीर्ष से चिपका हुआ दिखाई देगा और निश्चित तौर पर एक खराब शॉट दिखेगा। जबकि, इसके ठीक विपरीत

यदि यह स्थान आवश्यकता से अधिक छोड़ दिया जाये तो यह भी अजीब लगेगा। अलग-अलग शॉट्स में हेड रूम के साइज को लेकर कोई एक नियम नहीं है। बल्कि कैमरापर्सन को अपनी समझ एवं विवेक से यह निर्णय लेना पड़ता है। यहाँ कैमरापर्सन की सौंदर्य-दृष्टि की परख होती है।

शॉट्स का उपयोग : हम टेलीविज़न प्रोडक्शन में विभिन्न शॉट्स का उपयोग क्यों करते हैं? एक कारण यह है कि हम विभिन्न शॉट के माध्यम से संवाद को प्रभावशाली बनाना चाहते हैं, लेकिन उससे भी महत्वपूर्ण तर्क यह है कि एक ही जगह, एंगल या दूरी से लिये एक जैसे शॉट्स दर्शकों को तुरंत बोर कर देंगे। शॉट्स की विविधता टेलीविज़न कार्यक्रम को दिलचस्प बनाती है। लेकिन हमें यह भी ध्यान रखना होगा कि प्रत्येक शॉट का अपना विशिष्ट उपयोग और अर्थ होता है, इसलिए शूटिंग से पहले हमें विभिन्न प्रकार के शॉट्स के उपयोग के बारे में भी पता होना चाहिए। जैसे लॉग शॉट में हम किसी भी घटना को उसकी संपूर्णता में कवर करते हैं और दर्शक को व्यापक एवं भव्य दृश्य देखने का अवसर प्रदान करते हैं। इसे **एस्टैब्लिशिंग शॉट** भी कहा जाता है। इस शॉट में दर्शक शॉट की सभी इकाइयों को सही अनुपात में आसानी से जोड़ पाते हैं। लेकिन लॉग शॉट के कुछ नुकसान भी हैं। उदाहरण के लिए, यह शॉट घटना या विषय का विस्तृत विवरण प्रदान नहीं करता है। बहुत से लॉग शॉट में हम किसी स्थान को स्थापित करते हैं लेकिन मुख्य विषय बहुत छोटा रहता है। वहीं, **मीडियम शॉट** लॉग शॉट की तुलना में थोड़ा विवरण देता है। नियमानुसार, जब भी सब्जेक्ट आगे बढ़ रहा होता है तो हम मिड शॉट को पसंद करते हैं और सब्जेक्ट के सिर और बाहों के फ्रेम से बाहर जाने का डर होता है। उदाहरण के लिए, एक नृत्यांगना को शूट करने के लिए हमें मिड शॉट पर रहना पड़ता है अन्यथा क्लोज अप शॉट में हम उसकी तेज गति वाली नृत्य मुद्राओं को सही से कैप्चर नहीं कर पाएँगे।

टेलीविज़न को क्लोज-अप माध्यम के रूप में जाना जाता है। **क्लोज-अप शॉट** बहुत प्रभावशाली शॉट है। यह न केवल विषय का नजदीक से विवरण देता है, बल्कि दर्शकों का ध्यान आकर्षित कर उस विषय में दर्शकों की विशेष रुचि पैदा करता है। टेलीविज़न धारावाहिकों में किरदारों की भावनाओं एवं प्रतिक्रियाओं को चित्रित करने वाले ढेर सारे क्लोज-अप शॉट्स का उपयोग देख सकते हैं। लॉग या मिड शॉट के ठीक बाद क्लोज-अप शॉट न केवल ध्यान केंद्रित करता है बल्कि यह सब्जैक्ट पर भी जोर देता है। लेकिन क्लोज-अप शॉट की कमजोरी यह है कि यह विषय को उसके संदर्भ से काट कर प्रस्तुत

करता है। यही कारण है, अगर हमें एक के बाद एक केवल क्लोजअप शॉट्स दिखाए जाते हैं, तो हम प्रमुख घटना से स्वयं को कटा हुआ महसूस करेंगे और चीजों को उचित संदर्भ में नहीं समझ पाएँगे।

प्रत्येक शॉट के अपने फायदे और नुकसान हैं। लेकिन महत्वपूर्ण बात यह है कि एक कैमरापर्सन सभी शॉट्स का ठीक से उपयोग करने में सक्षम होना चाहिए। एक तरह के शॉट पर अत्यधिक निर्भरता ठीक नहीं होती। शॉट्स की विविधता दर्शकों को विभिन्न कोणों से विषय को समझने में मदद करती है। यही नहीं, विभिन्न प्रकार के शॉट्स संपादन के दौरान वास्तविक समय को कम करने और विस्तारित करने में भी हमारी मदद करते हैं।

कैमरा एंगल

शूटिंग के दौरान किसी भी ऑब्जेक्ट को फ्रेम में कैद करने के लिए कैमरा प्लेसमेंट बहुत महत्वपूर्ण है। उसी प्रकार यह भी महत्वपूर्ण होता है कि एक विशिष्ट स्थान पर कैमरे की आँख की ऊंचाई विषय को किस एंगल से दिखा रही है। क्योंकि कैमरा एंगल शॉट के अर्थ को बदल देता है। यदि एक कैमरापर्सन इस तथ्य से अवगत नहीं है, तो वांछित परिणाम असंभव हैं। उदाहरण के लिए, लो-एंगल शॉट में कोई भी व्यक्ति सामान्य से अधिक लंबा दिखाई देता है जबकि हाई-एंगल शॉट हमेशा व्यक्ति को कमजोर रूप में प्रदर्शित करता है।

आई लेवल शॉट: आम तौर पर मनुष्यों के सभी शॉट्स को आँखों के स्तर पर कैमरे को ठीक करने के बाद शूट किया जाना चाहिए जब तक कि अन्यथा इरादा न हो। कैमरा लैवल वह ऊंचाई है जिस पर दर्शक विषय को देखने जा रहा है। और एक सुनहरा नियम है कि हमें दर्शकों की देखने की आदतों का ध्यान रखना चाहिए। सामान्य जीवन में, हम आई लेवल बातचीत करते हैं और किसी व्यक्ति से बात करने के दौरान यदि हम तो निम्न या उच्च स्तर पर खड़े हैं तो यह लंबे समय तक बात करने में असुविधाजनक हो जाता है।

लो एंगल शॉट: भारतीय फिल्म निर्माता खलनायक और नायक को अक्सर भव्य, सामान्य से बड़े, शक्तिशाली और प्रभावशाली दिखाने के लिए लो-एंगल में शूट करते हैं। जब कैमरा किसी व्यक्ति को लो-एंगल से शूट करता है (आँख के स्तर से नीचे कैमरा डालकर) तो यह विषय को बहुत अलग ढंग से कैप्चर करता है जिसकी हमें आदत नहीं होती है। ऐसे शॉट्स व्यक्ति को सामान्य से अधिक विशाल छवि में दर्शाते हैं।

हाई एंगल शॉट: यह शॉट विषय को एक महत्वहीन चीज के रूप में दर्शाता है। ठीक वैसे ही जैसे जब हम हमारे कद और स्टेटस से नीचे की चीज

को देखकर उन्हें हीन महसूस करते हैं और अपने स्तर की चीजों को लेकर बेहतर महसूस करते हैं। आमतौर पर जब हम अपराधियों और बुरे लोगों को दिखाते हैं तो हाई एंगल शॉट का उपयोग करते हैं। अधिक हाई-एंगल शॉट यह निगरानी करने का एहसास देता है। जैसे कि हम घटना की देखरेख के लिए सर्चलाइट का उपयोग कर रहे हैं।

कैमरा मूवमेंट

शूटिंग के दौरान कैमरे को एक स्थान से दूसरे स्थान पर ले जाना कैमरापर्सन का एक सोचा-समझा निर्णय होता है। कैमरे के मूवमेंट से विषय को नया अर्थ मिलता है। जैसे पैनिंग में कैमरे की आँख को बाएँ से दाएँ और दाएँ से बाएँ ले जाया जाता है। पैनिंग का उपयोग आमतौर पर दो या दो से अधिक विषयों के बीच संबंध स्थापित करने के लिए किया जाता है। पैन शॉट की मदद से दर्शक विभिन्न दूरियों पर स्थित दो विषयों को आपस में जोड़कर एवं उन्हें विशेष संदर्भ में समझ पाता है। पैन शॉट की मदद से कुछ खोजना या किसी स्थान का सर्वेक्षण करना भी दिखाया जाता है। उदाहरण के लिए, हम एक रैली की शूटिंग कर रहे हैं और उस विशाल भीड़ को दिखाना चाहते हैं जिसे एक स्टिल शॉट में कवर करना संभव नहीं है। यहाँ पैन शॉट रैली की विशालता को कवर करने के लिए एक बेहतर विकल्प होगा। इसी प्रकार, कैमरे को टिल्ट करके हम किसी क्रिया को दिखा सकते हैं। टिल्ट आमतौर पर विषय की ऊंचाई दिखाने के लिए उपयोग किया जाता है। यदि कोई इमारत बहुत ऊंची है तो हम उसकी पूरी ऊंचाई दिखाने के लिए कैमरे को धीरे-धीरे ऊपर की तरफ उठाते हैं या फिर ऊपर से शॉट आरंभ कर कैमरे को नीचे की तरफ झुकाते हैं। कैमरे का ऊपर उठना दर्शकों की रुचि, भावनाओं और अपेक्षाओं को बढ़ाता है जबकि कैमरे का झुकाव इसके ठीक विपरीत भाव उत्पन्न करता है।

शूटिंग की तकनीक

सिंगल कैमरा शूटिंग: टेलीविज़न पत्रकारिता और डॉक्यूमेंटरी प्रोडक्शन में अक्सर हम एक कैमरे का उपयोग करते हैं। इंटरव्यू के दौरान, विशेष अवसरों पर आउटडोर शूटिंग के दौरान दो या तीन कैमरों का इस्तेमाल भी किया जाता है। अगर हमारे पास केवल एक कैमरा है तो हमें पूर्व निर्धारित योजना के साथ शूटिंग करनी होती है ताकि महत्वपूर्ण दृश्य न छूट जाएँ। संपादन के दौरान विजुअल की कमी से बचने के लिए भरपूर शूटिंग करनी चाहिए। रिपोर्टर और डॉक्यूमेंटरी निर्माता को अपनी आवश्यकताओं के बारे में शूटिंग से पहले

कैमरापर्सन को भली-भांति समझा भी देना चाहिए।

मल्टी-कैमरा शूटिंग-आमतौर पर चैट/टॉक शो की इनडोर/आउटडोर शूटिंग, डिस्कशन आधारित शो, गेम शो, रियलिटी शो, स्पोर्ट्स शो में शूटिंग के दौरान एक से अधिक कैमरों का प्रयोग किया जाता है। मल्टी-कैम प्रोडक्शन में एक ही समय में एक ही घटना को विभिन्न एंगल से रिकॉर्ड करना संभव होता है और घटना को दोहराने की आवश्यकता नहीं पड़ती। मल्टी-कैमरा शूटिंग का मूल उद्देश्य विभिन्न प्रकार के दृश्यों से कार्यक्रम को अधिक रोचक बनाना है। इसके अलावा, मल्टी-कैमरा शूटिंग से ऑनलाइन एडिटिंग भी कर सकते हैं।

इलेक्ट्रॉनिक न्यूज़ गैदरिंग-ईएनजी यानी इलेक्ट्रॉनिक न्यूज़ गैदरिंग यूनिट का उपयोग टेलीविज़न पत्रकारिता में समाचारों के संग्रह के लिए किया जाता है। आमतौर पर इस टीम में ट्रायपॉड और हल्की-फुल्की लाइट के अलावा ऐसे माइक्रोफोन होते हैं जिनमें दूर से भी साउंड कैप्चर करने की क्षमता होती है। साथ ही हल्के वजन, जूमिंग सुविधा और मजबूत ऑटो फोकस वाले वीडियो कैमरे होते हैं।

आउटडोर प्रसारण-आउटडोर ब्रॉडकास्टिंग के लिए ओबी वैन का उपयोग भारत में आम हो गया है। यह एक मोबाइल प्रसारण इकाई है जिसमें संपादन एवं प्रसारण की भी सुविधा होती है। ओबी वैन की छत पर एक डिश एंटीना होता है जिसकी मदद से उपग्रह के माध्यम से मुख्य प्रसारण केन्द्र के साथ सीधा लिंक स्थापित किया जाता है। इसकी मदद से ऑडियो-वीडियो डेटा तुरंत प्रभाव से चैनल के मुख्य कार्यालय भेजा जा सकता है। ओबी वैन के जरिये हम किसी घटना को रिकॉर्ड और संपादित करने के साथ-साथ उसका सीधा प्रसारण भी कर सकते हैं।

ऑडियो

टेलीविज़न प्रोडक्शन में ऑडियो एक प्रमुख तत्व है। किसी भी कार्यक्रम में सही माइक्रोफोन का चुनाव और उसका सही तरीके से उपयोग आवश्यक है। सभी प्रकार के माइक्रोफोन ध्वनि तरंगों को विद्युत ऊर्जा में परिवर्तित करते हैं। माइक्रोफोन में एक डायफ्रॉम होता है, जब भी ध्वनि तरंगें माइक्रोफोन से टकराकर डायफ्रॉम पर दबाव बनाती हैं तो उसमें कंपन पैदा होता है। फलस्वरूप ध्वनि तरंगें विद्युत संकेतों में परिवर्तित होने लगती हैं। ये सिग्नल माइक्रोफोन के केबल से गुजरते हुए टेप या हार्ड ड्राइव पर रिकॉर्ड किए जाते हैं। किसी भी माइक्रोफोन की गुणवत्ता इसकी संवेदनशीलता के स्तर पर निर्भर करती है। इसके अलावा, माइक्रोफोन के पिकअप पैटर्न, कीमत, संवेदनशीलता पावर बैक अप,

वजन कुछ अन्य पैरामीटर भी हैं जिनके आधार पर हम विभिन्न प्रोडक्शन के लिए माइक्रोफोन का चयन करते हैं।

माइक्रोफोन के प्रकार–बनावट के आधार पर माइक्रोफोन को मोटे तौर पर तीन श्रेणियों में विभाजित किया जा सकता है। पहला, कंडेनसर माइक्रोफोन, जिसमें ध्वनि तरंगों को विद्युत संकेतों में बदलने के लिए छोटे कंडेनसर का उपयोग किया जाता है। यह अत्यधिक संवेदनशील और बड़े पैमाने पर उपयोग किया जाने वाला माइक्रोफोन है। यह बहुत नाजुक और महंगा भी है। दूसरा, इलेक्ट्रेट कंडेनसर माइक्रोफोन, इसकी संवेदनशीलता का स्तर भी बेहतरीन होता है। यह कंडेनसर माइक्रोफोन का ही परिवर्धित संस्करण है। इसे चलाने के लिए एक छोटी बैटरी की आवश्यकता होती है जिसे आसानी से इसमें डाला जा सकता है। तीसरा, डायनमिक माइक्रोफोन, यह काफी मजबूत होता है और इसका उपयोग आऊटडोर शूटिंग के लिये अधिक किया जाता है। डायनमिक माइक्रोफोन के अंदर एक तार से जुड़ी मूविंग कॉइल होती है जो ध्वनि तरंगों के दबाव की वजह से कंपन पैदा करती है और चुंबक के बीच होने के कारण यह कॉइल विद्युत संकेत पैदा करती है। इन्ही संकेतों को रिकोर्ड कर लिया जाता है।

कोई माइक्रोफोन किस दिशा से आने वाली ध्वनि तरंगों को अधिक आसानी से ग्रहण करेगा इसके आधार पर माइक्रोफोन को विभिन्न श्रेणियों में विभाजित किया गया है। टेलीविज़न के प्रत्येक कार्यक्रम की अलग आवश्यकताएँ होती हैं इसलिए आवश्यकता के आधार पर माइक्रोफोन विकसित किए गए हैं। उदाहरण के लिए, एक टेलीविज़न चैट शो में अलग-अलग स्थानों पर आसपास बैठे अनेक लोगों से बातचीत करना। यहाँ कॉर्डलेस हैंड माइक्रोफोन का उपयोग करना एक विकल्प हो सकता है जिसे आसानी से एक व्यक्ति अन्य वक्ता को हस्तांतरित कर सकता है लेकिन इस प्रक्रिया में भी समय लगता है। इसलिये बूम होल्डर के साथ बूम माइक्रोफोन रखना एक बेहतर विकल्प हो सकता है। बूम माइक्रोफोन अत्यधिक यूनिडायरेक्शनल माइक्रोफोन होता है और इसे तुरंत बोलने वाले व्यक्ति की तरफ लक्षित कर सकते हैं। बूम माइक्रोफोन कैमरे के फ्रेम में भी किसी प्रकार का व्यवधान नहीं डालता है और फ्रेम की खूबसूरती बनी रहती है।

इसी प्रकार, कुछ माइक्रोफोन ओमनी-डायरेक्शनल होते हैं। इसका मतलब है कि यह माइक्रोफोन सभी दिशाओं से आने वाली ध्वनि तरंगों को पकड़ता है। वहीं, यूनिडायरेक्शनल माइक्रोफोन केवल एक ही दिशा से आने वाली ध्वनि को अधिक कुशलता से पकड़ता है, यह दिशा आमतौर पर माइक्रोफोन के विंडस्क्रीन वाली दिशा होती है। एक ही दिशा में दूर तक उच्च संवेदनशीलता

वाले माइक्रोफोन को शॉटगन माइक्रोफोन कहा जाता है। बाय-डायरेक्शनल माइक्रोफोन भी होते हैं जिनका उपयोग बातचीत आधारित कार्यक्रमों में किया जाता है।

माइक्रोफोन प्लेसमेंट : टेलीविज़न निर्माण में माइक्रोफोन का उपयोग करते समय उसकी प्लेसमेंट बहुत महत्वपूर्ण है। आमतौर पर लोग सोचते हैं कि इसके लिए किसी विशेषज्ञता की आवश्यकता नहीं है। दरअसल, माइक्रोफोन के सही प्लेसमेंट के लिए प्रॉडक्शन की आवश्यकताओं, उपलब्ध माइक्रोफोन की प्रकृति उसकी सीमाओं और माइक्रोफोन का उपयोग करने के बहुत सारे अनुभव के ज्ञान की आवश्यकता होती है। साउंड पर्सन यह देखने में सक्षम होना चाहिए कि किस परिस्थिति में माइक्रोफोन कैसे व्यवहार करेगा। तापमान, आर्द्रता और धूल जैसी परिस्थितियों में कोई माइक्रोफोन ठीक से काम करेगा या नहीं।

टेबल माइक्रोफोन को एक या अधिक व्यक्तियों को रिकोर्ड करने के लिए मेज पर रखकर उपयोग किया जाता है। जबकि हैंड माइक्रोफोन को मंच संचालन के दौरान हाथ में उठाये रखा जाता है। अक्सर यह एक ताररहित माइक्रोफोन होता है। कॉर्डलेस माइक्रोफोन में केबल समस्या पैदा नहीं करती और व्यक्ति आसानी से एक स्थान से दूसरे स्थान पर मूव कर सकता है। टॉक शो में बूम माइक्रोफोन का उपयोग किया जाता है यह यूनिडायरेक्शनल पिक अप पैटर्न लिये होता है। इसे एक बूम मैन द्वारा संभाला जाता है। एक बंदूक के आकार का गन माइक्रोफोन अत्यधिक यूनिडायरेक्शनल होता है और इसका इस्तेमाल विशेष रूप से दूर के स्थान से ध्वनि रिकोर्ड करने के लिए किया जाता है। लेपल माइक्रोफोन का उपयोग अधिकांश समाचार एंकर करते हैं। ये बहुत छोटे और संवेदनशील माइक्रोफोन होते हैं। लेपल माइक्रोफोन को एंकर के कॉलर या बटन से अटैच कर देते हैं।

लाइटिंग की तकनीक

टेलीविज़न प्रॉडक्शन में लाइटिंग करना एक कलात्मक कार्य है। प्रकाश व्यवस्था की अच्छी समझ कैमरापर्सन के लिए भी बहुत महत्वपूर्ण है क्योंकि वीडियो कैमरा प्रकाश की प्रकृति एवं गुणवत्ता के अनुसार ही कार्य करता है। आमतौर पर टेलीविज़न पत्रकार प्रकाश व्यवस्था के बारे में अधिक नहीं सोचते क्योंकि उन्हें हमेशा आउटडोर में काम करना होता है। रिपोर्टर प्राकृतिक प्रकाश का उपयोग करने में माहिर होते हैं। फिर भी, एक टेलीविज़न समाचार टीम अपने साथ एक या दो लाइटिंग उपकरण लेकर चलती है। टेलीविज़न में रिपोर्टिंग के दौरान भले ही लाइटिंग की भूमिका अधिक नहीं है लेकिन स्टूडियो में समाचार

कार्यक्रमों की रिकोर्डिंग एवं विशेषकर एंकरिंग के दौरान लाइटिंग की आवश्यकता पड़ती है। इसलिए एक टेलीविज़न पत्रकार को लाइटिंग की समझ होना भी जरूरी है। वीडियो कैमरा किसी विषय को बखूबी केवल तभी देख पाता है जब उस विषय पर पर्याप्त प्रकाश डाला गया हो। हालांकि वीडियो कैमरा (देखने में) हमारी आँख जितना कुशल नहीं है। लाइटिंग टेलीविज़न निर्माण में तीन महत्वपूर्ण भूमिकाएँ निभाती है– विषय विशेष को हाइलाइट करना, शॉट का समयकाल (सुबह, दोपहर, शाम या रात) बताना और दृश्य में विशेष मूड पैदा करना। टेलीविज़न में प्रकाश की भूमिका विषय को हाइलाइट करने से कहीं अधिक होती है। उचित प्रकाश व्यवस्था कैमरे को उच्चतम गुणवत्ता के वीडियो लेने में सक्षम बनाती है। प्रकाश व्यवस्था सुसंगत होनी चाहिए। बेहतरीन लाइटिंग सपाट दिखने वाली तस्वीर को भी त्रि-आयामी यानी थ्री-डी बना सकती है और आमतौर पर दृश्यों को आकर्षक बनाने में मदद करती है।

टेलीविज़न प्रॉडक्शन में कई प्रकार की रोशनी का उपयोग किया जाता है। ये लैंप विभिन्न मात्राओं में बिजली की खपत करते हैं और अलग-अलग प्रकृति की रोशनी पैदा करते हैं। ऐसी लाइट अधिक पसंद की जाती है जो हल्की हों, कम ऊर्जा की खपत करें और अधिक प्रकाश दें। समाचार चैनलों में रिपोर्टिंग के दौरान रिपोर्टर एलईडी लाइट का अधिक उपयोग करते हैं। क्योंकि अधिकांश अवसरों पर बिजली उपलब्ध नहीं होती और रिपोर्टर बैटरी की मदद से ही लाइट का उपयोग करता है।

थ्री-प्वाइंट लाइटिंग टेलीविज़न प्रॉडक्शन में उपयोग की जाने वाली लोकप्रिय तकनीक है। इस तकनीक में हम तीन लाइटों की मदद से किसी भी स्बजेक्ट को रोशन करते हैं। ये तीन लाइट, की-लाइट, फिल-लाइट और बैक-लाइट के नाम से जानी जाती हैं। की-लाइट, रोशनी के प्रमुख स्रोत के रूप में विषय को रोशन करता है जबकि फिल-लाइट की-लाइट द्वारा बनाई गई छाया को भरने में मदद करती है। फिल-लाइट में अक्सर सॉफ्ट लाइट का उपयोग किया जाता है। व्यक्ति की पीठ के पीछे लगाई गई बैक-लाइट, व्यक्ति के सिर पर बीम फेंकती है और सब्जैक्ट को पृष्ठभूमि से अलग करने में मदद करती है।

स्टूडियो सेट-अप को अधिक रोशन करने के लिए लाइटों का इस्तेमाल प्रॉडक्शन टीम पर निर्भर करता है। लेकिन समस्या तब आती है जब ज्यादा लोगों के लिए प्रकाश व्यवस्था करनी होती है। ऐसी स्थितियों में दो या दो से अधिक उद्देश्यों के लिए एक ही लाइट का उपयोग किया जाता है। एक व्यक्ति के लिए

वही लाइट की-लाइट हो सकती है और दूसरे के लिए फिल-लाइट। आजकल सॉफ्ट लाइट का उपयोग अधिक किया जा रहा है। ये मूल रूप से फ्लोरोसेंट बल्ब या ट्यूब होते हैं जो बहुत कम शैडो बनाते हैं और कम बिजली की खपत करते हैं।

वीडियो संपादन

जब भी हम संपादन शब्द का उपयोग करते हैं तो यह कई अर्थों को दर्शाता है- स्क्रिप्ट संपादन, फिल्म संपादन, ऑडियो टेप संपादन या वीडियो टेप संपादन। यहाँ संपादन शब्द का उपयोग ऑडियो और वीडियो संपादन के बारे में किया जा रहा है। संपादन प्रक्रिया बेकार हिस्से को हटाने, क्रम को व्यवस्थित करने, ऑडियो और वीडियो में सुधार, उनमें सौंदर्य उत्पन्न करने और संगीत, कथन और ग्राफिक्स डालने से संबंधित है।

वीडियो संपादन की प्रक्रिया कंप्यूटर आधारित एक डिजीटल प्रक्रिया है जिसे विशिष्ट कंप्यूटर सॉफ्टवेयर और हार्डवेयर की मदद से पूरा किया जाता है। बाजार में विभिन्न संपादन सॉफ्टवेयर उपलब्ध हैं। सबसे अधिक इस्तेमाल किए जाने वाले कुछ सॉफ्टवेयर हैं- फाइनल कट प्रो, एडोबी प्रीमियर प्रो, एविड, डीपीएस वेलोसिटी, एडोबी प्रीमियर। ऐप्पल कंपनी का एफसीपी मैकिन्टोश ऑपरेटिंग सिस्टम का उपयोग करता है। यह कई सॉफ्टवेयर का एक बंडल है। इसके पीछे विचार यह है कि साउंड एडिटिंग, कलर करेक्शन, एनीमेशन और ग्राफिक्स जैसी सभी सुविधाएँ एक प्लेटफॉर्म पर मुहैया कराई जाएँ। यही कारण है कि इसे फाइनल कट स्टूडियो कहा जाता है। अधिकांश वीडियो संपादन सॉफ्टवेयर में ऑडियो एवं वीडियो से जुड़े स्पेशल इफेक्ट प्रचुर मात्रा में उपलब्ध रहते हैं।

संपादन प्रक्रिया में केवल कंप्यूटर सॉफ्टवेयर पर काम करना ही सीखना आवश्यक नहीं है बल्कि वीडियो संपादक को दृश्यों के सौंदर्य की समझ भी होना आवश्यक है। दृश्यों को संपादित करना वास्तव में दृश्यों के माध्यम से कहानी कहने की प्रक्रिया है। अगर संपादक दृश्यों के व्याकरण से अवगत नहीं है, तो उसे संपादकीय निर्णय लेते समय हर कदम पर कठिनाई का सामना करना पड़ेगा। संपादन सॉफ्टवेयर में कई तरह के कट, डिजोल्व, वाइप एवं ट्रांजिशन के पैटर्न उपलब्ध होते हैं। यह पूरी तरह से संपादकों और निर्माताओं का निर्णय होता है कि वे एक विशिष्ट प्रभाव उत्पन्न करने के लिए उनमें से किस सुविधा का उपयोग कैसे करते हैं। यही संपादन सौंदर्य कहलाता है। उदाहरण के लिए, जब भी हम सीपिया या ब्लैक एंड व्हाइट दृश्यों का उपयोग करते हैं तो दर्शक

आसानी से समझ जाते हैं कि अतीत को दिखाया गया है।

अभ्यास कार्य

- प्रत्येक विद्यार्थी वीडियो कैमरे के प्रमुख भागों का वर्णन करते हुए एक चार्ट तैयार करे और कक्षा में कैमरे के विभिन्न अंगों की उपयोगिता पर प्रस्तुति दे।
- वीडियो स्टूडियो में कैमरे की कार्यप्रणाली का प्रदर्शन करते हुए शिक्षक कैमरे की विभिन्न विशेषताओं को समझाए और बारी-बारी से विद्यार्थी कैमरा संचालन का अनुभव लें।
- प्रत्येक विद्यार्थी को ट्रायपॉड की पैकिंग करके दी जाये और फिर उसे ट्रायपॉड को उचित तरीके से खोलकर फर्श पर खड़ा करने को कहा जाए। उसके बाद कैमरे को ट्रायपॉड पर सही तरीके से माउंट करने का काम दिया जाए। इस महत्वपूर्ण अभ्यास कार्य से पहले शिक्षक इस प्रक्रिया का स्वयं प्रदर्शन करे।
- वीडियो कैमरे को ट्रायपॉड पर लगाकर विद्यार्थियों को विभिन्न साइज़ के शॉट्स बनाकर दिखाये जायें और कैमरे का आउटपुट एक मोनिटर पर दिखाया जाये। उसके बाद, प्रत्येक विद्यार्थी को भी विभिन्न साइज़ के शॉट्स बनाने का अवसर दिया जाये।
- शॉट्स बनाने के दौरान विद्यार्थियों को विभिन्न प्रकार के कैमरा एंगल एवं मूवमेंट्स की जानकारी भी दी जाये। साथ ही, शॉट बनाने में हेड रूम, नोज रूम, लुकिंग स्पेस इत्यादि के बारे में भी बताया जाये।
- विद्यार्थियों को विभिन्न प्रकार के माइक्रोफोन दिखाकर उनकी बनावट, विशेषताओं एवं सीमाओं के बारे में बताया जाये। साथ ही, उन्हें विभिन्न ध्वनियों को अलग-अलग दूरियों से रिकोर्ड करने को कहा जाये। शिक्षक उन रिकोर्डिंग को सुन कर उन पर अपनी राय दे।
- प्रकाश की आधारभूत समझ देने के बाद, विद्यार्थियों को स्टूडियो में एक व्यक्ति की थ्री प्वाइंट लाइटिंग करके विभिन्न लाइट्स का उपयोग बताया जाये।
- शिक्षक वीडियो एडिटिंग के किसी भी सॉफ्टवेयर का परिचय दे। उसके बाद, कुछ शॉट देकर विद्यार्थियों को एक कहानी के क्रम में उन शोट्स की टाइम लाइन बनाने के लिये कहा जाये।

अध्याय-ग्यारह
टेलीविज़न समाचार एवं कार्यक्रम प्रस्तुतीकरण

अंग्रेजी शब्द एंकर का मूल अर्थ समुद्री जहाज से जुड़ा है। दरअसल एंकर धातु के उस भारी भरकम कांटे को कहा जाता है जो लंगर डालने के दौरान समुद्र में लटका दिया जाता है। जहाज के चारों तरफ लटके ये एंकर समुद्र की तह में पत्थरों से अटक जाते हैं और इस प्रकार समुद्री जहाज को भी अपने स्थान पर बनाए रखने में मदद करते हैं। लगभग यही काम एंकर टेलीविज़न कार्यक्रम में भी करता है। वह एक सूत्रधार का काम करते हुए पूरे कार्यक्रम को बांधे रखता है और साथ ही कार्यक्रम और दर्शकों के बीच में भी एक कड़ी का काम करता है।

एंकर की अवधारणा

शुरूआती दिनों में न्यूज़ रीडर दूरदर्शन ऑफिस में बुलेटिन समय से कुछ पहले आकर सीधे मेकअप रूम में चले जाते थे, जहाँ मेकअप के दौरान ही प्रोड्यूसर उन्हें बुलेटिन के समाचार पकड़ा देता था, जिसे कुछ देर बाद उन्हें पढ़ना होता था। समाचार पढ़कर एंकर घर चले जाते और बदले में उन्हें प्रति बुलेटिन की दर से भुगतान किया जाता। उन दिनों समाचार वाचक न्यूज़ टीम के नियमित सदस्य नहीं होते थे और उनका काम केवल समाचार वाचन तक सीमित रहता था। जबकि आजकल न्यूज़ रीडर/ एंकर समाचार टीम का ही एक सदस्य होता है या कहें कि वह फील्ड में रिपोर्टिंग करता दिखता है तो कभी स्क्रीन के पीछे रहकर भी काम करता है। एंकर से बढ़कर वह एक टेलीविज़न पत्रकार होती ही है और एंकरिंग की जिम्मेदारी तो उसके विशेष दायित्व में शुमार होता है। एंकर को समाचार लेखन, वॉयस ओवर, रिपोर्टिंग जैसे सभी काम करने पड़ते हैं।

अस्सी के दशक के समाचारवाचकों की तुलना में आज के एंकर अधिक सहज हैं। वे समाचारों का क्रम विशेष में परिचय देने के अलावा स्टूडियो में

मेहमानों के साथ चर्चा-विमर्श करते हैं, ब्यूरो चीफ स्थित रिपोर्टरों से सवाल-जवाब करते हैं और यहाँ तक कि दूर बैठे लोगों के फोन से इंटरव्यू भी लेते हैं। इस प्रकार वर्तमान एंकरों का कार्य पहले की तुलना में अधिक कठिन है। अनेक अवसरों पर तो उन्हें लाइव कमेंट्री भी करनी पड़ती है। ऐसे मौकों पर पहले से लिखी गई स्क्रिप्ट एंकर के पास नहीं होती। काफी अनौपचारिकता के बाद आज के एंकर अपने दर्शकों को समाचार सुनाने की बजाए उनसे वार्तालाप करते प्रतीत होते हैं। समाचार प्रस्तुत करने वालों को प्रस्तोता भी कहा जाता है।

एंकर की भूमिका

चैनल का चेहरा-एंकर या प्रस्तोता किसी भी समाचार चैनल के चेहरे का काम करता है। बिना एंकर के समाचार बुलेटिन या अन्य किसी कार्यक्रम की कल्पना करना कठिन होता है। इसीलिए चैनल एंकरों को ब्रांड की तरह अपने प्रचार के लिए भी प्रयोग करता है।

चैनल की विश्वसनीयता-लम्बे समय तक एक एंकर से समाचार सुनते-सुनते दर्शकों का उससे जुड़ाव होने लगता है। दर्शक कुछ एंकरों के प्रस्तुतिकरण का तरीका, उनकी आवाज, अंदाज, चेहरा और पहनावा पसन्द करने लगते हैं। कुछ एंकरों पर दर्शकों का भरोसा दूसरों की तुलना में अधिक होता है। उदाहरणस्वरूप-स्व. सुरेन्द्र प्रताप सिंह, विनोद दुआ, रवीश कुमार और रजत शर्मा प्रणव राय भारत के सर्वाधिक विश्वसनीय एंकर कहे जाते हैं। इस प्रकार एंकर की पहचान और साख का लाभ टेलीविज़न चैनलों को मिलता है।

चैनल की सम्पादकीय टिप्पणी-माना जाता है कि समाचारों में केवल तथ्यों को स्थान दिया जाना चाहिए। विचारों को नहीं। लेकिन एंकर की मदद से चैनल अपने संपादकीय विचार भी प्रस्तुत कर सकता है। अनेक बार ख़बर के बाद एंकर टैग के रूप में चैनल घटनाक्रम पर अपनी संपादकीय टिप्पणी पेश करता है।

समसामयिक कार्यक्रम और एंकर

समाचार बुलेटिन की तुलना में चर्चा-विमर्श और अन्य समसामयिक कार्यक्रमों में एक एंकर की भूमिका अधिक मुखर होती है। नमस्कार के बाद दर्शकों का स्वागत करता है, मेहमानों के स्वागत के बाद वह उनका परिचय देता है फिर कार्यक्रम के विषय को खोलता है, बहस शुरू होती है और एंकर से पूरे विमर्श को बहुत सलीके से पटरी पर रखने की उम्मीद की जाती है। उस वक्त कई बार कोई मेहमान अत्यधिक बोलने वाला होता है तो एंकर बीच में

हस्तक्षेप करके दूसरों को भी बोलने का मौका देता है। बहस को गर्म बनाए रखने की जिम्मेदारी भी एंकर की ही होती है। एंकर चर्चा को ब्रेक के दौरान शालीनता से रोकता है और ब्रेक के बाद दोबारा दर्शकों का स्वागत करके कार्यक्रम को शुरू करता है।

अक्सर यह पहले से ही तय कर लिया जाता है कि कार्यक्रम को किस दिशा में ले जाना है। उसकी तैयारी जरूरी तथ्यों और सवालों के रूप में पहले कर ली जाती है। ये प्रश्न और तथ्य एंकर के पास रहते हैं। एंकर जानता है कि कार्यक्रम का फार्मेट और समय सीमा क्या है। निर्देशक के आदेशों का पालन करते हुए कार्यक्रम को अन्तिम मंजिल तक एंकर ही पहुँचाता है।

एंकर की विशेषताएँ

1. एक अच्छा समाचार एंकर बनने से पहले एक अच्छा टेलीविज़न पत्रकार बनना जरूरी है।
2. एंकर को देश-दुनिया के मसलों की व्यापक समझ होनी चाहिए और इसके लिए जरूरी है कि उसकी व्यापक अध्ययन करने की आदत हो। समकालीन घटनाओं पर पैनी नजर रखने के लिए एंकर का पिछला लम्बा अनुभव भी काफी काम आता है।
3. एक एंकर अच्छा संचारक होता है। उसमें मुश्किल विषयों, मुद्दों, समस्याओं और घटनाओं को सरल और सुलझे तरीके से समझा सकने की क्षमता होनी चाहिए।
4. एंकर भाषा का धनी होना चाहिए। यानी सही समय पर चर्चा विमर्श और सवाल-जवाब के दौरान उचित शब्दों का प्रयोग कर पाना और अपने लिए अच्छी स्क्रिप्ट खुद लिख पाना।
5. एंकर के पास आकर्षक व्यक्तित्व होना चाहिए क्योंकि उसे स्क्रीन पर दिखना होता है। इस संदर्भ में उसके कपड़े, बाल, भाव-भंगिमायें और शरीर की मुद्राओं का विशेष ध्यान रखना पड़ता है।
6. टेलीविज़न प्रस्तुतिकरण में एंकर के पास आत्मविश्वास होना चाहिए। लेकिन इसका मतलब यह नहीं है कि एंकर अति आत्मविश्वास में भरकर तथ्यों के साथ खिलवाड़ करे।
7. एंकर में टीम भावना का होना आवश्यक है क्योंकि जो समाचार बुलेटिन वह पढ़ता है उसे तैयार करने में कई लोगों की भूमिका होती है और समाचार पढ़ने से पहले उसे पूरी टीम के साथ मिलकर काम करना होता है।

टेलीविज़न एंकरिंग का विकास

भारत में टेलीविज़न समाचारों के आरंभिक काल में समाचार पढ़ने का तरीका एवं प्रस्तुति का अंदाज बिलकुल अलग था। दूरदर्शन समाचारों की पहली एंकर प्रतिमा पुरी को माना जाता है। बाद में सलमा सुलताना, शम्मी नारंग इत्यादि एंकर भी काफी लोकप्रिय हुए। ये सभी समाचारवाचक थे और अपने सामने कागज़ पर समाचारों के प्रिंट रखते थे। एक पन्ने पर एक समाचार होता था और जैसे-जैसे समाचार पढ़ते वे ऊपर के पन्ने को उठाकर साथ में रख देते और उसके बाद अगला समाचार ऊपर आ जाता था। इन समाचारवाचकों को दूरदर्शन पर काफी पसंद किया गया। अस्सी के दशक में समाचार बुलेटिन भी सीमित होते थे। दर्शक समाचारों का इंतज़ार करते थे। समाचारवाचकों की पोशाक भी चर्चा का विषय बनती थी।

समाचार पढ़ने का तरीका औपचारिक ही था। स्क्रिप्ट पहले से लिखी होती थी इसलिए समाचारवाचक से उम्मीद की जाती थी कि वो बस समाचारों को पढ़ दे। यह पूरी प्रक्रिया समाचार वाचन से अधिक नहीं थी। समाचारवाचक बुलेटिन से कुछ समय पहले स्टूडियो में आते और मेकअप करवाकर पहले से लिखे समाचारों पर नज़र डालते ताकि स्टूडियो में जाने से पहले उन्हें बुलेटिन के समाचारों की थोड़ी समझ बन जाए। लेकिन सन् 1992 में पहले निजी टेलीविज़न चैनल के बाद से समाचारों की प्रस्तुति में थोड़ा बदलाव आना आरंभ हुआ। समाचारवाचक अब एंकर की भूमिका में आ गये। कुछ निजी प्रॉडक्शन हाऊस ने भी एंकरिंग के अपने अलग अंदाज विकसित किये।

एंकर टेलीविज़न समाचार चैनल की ब्रांड इमेज़ बन गये। उदाहरणस्वरूप, सन् 1995 में जब आजतक का पहली बार दूरदर्शन पर 20 मिनट के एक समाचार कार्यक्रम के रूप में प्रसारण आरंभ हुआ तो सुरेन्द्र प्रताप सिंह के एंकरिंग की विशिष्ट शैली के कारण यह कार्यक्रम हिन्दी राज्यों में रातोंरात लोकप्रियता के शिखर पर पहुंच गया। एस. पी. ने ना केवल देसी मुहावरों एंव अभिव्यक्तियों के साथ ठसकदार भाषा का प्रयोग किया बल्कि उनका समाचार पढ़ने का प्रभावशाली अंदाज़ भी दर्शकों को खूब पसंद आया। ठीक इसी प्रकार रजत शर्मा, विनोद दुआ और प्रणव राय अपने एंकरिंग की अलग शैली के लिय जाने गये। यह शैली पहले से अधिक सहज और अनौपचारिक थी। इसके अलावा, स्क्रिप्ट लिखे होने के बावजूद एंकर ना केवल समाचार भर पढ़ता था बल्कि वह मेहमानों से सहज भाव से बातचीत करता था और सवाल-जवाब करता था।

सन् 2000 के बाद, जैसे ही अनेक समाचार चैनल प्रसारण के मैदान में आये

और उनके बीच प्रतिस्पर्धा कई गुना बढ़ गयी। इसका नतीजा ये हुआ कि समाचार चैनलों ने अपने एंकरों को ब्रांड के रूप में प्रचारित करना आरंभ कर दिया। एंकर आधारित अनेक समाचार कार्यक्रम बनाये गये। माना जाने लगा कि एंकर चैनलों के चेहरे हैं और विशिष्ट एंकरों को पसंद करने वाले दर्शकों की बड़ी संख्या है। यदि एक एंकर चैनल बदल कर दूसरे चैनल में चला जाएगा तो उसके साथ उसके दर्शक भी अपना चैनल बदल लेंगे। कई बार एंकर चैनल से बड़ा दिखायी देने लगा। लेकिन इसके साथ ही प्रतिस्पर्धा ने एंकरिंग के अंदाज को भी धीरे-धीरे बदलना शुरू कर दिया।

सबसे पहले समाचारों को दिखाने के होड़ में चैनल अधिकाधिक लाइव रिपोर्टिंग करने लगे। ऐसे में एंकर के लिए विषय की सही समझ होना आवश्यक बन गया। क्योंकि यदि उसे विषय की समझ नहीं है और नवीनतम घटनाक्रम की जानकारी नहीं है तो वह विशेषज्ञों से उपयुक्त प्रश्न नहीं कर पाएगा और लाइव के दौरान निरंतर गलतियां करेगा। लाइव रिपोर्टिंग के दौरान एंकर को भी उतना ही चुस्त होना होता है जितना कि रिपोर्टर को। अब ऐसे एंकरों की मांग कम हो गयी जो केवल समाचारवाचन का काम करना जानते हैं। लंबे समय तक रिपोर्टिंग करने वाले पत्रकार ही कुछ चैनलों में एंकर की कमान संभालने लगे। दूसरी तरफ, कुछ चैनलों ने अपने एंकरों को भी रिपोर्टिंग के मैदान में उतारना आरंभ कर दिया।

सन् 2010 के बाद टेलीविज़न एंकरिंग में नित नया करने का दबाव एक बार फिर बढ़ने लगा। डिजीटल ग्राफिक्स की मदद से स्टूडियो में एंकरों से चैनल हर दिन कुछ नया करवाने लगे। क्रोमा तकनीक के जरिये अब समाचार एंकर कभी बाढ़ में खड़े दिखायी दिये तो कभी ब्रह्मांड में विचरने लगे। एक स्थान पर बैठकर समाचार पढ़ने का चलन गायब हो गया और एंकर खड़े होकर चटक रंगों की पोशाकों में दर्शकों के सामने पेश होने लगे। यही नहीं, कुछ चैनलों में वे डिजीटल स्क्रीन के सामने विशाल स्टूडियो में एंकरिंग के दौरान ही एक स्थान से दूसरे स्थान तक चलने लगे। उनकी प्रस्तुति में सादगी और गंभीरता की जगह अब लटके-झटके दिखायी देने लगे। समाचारों को सनसनीखेज़ अंदाज में पेश करने के लिये उनके बोलने की गति और वॉल्यूम बढ़ने लगी। कुछ एंकर तो समाचार लगभग चिल्लाकर पढ़ने लगे। कुछ चैनलों ने एक से अधिक एंकरों से एक ही बुलेटिन में समाचार पढ़वाने का प्रयोग किया।

एंकरिंग की शैली में परिवर्तन

पिछले एक दशक के दौरान भारत में टेलीविज़न समाचार एंकरिंग की शैली

में कई महत्वपूर्ण बदलाव देखे गए हैं। समाचार चैनलों में निष्पक्षता के स्थान पर एक विचारधारा को लेकर पक्षधरता स्पष्टता से दिखायी देने लगी। इसका असर एंकरिंग पर यह पड़ा कि अब एंकर अपनी विशिष्ट विचारधारा के लिये जाने जाने लगे। एंकर किसी भी घटना एवं मुद्दे के सभी पहलूओं पर संतूलित भाव से चर्चा-विमर्श करने की बजाए एक निर्धारित दृष्टिकोण से अपना पक्ष रखता है।

समाचार एंकर अब तेज गति, ऊंची आवाज़ और भरपूर ऊर्जा के साथ समाचार प्रस्तुत करने लगे हैं। कुछ एंकरों ने स्टूडियो में बुलाए गये मेहमानों पर गुस्सा होने को अपनी आक्रमक ब्रांड इमेज़ का अंग बना लिया है। चैनल यह सब दर्शकों को जोड़े रखने और उनकी रुचि बनाए रखने के लिए किया जाता है। अनेक ऐसे अवसर आये जब एंकर ने स्टूडियो में चर्चा को इस कदर गर्म कर दिया कि दो मेहमानों के बीच में मारपीट हो गयी और एक मेहमान स्टूडियो छोड़कर बाहर चला गया। इसके अलावा, टेलीविज़न एंकर अब दर्शकों के साथ पहले से अधिक सीधा संवाद करने लगे हैं। वे सोशल मीडिया के माध्यम से मिलने वाली दर्शकों की प्रतिक्रियाएँ एवं प्रश्न अपनी एंकरिंग में शामिल करते हैं, जिससे दर्शकों को कार्यक्रम से एक जुड़ाव का अनुभव होता है। टेलीविज़न चैनल एंकरिंग को रोचक बनाने के लिए लुभावने विजुअल और ग्राफिक्स का भरपूर उपयोग करने लगे हैं। यह समाचारों को अधिक आकर्षक और समझने में आसान बनाता है। चैनल एंकरों को समाचार प्रस्तुति के दौरान पहले से अधिक स्वतंत्रता देते हैं। अधिकांश एंकर अब अपनी व्यक्तिगत शैली और व्यक्तित्व के जरिए दर्शकों के साथ एक व्यक्तिगत संबंध बनाने का प्रयास करते हैं। टेलीविज़न एंकर अब केवल समाचार प्रस्तुत करने तक सीमित नहीं रहते, बल्कि वे विश्लेषण भी प्रचुर मात्रा में प्रदान करते हैं। इसके लिए वे विभिन्न मुद्दों पर गहराई से चर्चा करते हैं और संबंधित विषय विशेषज्ञों की राय को कार्यक्रम में शामिल करते हैं। डिजीटल क्रांति के बाद एंकर और उन्हें पसंद करने वाले अब केवल टेलीविज़न तक सीमित नहीं हैं। वे विभिन्न मल्टीमीडिया प्लेटफॉर्म जैसे कि यूट्यूब, फेसबुक, और ट्विटर पर भी सक्रिय रहते हैं, जिससे उनकी पहुंच और प्रभाव बढ़ता है। टेलीविज़न चैनल स्मार्टफोन पर देखे जाने के लिए वर्टिकल फोर्मेट में अलग से समाचारों एंकरिंग करवाने लगे हैं।

प्रमुख टेलीविज़न एंकर

1. रवीश कुमार-एनडीटीवी इंडिया में लंबे समय तक जुड़े रहे वरिष्ठ पत्रकार और एंकर, रवीश कुमार को उनकी सामाजिक पत्रकारिता के लिए जाना जाता है।

2. अर्नब गोस्वामी–रिपब्लिक टीवी के संस्थापक और प्रमुख एंकर, अर्नब गोस्वामी अपनी आक्रामक और तेज़तर्रार विमर्श शैली के लिए प्रसिद्ध हैं।
3. सुधीर चौधरी–ज़ी न्यूज़ के एंकर और संपादक रहे सुधीर चौधरी अपने शो "डीएनए" के लिए जाने जाते हैं। वे बाद में आजतक चैनल से जुड़ गये।
4. राहुल कंवल–इंडिया टुडे के वरिष्ठ पत्रकार और एंकर, राहुल कंवल ने कई महत्वपूर्ण इंटरव्यू और स्टूडियो डिबेट की मेज़बानी की है।
5. श्वेता सिंह–आज तक की प्रमुख एंकर, श्वेता सिंह अपनी स्पष्ट और प्रभावशाली प्रस्तुति के लिए जानी जाती हैं।
6. नविका कुमार–टाइम्स नाउ की वरिष्ठ एंकर और संपादक, नविका कुमार ने कई महत्वपूर्ण राजनीतिक मुद्दों पर रिपोर्टिंग की है और अपनी तेज़तर्रार एंकरिंग के लिए जानी जाती हैं।
7. अंजना ओम कश्यप–आज तक की वरिष्ठ एंकर, अंजना ओम कश्यप अपनी तीव्र और प्रभावशाली डिबेट्स के लिए जानी जाती हैं।
8. रूबिका लियाकत–पहले ज़ी न्यूज़ और बाद में न्यूज़ 18 से जुड़ी रूबिका लियाकत स्टूडियो में अपनी तीखी बहस के लिए जानी जाती हैं।

एआई एंकर का उपयोग

दुनियाभर में आर्टिफिशियल इंटेलिजेंस यानी एआई एंकरों का उपयोग तेजी से बढ़ रहा है। तकनीक में प्रगति न केवल समाचार प्रसारण के तरीके को बदल रही है, बल्कि दर्शकों को भी नया अनुभव दे रही है। एआई एंकर, कंप्यूटर जनित एंकर होते हैं जो आर्टिफिशियल इंटेलिजेंस और मशीन लर्निंग तकनीकों का उपयोग करके बनाए जाते हैं। ये एंकर, मानव एंकरों की तरह दिखते और बोलते हैं, और समाचार प्रस्तुत करने में सक्षम होते हैं।

भारत में सबसे पहले इंडिया टूडे समूह ने आजतक चैनल पर 2023 में सना नामक एक एआई एंकर दर्शकों के सामने पेश की। उसके कुछ दिनों बाद, एक उड़िया चैनल ने भी लिसा नामक एक एआई एंकर से खबरें पढ़वाना आरंभ कर दिया। जल्द ही, दक्षिण भारत में कन्नड भाषा के पावर डिजीटल टीवी ने भी सौंदर्या नामक अपनी एआई एंकर पेश की। इसी के साथ ही देशभर में एआई एंकर के बारे में चर्चा आरंभ हो गयी। मीडिया विशेषज्ञ एआई एंकरों के बाद संभावित तकनीकी त्रुटियों, विभिन्न नैतिक मुद्दों, और मानव एंकरों की नौकरियों पर इनके प्रभाव के बारे आशंका जताने लगे।

एआई एंकर बिना थके लगातार काम कर सकते हैं, जिससे समाचार प्रसारण में निरंतरता बनी रहती है। एआई एंकर हमेशा एक समान गुणवत्ता से प्रदर्शन करते

हैं, मनुष्य की तरह थकान या मूड स्विंग्स के कारण उनसे एंकरिंग के दौरान त्रुटियाँ नहीं होतीं। इसके अलावा, एआई एंकरों को विभिन्न भाषाओं और बोलियों में आसानी से प्रशिक्षित किया जा सकता है, जिससे वे विभिन्न भाषाओं के दर्शकों के लिए उनकी स्थानीय भाषा में समाचार पेश कर सकते हैं। एक चैनल एआई की कस्टमाइजेशन तकनीक की मदद से अपने बहुभाषी बुलेटिन दर्शकों को उपलब्ध करा सकता है। एआई एंकर बड़ी मात्रा में डेटा को तेजी से प्रोसेस कर सकते हैं, इसलिए ऐसे विषय जहां समाचार डाटा आधारित हैं वहां वे आसानी से सटीक समाचार प्रस्तुत कर सकते हैं। साथ ही, एआई एंकर अपनी जानकारी को रियल-टाइम में अपडेट करते हैं। स्वाभाविक रूप से, लंबी अवधि में खर्च के हिसाब से, एआई एंकर सस्ते साबित होंगे क्योंकि उन्हें वेतन, लाभ या छुट्टियों की आवश्यकता नहीं होती।

जबकि एआई एंकर द्वारा समाचार प्रस्तुति की कुछ सीमाएँ भी हैं। जैसे उसकी प्रस्तुति में भावनात्मकता का पुट संभव नहीं है। एआई एंकर की प्रस्तुति एकरूपता व एकरसता भरी होती है, जिसके कारण वह एक समय के बाद दर्शकों को नीरस लग सकती है। जबकि मानव एंकर समाचार पढ़ते हुए विषय के अनुरूप चेहरे के भाव, स्वर, विराम एवं बलाघात डालकर, पढ़ने की गति इत्यादि बदल कर विशेष भाव पैदा कर सकता है। एआई एंकर बड़े स्तर पर तकनीकी गड़बड़ियों के शिकार भी हो सकते हैं और क्योंकि उनका पर्याप्त रखरखाव करने और उन्हें अपडेट करने की आवश्यकता पड़ती है। ऐसे में, मानवीय पत्रकारों की उचित निगरानी में ही उनकी सीमित मदद लेना उपयुक्त होगा। एआई एंकर अप्रत्याशित घटनाओं के समाचार तैयार करने में गलती कर सकते हैं। जटिल या सूक्ष्म विषयों को संभालने में अधिक त्रुटियां संभव हैं।

एआई के उपयोग से वर्तमान एंकरों और पत्रकारों की बड़े पैमाने पर नौकरी चले जाने की आशंका जतायी जा रही है। वहीं, समाचारों की विश्वसनीयता के बारे में नैतिक प्रश्न भी उठते हैं। पत्रकार-एंकर ना केवल समाचार पढ़ सकते हैं बल्कि किसी भी घटनाक्रम पर स्टूडियो में बुलाये मेहमानों से जीवंत संवाद भी कर सकते हैं। वे प्रश्न पूछने के बाद उनके जवाबों का विश्लेषण कर, चर्चा-विमर्श को आगे चला सकते हैं जबकि एआई एंकर केवल उतना ही बोल पाते हैं जितना उन्हें फीड किया गया है। निसंदेह मानव एंकर समाचार पढ़ने के दौरान जाने-अनजाने निष्पक्षता से समझौता कर सकते हैं, तो वहीं, एआई एंकर भी इसका शिकार हो सकते हैं क्योंकि उनके लिये समाचार सामग्री तैयार करने में मानवीय पत्रकारों की भूमिका भी रहेगी। एआई और मानव एंकर दोनों की

अपनी-अपनी विशेषताएँ और सीमाएँ हैं। दरअसल, समाचार प्रसारण में दोनों तरह के एंकरों का समायोजन संभव है।

ध्वनि विश्लेषण

मनुष्य द्वारा उच्चरित ध्वनियों को हम मुख्य तौर पर दो भागों में बांट सकते हैं। प्रथम वाणी और दूसरा वाक्।

वाणी मनुष्य के स्वर उत्पादक यंत्रों यानी टेटूए और कंठ से निकली हुई ध्वनि है। इसमें उच्चारण शामिल नहीं होता और इसे निकालने में केवल फेफड़ों से आने वाली हवा और वोकल कोर्डस् की भूमिका होती है। जबकि वाक् इस ध्वनि को विभिन्न रूप देने से पैदा होता है। वोकल कोर्डस् द्वारा उत्पन्न ध्वनि को मनुष्य जीभ, दांत, होंठ, तालू आदि से विभिन्न रूप देता है और ये रूप स्वर और व्यंजन के रूप में भाषा का आधार तैयार करता है।

वाक् विश्लेषण

पिच (Pitch)-पिच वह अनुभूति है जो इस बात का ज्ञान कराती है कि ध्वनि स्रोत से उत्पन्न ध्वनि मोटी है या बारीक। जैसे पुरुषों की ध्वनि प्रायः मोटी तथा बच्चों तथा महिलाओं की ध्वनि पतली होती है।

हारमोनियम के पहले पर्दे को दबाने पर बहुत मोटी ध्वनि निकलती है। परन्तु ज्यों-ज्यों दाई और के पर्दों को दबाते जाते हैं त्यों-त्यों पतली ध्वनि होती जाती है। मोटी ध्वनि को नीचे पिच की (Lower Pitched) बारीक ध्वनि को ऊँचे पिच की (High Pitched) कहा जाता है। ध्वनि की Pitch ध्वनि स्रोत के कम्पन की आवृत्ति पर निर्भर होती है। किसी ध्वनि स्रोत की कम्पन आवृत्ति जितनी अधिक होती है उसकी पिच उतनी ही अधिक होती है।

उदाहरणार्थ-शेर की दहाड़ की आवृत्ति मच्छर की भिनभिनाहट की आवृत्ति से बहुत कम होती है। अतः शेर की दहाड़ पिच नीची तथा मच्छर की भिनभिनाहट की पिच ऊँची होती है। इसीलिए शेर की दहाड़ की ध्वनि मोटी तथा मच्छर की भिनभिनाहट की ध्वनि पतली सुनाई देती है।

2. वॉल्यूम-इससे आशय है कि कोई ध्वनि हमें कितनी तेज या मंद सुनाई देती है। यह तथ्य गति की अपेक्षा ऊर्जा से संबंधित हैं। यह गुण ध्वनि, स्रोत से उत्पन्न ध्वनि की प्रबलता से निर्धारित होता है।

एक व्यक्ति शान्त वातावरण में जब सहज रूप से बात करता है तब उस की ध्वनि का वॉल्यूम कम होता है जबकि तेज शोर एवं भीड़-भाड़ वाले क्षेत्र में वह जोर से बोलता है तब उसकी ध्वनि का वॉल्यूम अधिक होता है।

3. टैम्पो-उच्चारण यंत्रों द्वारा शब्द उत्पादन की गति होती है। यह समय-सीमा विशेष में बोले गए शब्दों से निर्धारित होती है। टेलीविज़न अथवा रेडियो में उद्घोषक जब सामान्य स्थिति में उद्घोषणा करता है तब उसका टैम्पो एक समान होता है किन्तु क्रिकेट की लाइव कमेंट्री करते समय कमेंटेटरों का टैम्पो बहुत अधिक उंचा होता है क्योंकि उसे बहुत कम समय में पूरे घटनाक्रम का विवरण देना होता है।

4. स्फूर्ति/उत्साह-से आशय कथ्य एवं उच्चारण में परिलक्षित होने वाले उत्साह एवं जीवंतता से है।

भ्रमवश Viality को उच्चारण की गति एवं प्रबलता से अविच्छित्र कर दिया जाता है। यद्यपि अधिकांशतः Viality की गति और प्रबलता की सहायता से व्यक्त किया जाता है किन्तु ऐसा अनिवार्य नहीं है। हम धीरे बोलकर भी अपनी अभिव्यक्ति में Viality ला सकते हैं। जबकि कई बार तेज बोलकर कही बात भी बेजान हो सकती है। Viality किसी कथन की जान होती है। यह उस कथन में अंतर्निहित भाव को शब्दों की अपेक्षा ध्वनि की गुणवत्ता से संप्रेषित करती है।

वाणी की समस्यायें

1. फेंफड़ों से आने वाली वायु वोकल कोर्ड्स से गुजरने के बाद वाणी का रूप ले लेती है। उसके बाद इसका कुछ हिस्सा मुँह से और कुछ हिस्सा नाक से निकलता है। उच्चारण सही हो इसके लिए जरूरी है कि उचित मात्रा में ही वायु नाक या मुंह से गुजरे। उदाहरणस्वरूप-जुकाम के कारण यदि नाक बंद है तो उच्चारण सही नहीं हो सकता। कई बार नाक की हड्डी बढ़ने के कारण नाक से वायु उचित मात्रा में नहीं गुजरती ऐसा कई बार साइनस, या अन्य नाम की बीमारी के कारण भी होता है।
2. कई लोग जरूरत से अधिक वायु को नाक से निकालते हैं और उनके उच्चारण में अनुनासिक ध्वनियों की बहुलता रहती है। ये समस्या Nasality की समस्या कहते हैं। इस प्रकार की समस्या का एक कारण आदत हो सकती है तो दूसरी शारीरिक समस्या। आदत को निरंतर अभ्यास से सुधारा जा सकता है जबकि शारीरिक समस्या को चिकित्सकीय परामर्श से दूर किया जा सकता है।
3. वाणी में कर्कशता भी एक बड़ी समस्या है। लेरिंजाइटिस, स्मोकर्स, थ्रॉट और संक्रमित साइनूसाइटिस इसके कारण हो सकते हैं। चिकित्सा के अलावा इसे गर्म तरल पदार्थ पीकर भी कुछ हद तक ठीक किया

जा सकता है। लेकिन यदि ये ककर्शता गले के कैंसर, अत्यधिक धूम्रपान और मदिरा सेवन के कारण है तो इसका इलाज कठिन हो सकता है।

4. कई बार उच्चारण यंत्रों-दांत, होंठ, तालू, जीभ इत्यादि से आवश्यकता से अधिक घर्षण पैदा करने के कारण कुछ लोग ज और श की ध्वनियाँ अधिक निकालते हैं, ये Exessive Sibilance की समस्या है और माइक्रोफोन इसे तीव्रता से ग्रहण करता है। श्रोताओं को यह ध्वनि काफी असहनीय लगती है।

उच्चारण की समस्याएँ : टेलीविज़न पत्रकार बनने के लिए उच्चारण का सही होना अति आवश्यक है। चाहे एंकर हो या फिर रिपोर्टर, उच्चारण दोष तुरन्त दर्शकों की पकड़ में आ जाता है। टेलीविज़न पत्रकार भाषा में नये प्रयोग करते हैं इसलिए उनकी यह भी जिम्मेदारी है कि भाषा की उचित संरचना और स्वरूप का सम्मान करें और उसे बनाए रखें क्योंकि आम लोग टेलीविज़न चैनलों से नये-नये शब्दों के साथ उनका उच्चारण भी सीखते हैं। बच्चों में भाषा संस्कार डालने में टेलीविज़न की भूमिका काफी महत्वपूर्ण हो गई है।

प्रत्येक अक्षर का एक नियत उच्चारण होता है। हिन्दी जैसी लिखी जाती है वैसी बोली भी जाती है। यूं तो वृहद हिन्दी पट्टी में विविध बोलियाँ प्रचलित हैं, या कहें कि खड़ी बोली बड़े पैमाने पर कहीं आम लोगों द्वारा बोली ही नहीं जाती। फिर भी टेलीविज़न समाचार चैनल सबको समझ में आने वाली आम हिन्दुस्तानी भाषा का इस्तेमाल करते हैं। कई स्थानों पर बोलियों का प्रभाव अत्यधिक है तो कहीं दूसरी भाषाओं का प्रभाव हिन्दी पर साफ दिखता है। यहाँ उच्चारण सम्बन्धी सामान्य दोषों की एक सूची बनाने की कोशिश की गई है।

1. हिन्दी प्रदेशों की श्रेणी में राजस्थान, उत्तरप्रदेश, मध्यप्रदेश, बिहार, उत्तरांचल, झारखण्ड, छत्तीसगढ़, दिल्ली, हरियाणा और हिमाचल प्रदेश आते हैं। कुछ इलाकों को छोड़कर लगभग सभी राज्यों में आम लोग श के स्थान पर स का उच्चारण करते हैं। ये स्वभाविक भी है। आम बोलचाल में उच्चारण को बिगाड़ने में मुख-सुख का बड़ा योगदान है और स बोलने में आसानी होती है। इसीलिए आम लोग देश-देस, शहर-सहर और कृष्णा-किसना हो जाता है। जबकि कुछ इलाकों में लोग स को श बनाकर भी बोलते हैं।
2. पंजाबी में आधे व्यंजन जैसे श्, न्, त् नहीं होते। इसीलिए पंजाबी और उसके प्रभाव वाले हरियाणा के लोग प्रकार को परकार बोलते हैं। इसी

प्रकार स्कूल-सकूल, श्री-सिरी, छत्रपति-छतरपति हो जाता है।

3. राजस्थान, हरियाणा और पंजाब की बोलियों में ट वर्ग (ट,ठ,ड,ढ,ण) के वर्णों का काफी प्रयोग होता है। इसीलिए यहाँ खाणा, पाणी, रोणा बोला जाता है।
4. बांगला भाषा में केवल ब होता है। व नहीं होता। इसीलिए पश्चिम बंगाल से सटे बिहार के मिथिलांचल में लोग व का उच्चारण ब के रूप में करते हैं। इसीलिए वे प्रणव को प्रणब बोलते हैं। मिथिलांचल में भी ड को र और र को ड़ भी बोलने का चलन है। जैसे-घोरा सरक पर दौरता है।
5. बिहार, झारखण्ड के कुछ इलाकों में शब्दों के लिंग भेद को लेकर काफी गलतियाँ की जाती हैं। बांगला में शब्दों में लिंग भेद नहीं होता। जबकि हिन्दी में निर्जीव वस्तुओं को भी स्त्रीलिंग, पुलिंग या उभयलिंगी के रूप में वर्गीकृत किया गया है। जैसे-ग्रंथ पुरुषवाचक है, पुस्तक स्त्रीवाचक है। लिंग भेद की समझ न होने से काफी अजीब गलतियाँ होती हैं। जैसे-मुझे बुखार आ गई थी। टाइम क्या हुई है।
6. मध्यप्रदेश के कुछ इलाकों में बिना आवश्यकता के ही शब्दों में अनुस्वार लगाने का उच्चारण दोष देखा जाता है। जैस घास-घांस, गाय-गायं, खून-खूंन, आगे-आंगे इत्यादि। विशेषकर भोपाल और आसपास के इलाकों में ऐ व्यंजन के प्रयोग में भी दोष देखा जाता है। जैसे मैं-में, पैन-पेन इत्यादि।
7. पश्चिमी उत्तरप्रदेश के कुछ भोजपुरी इलाकों में लोगों ने स् के उच्चारण को सुविधा के मुताबिक बदल दिया है। जैसे-स्कूल-इस्कूल, स्नान-इस्नान आदि।
8. अधिकांश बोलियों में ड, ड़ और ढ, ढ़ के उच्चारण को भी गलत बोला जाता है। बड़े पैमाने पर ओ, औ, ए, ऐ के उच्चारण में भी भ्रम रहता है। जैसे सामान्यतः औरत को ओरत, और को ओर बोला जाता है।
9. कुछ लोग द्य को ध उच्चारित करते हैं। जैसे-विद्यालय-विधालय,
10. अक्सर; का उच्चारण भी गलत तरीके से किया जाता है। जैसे गृह को ग्रह बोलना।
11. क्ष, त्र और ज्ञ का उच्चारण भी गलत तरीके से किया जाता है। जैसे-कक्ष-कछ, छत्र को छतर, ज्ञान को ग्यान।
12. शब्द के अंत में इ की मात्रा को ई की मात्रा के रूप में भी गलत

तरीके से बोला जाता है। जैसे-गति को गती और कवि को कवी एवं आदि को आदी बोलना।

13. कुछ लोग रु और रू के उच्चारण में भी भेद नहीं कर पाते। जैसे-रूप-रुप और रुपया-रूपया

14. बोलचाल में गलतियों का एक प्रमुख कारण शब्दों के उच्चारण के दौरान एक हिस्से पर जरूरत से ज्यादा जोर देना भी है। इस कारण बाकी के वर्ण गौंण हो जाते हैं और शब्द का सही उच्चारण बिगड़ जाता है। इसी तरह वाक्यों के बोलने में भी अक्सर कुछ शब्दों को मिलाकर बोला जाता है।

उदाहरण- मैं दिल्ली जा रहा हूं।
मैं दिल्ली जारा हूं।
मैं दिल्ली जारिया हूं।

अक्सर सामान्य बोलचाल में वाक्य के अंत तक पहुँचते या तो उत्साह कम हो जाता है या फिर हम उस हिस्से को काफी धीमी आवाज से बोलते हैं।

15. नुक्ते का उच्चारण-व्यापक हिन्दी पट्टी की सामान्य समझ को ध्यान में रखते हुए टेलीविज़न चैनल हिन्दुस्तानी को प्रयोग करते हैं, जिसमें फारसी, अरबी मूल के शब्दों का प्रयोग काफी मात्रा में होता है। अक्सर हम इन्हें उर्दू शब्दों के रूप में जानते हैं। नुक्ते का उर्दू के उच्चारण में विशेष महत्व है। समाचार-पत्र उर्दू के प्रयोग के समय नुक्ते नहीं लगाते। कुछ विद्वानों का कहना है कि जब उर्दू के शब्द हिन्दी में ग्रहण कर लिये हैं तो उनका हिन्दीकरण कर देना उचित होगा और हिन्दी में नुक्ते नहीं होते। लेकिन उच्चारण की दृष्टि से नुक्ते का विशेष महत्व है। दिल्ली, लखनऊ, कानपुर, अलीगढ़, आगरा, भोपाल आदि ऐतिहासिक रूप से मुस्लिम पृष्ठभूमि वाले शहरों को छोड़ दे तो नुक्ते के शुद्ध उच्चारण की समझ कम ही देखने को मिलती है। नुक्तों का महत्व इस बात से समझा जा सकता है कि अनेक शब्दों में नुक्ता लगाने या न लगाने से अर्थ बदल जाते हैं। ज़ंग (लोहे का ज़ंग)-जंग (लड़ाई), जलील (पूज्य)-ज़लील (घटिया), हल्का (कम वजन का)-हलक़ा (परिधि), ताक (टोह लेना)-ताक़ (छोटा सामान रखने का स्थान), कदम (एक वृक्ष का नाम)-क़दम (पग) इत्यादि।

उर्दू के पांच वर्णों में नुक्ता लगता है:-

क़- क़यामत, क़त्ल, क़र्ज, क़ाबिल, क़ानून, क़ुरान, क़लम, क़बूल, क़ायम, क़ब्ज़ा

ख़- ख़बर, ख़ास, ख़त्म, ख़तरनाक, ख़फ़ा, ख़रीददार, ख़र्च, ख़िताब, ख़िलाफ, ख़त

ग़- ग़ज़ल, ग़म, ग़लत, ग़ैर, गुज़ारा, ग़ायब, ग़ज़ब, ग़नीमत, ग़दर, ग़रीब, ग़बन, नग़मा

ज़- रोज़ाना, ज़ंज़ीर, ज़ख़्म, ज़हर, ज़िला, ज़िद, ज़िंदगी, ज़मीन, ज़माना, ज़रूरत, ज़ोर

फ़- फ़ल, फ़ारसी, फ़रमान, फ़र्ज़ी, फ़र्क़, फ़ितरत, फ़ौज, हफ़्ता, फ़तूर, फ़तह,

उच्चारण कैसे सुधारें?

- भाषा का सही उच्चारण सुने। क्योंकि सबसे महत्वपूर्ण अपनी कमियां पकड़ना हैं। इसके लिए रेडियो समाचारों का सुनना उपयोगी रहेगा।
- ऊंची आवाज में पढ़ने का अभ्यास करें। सामान्य बोलचाल में सब लोग कम प्रयत्न से बिना जबड़ा पूरी तरह खोले बोलते हैं जिससे उच्चारण दोष आ जाता है। ऊंची आवाज में पढ़ने से शब्दों के सही उच्चारण में मदद मिलेगी।
- अपनी आवाज रिकॉर्ड करके स्वयं सुनें। इससे अपनी कमियां खुद पकड़ने में आसानी होगी।
- मुखसुख छोड़कर बोलना शुरू करें। पूरा जबड़ा खोलकर बोलें।
- जीभ ढीली करके बोलने और ओठों को कम चलाने की आदत छोड़ें।
- हर अक्षर पर बराबर जोर देकर बोलें और वाक्य के अंत में अक्षर को लोप करने की आदत छोड़ दें।
- खैनी, पान या अन्य कोई खाद्य पदार्थ मुँह में रखकर बोलने से उच्चारण बिगड़ता है। लम्बे समय तक इस आदत से बिना पान और खैनी के भी उच्चारण सही नहीं हो पाता।
- बोलने की गति कम रखें ताकि श्रोताओं को समझने में समस्या न आये।
- जिन शब्दों के उच्चारण में समस्या होती है, स्क्रिप्ट लेखन के दौरान उनसे बचा जाये। जैसे श और स के उच्चारण दोष से बचने के लिए श और स से शुरू और अन्त होने वाले शब्दों से बचना चाहिए। जैसे-शीर्षासन और शीर्षस्थ में तीनों स, श, ष हैं। इसलिए उनके उच्चारण में दिक्कत होती है।
- लिंग भेद की समस्या से निजात पाने के लिए हिन्दी के अच्छे शब्दकोश की मदद ली जा सकती है। शब्दकोश में हर शब्द के

स्त्रीवाचक, पुरुषवाचक और उभयलिंगी होने की जानकारी दी जाती है। इस संदर्भ में जिनकी हिन्दी उच्चारण की समझ अच्छी है ऐसे सहयोगी भी मदद कर सकते हैं।

- हिन्दी में आधे वर्णों वाले शब्दों के उच्चारण में विशेष ध्यान रखा जाना चाहिए। इन शब्दों में आधे वर्ण के बाद वाले वर्ण पर जोर दिया जाता है। जैसे–हत्या और प्रत्येक में य पर यदि बलाघात नहीं देते हैं तो सही उच्चारण नहीं हो पाता।
- उच्चारण सुधारने में नियमित अभ्यास ही एकमात्र सहारा है।

अभ्यास कार्य

- ❑ विभिन्न समाचार चैनलों के प्रमुख एंकरों की सूची तैयार करें। इसके अलावा ये भी उल्लेखित करें कि कौन एंकर किस कार्यक्रम को प्रस्तुत करता है। अपने मनपसंद एंकर की कौन–सी खूबियाँ आपको अच्छी लगती हैं।
- ❑ ऐसे शब्दों की एक सूची तैयार करें जिन्हें बोलने में अक्सर आप गलती करते हैं या जिनके उच्चारण में आपको समस्या आती है। इस प्रकार के कठिन शब्दों के विकल्प तलाशें।
- ❑ क्षेत्रीय और भाषायी आधार पर ये जानने का प्रयास करें कि किन इलाकों में निवासी हिन्दी/अंग्रेजी के उच्चारण में कौन–कौन–सी गलतियाँ अक्सर करते हैं।
- ❑ रेडियो पर हिन्दी/अंग्रेजी के समाचार ध्यानपूर्वक नियमित सुनें और अपने उच्चारण की जांच–पड़ताल करें।
- ❑ समाचारपत्र/मैगजीन को ऊंची आवाज में पढ़ने का अभ्यास करें और मित्र या सम्बन्धी को सुनाने के बाद पूछें कि उसे कितना समझ में आया।
- ❑ विभिन्न समाचार चैनलों को नियमित देखकर ख़बरों में निष्पक्षता और संतुलन के मुद्दे पर उनकी तुलना करें। इस कार्य के लिए किन्हीं विवादास्पद मसलों को केन्द्र में रखा जा सकता है।
- ❑ विभिन्न समाचार पत्रों एवं पत्रिकाओं में प्रकाशित होने वाले मीडिया आलोचना सम्बन्धी लेखों को नियमित रूप से पढ़ें और समकालीन घटनाओं की टेलीविज़न कवरेज के बारे में विश्लेषकों की राय पर मनन करें। प्रमुख मीडिया आलोचक सुधीश पचौरी, सेंवती नैनन, अमिता मलिक, पूनम सक्सेना हैं।

- कुछ टेलीविज़न पत्रकारों से उन्हें मिलने वाले उपहारों के बारे में बातचीत करें और जानने का प्रयास करें कि इस प्रकार के उपहार उनकी रिपोर्ट को किस हद तक प्रभावित करते हैं।
- टेलीविज़न पत्रकारिता की नैतिकता विषय पर किसी वरिष्ठ पत्रकार को विभाग में आमंत्रित करें और एक परिचर्चा आयोजित करें। इस विषय पर छात्रों में एक बहस या भाषण प्रतियोगिता आयोजित की जा सकती है।
- टेलीविज़न के विभिन्न क्राइम शो देखकर उनका विश्लेषण करें और पत्रकारों द्वारा हिंसा के चित्रण पर एक विश्लेषणात्मक लेख लिखें।

अध्याय-बारह
मोबाइल पत्रकारिता एवं नये चलन

डिजीटल क्रांति के दौर में पत्रकारिता का स्वरूप निरंतर बदल रहा है। पिछले एक दशक के दौरान दुनियाभर में दूरसंचार क्रांति के परिणामस्वरूप स्मार्टफोन एक ऐसे अद्भुत गैजट के रूप में उभरकर सामने आया है जिसने मनुष्य जीवन के लगभग सभी आयामों को बदल कर रख दिया है। पत्रकारिता भी स्मार्टफोन आने के बाद बदलने लगी है। समाचारों का संग्रहण, लेखन, संपादन, प्रसारण सभी कुछ इंटरनेट से लैस स्मार्टफोन की वजह से प्रभावित हो रहा है। मीडिया विशेषज्ञ अब मानने लगे हैं कि पत्रकारिता का भविष्य न्यू मीडिया की तकनीक ही निर्धारित करेंगी और इनमें इंटरनेट और मोबाइल फोन प्रमुख हैं।

मोबाइल पत्रकारिता ऐसी पत्रकारिता है जिसमें सूचनाओं को इकट्ठा करने, उन्हें संपादित करने, पैकेज करने और अंततः उसे अपने ग्राहकों तक पहुँचाने की प्रक्रिया को मोबाइल फोन के सहारे किया जाता है। मीडिया उद्योग में डिजीटल क्रांति के कारण संपूर्ण कनर्वेस घटित हो रहा है इसलिये मोबाइल पत्रकारिता को केवल एक मीडिया के कोण से देखना एकांगी होगा। मोबाइल पत्रकारिता एक साथ प्रिंट, टेलीविज़न और डिजीटल मीडिया तीनों से जुड़ी हुई है। कहीं स्मार्टफोन परंपरागत पत्रकारिता का सहयोग करता प्रतीत होता है तो कहीं यह पुराने तौर-तरीकों का स्थान लेता दिखायी देता है। नये माध्यम की पत्रकारिता अत्यधिक स्मार्टफोन केन्द्रित है और अधिकाधिक मीडिया हाउस केवल मोबाइल के लिए समाचार तैयार करने के मॉडल की तरफ तेजी से अग्रसर हैं।

मोबाइल पत्रकारिता परंपरागत पत्रकारिता की तुलना में काफी सस्ती है। महंगे कैमरे, एडिटिंग मशीन और प्रसारण तकनीक के कारण टेलीविज़न एक महंगा माध्यम है वहीं अखबार छापना भी समाचारों को इकट्ठा करने के खर्च, महंगे न्यूज़ प्रिंट और प्रकाशन तकनीक की वजह से थोड़ा खर्चीला हो जाता है।

जबकि मोबाइल पत्रकारिता तुलनात्मक रूप से काफी किफायती होती है। इसके अलावा, मोबाइल ने पत्रकारिता को काफी द्रुतगामी बना दिया है। इसमें टेलीविज़न की तरह भारी-भरकम कैमरे की आवश्यकता नहीं होती इसलिये घटनास्थल पर जाने में आसानी होती है। विशेषकर जब कहीं प्राकृतिक आपदा, दंगे, युद्ध की स्थिति हो। छोटे उपकरण होने से पत्रकार बिना किसी का ध्यान आकर्षित किये भीड़ भरे स्थान में भी आसानी से प्रवेश कर जाता है। इसी कारण, असुरक्षित स्थानों पर रिपोर्टिंग के दौरान पत्रकार की जान का जोखिम कम रहता है।

मोबाइल पत्रकारिता के दौरान पत्रकार कुशलता से समाचारों को तुरंत हेड ऑफिस भेजा जा सकता है यहाँ तक कि लाइव स्ट्रीमिंग सुविधा की मदद से घटनास्थल से ही दुनियाभर में प्रसारित किया जा सकता है। ऐसा माना जाता है कि मोबाइल से की जाने वाली वीडियो कवरेज कम गुणवत्ता की होती है। जबकि अनेक वीडियो रिकोर्डिंग एप्स की मदद से मोबाइल के जरिये भी 4K वीडियो रिकॉर्ड किया जा सकता है। सस्ता, सुलभ और कुशल होने के कारण स्मार्टफोन पत्रकारों के लिए रचनात्मकता और नये प्रयोगों की असीम संभावना उपलब्ध करवाता है। मोबाइल पत्रकारिता में पत्रकारों को निरंतर नया सीखने के लिए तैयार रहना पड़ता है। एक तरफ उनसे तकनीकोन्मुख होने की उम्मीद की जाती है तो वहीं दूसरी तरफ निरंतर परिवर्तनशील तकनीकी माहौल के बीच उनसे प्रतिस्पर्धी माहौल में काम करने की अपेक्षा की जाती है.

ऐतिहासिक पृष्ठभूमि

टेलीफोन और मोबाइल फोन का उपयोग पत्रकार सूचनाओं के त्वरित आदान-प्रदान के लिए आरंभ से ही कर रहे हैं लेकिन स्मार्टफोन के जरिये न केवल दूर बैठे किसी व्यक्ति से बातचीत कर सकते हैं बल्कि इंटरनेट की सहायता से फोटो, वीडियो, ऑडियो, एनिमेशन, टैक्स्ट इत्यादि अनेक प्रकार की सामग्री भी भेज सकते हैं। स्मार्टफोन ने दर्जनों अन्य यंत्रों को अपने अंदर समाहित कर लिया है और कंवर्जेंस का शानदार उदाहरण बन गया है। स्मार्टफोन ने रेडियो, टेलीविज़न, कंप्यूटर, पुस्तकें, ऑडियो रिकोर्डर, स्टिल कैमरा, वीडियो कैमरा, कैलक्यूलेटर, समाचारपत्र, घड़ी, गेम पैड, कैलेंडर, कंपास, स्कैनर, नोटपैड, डिक्शनरी इत्यादि अनेक यंत्रों एवं मीडिया को अपने अंदर समेट लिया है। इन सबके अलावा स्मार्टफोन में ऐप्स के जरिये हजारों सुविधाओं का लाभ उठाया जा सकता है। सस्ता, हल्का और छोटा होने के कारण स्मार्टफोन आसानी से कहीं भी ले जाया जा सकता है और व्यक्ति हमेशा इसे अपने साथ रख सकता है। यही

कारण है कि स्मार्टफोन को पर्सनल मीडिया कहा जाता है।

भारत में 2005 में पहली बार टेलीविज़न समाचार चैनलों ने मुंबई में आयी जबरदस्त बरसात के दौरान अपने दर्शकों से मोबाइल से खींची गयी तसवीरों को भेजने की अपील की। बारिश की तबाही के बाद जब फील्ड से रिपोर्टिंग करना असंभव हो गया तो अपने घरों में कैद आम लोगों से मोबाइल फोन से अपने आसपास की तसवीरें खींचने और चैनल को भेजने का विचार निसंदेह नवीन था।सन् 2007 में एप्पल कंपनी द्वारा आइफोन बाजार में उतारे जाने के बाद मोबाइल पत्रकारिता की जमीन तेजी से तैयार होने लगी। क्योंकि इस स्मार्टफोन में कैमरे की गुणवत्ता बेहतर थी। आज दुनियाभर में सैमसंग और श्योमी जैसी कंपनियों ने भी गुणवत्ता के मामले में आई फोन को कड़ी टक्कर देना आरंभ कर दिया है।

सन् 2007 में ही अंतरराष्ट्रीय समाचार ऐजेंसी रायटर्स ने रिपोर्टिंग के लिये मोबाइल फोन का उपयोग आरंभ कर दिया। लगभग इसी दौरान दुनियाभर में अनेक समाचारपत्र भी मोबाइल फोन से खींचे गए फोटो छापने शुरू कर चुके थे। सन् 2007 में ही सीएनएन समाचार चैनल ने अपने पत्रकारों को नोकिया कंपनी के साथ साझेदारी से तैयार जर्नलिज्म किट दिया। सन् 2008 में बीजिंग में आयोजित हुए ओलंपिक की कवरेज के लिए भी कई चैनलों ने मोबाइल फोन का इस्तेमाल किया। इसकी पत्रकारिता जगत में काफी चर्चा हुई। सन् 2014 में ऑस्ट्रेलिया के जंगलों में फैली आग की कवरेज के लिए भी मोबाइल फोन का उपयोग किया। सन् 2015 में नेपाल में भूकंप की कवरेज के दौरान भी बीबीसी के संवाददाता ने स्मार्टफोन की मदद से रिपोर्टिंग की थी। सन् 2017 में दुनिया की प्रसिद्ध पत्रिका टाइम मैग्जीन ने एक फोटो सीरीज छापी जिसमें दुनियाभर की 46 मशहूर महिलाओं की मोबाइल से तसवीर खींची गयी थी।इसी साल भारत में अंग्रेजी के प्रमुख समाचारपत्र समूह द् हिन्दुस्तान टाइम्स ने अपनी मोजो पत्रकारों की टीम बनायी और 750 मोजो पत्रकारों के लिये प्रशिक्षण का आयोजन किया।

मोबाइल पत्रकारिता के फैलाव में 4जी नेटवर्क के विस्तार ने भी काफी मदद की है। नेटवर्क की गति तेज होने के कारण अब आसानी से ऑडियो-विजुअल डैटा मोबाइल फोन के जरिये भेजे जाने लगे। जल्द ही हम 5जी नेटवर्क के युग में प्रवेश करने वाले हैं।

मोबाइल पत्रकारिता के विभिन्न स्वरूप

भारत में मोबाइल पत्रकारिता विभिन्न रूपों में विकसित हुई है। बहुआयामी तकनीकी क्रांति के मद्देनजर मोबाइल पत्रकारिता को कुछ सीमाओं में परिभाषित

करना भूल होगी। मोबाइल क्रांति ने पत्रकारिता के सभी आयामों को इस कदर प्रभावित किया है कि उसे समझने में ये उलझन बिलकुल संभव है कि मोबाइल पत्रकारिता आखिर पत्रकारिता के किस नये स्वरूप को कहा जाये। मोबाइल क्रांति ने समाचार कारोबार पर मुख्यत: तीन रूपों में अपनी अमिट छाप छोड़ी है। एक तरफ मोबाइल क्रांति ने समाचारों की निर्माण प्रक्रिया को बदल दिया। दूसरी तरफ समाचारों को पाठकों एवं दर्शकों तक पहुँचाने के तरीके को बदल दिया और तीसरा पाठकों एवं दर्शकों के समाचार पढ़ने और देखने के अनुभव को भी रूपांतरित कर दिया है। सबसे पहले स्थापित बड़े समाचार समूहों से ही आरंभ करें। नयी सदी के आरंभ में ही भारत में लगभग सभी बड़े समाचारपत्रों ने मोबाइल को तुरंत अपना लिया।

समाचारपत्र-एक जमाना था जब रिपोर्टर सुबह टेलीविज़न चैनल ऑफिस पहुँचकर अपना असाइनमेंट लेकर फील्ड में खबर कवर करने के लिए चला जाता था। शाम को एक निश्चित समय तक उसे अपनी खबर फाइल करनी होती थी। दूसरे शहरों से संवाददाता खबर भेजने के लिए तार विभाग में अपनी बारी का इंतजार करते हुए दिखाई देते थे। उसके बाद लैंडलाइन टेलीफोन ने हेड ऑफिस में बात करना थोड़ा आसान बना दिया। परंतु अस्सी के दशक तक भी टेलीफोन एक महंगा माध्यम ही था। तब छोटे शहरों तक में लैंडलाइन टेलीफोन उपलब्ध नहीं थे, छोटे गाँवों में तो दूर की बात थी। फैक्स ने कागज पर छपे या लिखे टैक्सट को सीधे हेड ऑफिस भेजना सुलभ बना दिया। जबकि वीडियो टेप हवाई जहाज के जरिये हेड ऑफिस दिल्ली भिजवाये जाते थे।

नब्बे के दशक के अंत में ईमेल ने इस काम को सस्ता और आसान बनाया। लेकिन अभी तक एक समस्या ये बनी हुई थी कि रिपोर्टिंग करने के बाद रिपोर्टर को एक नीयत स्थान पर शाम को वापस लौटना ही पड़ता था जहाँ मशीन से अपनी रिपोर्ट वह हेड ऑफिस में भेजता था। मोबाइल फोन आने के बाद रिपोर्टर किसी भी स्थान से महत्वपूर्ण खबर अपने उप-संपादक को बोलकर लिखवा सकता था। टेलीविज़न पत्रकार भी टेलीफोन की मदद से फोनो रिकोर्ड करवाने लगा या फिर लाइव रिपोर्ट करने लगा। स्मार्ट फोन ने इस क्रम में थोड़ा और बदलाव ला दिया। अब इंटरनेट से लैस होने के कारण रिपोर्टर का स्मार्टफोन फोटो, वीडियो और ऑडियो ना केवल रिकोर्ड करने में सक्षम है बल्कि उसे उसी समय घटनास्थल से ठीक अपने हेड ऑफिस भेजने में भी सक्षम है। एक तरफ पत्रकारिता जगत में जिम्मेवारियों का कनवर्जेंस घटित हो रहा है तो दूसरी तरफ पत्रकारों पर काम का दबाव बढ़ता जा रहा है।

आजकल समाचारपत्रों ने अपने रिपोर्टरों के वाट्सएप ग्रुप बनाए हुए हैं जिसमें सभी रिपोर्टर खबरों का टैक्स्ट, इमेज, ऑडियो और वीडियो सभी कुछ शेयर करते रहते हैं। ये नये किस्म की मल्टीमीडिया पत्रकारिता है। एक पत्रकार से खबर लिखने के साथ-साथ अच्छे फोटो और वीडियो शूट करने के हुनर की भी अपेक्षा की जाने लगी है। इसका लाभ मीडिया हाउस को ये होता है कि वह इस सामग्री को अपने विभिन्न प्लेटफोर्म, जैसे अखबार, वेबसाइट, टेलीविज़न, मोबाइल एप्स इत्यादि में प्रयोग करता है। इस प्रकार के वाट्सएप ग्रुपों का एक लाभ ये भी होता है कि अखबार के सभी रिपोर्टर आपस में जुड़े रहते हैं। उदाहरणस्वरूप एक बड़े शहर में किसी बड़ी दुर्घटना से जुड़ी खबर के अलग-अलग पहलुओं पर चार रिपोर्टर एक साथ काम कर रहे हैं। एक रिपोर्टर दुर्घटना स्थल की रिपोर्ट तैयार कर रहा है तो दूसरा उसी खबर के कानूनी पहलू को पुलिस स्टेशन से रिपोर्ट कर रहा है। तीसरा रिपोर्टर अस्पताल में घायलों को रिपोर्ट कर रहा है तो चौथा रिपोर्टर उस दुर्घटना पर राजनैतिक ब्यानबाज़ी को देख रहा है। अब एक ही वाट्सएप ग्रुप का सदस्य होने के कारण एक रिपोर्टर घटना के विभिन्न पहलुओं को समझ कर समाचार के विभिन्न कोण समझने में सक्षम है। इन वाट्सएप ग्रुपों का एक फायदा ये भी होता है कि संपादकीय विभाग से भी निरंतर रिपोर्टर को निर्देश और सुझाव मिलते रहते हैं।

टेलीविज़न चैनल-मोबाइल वीडियो कैमरे की निरंतर समृद्ध होती गुणवत्ता के बाद मोबाइल जर्नलिज्म यानी मोजो का आरंभ हुआ। दुनियाभर में अनेक टेलीविज़न समाचार चैनलों ने परंपरागत वीडियो कैमरे छोड़कर स्मार्टफोन को अपना लिया है। रिपोर्टर अब छोटी से स्मार्टफोन की यूनिट के साथ फील्ड में जाता है और स्वयं ही शूटिंग करके पीस टू कैमरा करता है। यानी वो कैमरा पर्सन और रिपोर्टर दोनों की भूमिका में है। जिला स्तर पर यह एक व्यक्ति की कैमरा यूनिट है। रिपोर्टर खुद ही अपनी बाइक चलाकर समाचार इकट्ठा करने जाता है और ऑफिस लौटकर खबर स्क्रिप्ट के साथ हेड ऑफिस भेजता है। मोजो के तहत पूरी तरह से समाचार मोबाइल से ही शूट करके बुलेटिन तैयार किया जाता है। एंकर भी मोबाइल कैमरे के सामने ही समाचार पढ़ता है। भारत में एनडीटीवी ने अपने समाचार निर्माण को पूरी तरह मोबाइल के जरिये सन् 2017 में आरंभ कर दिया। परिणामस्वरूप कम लोगों से कम लागत में टेलीविज़न चैनल चलाया जाने लगा और बड़ी संख्या में पत्रकारों एवं तकनीकविदों को काम से निकाल दिया गया। एनडीटीवी ने तो पूरी तरह मोजो को अपना लिया लेकिन देश के अनेक टेलीविज़न चैनलों ने मोबाइल पत्रकारिता

को आंशिक रूप से अपनाया। उन्होंने बड़े शहरों और राज्य की राजधानियों में तो अपनी पुरानी कैमरा टीम ही रखी लेकिन जिला मुख्यालयों पर जब अपनी रिपोर्टिंग टीम का विस्तार किया तो उन्हें मोबाइल इस्तेमाल की छूट दे दी। इसके अलावा अनेक बड़े टेलीविज़न चैनल अपना कंटेंट मोबाइल के विभिन्न प्लेटफोर्म या एग्रीगेटर के अनुरूप विकसित करने लगे हैं। उदाहरणस्वरूप इंस्टाग्राम, यूट्यूब और फेसबुक पर समाचारों को उपलब्ध कराया जा रहा है।

नागरिक पत्रकारिता-स्मार्टफोन ने बेहतरीन ऑडियो-वीडियो रिकोर्डिंग की सुविधा आम लोगों के हाथों में दे दी है। नतीजतन अब कोई भी मोबाइल उपयोगकर्ता अपने आस-पास होने वाली घटनाओं के वीडियो बनाकर सोशल मीडया पर शेयर करने लगा है। पिछले कुछ सालों में अनेक ऐसे आम लोगों द्वारा मोबाइल से शूट किये गए वीडियो ना केवल सोशल मीडिया पर वायरल हुए बल्कि ये वीडियो समाचार चैनलों के लिए भी उपयोगी भी साबित हुए। चैनल के रिपोर्टर और कैमरापर्सन हर समय घटना स्थल पर उपलब्ध नहीं रह सकते। वे अक्सर घटना घटित होने के बाद ही आते हैं। ऐसे में सिटीजन जर्नलिज्म के जमाने में प्रत्येक नागरिक पत्रकार की भूमिका में है।

नागरिक पत्रकारिता भी भारत में दो रूपों में विकसित हुई। पहली, कुछ बड़े टेलीविज़न समाचार चैनलों ने ही अपने दर्शकों को आमंत्रित किया कि वे अपने आसपास की घटनाओं को शूट करके उन तक भेजें। इस प्रकार की खबरों में वे उस नागरिक का नाम भी उजागर करते थे। कुछ टेलीविज़न चैनलों ने तो अपने यहाँ अलग से सिटिजन जर्नलिज्म शो भी शुरू किया जिसमें दर्शकों को स्टोरी आइडिया चैनल के साथ साझा करना होता था और चैनल उन तक अपनी कैमरा टीम भेजती थी। दूसरी प्रकार की नागरिक पत्रकारिता में नागरिक स्वयं अपना एक छोटा ब्लॉग या वेबसाइट बनाकर स्थानीय खबरों को शेयर कर रहे हैं।

स्थानीय ब्लॉग एवं वेबसाइट-मोबाइल ने ऑडियो-वीडियो रिकोर्डिंग को सुलभ एवं सस्ता बना दिया है। यही कारण है कि अनेक स्वतंत्र पत्रकार भी अपना समाचार बुलेटिन तैयार करके यूट्यूब चैनल के माध्यम से दर्शकों तक पहुँचा रहे हैं।इस तरह के अनेक यूट्यूब चैनल समकालीन घटनाक्रम का विश्लेषण भी पेश करते हैं। जबकि भारत के अधिकांश छोटे शहरों में मोबाइल के माध्यम से युवा पत्रकार अपनी अलग वेबसाइट या ब्लॉग बनाकर शहरभर के समाचारों को आम लोगों से साझा कर रहे हैं। अत्यधिक स्थानीयता का पुट लिये ये ब्लॉग और वेबसाइट बड़े शहरों में बिकने वाले सांध्य दैनिक अखबारों की तरह ही काफी लोकप्रिय हो गए हैं। इस प्रकार के ब्लॉग और वेबसाइट

ठीक-ठाक स्थानीय विज्ञापन भी जुटा रहे हैं। इनमें टैक्सट के साथ-साथ मोबाइल से बनाए गए वीडियो भी अपलोड किये जाते हैं।

मोबाइल एप केंद्रित समाचार-इनाडू समूह के मालिक रामोजी राव ने बदलते समाचार बाजार को समय पर पहचाना और ईटीवी भारत के नाम से मोबाइल एप को केन्द्र में रखकर समाचार परोसना आरंभ कर दिया। उन्होंने देशभर में विभिन्न क्षेत्रीय भाषाओं और राज्यों को आधार बनाकर मोबाइल एप के जरिये समाचार अपने यूजर्स को उपलब्ध कराना आरंभ कर दिया। इस एप पर मल्टीमीडिया रूप में समाचार थे। यानी टैक्सट के साथ-साथ फोटो, ऑडियो, वीडियो, एनिमेशन, ग्राफिक्स इत्यादि सभी कुछ। इसके अलावा, देश में पूर्णतः इंटरनेट पपर आधारित हाउस। द् वायर, द प्रिंट, क्विंट इत्यादि अनेक ऐसी वेबसाइट हैं जिनका कोई प्रिंट संस्करण नहीं है। वेबसाइट के साथ-साथ ये समाचार कंपनियाँ मोबाइल एप के जरिये भी अपने पाठकों तक पहुँच रही हैं। यही नहीं मोबाइल के जरिये शूट किये गए वीडियो भी ये शेयर कर रही हैं।

सोशल मीडिया प्लेटफोर्म-मोबाइल पत्रकारिता का एक चेहरा विभिन्न सोशल मीडिया प्लेटफोर्म के रूप में भी सामने आ रहा है। अनेक शौकिया पत्रकार इंस्टाग्राम अकाउंट, फेसबुक पेज, ट्वीटर अकाउंट और व्हाट्सऐप ग्रुप बनाकर एक विषय विशेष पर केन्द्रित समाचारों को शेयर कर रहे हैं। इसमें कुछ समाचार मौलिक हैं तो अन्य सामग्री दूसरे सोशल मीडिया प्लेटफोर्म से ली गयी होती हैं। क्योंकि इस प्रकार के चैनल अक्सर एक व्यक्ति ही चलाता है तो इसमें अधिक नवीन सामग्री की उम्मीद नहीं होती है। लेकिन इस तरीके के चैनल और पेज किसी विषय पर नवीन जानकारी का अच्छा स्रोत बन जाते हैं। उदाहरण के लिए एक फेसबुक पेज थियेटर से जुड़ा है जिससे कई हजार रंगकर्मी जुड़े हुए हैं और इस पेज को चलाने वाले व्यक्ति निरंतर देशभर में नाट्य गतिविधियों से जुड़े समाचार साझा करते हैं। इसी प्रकार अनेक स्थापित टेलीविज़न चैनल भी अपना फेसबुक पेज, यूट्यूब चैनल, इंस्टाग्राम अकाउंट बनाकर अपने दर्शकों तक पहुँचा रहे हैं। टेलीविज़न चैनल एक तरफ प्रसारित होने वाले विशेष कार्यक्रमों को यूट्यूब चैनलों पर दर्शकों तक पहुँचा रहे हैं तो दूसरी तरफ इंस्टाग्राम और फेसबुक के लिए अलग से छोटे वीडियो भी तैयार कर रहे हैं। स्वराज नामक टेलीविज़न चैनल खेतीबाड़ी और कृषि पर केन्द्रित सूचनाओं को टेलीविज़न के अलावा विभिन्न सोशल मीडिया प्लेटफोर्म पर गाँव-गाँव तक पहुँच रहा है। ठीक इसी प्रकार समाचारपत्रों ने भी अपने मोबाइल एप पर घटनाओं

की संक्षिप्त वीडियो कवरेज के लिए अलग से रिपोर्टर रख लिये हैं ये वीडियो कवरेज मोबाइल के माध्यम से ही शूट की जाती है और काफी लोकप्रिय हो रही है। मोबाइल ऐप से आसानी से इन वीडियो के लिंक व्हाट्स एप के जरिये आसानी से अन्य व्यक्तियों को शेयर किये जा सकते हैं।

मोबाइल पत्रकारिता के लिये आवश्यक साधन

स्मार्टफोन-सबसे पहले एक उन्नत प्रोसेसर, रैम और अधिक स्टोरेज क्षमता वाला मोबाइल होना चाहिए। इसका अर्थ है कि नवीनतम उच्च क्षमता वाला दमदार प्रोसेसर, 4 से 8 जीबी रैम और 128 या इससे अधिक स्टोरेज वाला मोबाइल फोन। स्मार्टफोन भी एक कम्प्यूटर की तरह ही होता है और ऑडियो-वीडियो डाटा को आसानी से प्रोसेस करने के लिए सामान्य से अधि क क्षमता वाला मोबाइल फोन पहली शर्त होती है। इसके अलावा मोबाइल की बैटरी भी सामान्य से अधिक क्षमतावान होनी चाहिए। यानी 4000 मिलीएंपियर या इससे अधिक क्षमता वाली बैटरी। स्मार्टफोन में सामान्य फोन से अधिक ऊर्जा की आवश्यकता होती है और अधिक देर तक मोबाइल स्क्रीन ऑन रहने के कारण बैटरी जल्दी डिस्चार्ज हो जाती है। ताकतवर बैटरी के क्षेत्र में नवीनतम शोध हो रही हैं और मोबाइल बनाने वाली कंपनियाँ इस दिशा में लगातार प्रगति कर रही हैं। लेकिन फिर भी अतिरिक्त बैटरी या पावर बैंक साथ लेकर चलना हमेशा सही रहता है।

स्मार्टफोन एक्सेसरी-स्मार्टफोन के साथ ही अनेक छोटे सहयोगी उपकरण भी होते हैं जो मोबाइल शूटिंग करने के लिए बहुत जरूरी हैं। सबसे पहले मोबाइल को माउंट करने के लिए एक मजबूत सेल्फी स्टिक और ट्रायपॉड आवश्यक है। सेल्फी स्टिक, गिम्बल या ग्रिप सामान्यतः चलते हुए की जाने वाली शूटिंग के लिए प्रयोग में लायी जाती है। जब कहीं रुक कर किसी का इंटरव्यू लेना हो या पीस टू कैमरा करना हो तो ट्रायपॉड प्रयोग किया जाता है। आजकल मोनोपोड और गिंबल का प्रयोग ब्लॉगर्स एवं मोबाइल पत्रकारों में काफी चलन में है।

साउंड-विजुअल रिकोर्ड करने के साथ-साथ मोबाइल से की जाने वाली शूटिंग में दूसरा महत्वपूर्ण स्थान अच्छे ऑडियो का होता है। बेहतर स्मार्टफोन में इनबिल्ट माइक्रोफोन अच्छी क्वालिटी के होते हैं लेकिन फिर भी लैपल माइक्रोफोन रखना आवश्यक होता है, विशेषकर जब थोड़ी दूरी से किसी का इंटरव्यू लेना हो या पीस-टू-कैमरा रिकॉर्ड करना हो। लैपल माइक आस-पास के शोर के बीच भी अच्छी आवाज रिकॉर्ड करने में सक्षम होता है। माइक्रोफोन

के अलावा एक ईयरफोन या हेडफोन भी आवश्यक है। इसके दो लाभ होते हैं–एक तो रिकोर्डिंग के समय ऑडियो सुनकर उसकी गुणवत्ता को जांचा जा सकता है और दूसरा शोर के बीच भी रिकॉर्डिड वीडियो को बिना दूसरों को परेशान किये साफ सुना जा सकता है।

इंटरनेट सुविधा–बेहतर स्मार्टफोन का इंटरनेट सुविधायुक्त होना भी अति आवश्यक है नहीं तो उसकी रिकोर्डिंग का कोई फायदा नहीं होता है क्योंकि इसके बिना कोई पत्रकार अच्छे वीडियो या स्टोरी बनाने के बावजूद उसे हेड ऑफिस नहीं भेज पायेगा या उसे ब्रॉडकास्ट नहीं कर पायेगा। भारत में इंटरनेट कनैक्टिविटी एक बड़ी चिन्ता का विषय बनी रहती है। ऐसे में कम-से-कम दो नेटवर्कों की इंटरनेट सुविधा का उपलब्ध होना सुरक्षित उपाय है। कई बार खबरों के लिए शहर से थोड़ा दूर जाने पर क्षेत्र विशेष में किसी एक दूरसंचार कंपनी का इंटरनेट नेटवर्क ही चलता है। मोबाइल पत्रकार के लिये अपने साथ वाइ-फाइ डोंगल रखना भी अच्छा रहता है। अच्छा इंटरनेट कनेक्शन फेसबुक और यूट्यूब पर लाइवस्ट्रीमिंग के दौरान काफी काम आता है।

अन्य उपकरण–आजकल स्मार्टफोन जितने छोटे और हल्के होते हैं उतने ही नाजुक भी इसलिए उनका ना केवल विशेष तौर पर ध्यान से रखना पड़ता है बल्कि अनेक छोटे-छोटे उपकरण उनकी सुरक्षा के लिए अतिआवश्यक होते हैं। जैसे स्मार्टफोन को धूल-मिट्टी और पानी इत्यादि से बचाने के लिए एक अच्छा कवर, स्क्रीन को खरोंच से बचाने के लिए स्क्रीन प्रोटेक्टर या टेंपर्ड ग्लास और स्मार्टफोन का लैंस साफ करने के लिए कोमल कपड़ा। इनके अलावा एक्सटेंशन वायर, डाटा ट्रांसफर केबल, पेन ड्राइव, चार्जर इत्यादि भी आवश्यक होते हैं।

उपयोगी एप्लीकेशन–दुनियाभर में स्मार्टफोन में दो किस्म के ऑपरेटिंग सिस्टम उपयोग में लाये जा रहे हैं। पहला, एंड्रायड जो सबसे अधिक लोकप्रिय है। दूसरा आई ओएस, यह एप्पल कंपनी के आईफोन में उपयोग लाया जाता है। यही कारण है कि मोबाइल ऐप्लीकेशन भी ऑपरेटिंग सिस्टम के अनुरूप अलग-अलग होते हैं। कुछ ऐप्लीकेशन दोनों ओ.एस. के लिए भी उपलब्ध हैं।

- इमेज ऐप्लीकेशन–Adobe Photoshop Express (Android), Snapseed (Android)
- वीडियो रिकोर्डिंग ऐप्लीकेशन–FilMic Pro (Android), Cinema FV&5 (Android)
- ऑडियो रिकोर्डिंग ऐप्लीकेशन–PCM Recorder (Android)

- वीडियो एडिटिंग ऐप्लीकेशन–WeVideo, Kine Master (Android)
- लाइव स्ट्रीमिंग ऐप्लीकेशन–PeriScope, Ustream, Bambuser (Android)

मोबाइल से शूटिंग के दौरान ध्यान रखने लायक बातें

जब भी मोबाइल के जरिये किसी समाचार शूटिंग की तैयारी करें तो सबसे पहले उसकी बैटरी को पूरा चार्ज कर लें और संभव हो तो पावर बैंक को भी चार्ज करके साथ रखें। स्मार्टफोन की स्टोरेज में से अनावश्यक फोटो एवं वीडियो दूसरी जगह ट्रांसफर करके डिलीट कर दें ताकि नये वीडियो के लिए पर्याप्त स्पेस बन जाये। साथ ही शूट पर जाने से पहले अपने डेटा पैक की वैधता भी चैक कर लें। जरूरी हो तो इंटरनेट की अवधि समाप्त होने से पहले ही उसे रिचार्ज कर लें ताकि आवश्यकता पड़ने पर संकट की स्थिति उत्पन्न ना हो। शूटिंग के लिए निकलने से पहले अपने बैग में रखे जरूरी अन्य सामान को भी चैक कर लिया जाये। समाचार स्थल कितना दूर है और वहाँ का मौसम शूटिंग के समय कैसा रहेगा इसकी जानकारी रखना भी लाभकारी रहता है।

शूटिंग आरंभ करने से पहले हमेशा स्मार्टफोन कैमरे का लैंस साफ कर लेना चाहिये क्योंकि मोबाइल फोन अक्सर हम हाथ या जेब में रखते हैं और इस कारण उसके लैंस पर कुछ निशान या धब्बा पड़ने की पूरी संभावना रहती है। जबकि प्रोफेशनल कैमरों में लैंस के आगे सुरक्षा कवच लगाकर रखा जाता है। स्मार्टफोन के लैंस पर बना मामूली–सा निशान भी पूरे वीडियो को खराब कर सकता है जिसे बाद में एडिटिंग से भी ठीक नहीं किया जा सकता। शूटिंग से पहले लेपल लगाकर ऑडियो का लेवल चैक कर लेना चाहिये। साथ ही बार–बार फोन कॉल आने के कारण शूटिंग में रूकावट आ जाती है इसलिए उसे शूटिंग के समय फ्लाइट मोड पर रखा जा सकता है।

शूटिंग आरंभ करने से पहले लाइट का अनुमान लगाना अतिआवश्यक है। विशेषकर किसी व्यक्ति का इंटरव्यू आरंभ करने से पहले उस स्थान पर प्रकाश की मात्रा कितनी है इसका भली–भांति जायजा लेना जरूरी है। प्रोफेशनल कैमरों की तुलना में कम लाइट में शूट करने की स्मार्टफोन कैमरे की क्षमता काफी कम होती है। इसके अलावा लाइट कंट्रास्ट के मामले में मोबाइल कैमरे मात खा जाते हैं। यही कारण है कि यदि एक ही स्थान पर प्रकाशमान और अंधेरे स्थान में कंट्रास्ट अधिक है तो मोबाइल कैमरे अच्छे परिणाम नहीं दे पाते। आवश्यकतानुसार छोटी एल.ई.डी. लाइट का इस्तेमाल भी किया जा सकता है। किसी व्यक्ति का इंटरव्यू लेते समय इस बात का भी ध्यान रखना चाहिए कि

आसपास शोर-शराबा ना हो। किसी सड़क के ट्रैफिक से हटकर थोड़ा शांत स्थान का चुनाव किया जाना चाहिये। यथोचित रूप से ट्रायपॉड, गिम्बल या मोबाइल ग्रिप का प्रयोग किया जाना चाहिये। बेवजह झटकों या अत्याधिक हिलते-ढुलते शॉट दर्शकों को काफी असुविधाजनक लगते हैं। कैमरा व्यक्ति के आइ लेवल पर लगायें। अक्सर देखने में यह आता है कि हम खड़े-खड़े ही शूट करते हैं और बैठे हुए व्यक्ति को हाइ एंगल से शूट करते रहती हैं और बैकग्राउंड का ध्यान रखें।

स्मार्टफोन कोई भी हो वीडियो रिकोर्डिंग की क्वालिटी बढ़ाने के लिए आजकल अनेक मोबाइल ऐपलिकेशन भी उपलब्ध हैं जिन्हें आसानी से प्ले स्टोर से डाउनलोड किया जा सकता है। भले ही आपके स्मार्टफोन में अनेक मैनुअल सैटिंग की सुविधा हो लेकिन समाचार शूटिंग के दौरान ऑटो मोड रखना सही रहता है। स्मार्टफोन का उपयोग लंबवत यानी सीधे खड़े रूप में अधिक किया जाता है। जबकि अधिकतर लोग जब किसी वीडियो को देखते हैं तो उसे घुमाकर होरिजेंटल रूप में देखते हैं। अब सवाल ये उठता है कि शूटिंग के समय वीडियो इनमें से किस स्थिति में रिकोर्ड किया जाये। अधिकांश लोग अपने मोबाइल फोन का उपयोग वर्टिकल यानी लंबवत रूप में ही करते हैं क्योंकि मोबाइल इसी प्रकार हाथ में पकड़ा जाता है और सारे एप्लीकेशन इसी डिजाइन में बनाए जाते हैं। यही कारण है कि अनेक कंपनियाँ इंस्टाग्राम, फेसबुक इत्यादि सोशल मीडिया प्लेटफोर्म के लिए वर्टिकल मोड में ही शूटिंग करने लगे हैं ताकि दर्शक को कैमरा घुमाने की तकलीफ ना उठानी ना पड़े। किसी व्यक्ति को बोलते हुए दिखाना है या फिर पीस टू कैमरा करना है तो इस प्रकार की शूटिंग की जा सकती है लेकिन यदि किसी घटना विशेष को दिखाना है तो हमारी आँखें होरिजेंटल मोड में देखने की अभ्यस्त हैं। ये स्वाभाविक भी है क्योंकि हमारी दो आँखें होने के कारण मनुष्य का दृष्टि पटल का अनुपात होरिजेंटल यानी ऊंचाई कम और फैलाव अधिक होता है। इसलिए टेलीविज़न का आस्पेक्ट रेशो पहले 4:3 था लेकिन नये एच. डी. टेलीविज़न सेटों में 16:9 कर दिया गया है।

होरिजेंटल रूप से किसी दृश्य को शूट करना बेहतर रहता है क्योंकि इसमें हम आसानी से किसी घटनाक्रम के फैलाव को अपने कैमरे में कैद कर सकते हैं जबकि खड़े अंदाज में तसवीर के सारे फैलाव को कैद करने के लिए सामान्य से बहुत अधिक पैन करना पड़ेगा जिससे दर्शक को पूरी तसवीर समझने में दिक्कत होती है। दोनों में कौन-सा बेहतर है ये तुलना करने के स्थान पर

आवश्यकता ये समझने की है कि हम किस विषय को शूट कर रहे हैं और किस प्लेटफोर्म के लिये कर रहे हैं। सामान्यतः फेसबुक और इंस्टाग्राम के लिए वर्टिकल मोड में शूट करना बेहतर रहता है और यूट्यूब व अन्य प्लेटफोर्म के लिय होरिजेंटल। पूरी दुनिया में धीरे-धीर वर्टिकल वीडियो बनाने का चलन बढ़ रहा है। वर्टिकल वीडियो शूट करते समय अधिक मूवमेंट से बचना चाहिये। साथ ही कैमरे को तेजी से पैन नहीं करना चाहिये।

मोबाइल पत्रकारिता के लाभ

मोबाइल के आगमन से पहले टेलीविज़न पत्रकारिता करना एक महंगा काम होता था। डिजीटल कैमरे और एडिटिंग यूनिट स्थापित करने में लाखों रूपये खर्च होते थे। एक टेलीविज़न समाचार चैनल चलाने के लिए करोड़ों रूपये की आवश्यकता होती थी। यही कारण था कि मीडिया पर बड़े कोर्पोरेट घरानों का आधिपत्य था। लेकिन स्मार्टफोन क्रांति ने इस लागत में अभूतपूर्व कमी ला दी है। समाचारों के संग्रहण, संपादन और प्रसारण सभी कुछ अब आसान हो गया है। परिणामस्वरूप कुछ हद तक मोबाइल क्रांति ने पत्रकारिता विशेषकर डिजीटल पत्रकारिता का लोकतांत्रीकरण कर दिया है। अब आम जन ना केवल समाचारों का उपयोग आसानी से भरपूर मात्रा में कर रहे हैं बल्कि वे पत्रकारिता की सामग्री निर्माण में भी भागीदारी कर रहे हैं। इसके अलावा, मोबाइल ने उन्हें फेसबुक, यूट्यूब, ब्लॉग, ट्वीटर इत्यादि अनेक ऐसे सोशल मीडिया प्लेटफोर्म उपलब्ध कर दिये हैं जिन पर वे अपनी बात को आसानी से रख सकते हैं।

एक समय टेलीविज़न समाचार चैनलों ने खबरें प्रसारित करने में अखबारों से बढ़त बना ली थी। ठीक उसी तरह अब स्मार्टफोन ने भी अन्य सभी मीडिया से बढ़त बना ली है। दुनियाभर में अनेक प्रिंट मीडिया समूह अपने प्रिंट संस्करण बन्द करके केवल ऑनलाइन संस्करणों पर ध्यान केन्द्रित कर रहे हैं। अमेरिका और यूरोप में तो मोबाइल संस्करणों की विज्ञापन और सब्सक्रिप्शन से आय भी होने लगी है। हालांकि भारतीय संदर्भ में अभी ऐसा होना बाकी है। अधिकाधिक संख्या में लोग सबसे पहले किसी समाचार को अपने मोबाइल पर देखते हैं। एक माध्यम के रूप में स्मार्टफोन ही उनके साथ हमेशा रहता है।

आम उपभोक्ता के दृष्टिकोण से मोबाइल फोन जहाँ सस्ता, सुलभ, हल्का, सुविधाजनक है वहीं मीडियाकर्मियों के लिए भी स्मार्टफोन अनेक रूपों में कारगर एवं सुविधाजनक साबित हो रहे हैं। स्मार्टफोन पर अनेक मीडिया एवं सुविधाओं का एक साथ उपलब्ध होना इसे चमत्कारी डिवाइस बना देता है। जिस कारण एक तरफ मीडियाकर्मी अपना काम कुशलता से कर पाते हैं, वहीं दूसरी

तरफ वे देश-दुनिया के घटनाक्रम से भी जुड़े रहते है। छोटा और हल्का होने के कारण पत्रकार आसानी से भीड-भाड़ वाले स्थान में बिना किसी का ध्यान आकर्षित किये प्रयोग कर सकते हैं।

मोबाइल पत्रकारिता की सीमाएँ

स्मार्टफोन की गुणवत्ता में बहुत अधिक विविधता है और ये आवश्यक नहीं कि बेहतरीन स्मार्टफोन हर पत्रकार के पास हो। हालांकि जब कोई टेलीविज़न चैनल स्मार्टफोन को अपनाता है तो वह बड़ी संख्या में किसी एक कंपनी के विशेष मॉडल को खरीदकर अपने पत्रकारों को उपलब्ध करवाता है। लेकिन छोटे प्रॉडक्शन के मामले में अक्सर सस्ते मोबाइल फोन के कारण वीडियो क्वालिटी कम ही रहती है। अधिकांश मोबाइल कैमरे में जूम की सुविधा नहीं होती। ऐसी स्थिति में जहाँ घटनास्थल पर नजदीक जाना संभव नहीं है वहाँ स्मार्टफोन कैमरा व्यर्थ साबित हो जाता है। यदि किसी कैमरे में जूम होता भी है तो वह डिजीटल जूम होता है। डिजीटल जूम में पिक्चर क्वालिटी कम हो जाती है। जिसे ब्रॉडकास्ट क्वालिटी नहीं कहा जा सकता है। हालांकि यूट्यूब पर प्रसारित समाचारों को क्योंकि उपभोक्ता भी अपने मोबाइल फोन के छोटे स्क्रीन पर ही देखते हैं इसलिये वे वीडियो की गुणवत्ता कम होने की शिकायत नहीं करते हैं। इसी प्रकार ऑडियो की क्वालिटी कम रहती है। क्योंकि अधिकांश मोबाइल पत्रकारिता करने वाले लोग अलग से माइक्रोफोन का उपयोग नहीं करते हैं। इसी प्रकार स्मार्टफोन की सीमित बैटरी एक बड़ी समस्या है।

मोबाइल पत्रकारिता से जुड़ी अनेक चुनौतियाँ भी विचारणीय हैं। जैसे एक मोबाइल पत्रकार को कैमरा संचालन, स्क्रिप्ट लेखन, रिपोर्टिंग इत्यादि अधिकतर काम अकेले ही करना पड़ता है। वह सिंगल-पर्सन कैमरा यूनिट के रूप में काम करता है। ऐसे में उस पर काम का दबाव सामान्य से अधिक हो जाता है। यही कारण है कि अनेक बार वह प्रॉडक्शन की गुणवत्ता के साथ समझौता करता प्रतीत होता है।

मोबाइल पत्रकारिता में हैशटैग

कंप्यूटर में हैश (रु) नामक एक चिन्ह होता है जिसका उपयोग ऑनलाइन मीडिया में विभिन्न उद्देश्यों के लिए किया जाता है। यदि हम हैशटैग के बाद किसी एक शब्द या दो-तीन शब्दों के समूह को लिखकर सोशल मीडिया में सर्च करते हैं तो बड़ी आसानी से उस विषय से संबंधित सारी सामग्री हमारे सामने आ जाती है। ट्विटर में हैशटैग का उपयोग सन् 2007 में आरंभ हुआ।

हैशटैग एक कीवर्ड का काम करता है और इसकी मदद से सोशल मीडिया के अथाह समुद्र में किसी विषय पर अन्य यूजर क्या मैसेज कर रहे हैं इसका आसानी से पता लगाया जा सकता है। उदाहरणस्वरूप यदि हम #Lockdown, #Corona Virus या #COVID-19 लिखकर ट्वीटर या फेसबुक पर सर्च करें तो इन विषयों से संबंधित जितने भी ट्वीट या पोस्ट इन दोनों सोशल मीडिया प्लेटफोर्म पर उपलब्ध होंगे वह हमारे सामने आ जाएँगे। इस प्रकार हैशटैग हमें एक विशेष कीवर्ड की मदद से कंटेंट को वर्गीकृत करने या सर्च करने में मदद करता है। इस की सहायता से हम यह पता लगा सकते हैं कि किसी विशेष समय कौन से मुद्दे या विषय ट्वीटर सहित अन्य सोशल मीडिया पर ट्रैंड कर रहे हैं। या फिर किसी विशेष मुद्दे पर दुनियाभर में अन्य महत्वपूर्ण व्यक्ति क्या कह रहे हैं।

डिजीटल पत्रकारों के बीच हैशटैग का उपयोग अत्यधिक लोकप्रिय है। पत्रकार इसकी मदद से ट्रैंडिग सूचनाओं का पता लगाते हैं। कौन-सी घटना, सूचना या समाचार का अधिक विस्तार या असर है इसका भी पता चलता है। साथ ही यह भी आसानी से पता चल जाता है कि किसी मुद्दे के विभिन्न पहलू कौन-कौन से हैं। पत्रकार भी कोई समाचार को सोशल मीडिया पर पोस्ट करने से पहले उसके साथ विभिन्न हैशटैग बना देते हैं ताकि जब भी कोई अन्य व्यक्ति उसे हैशटैग की मदद से सर्च करे तो वह समाचार भी उस लिस्ट में दिखायी दे।

हैशटैग बनाते समय इस बात का ध्यान रखा जाता है कि वह छोटा, स्पष्ट और प्रासंगिक होना चाहिये। एक-दो या अधिकतम तीन शब्दों का ही हो तो बेहतर है। उनके बीच में स्पेस या कोई अन्य निशान देने के स्थान पर जोड़कर लिखने का चलन है। जैसे #MeToo, #IndonesiaTsunami, #Kumbh2019।हमेशा नया हैशटैग बनाने से पहले ये देख लेना चाहिये कि उस विषय पर पहले से कौन-से हैशटैग बनाए गए हैं। हैशटैग निष्पक्ष होने चाहिये और किसी प्रकार के पूर्वाग्रह लिये हुए नहीं होने चाहिए नहीं तो उसे अन्य लोग प्रयोग नहीं करेंगे। हैशटैग बनाते समय इस बात का भी ध्यान रखा जाना चाहिये कि क्या हम किसी ऐजेंडे के शिकार तो नहीं हो रहे हैं क्योंकि अनेक बार योजनाबद्ध तरीके से किसी हैशटैग विशेष को पूरी दुनिया में ट्रैंडिंग बनाने के लिये एक साथ ट्वीट किये जाते हैं। इसका उद्देश्य मीडिया में उस विषय को चर्चा में लाना होता है।

लाइव स्ट्रीमिंग

लाइव का अर्थ है जीवंत। टेलीविज़न चैनल किसी घटनाक्रम का सजीव प्रसारण यानी लाइव रिपोर्टिंग करते हैं। क्रिकेट मैच का सीधा प्रसारण रियल

टाइम में पूरी दुनिया देखती है। ऑनलाइन मीडिया भी लाइव स्ट्रीमिंग के रूप में लाइव की सुविधा देता है। यहाँ प्रसारण नहीं बल्कि स्ट्रीमिंग की जाती है। फेसबुक, ट्वीटर और इंस्टाग्राम लाइव स्ट्रीमिंग की सुविधा देते हैं। इसमें वही लोग आपकी लाइव स्ट्रीमिंग को देख पाते हैं जो आपके फ्रैंड हैं या फिर आपको फोलो करते हैं, जबकि यूट्यूब में लाइव वीडियो को देखने के लिये आम पब्लिक को अपना अकाउंट बनाने की आवश्यकता नहीं पड़ती। इसलिये लाइव स्ट्रीमिंग के लिए यूट्यूब एक बेहतरीन प्लेटफोर्म साबित होता है। फेसबुक पर लाइव के समय कितने लोग आपको देख रहे हैं यह भी पता चल जाता है साथ ही देखने वाले लोगों के लाइक और कमेंट भी आपके स्क्रीन पर दिखायी देते हैं जिनका आप लाइव रहते हुए जवाब दे सकते हैं। इसके अलावा लाइव स्ट्रीमिंग समाप्त होने के बाद वह पूरा वीडियो सुरक्षित भी रहता है जिसे अन्य लोग बाद में देख सकते हैं।

टेलीविज़न चैनल लाइव प्रसारण के लिए ओबी वैन का उपयोग करते जिसमें कैमरों से वीडियो सीधे सैटलाइट की मदद से प्रसारित किया जाता है। लेकिन एक छोटे से मोबाइल की मदद से जब आप किसी घटना को दुनिया के सामने लाइव करते हैं तो ये करिश्माई लगता है। लाइव स्ट्रीमिंग की अपनी जिम्मेदारियाँ भी होती हैं। क्योंकि लाइव का अर्थ ही है जो कुछ सामने घटित हो रहा है वह ठीक उसी समय इंटरनेट के जरिये सारी दुनिया के सामने उपलब्ध हो रहा है और उसे संपादित नहीं किया जा सकता। ऐसे में यदि लाइव स्ट्रीमिंग के दौरान कोई आपत्तिजनक घटना घटित हो जाती है तो इसकी सारी जिम्मेदारी पत्रकार और चैनल की होती है। इसलिए जब भी किसी घटना की सजीव स्ट्रीमिंग की योजना बनायी जाये तो ये सुनिश्चित कर लिया जाये कि इस दौरान कोई आपत्तिजनक घटने की आशंका तो नहीं है या फिर हालात को समय से भांप कर आपत्तिजनक विजुअल आने से पहले लाइव स्ट्रीमिंग को रोका भी जा सकता है।

स्मार्टफोन की अहमियत को पहचानते हुए आजकल बड़े-बड़े कार्यक्रमों के सीधे प्रसारण के साथ विभिन्न ऑनलाइन प्लेटफोर्म के लिए भी लाइव स्ट्रीमिंग की जाती है। मोबाइल के अलावा प्रोफेशनल कैमरों से भी जोड़कर वीडियो की स्ट्रीमिंग की जा सकती है। इसके लिए अलग से उपकरण होते हैं। लाइव स्ट्रीमिंग के समय ट्रायपॉड का प्रयोग बेहतर रहता है। यदि लाइव स्ट्रीमिंग स्मार्टफोन की मदद से की जा रही है तो अनावश्यक फोन कॉल और मैसेज की वजह से लाइव में व्यवधान उत्पन्न होता है। ऐसे में लाइव स्ट्रीमिंग के लिए एक

मोबाइल नंबर अलग से केवल इसी काम के लिए सुरक्षित रखा जाये जिस पर कोई कॉल ना आ सके। लाइव स्ट्रीमिंग से पहले ये भी सुनिश्चित कर लिया जाये कि इंटरनेट की कनेक्टिविटी ठीक रहे। लाइव के समय ऑडियो का विशेष ध्यान रखना पड़ता है। इसके लिए अलग से माइक का उपयोग किया जाना चाहिये।

अभ्यास कार्य

- किसी भी एक विषय या मुद्दे का चुनाव कर प्रत्येक विद्यार्थी अपने स्मार्टफोन की मदद से 90 सैकेंड का एक वीडियो समाचार निर्माण करे। इसके लिए पहले, मोबाइल समाचार के मूल विचार या एंगल को शिक्षक के साथ चर्चा करे। उसके बाद, संभावित विजुअल एवं बाइट देने वाले व्यक्तियों की सूची तैयार करे। शूटिंग करने के बाद, विजुअल एवं बाइट के आधार पर मोबाइल समाचार की स्क्रिप्ट तैयार करे। अंत में, उस समाचार को मोबाइल एप की मदद से संपादित करे।
- विद्यार्थी किसी पूर्वनिर्धारित या आकस्मिक घटना का अपने स्मार्टफोन की मदद से लाइव करे। इसके लिए वह किसी सोशल मीडिया प्लेटफोर्म की मदद ले सकता है। उदाहरण के लिए, विद्यार्थी यूट्यूब पर चैनल बनाकर अपनी लाइव रिपोर्टिंग को स्ट्रीम कर सकता है। बाद में शिक्षक उसे देखकर अपनी राय दे और सुधार के लिये सुझाव दे।
- विद्यार्थी गिंबल या मोबाइल स्टिक के उपयोग से शॉट बनाने एवं मूवमेंट को रिकॉर्ड करने का अभ्यास करें।
- मोबाइल पत्रकारिता में उपयोग किये जाने वाले विभिन्न कैमरा एवं एडिटिंग एपलिकेशंस को अपने स्मार्टफोन में डाऊनलोड कर उनकी विशेषताओं के बारे में जानने का प्रयास किया जाये।
- पांच ऐसे स्थानीय यूट्यूब समाचार चैनलों का चयन किया जाये जो समाचारों को मोबाइल की मदद से ही बनाते एवं प्रसारित करते हैं। उसके बाद, उनका तुलनात्मक अध्ययन कर यह जानने का प्रयास किया जाये कि उन चैनलों पर समाचारों की रिपोर्टिंग की विषयवस्तु एवं प्रस्तुति किस प्रकार की है।

महत्त्वपूर्ण शब्दावली

Anchor (एंकर)-अंग्रेजी शब्द एंकर का मूल अर्थ समुद्री जहाज से जुड़ा हुआ हे। एंकर धातु समुद्र के उस भारी भरकम कांटे को कहा जाता है जो लंगर डालने के दौरान में लटका दिया जाता है। जहाज के चारों तरफ़ लटके ये एंकर समुद्र की तह में पत्थरों में अटक जाते हैं और इस प्रकार समुद्री जहाज को अपने यथा स्थान पर बनाए रखने में मदद करते हैं लगभग यही काम एंकर टेलीविज़न कार्यक्रम में भी करता है। वह एक सूत्रधार का काम करते हुए पूरे कार्यक्रम को बाँधे रखता है और साथ ही कार्यक्रम और दर्शकों के बीच भी एक कड़ी का काम करता है। रिले रेस में भी एंकर रनर शब्द का उपयोग उस धावक के लिए किया जाता है जो सबसे अंत में छड़ी या झंड़ी लेकर दौड़ता है। अंतिम धावक अत्यंत महत्त्वपूर्ण होता है। जिसके कंधों पर जीत टिकी होती है। यही भूमिका टेलीविज़न कार्यक्रम में एंकर की भी होती है।

Anchor Link (एंकर लिंक)-टेलीविज़न बुलेटिन में कोई भी समाचार पहले एंकर द्वारा बताया जाता है उसके बाद उसका पैकेज चलाया जाता है। एंकर द्वारा समाचार का ये परिचय एंकर लिंक कहता है। ये एक समाचार से अगले समाचार की तरफ बढ़ने में लिंक का काम भी करता है। उससे दर्शकों को सहजता का अनुभव होता है। एंकर लिंक अधिक लंबा नहीं होना चाहिए। इसमें सारी खबर बताने के बजाए केवल दर्शकों की रुचि को बताया जाता है। इसे लीड भी कहते हैं।

Ambience (एंबिएंस)-वीडियो शूटिंग के दौरान जो आसपास की आवाज स्वाभाविक रूप से रिकोर्ड हो जाती है एंविएंस कहलाती है। इसे नेचुरल साउंड भी करते हैं। प्रोफेशनल वीडियो टेप में दो ऑडियों चैनल होते हैं। जिनमें से एक पर नैचुरल साउंड रिकोर्ड की जाती है। एंविएंस आवश्यक है क्योंकि इसके बिना कोई भी दृश्य नीरस और अस्वाभाविक लगता है। सड़क पर ट्रैफिक होर्न,

ऑफिस में लोगों की खुसर-फुसर इत्यादि दृश्यों को सहज बनाते हैं, लेकिन एंबियंस इतना भी तेज नहीं होना चाहिए कि मूल विषय को ही ना सुनने दे। इसके लिए ऑडियो कंसोल और मिक्सर की मदद से दोनों चैनल के ऑडियों को आवश्यकतानुसार संतुलित किया जाता है।

Beat (बीट)-टेलीविज़न समाचार चैनल में कुछ विषयों पर रिपोर्टिंग के लिए विशेष रिपोर्टर को जिम्मेदारी दी जाती है। इस प्रकार क्षेत्र विशेष का जिम्मा उनकी विशेष जानकारी एवं अनुभव के आधार पर दिया जाता है। रिपोर्टिंग का ये विषय विशेष उस रिपोर्टर की बीट कहलाती है। उदाहरण के तौर पर संसद, शेयर बाजार, खेल, विश्वविद्यालय, कोर्ट, अपराध, मेडिकल, कला एवं संस्कृति-ये सब महत्वपूर्ण बीट हैं जिन पर अलग-अलग रिपोर्टर विशेष रूप से रिपोर्टिंग करते हैं। एक ही बीट पर लंबे समय तक रिपोर्टिंग करते रहने के बाद पत्रकार का उस क्षेत्र में अनुभव अधिक हो जाता है।

Bite (बाइट)-वैसे तो अंग्रेजी का ये शब्द अपने मूल अर्थ में खाने के एक कौर को बताता है लेकिन टेलीविज़न पत्रकारिता में इसका उपयोग एक छोटी-सी प्रतिक्रिया या राय के लिए किया जाता है। बाइट किसी संदर्भ विशेष में ली जाती है। इसे किसी खबर विशेष के संदर्भ में लिया गया छोटा-सा इंटरव्यू भी कह सकते हैं जैसे एक रेल दुर्घटना के बाद पत्रकार रेलमंत्री से दो-तीन सवाल करता है। कि दुर्घटना के पीछे क्या कारण हो सकते हैं या फिर मृतकों के परिवारजनों और घायलों को कितना मुआवजा दिया जाएगा।

बाइट का टेलीविज़न में इतना महत्त्व है कि बिना बाइट के हम न्यूज़ पैकेज की कल्पना नहीं कर सकते। इस मामले में समाचार पत्र के पत्रकारों का काम थोड़ा सरल होता है। वे अनेक बार फोन पर भी संबंधित व्यक्ति से उनके विचार या प्रतिक्रिया लेकर छाप देते हैं। लेकिन टेलीविज़न के पत्रकार को उस आदमी से समय लेना पड़ता है और फिर कैमरा टीम लेकर उसकी बाइट लेने जाना पड़ता है। टेलीविज़न में हम अखबार की तरह यह नहीं कह सकते हैं कि उन्होंने कहा या बताया... बल्कि हमें उन्हें टेलीविज़न कैमरे पर बोलते हुए दिखाना पड़ता है। कुल मिलाकार टेलीविज़न रिपोर्टिंग बाइट लेने के इर्द-गिर्द घूमती रहती है। इसलिये कई बार टेलीविज़न रिपोर्टिंग को बाइट रिपोर्टिंग भी कहा जाता है। किसी नेता या महत्त्वपूर्ण हस्ती की एक्सक्लयूसिव बाइट जुटा लेना रिपोटर के लिए गर्व का विषय होता है।

Briefing (ब्रीफिंग)-सामान्यतः कोई भी प्रेस कांफ्रेंस पत्रकारों को विधि वत आमंत्रित करके थोड़े समय उपरांत बलाई जाती है। लेकिन राजनैतिक

सरगर्मियों के दौरान राजनेता अपने पार्टी मुख्यालयों से लगभग रोज निश्चित समय पर पत्रकारों को नये घटनाक्रम के बारे में संक्षिप्त जानकारी देते हैं यानी बीफिंग करते हैं। चुनाव और संसद सत्र के दौरान इस प्रकार की ब्रीफिंग अधिक की जाती है।

Catch Line (कैच लाइन)-पत्रकार अपनी सुविधाओं के लिए दो या तीन शब्दों की केच लाइन बना लेते हैं जिससे कि उस खबर को पहचानने में आसानी हो। इसे स्लग स्लग भी कहते हैं। (देखें Slug)

Camcoder (कैमकोडर)-पुराने समय के वीडियो कैमरों में रिकोर्डर कैमरे के भीतर ना होकर अलग से होता था और रिकोर्डिंग के समय कैमरा पर्सन और रिकोर्डर के लिए अन्य व्यक्ति को मौजूद रहना पड़ता था। लेकिन बीटाकैम फोर्मेट में पहली बार कैमकोडर यानी कैमरा और रिकोर्डर एक साथ जुड़े हुए बनाए गए। इससे शूटिंग में बड़ी सुविधा होने लगी।

CG (कैरेक्टर जेनरेटर)-ये मशीन टेलीविज़न में टाइटल, क्रेडिट लाइन इत्यादि बनाने के लिए उपयोग में लाई जाती है। इसकी मदद से किसी भी वीडियो पर शब्दों को दिखाया जा सकता है। कैरेक्टर यानी शब्द और जैनरेटर यानी बनाने वाला।

Correspondent (कॉरसपोंडेट)-संवाददाता दूर बैठकर टेलीविज़न चैनल तक अपने समाचार भेजते हैं। ये पत्रकार फैक्स या इमेल के जरिये स्क्रिप्ट और वीसेट की मदद से विजुअल फीड अपने ऑफिस में भेजते हैं। (देखें Reporter)

Colour Bar (कलर बार)-किसी वीडियो कार्यक्रम के आरंभ होने से पहले सीधी खड़ी विभिन्न रंगों की पट्टियाँ इससे किसी भी वीडियो कैमरे या मोनिटर के रंगों के सही होने की जानकारी मिलती है।

Credit (क्रेडिट)-किसी भी टेलीविज़न कार्यक्रम के अंत में उसके निर्माण से जुड़े लोगों का विवरण क्रेडिट व अन्य जानकारियाँ अपने दर्शकों को देते हैं।

Chroma (क्रोमा)-इस तकनीक की मदद से वीडियो एडिटर शूटिंग के दौरान या बाद में व्यक्ति की पृष्ठभूमि को किसी अन्य से बदल सकता है। लेकिन इसके लिए उसे नीले रंग या हरे रंग के पर्दे के सामने खड़े होकर प्रस्तुति देनी होगी। दरअसल वीडियो एडिटिंग मशीन में क्रोमा सुविधा के तहत किसी एक रंग को चुनकर उसे हटाया जा सकता है। फिल्मों में भी स्पेशल इफेक्ट्स के लिए क्रोमा का उपयोग किया जाता है।

Copy writer (कॉपी राइटर)-ऐसे पत्रकार जो चैनल में केवल स्क्रिप्ट लेखन का काम करते हैं। इन पत्रकारों की भाषा अच्छी होती है और वे एंकर द्वारा पढ़ी जाने वाली स्क्रिप्ट लिखते हैं। वरिष्ठ कॉपी राइटर या कॉपी एडिटर

अन्य रिपोर्टरों की कॉपी सुधारने का कार्य भी करते हैं।

Dope Sheet (डॉपशीट)-एडिटिंग में सुविधा के लिए बनायी जाने वाली शीट विजुअल्स का क्रम, अवधि और उनकी गुणवत्ता के बारे में जानकारी होती है। डॉपशीट को शूटिंग के बाद टेप का प्रिव्यू करके तैयार किया जाता है। इसे लोग शीट भी कहते हैं।

Dry Run (ड्राइ रन)-किसी भी चैनल का विधिवत प्रसारण आरंभ करने से पहले उसकी सारी टीम अभ्यास के लिए नियमित शड्यूल के मुताबिक कार्यक्रम बनाती है। इसे चैनल का ड्राई रन कहते हैं। यानी सूखे रूप में चलना। इसी प्रकार किसी कार्यक्रम के ड्राइ रन में उसे शूट करने से पहले बिना कैमरे के ही इस प्रकार रिहर्सल की जाती है जैसे की फाइनल शूट हो रहा हो।

Dubbing (डबिंग)-इस प्रक्रिया के तहत किसी वीडियो पर मनचाही आवाज डाल दी जाती है। समाचारों में अक्सर दूसरी भाषा की बाइट होने पर अन्य आवाज में अनुवाद रिकॉर्ड कर उसे डब कर दिया जाता है।

Embargo (इंबार्गो)-इसका अर्थ है किसी काम पर रोक। अनेक बार किसी प्रैस रिलीज में सरकार की तरफ़ से निर्देश होते हैं कि उसे निर्धारित समय से पहले प्रसारित ना करें। उदाहरण के रूप में राष्ट्रपति का राष्ट्र के नाम संदेश पत्रकारों के पास लिखित रूप में पहले से आ जाता है लेकिन वे उसे उजागर नहीं कर सकते। ये नियमों की अवहेलना होगी। इस प्रकार की रिलीज को इंबार्गो कॉपी कहा जाता है।

FCP (फाइनल कट प्रो)-नॉन लीनियर एडिटिंग का एक सॉफ्टवेयर है। एप्पल कम्पनी द्वारा विकसित इस लोकप्रिय सॉफ्टवेयर में कई अन्य सॉफ्टवेयर मिलकर फाइनल कट स्टूडियो बन जाता है।

Injest (इनजेस्ट)-वीडियो टेप से फुटेज को डिजीटल रूप में बदलना। समाचार चैनलों में क्योंकि सभी कम्प्यूटर आपस में जुड़े होते हैं। इसलिए एक इनजेस्ट सेक्शन में सभी रिपोर्टर अपनी टेप जमा करा देते हैं जहाँ उस टेप की डिजीटल फाइल बना कर मुख्य हार्ड ड्राइव में सबके लिए उपलब्ध करा दिया जाता है।

Inset (इनसेट)-ग्राफिक्स में किसी व्यक्ति को छोटे बॉक्स में प्रदर्शित करना।

Montage (मोंटाज)-इसका शाब्दिक अर्थ है कुछ तस्वीरों का आकर्षक मेल। टेलीविज़न मोंटाज रोचक तस्वीरों को एक के बाद एक तेज गति के संगीत के साथ संपादित करके तैयार किया जाता है। किसी भी कार्यक्रम या समाचार बुलेटिन के पहले उसका मोंटाज चलाया जाता है जो उस कार्यक्रम की सिग्नेचर

ट्यून का काम करता है। मोंटाज दरअसल दर्शकों को कार्यक्रम आरम्भ या समाप्त होने का संकेत देता है। मोंटाज को आकर्षक बनाने के लिए विजुअल के अलावा कम्प्यूटर एनिमेशन और ग्राफिक्स की मदद भी ली जाती है।

NLE (नॉन लीनियर एडिटिंग)-लीनियर एडिटिंग मूलतः टेप आधारित व्यवस्था थी लेकिन नॉन लीनियर सिस्टम डिजीटल तकनीक पर आधारित है। कम्प्यूटर की मदद से एडिटिंग सॉफ्टवेयर पर इसे किया जाता है। इसकी विशेषता ये है कि इसमें सम्पादन कार्य एक रेखा में होने के बजाए कभी भी फिल्म के किसी भी हिस्से में विजुअल या ऑडियो इंसर्ट किया जा सकता है। जबकि ऐसा टेप आधारित लीनियर एडिटिंग में सम्भव नहीं था ।

Natural Sound (नैचुरल साउंड)-शूटिंग के समय विजुअल के साथ आसपास की स्वाभाविक आवाज और ध्वनि भी रिकोर्ड हो जाती है। जिसे नैचुरल साउंड और एंविएंस कहते है । (देखे Ambience)

Package (पैकेज)-टेलीविज़न समाचारों में सबसे लोकप्रिय फोर्मेट है। न्यूज़ पैकेज एडिटिंग के बाद तैयार होता है। आदर्श स्थिति में इसमें दो वॉयस ऑवर, दो बाइट और एक पीटीसी होता है। लेकिन ऐसा कोई निश्चित नियम बनाना मुश्किल होता है। पैकेज का शाब्दिक अर्थ है किसी चीज को पैक करना। पत्रकार समाचार के कंटेट को प्रस्तुति के लिए एक विशेष रूप में पैकेज करते हैं।

Promo (प्रोमो)-टेलीविज़न में प्रोमोशनल एड को संक्षिप्त में प्रोमो कहा जाता है। प्रत्येक चैनल में कार्यक्रमों के प्रोमो तैयार करने के लिए अलग से विभाग होता है। दरअसल अच्छा और प्रभावी प्रोमो किसी भी कार्यक्रम की दर्शकता बढ़ाने में महत्वपूर्ण भूमिका निभाता है। कार्यक्रम के प्रसारण से भी पहले उसके प्रोमो में कार्यक्रम का समय और उसके कंटेट के बारे में परिचय होता है। प्रोमो विज्ञापन बार-बार दिखाकर दर्शकों में कार्यक्रम के बारे में जिज्ञासा जगाई जाती है। प्रोमो एक प्रकार का मार्केटिंग टूल है जिसमें कार्यक्रम के उसी पहलू को सबसे अधिक दिखाया जाता है जिसकी सबसे अधिक व आसानी से बिकने की उम्मीद है। जैसे-अगर कार्यक्रम की थीम बिल्कुल नयी है या फिर उसका एंकर कोई प्रसिद्ध हस्ती है।

PCR (प्रोडक्शन कंट्रोल रूम)-स्टूडियो से सटे एक छोटे कमरे में सभी कैमरों के आउटपुट को विभिन्न मोनिटरों पर देखकर उसे मनचाहे रूप में रिकोर्ड करने का काम डायरेक्टर करता है। पीसीआर से प्रोडक्शन नियंत्रित होता है। इस कमरे में डायरेक्टर के अलावा प्रोड्यूसर, स्विचर, साउंड इंजीनियर और ग्राफिक्स पर्सन भी बैठता है।

PTC (पीस टू कैमरा)-कैमरे के सामने बोला गया रिपोर्टर का वक्तव्य। समाचारों में इसे अक्सर अंत में उपयोग किया जाता है लेकिन ऑपनिंग और ब्रिज पीटीसी भी होता है जिसे क्रमशः आरंभ और बीच में प्रयोग किया जाता है। इसे स्टैंड अप भी कहते हैं।

Run Down (रन डाऊन)-यह एक प्रकार से समाचार बुलेटिन का विवरण होता है। इसमें ख़बरों की संख्या एवं अवधि, विज्ञापनों की संख्या एवं अवधि , ब्रेक का क्रम, हेडलाइंस इत्यादि की पूरी जानकारी क्रमवार होती है। इसे रन ऑर्डर भी कहा जाता है यानी बुलेटिन किस क्रम में चलेगा इसका ब्यौरा रन डाउन बुलेटिन प्रोड्यूसर पहले से तैयार कर लेता है।

Reporter (रिपोर्टर)-वैसे तो टेलीविज़न पत्रकारों को रिपोर्टर कहने का प्रचलन है। क्योंकि प्रत्येक वह व्यक्ति जो रिपोर्ट करे रिपोर्टर कहलाएगा। लेकिन अक्सर उस शहर में, जहाँ चैनल का हेड ऑफिस स्थित है, जो पत्रकार काम करते हैं वो रिपोर्टर कहलाते हैं, क्योंकि वे स्टोरी कवर करके तुरंत ऑफिस रिपोर्ट करते हैं । और जो पत्रकार दूसरे शहरों से खबर भेजते हैं उन्हें कॉरसपोंडेट कहते हैं। हालांकि चैनलों में इस प्रकार से कोई पदों को लेकर विशेष नियम नहीं बने होते ।

Rushes (रशेज)-किसी स्टोरी को फील्ड से शूट करने के बाद ये रॉ फूटेज रशेज कहलाती है। संपादन से पहले इन रशेज को मोनिटर पर देखा जाता है। ताकि पता चला सके कि किस प्रकार के विजुअल हैं। उपयुक्त बाइट है या नहीं इसी के आधार पर रिपोर्टर स्क्रिप्ट तैयार करता है।

Scoop (स्कूप)-ऐसी न्यूज़ स्टोरी जो ना केवल एक्सक्लयूसिव है बल्कि उसका प्रभाव भी व्यापक हो स्कूप कहलाता है। सामान्यतः बड़े घोटालों का पर्दाफाश इत्यादि की खबरें स्कूल कहलाती हैं। विशेषकर ऐसी ख़बरें जिससे किसी प्रभावशाली व्यक्ति, सरकार या कंपनी पर विपरीत असर पड़ने वाला होता है।

SFX (एस एफ एक्स)-टेलीविज़न स्क्रिप्ट में शब्दों के साथ-साथ ऑडियो और वीडियो का वर्णन भी किया जाता है। स्क्रिप्ट में साउंट इफेक्ट्स को दर्शाने के लिए पत्रकार SFX का प्रतीक इस्तेमाल करते हैं।

Slug (स्लग)-किसी भी न्यूज़ स्टोरी का चैनल में जब-जब जिक्र होता है तो उसे पूरा बताने या लिखने के बजाय पत्रकार दो या तीन शब्दों में उसका एक स्लग तैयार कर लेते हैं। उदाहरण के लिए एक कांग्रेस रैली जिसमें सोनिया गाँधी आ रही हैं। पत्रकार इसका स्लग Sonia Rally बना देते हैं। ये स्लग फाइल के नाम के रूप में भी रहता है तो रन डाउन इत्यादि में भी स्टोरी को पहचानने

में मदद करता है।

Stringer (स्ट्रिंगर)-किसी भी चैनल के लिए प्रत्येक स्थान पर अपने नियमित पत्रकारों को नियुक्त कर पाना आर्थिक तौर पर संभव नहीं होता। इसलिए ऐसे स्थान जहाँ से कम समाचार बन पाते हैं चैनल अंशकालिक पत्रकार नियुक्त करता है जिन्हें स्ट्रिंगर कहा जाता है। अधिकांश छोटे शहरों में नियुक्त इन स्ट्रिंगरों को मासिक वेतन के स्थान पर प्रसारित स्टोरी के हिसाब से भुगतान होता है।

Super/aston (सुपर या एस्टन)-टेलीविज़न स्क्रीन के निचले हिस्से पर कम्प्यूटर से बनाया जाने वाला बैंड सुपर या एस्टन कहलाता है क्योंकि इस तस्वीरों पर सुपरइंपोज कर दिया जाता है। इस पट्टी पर मनचाहे समय ताजा समाचारों को फ्लैश के रूप में दिखाया जा सकता है। अक्सर किसी भी बाइट के दौरान व्यक्ति का नाम और पद सुपर की मदद से दिखाया जाता है। इसके अलावा कई बार अगर बाइट अन्य भाषा में है और उसे डब नहीं किया गया है तो सुपर पर उस व्यक्ति के कथन का अनुवाद दिखाया जाता है।

Talk Back System (टॉक बैक सिस्टम)-इस सिस्टम की मदद से स्टूडियो में कैमरा पर्सन और प्रॉडक्शन कंट्रोल रूम में बैठे डायरेक्टर या प्रोड्यूसर के बीच संवाद सम्भव होता है। इसके तहत कैमरा पर्सन के पास हेडसेट रहता है और पीसीआर से माइक के जरिये उन्हें निर्देश दिया जा सकता है। इसका उपयोग डायरेक्टर मनचाहे शॉट्स बनवाने के लिए करता है। टॉक बैक सिस्टम की मदद से एंकर और प्रॉड्यूसर के बीच भी संवाद संभव हो पाता है। एंकर के कान में छुपा हुआ इयर फोन लगा रहता है जिसकी मदद से उसे पीसीआर से निर्देश मिलते रहते हैं।

Teaser (टीजर)-इसका शाब्दिक अर्थ है किसी को परेशान करने वाला। जो अंग्रेजी के टीज शब्द से बना है। ब्रेक पर जाने से पहले समाचार एंकर दर्शकों को आने वाली कुछ खबरों के बारे में बताता है और कहता है–कहीं जाइएगा नहीं देखते रहिये स्टार रिपोर्ट। इस प्रकार वो दर्शकों को ब्रेक के बाद भी बाँधे रखने की कोशिश करता है। दरअसल यह खबरों की मार्केटिंग की एक तकनीक है जिसके जरिए एक रोचक विजुअल स्टोरी के जरिए चैनल बाकी सभी खबरें बेचते हैं। अखबार की तरह टेलीविज़न चैनल में दर्शक के पास मनचाहे समाचार क्रम बदलकर देखने की सुविधा नहीं होती और इसी का लाभ टेलीविज़न निर्माता उठाते हैं। कई बार सबसे आकर्षक मानवीय रुचि का समाचार देखने के लिए दर्शक को बुलेटिन के अंत तक इंतजार करना पड़ता है। धारावाहिकों में भी टीजर का उपयोग किया जाता है।

Ticker (टिकर)-समाचार समितियों के समाचार पहले निरंतर एक प्रिंटर के जरिये अखबारों में दफ्तर के छपते रहते थे। ये प्रिंटर छपाई के दौरान लगातार टिक-टिक की आवाज निकालता रहता था। इसलिए समाचार समितियों की सेवा को पत्रकार टिकर भी कहने लगे। (विस्तार के लिए वायर सर्विस देखें।)

Voice Over (वॉयस ऑवर)-इसका अर्थ है टेलीविज़न के दृश्यों पर आवाज को रिकोर्ड करना। वॉयस को ऑवर करना। टेलीविज़न विजुअल एडिटिंग के दौरान रिपोर्टर किसी समाचार पैकेज पर अपनी आवाज रिकॉर्ड करता है। इसे नैरेशन भी कहते हैं। ये बोले हुए शब्द टेलीविज़न दृश्यों को निश्चित अर्थ देते हैं। साथ ही उन सूचनाओं को भी बताते हैं जो विजुअल नहीं कह पाते या दृश्यों में छूट जाते हैं।

Vox Pop (वॉक्स पॉप)-ये लेटिन शब्द वॉक्स पोपूली से बना है। इसका अर्थ होता है। जनता की आवाज या आम राय। वॉक्स पॉप तैयार करने के लिए एक ही विषय पर विभिन्न समुदाय के लोगों से उनकी राय जानी जाती है और फिर उनको एक साथ संपादित करके दिखाया जाता है। ये एक प्रकार का छोटा-सा जनमत सर्वे है। जैसे चुनाव के दौरान आम लोगों की नेताओं से क्या उम्मीदें हैं? इस बारे में अलग-अलग सामाजिक, सांस्कृतिक और आर्थिक पृष्ठभूमि के लोगों की राय जानी जाती है।

Video Wall (वीडियो वॉल)-अनेक बार टेलीविज़न स्टूडियो में एंकर के पीछे की दीवार को बड़े स्क्रीन से ढक दिया जाता है। जिस पर लगातार कुछ चलता भी रहता है। ये बड़ा स्क्रीन अनेक हिस्सों में बंटा होता है।

Wire Service (वायर सर्विस)-समाचार समितियाँ अपने समाचार वायर यानी तार के जरिये मीडिया तक पहुँचाती है। इसलिए पत्रकार इनको वायर सर्विस कहते हैं। एक जमाने में अखबारों और चैनलों में वायर सर्विस कनेक्शन के साथ एक प्रिंटर लगा रहता था जिस पर दिनभर आने वाली खबरे लगातार छपती रहती थी। पत्रकार उनका उपयोग आवश्यकतानुसार करते थे। भारत में प्रमुख वायर सर्विस प्रेस ट्रस्ट ऑफ इंडिया (भाषा हिंदी सेवा) और यूनाइटेड न्यूज़ ऑफ इंडिया (यूनिवार्ता हिंदी सेवा) है। अंतर्राष्ट्रीय सेवा में रायटर, यूपीआई, एएफपी, तास प्रमुख है। आजकल ये समितियाँ कम्प्यूटर और इंटरनेट के जरिये समाचारों का प्रसार करती हैं। समाचार पत्रों और चैनलों को सदस्यता शुल्क देना पड़ता है और बदले में उन्हें पासवर्ड मिल जाता है और वे सभी समाचारों को ऐजेंसी की साइट पर हासिल कर सकते हैं।

संदर्भ सूची

- Berger, Arthur Asa, *Scripts,* Sage Publications, New Delhi, 1990.
- Cohler, David Keith, *Broadcast Journalism*, Prentice-Hall, New Jersey, 1985.
- Hagerman, William L. *Broadcast Announcing*, Prentice-Hall, New Jersy, 1993.
- Maeseneer, Paul De, *Here's the news*, Asian Book Pvt. Ltd., New Delhi, 1987.
- Parthasarthy, Rangaswami, *Here is the news*, Sterling Publishers, New Delhi, 1994.
- Shrivastava, K.M., *Radio and TV Journalism*, Sterling Publishers, New Delhi, 1989.
- Yorke, Ivor, *Television News,* Ivor Yorke,Oxford, 1995.
- Joshi, H.M. *Training Programme on Radio News Presentation*, IIMC, ND, 1996.
- Kaushik, Sharda, *Script to Screen, an Introduction to Television Journalism,* Macmillan, 2000.
- Singh, Chandrakant P. Before the Headlines- A handbook of television journalism, MacMillan, 1999.
- Boyd, Andrew, Broadcast Journalism-Techniques of Radio and Television News, Focal Press, 1994.
- Vani - Culture your Voice, a publication of Staff Training Institute, Prasar Bharti, Akashwani, New Delhi. 2004.
- Allan, Stuart, News Culture, Open University, Buckingham 1999.
- Indian Broadcasting, HR Luthra, Ministry of Information and Broadcasting, 1986
- सामान्य हिन्दी, डॉ. विजयपाल सिंह, हिन्दी प्रचारक संस्थान, वाराणसी, 1994.
- हिन्दी रचना और प्रयोग, संपादक डॉ. शिव सहाय पाठक, मध्यप्रदेश हिन्दी ग्रंथ अकादमी, 1998.
- शुद्ध हिन्दी-डॉ. जगदीश प्रसाद कौशिक, साहित्यागार प्रकाशन, जयपुर 1999.
- समाचार पत्रों की भाषा, माणिक गृगेश, वाणी प्रकाशन नई दिल्ली, 1999.

- जनसंचार माधयमों में हिन्दी, चन्द्र कुमार, क्लासिकल पब्लिशिंश कंपनी, नई दिल्ली-2000
- हिन्दी शब्दकोष, डॉ. हरदेव बाहारी, 2000.
- टीवी पत्रकारिता-बदलने लगी ख़बरों की परिभाषा, देवव्रत, विदुर, जनवरी 2001, पेज़ 2000.
- देखते रहिए हिन्दी ख़बरें, रसरंग, दैनिक भास्कर, 7 जनवरी 2001
- संचार भाषा रूप में हिन्दी, प्रो. सूर्य प्रसाद दीक्षित, संचारश्री-शोध पत्रिका, जुलाई-सितम्बर 2003,
- भाषा विज्ञान-डॉ. भोलानाथ तिवारी
- टेलीजिवन संस्कृति और राजनीति-जगदीश्वर चतुर्वेदी, अनामिका पब्लिशर्ज 2004
- मीडिया टीचिंग-"लेमिंग डेन, ब्लैकवेल, आक्सफोर्ड 1993
- टेलीविज़न इन इंडिया-गोपाल सक्सेना, विकास पब्लिकेशन हाउस, 1996
- सेटेलाइट इन्वेजन-एस.सी.भट्ट, ज्ञान पब्लिकेशन-1994
- स्विचिंग चैनल्स, आइडियोलॉजीज ऑफ़ टेलीविज़न इन इंडिया-नीजांजना गुप्ता, ऑक्स्फ़ोर्ड यूनीवर्सिटी प्रेस, 1998
- सेटेलाइट्स ओवर साउथ एशिया, ब्राडकास्टिंग कल्चर एंड पब्लिक इंटरेस्ट-डेविड पेज और विलियम्स क्रॉजी, सेज, 2001
- डिजिटल टेलीविज़न प्रोडक्शन-जेरिमी ओरलीबार, आर्नल्ड पब्लिशर्स, 2002
- प्रेजेंटिंग फॉर टीवी एंड वीडियो-जेरियन लिन-ए एंड-सी पब्लिशर्ज, लंदन 2001
- टेलीविज़न समाचार-लेखन और वाचन-एसएच मुस्का जैदी, सुलभ प्रकाशन, लखनऊ 2004
- टेलीविज़न फील्ड प्रोडक्शन एंड रिपोर्टिंग-फ्रेडरिक शूक, लांगमैन पब्लिशर्ज-1996
- पत्रकार और पत्रकारिता प्रशिक्षण-अरविन्द मोहन, सामयिक प्रकाशन, 2003
- टेलीविज़न और अपराधा पत्रकारिता, वर्तिका नन्दा, भारतीय जनसंचार संस्थान, 2005
- राइटिंग एंड रिपोर्टिंग न्यूज़-कैरोल रिच-वड्सवर्थ पब्लिशिंग कंपनी, 1994
- ब्राडकास्ट जर्नलिज्म, बेसिक प्रिंसिपल, एस.सी.भट्ट, हर आनन्द पब्लिकेशन, नई दिल्ली, 1996
- क्राइम रिपोर्टर, हर्षदेव, भारतीय जनसंचार संस्थान, 2005
- ख़बरपालिका की आचार संहिता, सम्पादक-विजयदत्त श्रीधार, माधावराव सप्रे स्मृति समाचारपत्र संग्रहालय, भोपाल, 2006
- समाचार अवधाारणा और लेखन प्रक्रिया, सम्पादक-सुभाष धाूलिया, आनन्द प्रधाान, भारतीय जनसंचार संस्थान, 2004
- जर्नलिस्टिक एथिक्स, पी.के.बंद्योपाधयाय, कुलदीपन सिंह अरोरा, डी.के.पब्लिशर्स डिस्ट्रीब्यूशन, 1998
- द रिपोर्टर्स हेंडबुक, स्टीव विनबर्ग, सेंट मार्टिन प्रेस, 1996
- टेलीविज़न लेखन, असगर वजाहत, प्रभात रंजन, राधााकृष्ण प्रकाशन, 2003
- इलेक्ट्रानिक मीडिया, डा. संजीव भानावत, जनसंचार केन्द्र राजस्थान विश्वविद्यालय, 2005
- रेडिया ओर दूरदर्शन पत्रकारिता, डा. हरि मोहन, तक्षशिला प्रकाशन, 1999

www.ingramcontent.com/pod-product-compliance
Lightning Source LLC
LaVergne TN
LVHW101416051026
849519LV00005BC/1779
9789358253276